해리 쿼버트
사건의 진실 2

해리 쿼버트 사건의 진실 2

초판 1쇄 인쇄일 2024년 3월 6일 | **초판 1쇄 발행일** 2024년 3월 26일
지은이 조엘 디케르 | **옮긴이** 양영란 | **펴낸이** 김석원 | **펴낸곳** 도서출판 밝은세상
출판등록 1990. 10. 5 (제 10 - 427호) | **주 소** (10881) 경기도 파주시 문발로 119, 202호
전 화 031-955-8101 | **팩 스** 031-955-8110 | **메일** wsesang@hanmail.net
블로그 blog.naver.com/balgunsesang8101 | **인스타그램** www.instagram.com/wsesang
ISBN 978-89-8437-477-5 (04860) | **값** 18,500원 | 잘못된 책은 구입한 곳에서 교환해 드립니다.

일러두기 각주는 모두 옮긴이 주입니다.

해리 쿼버트 사건의 진실 2

La Vérité sur l'Affaire Harry Quebert

조엘 디케르 장편소설

Joël Dicker

양영란 옮김

밝은세상

이 책은 2012년에 아래와 같은 상을 차례로 수상했다.

블뢰스탱-블랑쉐 소명 상

프랑스 한림원 소설 대상

고등학생들이 뽑은 공쿠르 상

차례

2부

작가들의 치유 책 집필

14
1975년 8월 30일

"우리 사회는 뭐든지 이성과 감정 사이에서 선택할 수 있도록 구조화되어 있어. 이성은 어느 누구에게도 도움이 안 되고, 감정은 파괴적인 경우가 많아. 그렇기 때문에 내가 자네를 도와주기 힘들어."

"저에게 그런 말을 해주시는 이유가 뭔데요?"

"그냥 인생은 사기라는 말을 하고 싶었어."

"그 감자튀김 다 드실 거예요?"

"아니, 먹고 싶으면 자네가 가져가서 먹어."

"그럼 제가 먹겠습니다."

"자네는 내가 하는 말이 감자튀김보다도 관심이 없나?"

"관심이 많아 아주 주의 깊게 듣고 있습니다. 열네 번째 조언. 인생은 사기다."

"맙소사! 자넨 내 말을 전혀 이해하지 못한 거야. 난 이따금 아무런 생각도 없는 상대와 대화를 나누는 기분이 들어."

오후 4시

여름 끝자락에 만난 화창한 날씨였다. 따사로운 햇빛이 오로라를 평화롭게 물들이는 토요일에 시내에서는 여름을 떠나보내기 싫다는 듯 산책을 즐기거나 상점 진열장 앞을 기웃거리는 사람들이 많았다. 차들이 다니지 않는 주택가 골목길은 자전거나 롤러스케이트를 타는 아이들 차지였다. 어른들은 현관 그늘에 앉아 레모네이드를 홀짝이며 신문을 읽었다.

트래비스는 한 시간 동안 무려 세 번이나 순찰차를 타고 테라스 애비뉴에 있는 제니의 집 앞을 지나갔다. 경찰서로 신고 전화 한 통 걸려 오지 않은 평화로운 날이었다. 트래비스는 일하는 시늉이라도 하려고 몇 차례 도로 순찰을 돌았지만 그의 머릿속은 제니에 대한 생각으로 가득 차 있었다. 로버트와 제니는 차양 아래에 앉아 크로스워드 퍼즐 칸을 채우느라 오후 시간을 다 보냈다. 그 사이 타마라는 정원에 나가 가지치기를 하느라 여념이 없었다.

제니의 집이 가까워지자 트래비스는 순찰차의 속도를 늦추었다. 그는 제니가 고개를 돌려 손이라도 한번 흔들어주길 기대했다. 제니가 아주 작은 관심이라도 보여주면 잠시 차를 멈춰 세우고 차창 너머로 인사라도 건넬 생각이었다. 그녀가 아이스티 한잔이라도 대접하겠다고 하면 잠시 차에서 내려 자연스럽게 대화를 나눌 수도 있을 것이다. 제니는 좀처럼 그가 있는 쪽으로 고개를 돌리지 않았다. 로버트와 함께 퍼즐 놀이를 즐기고 있는 제니는 행복해 보였다. 트래비스는 수십 미터를 더 달리다가 제니의 시야가 닿지 않는 곳에 차를 멈춰 세웠다. 조수석에 놓인 꽃다발을 힐끗 쳐다본 그는 바로 옆에 내려놓은 메모지를 집어 들었다. 그가 제니에게 전해주려고 쓴 메모였다.

안녕, 정말 햇살이 따사로운 날이야. 오늘 저녁에 해변에서 당신과 함께 산책이나 하면 좋지 않을까 생각했어. 영화를 보러 가도 좋고. 몬트버리 극장에서 새 영화가 개봉되었다던데.

제니에게 해변 산책을 즐기거나 영화를 보러 가자고 제안하는 게 그리 어려운 일은 아니었지만 그는 어찌나 쑥스러운지 차에서 내리기조차 힘들었다. 그는 한숨을 내쉬고 나서 다시 시동을 걸고 순찰을 계속 돌았다. 조금 전과 같은 길을 돌게 될 경우 20분쯤 후에는 제니의 집 앞을 다시 한번 더 지나가게 된다. 트래비스는 제니에게 주려고 준비한 꽃다발을 사람들의 눈에 띄지 않도록 조수석 아래에 내려놓았다. 몬트버리 근처 작은 호숫가에 핀 들장미로 만든 꽃다발이었다. 처음에는 농장에서 키우는 장미보다 덜 예뻐 보이지만 자세히 들여다보면 들장미 빛깔이 훨씬 더 고왔다. 제니를 데리고 함께 가보고 싶은 곳이었다. 심지어 세부적인 계획까지 세워두었다. 먼저 머플러로 제니의 눈을 가린 다음 들장미가 핀 곳까지 데려간다. 그다음 눈을 가리고 있던 머플러를 풀어준다. 그러면 오묘한 빛깔의 들장미들이 화사한 자태로 제니를 환영해줄 것이다. 그런 다음 호숫가에 자리를 깔고 제니와 피크닉을 즐긴다.

트래비스는 감히 제니에게 피크닉을 가자고 제안할 용기를 내지 못했다. 그는 테라스 애비뉴에 위치한 켈러건 목사의 집 앞을 지나고 있었지만 제니에게 정신이 팔려 그 집을 쳐다보지도 않았다.

켈러건 목사는 날씨가 화창하든지 비가 오든지 전혀 상관하지 않고 차고에 틀어박혀 할리데이비슨을 수리하느라 여념이 없었다. 그는 자신이 직접 수리한 할리데이비슨을 타고 달리는 모습을 상상하는 것만으로도 마음이 설렜다. 오로라경찰서의 사건 보고서에 따르면 켈러건 목사는 목이 말라 주방에 가서 음료수를 마실 때만 차고를 떠났다. 그럴 때마다 그는 거실에서 책을 읽는 놀라를 보았다.

∞

5시 30분

해가 뉘엿뉘엿 저물기 시작하면서 거리에는 점차 오가는 인적이 줄어들었고, 주택가 골목에서 놀던 아이들도 저녁을 먹으러 집으로 돌아갔다. 주택가 현관 차양 아래에는 비어있는 안락의자와 읽다 만 신문들만이 나뒹굴고 있었다.

오로라 경찰서장 가레스 프랫과 그의 부인 에이미 프랫은 도심에서 벗어난 친구 집에서 시간을 보낸 뒤 집으로 돌아왔다. 그 시간에 낸시 해터웨이와 두 남동생도 부모님과 함께 그랜드비치에서 오후 시간을 보낸 뒤 테라스 애비뉴의 집으로 돌아왔다. 경찰의 사건 보고서에는 낸시의 엄마 해터웨이 부인이 켈러건 목사 집에서 고막이 터질 것 같은 음악 소리가 들려왔다고 증언한 것으로 기록되어 있다.

그 시간에 해리는 켈러건 목사 집에서 수마일 떨어진 〈시사이드〉 모텔에 도착했다. 그는 가짜 이름으로 숙박 서류를 작성하고 나서 요금은 신원을 숨기기 위해 카드가 아닌 현금으로 지불했다. 〈시사이드〉 모텔로 오는 길에 그는 꽃을 구입했고, 차에 연료도 가득 넣었다. 놀라가 모텔에 도착하려면 아직 한 시간 30분이 남았다. 놀라가 도착하는 즉시 두 사람은 차에 올라 캐나다로 출발할 작정이었다. 10시쯤에 캐나다 국경을 넘어가면 그는 놀라가 더는 불행해지지 않도록 만전을 기할 결심이었다.

∞

6시

남편과 사별한 후 사이드 크릭 숲 근처에 위치한 외딴집에서 혼자 살아가고 있는 데보라 쿠퍼는 사과파이를 만드느라 주방 식탁에 앉아 있었다. 그녀는 사과 껍질을 벗기고 잘게 조각내 너구리들에게 주려고 창밖으로 몇 조각 던졌다. 그런 다음 창가에 서서 너구리 녀석들이 사과 조각을 먹으러 오는지 지켜보았다. 그때 나무들이 줄지어 늘어선 숲에서 쫓고 쫓기는 남녀의 실루엣을 발견했다. 주의를 기울여 바라보니 한 남자가 빨간 옷차림 소녀를 뒤쫓고 있다는 사실을 뚜렷이 알 수 있었다. 잠시 후 그들은 온갖 식물들이 자라는 숲속으로 자취를 감추었다. 데보라 쿠퍼는 얼른 거실로 이동해 전화기를 들고 긴급 범죄 신고 전화번호를 눌렀다. 경찰이 작성한 사건 보고서에는 데보라 쿠퍼의 신고 전화가 접수된 시각이 오후 6시 21분으로 명시되어 있었다. 통화는 27초 동안 지속되었고, 내용은 다음과 같았다.

"경찰 중앙신고센터입니다. 무슨 일입니까?"

"내 이름은 데보라 쿠퍼이고, 사이드 크릭 레인에 삽니다. 방금 전 한 소녀가 숲에서 어떤 남자에게 쫓기는 걸 보았습니다."

"정확하게 무슨 일이 있었습니까?"

"그건 나도 몰라요. 창가에 서서 숲을 바라보고 있었는데, 나무들 사이로 도망치는 소녀가 보였어요. 남자 하나가 뒤쫓고 있었고요. 그 소녀는 분명 남자를 피해 도망치는 것 같았어요."

"그 사람들은 지금 어디에 있습니까?"

"숲속으로 들어갔기 때문에 지금은 보이지 않아요. 아마 지금도 숲 속에 있을 거예요. 숲에서 나오는 걸 보지 못했으니까."

"즉시 순찰대를 보내겠습니다."

"고맙습니다, 서둘러 주세요."

데보라 쿠퍼는 전화를 끊고 나서 즉시 주방 창가로 되돌아갔지만 소녀와 남자의 모습은 여전히 보이지 않았다. 그녀는 순찰대를 맞이하려고 집 밖으로 나갔다.

경찰이 작성한 사건 보고서에는 경찰 중앙신고센터에서 접수한 내용을 오로라경찰서에 전달했고, 그날 당직은 트래비스 던이었다고 기록되어 있었다. 트래비스는 신고 후 4분이 경과한 뒤 사이드 크릭 레인에 도착했다.

데보라 쿠퍼를 만나 신속하게 상황 설명을 들은 트래비스는 숲으로 들어가 줄지어 늘어선 나무들 사이를 헤쳐 가며 수색을 펼치다가 빨간 천 조각 하나를 발견했다. 상황이 대단히 심각하다고 판단한 트래비스는 즉시 휴가를 떠난 프랫 서장에게 보고하기로 마음먹었다. 그는 데보라 쿠퍼의 집으로 들어가 프랫 서장의 집으로 전화를 걸었다. 그 시각이 오후 6시 45분이었다.

∞

7시

프랫 서장도 사건이 심각하다고 판단하고, 즉시 현장에 오기로 했다. 긴박한 상황이 아니었다면 트래비스는 결코 집에서 휴가를 보내고 있는 프랫 서장에게 연락하지 않았을 것이다.

프랫 서장은 사이드 크릭 레인에 도착하자마자 데보라 쿠퍼를 만나 꼼짝 말고 집에 있으라고 당부한 후 트래비스와 함께 숲으로 들어가 2차 수색을 실시했다. 그들은 해변을 따라가며 난 길로 접어들었고, 빨간 옷을 입은 소녀가 도주한 방향으로 걸어갔다. 경찰의 사건 보고서에 따르면, 1마일 정도 걸어간 그들은 나무들이 비교적 듬성듬성한 해변 근처에서 사람 핏자국과 금빛 머리카락을 찾아냈다. 그때 시각이 오후 7시 30분이었다.

그 시각에 데보라 쿠퍼는 경찰의 수색 장면을 보려고 주방 창가에 서 있었을 가능성이 높았다. 두 사람이 오솔길로 접어들었을 무렵 쿠퍼 부인은 숲에서 찢어진 옷차림에 얼굴이 피투성이가 된 소녀가 도망쳐오는 광경을 목격했다. 소녀는 도움을 요청하면서 데보라 쿠퍼의 집 쪽으로 달려왔다. 데보라 쿠퍼는 주방문을 열어 소녀를 집 안으로 들인 다음 거실로 달려가 경찰의 중앙신고센터에 전화해 추가된 상황을 알려주었다.

경찰의 사건 보고서에 따르면 쿠퍼 부인이 두 번째로 중앙신고센터에 전화한 시각은 7시 33분이었다. 통화는 40초간 지속되었고, 그 내용은 다음과 같다.

"경찰 중앙신고센터입니다. 무슨 일이십니까?"

"저는 방금 전 전화했던 데보라 쿠퍼입니다. 조금 전 한 소녀가 숲에서 어떤 남자에게 쫓기고 있다고 신고했잖아요. 그 소녀가 지금 우리 집 주방에 도피해 있어요."

"무슨 일이 있었는지 좀 더 구체적으로 설명해 주시겠습니까?"

"숲으로 도망친 소녀가 지금 우리 집에 와있다고요. 경찰 두 명이 출동해 숲에서 수색을 하고 있는데 도망치는 소녀를 발견하지 못한 것 같아요. 내가 소녀를 급히 집 안으로 들어오게 했어요. 내가 보기에 소녀는 켈러건 목사의 딸 같아요. 〈클락스 식당〉에서 아르바이트하는 아이 말입니다."

"댁의 주소가 어떻게 됩니까?"

"오로라 시 사이드 크릭 레인. 내가 아까도 전화했잖아요. 소녀의 얼굴이 피투성이에요. 빨리 경찰과 의료 팀을 보내줘요."

"지금 즉시 보내겠습니다."

프랫 서장과 트래비스가 핏자국을 살피고 있을 때 데보라 쿠퍼의 집에서 폭발음 소리가 들려왔다. 두 사람은 손에 무기를 꺼내 들고 데보라 쿠퍼의 집을 향해 달려갔다.

그 시각, 경찰 중앙신고센터의 상담원은 트래비스와 프랫 서장에게 연락이 닿지 않아 몹시 초조해하고 있었다. 상황이 긴박하다고 판단한 그는 오로라경찰서와 뉴햄프셔주 경찰청에 경보 발령을 내고 동원 가능한 인력을 모두 사이드 크릭 레인으로 급파했다.

∞

7시 45분

프랫 서장과 트래비스는 숨을 헐떡거리며 데보라 쿠퍼의 집에 도착했다. 주방 쪽으로 난 문을 통해 집 안으로 들어간 두 사람은 주방의 타일 바닥에 피가 흥건하게 고인 자리에 쓰러져 있는 데보라 쿠퍼를 발견했다. 심장 부위에 총을 맞아 현장에서 즉각 사망한 것으로 추정되었다.

그들은 신속하게 쿠퍼 부인의 집 1층을 수색했으나 아무런 소득이 없었고, 프랫 서장은 즉시 순찰차로 달려가 중앙신고센터에 사건 소식을 전하고 인력 증원을 요청했다. 프랫 서장이 중앙신고센터 상담원과 나눈 대화 내용은 다음과 같다.

"오로라경찰서 프랫 서장입니다. 1번 도로변 사이드 크릭 레인으로 긴급히 인력 증원을 요청합니다. 여기에 총상을 입고 사망한 노부인과 어느 남자에게 쫓기고 있는 소녀 하나가 있어요."

"프랫 서장님, 우리는 7시 33분에 사이드 크릭 레인에 사는 데보라 쿠퍼 부인의 구조 요청 전화를 받았습니다. 데보라 쿠퍼는 한 소녀가 자기 집으로 급히 도망쳐와 문을 열어 피신시켰다고 하던데요."

"그렇다면 사망한 부인이 바로 데보라 쿠퍼입니다. 사망한 부인 말고는 집 안에 아무도 없어요. 현재 동원 가능한 기마경찰대를 모두 현장으로 보내요. 대단히 심각한 사건이 벌어지고 있는 게 분명합니다."

"우선 일부 요원들을 현장에 보냈습니다. 출동 가능한 요원들을 더 찾아보겠습니다."

통화가 끝나기도 전에 프랫 서장의 귀에 요란한 사이렌 소리가 들려왔다. 추가 인력이 벌써 도착했다는 뜻이었다. 프랫 서장은 트래비스에게 상황을 설명하며 집 안을 한 번 더 수색하라고 지시했다. 그때 갑자기 순찰차의 라디오가 치직거리기 시작했다. 그들이 있는 곳에서 불과 몇백 미터 근처에 있는 1번 도로에서 프랫 서장 휘하의 순찰차와 숲 근처에서 발견된 미심쩍은 자동차 사이에 추격전이 벌어졌다는 보고였다. 추가로 파견된 인력들 가운데 가장 먼저 현장에 도착한 폴 서몬드 보좌관은 오던 길에 규정 속도를 위반하고 맹렬하게 달리는 검은색 쉐보레 몬테카를로를 지나치게 되었다. 번호판을 읽을 수 없었던 그 차는 키 작은 관목들이 자라는 숲에서 나오더니 정지 신호를 무시하고 전속력으로 도주했다고 알려왔다. 그 차가 도주한 방향은 북쪽이었다.

프랫 서장은 차에 올라 서몬드 보좌관을 지원하기 위해 출발했다. 그는 도주 차량을 좀 더 북쪽에서 잡기 위해 1번 도로와 평행하게 나있는 산림 도로로 들어섰다. 프랫 서장은 사이드 크릭 레인에서 3마일을 더 달린 뒤 간선도로로 합류했지만 간발의 차이로 검은색 쉐보레 몬테카를로를 놓쳐버렸다.

검은색 쉐보레 몬테카를로는 1번 도로에서 북쪽 방향으로 계속 질주했다. 프랫 서장은 무전기를 들고 모든 대원들에게 도로를 봉쇄하라고 지시한 다음 헬리콥터 한 대를 지원해달라고 요청했다. 놀라운 운전 솜씨로 급커브를 튼 검은색 쉐보레는 지선도로로 갈아타고 달리다가 잠시 후 또 다른 지선도로로 접어들었다. 어찌나 빠른 속도로 질주하는지 추격하기 힘들었다.

프랫 서장은 자칫 잘못했다가는 검은색 쉐보레를 놓칠 수 있다고 판단해 발악하다시피 가속페달을 밟았다. 추격전은 이제 좁은 도로에서 지속되었다. 쉐보레 운전자는 차츰 경찰의 추격을 따돌리기 시작했다. 교차로에서 반대 방향에서 오던 차와 하마터면 충돌할 뻔했던 위기를 넘긴 쉐보레가 그대로 도주했다.

프랫 서장은 풀들이 웃자란 화단으로 우회해 가까스로 위기를 모면했지만 뒤에서 바짝 붙어 따라오던 서몬드 보좌관의 차는 장애물을 피하지 못하고 앞차와 충돌했다. 다행히 심각한 사고는 아니었다. 이제 혼자서 쉐보레를 추격하게 된 프랫 서장은 나름 최선을 다했지만 역부족이었다. 그는 한순간 시야에서 쉐보레를 놓쳤지만 몬트버리로 가는 도로에서 다시 찾아냈다. 하지만 이미 거리가 많이 벌어진 상태였다. 그는 반대 방향에서 달려오는 순찰차들을 마주치고 나서야 추격 작전이 실패로 돌아갔다는 사실을 인정하지 않을 수 없었다.

프랫 서장은 즉시 오로라 인근의 모든 도로를 봉쇄하고 검문검색에 착수하는 한편 뉴햄프셔주 경찰청에 지원을 요청했다. 트래비스는 사이드 크릭 레인을 샅샅이 뒤졌지만 빨간 옷을 입은 소녀를 끝내 찾아내지 못했다.

∞

8시

켈러건 목사는 두려움에 휩싸여 경찰 긴급 신고번호를 눌렀다. 놀라가 실종 상태라는 사실을 알리기 위해서였다. 서몬드 보좌관이 가장 먼저 테라스 애비뉴 245번지에 나타났고, 트래비스가 뒤이어 도착했다. 8시 15분에는 프랫 서장도 왔다. 데보라 쿠퍼와 경찰 중앙신고센터 상담원의 대화 내용을 보자면 사이드 크릭 레인에서 목격된 소녀는 의심할 여지 없이 놀라 켈러건이었다.

8시 25분, 프랫 서장은 사이드 크릭 레인에서 마지막으로 목격된 열다섯 살 소녀 놀라 켈러건의 실종 사실을 알리는 경보 메시지를 보냈다.

뉴햄프셔주의 모든 카운티에서 지원 인력이 도착했고, 이내 사이드 크릭 숲과 해변 일대의 정밀 수색이 시작되었다. 수색대는 밤이 되기 전에 놀라 켈러건을 구조하기 위해 검은색 쉐보레를 찾아 나섰지만 그 어디에서도 발견하지 못했다.

∞

9시

9시가 되자 닐 로덕이 지휘하는 뉴햄프셔주 경찰청 과학수사대원들이 사이드 크릭 레인에 도착했다. 과학수사대원들은 사망자가 발생한 데보라 쿠퍼의 집과 혈흔과 금발이 발견된 숲으로 파견되었다. 수색 지역을 밝히기 위해 강력한 빛을 뿌리는 할로겐램프들을 곳곳에 설치해둔 덕분에 과학수사대원들은 금발과 부서진 치아 부스러기, 빨간 천 조각들을 추가로 찾아냈다.

닐 로딕과 프랫 서장은 과학수사대의 수색 장면을 지켜보면서 현재까지 벌어진 상황을 정리했다.

"정말이지 도살장이 따로 없더군요." 프랫 서장이 먼저 운을 뗐다.

닐 로딕이 동의하면서 물었다. "놀라 켈러건이 아직도 숲에 있을 거라고 생각하십니까?"

"범인이 그 아이를 차에 태우고 사라졌다면, 아직 숲속 어딘가에 남아 있을 공산이 큽니다. 해변 일대는 이미 샅샅이 뒤졌지만 특이사항이 전혀 발견되지 않았으니까요."

닐 로딕은 한참 동안 생각에 잠겼다가 말했다. "도대체 무슨 일이 일어난 걸까요? 놀라 켈러건이 이미 다른 곳으로 옮겨지지는 않았을까요? 아니면 숲속 어딘가에 이미 살해된 시신으로 남아 있지는 않을까요?"

"나 역시 뭐라고 단정하긴 힘드네요." 프랫이 한숨을 푹 쉬었다. "나는 그저 최대한 빨리 아직 살아 있는 그 아이를 찾아내고 싶을 따름입니다."

"놀라 켈러건이 흘린 피로 미루어 보자면 그 아이가 아직 숲속 어딘가에 살아있다고 하더라도 몹시 위독한 상태일 겁니다. 그 아이가 많은 피를 흘린 상태인데 어떻게 쿠퍼 부인 집까지 도망칠 수 있었는지 의문입니다. 아마도 극단적인 절망감에서 반대급부로 솟아난 힘이겠죠."

"모르긴 해도 마지막 안간힘을 다해 도망쳤을 겁니다."

"검은색 쉐보레와 관련해 추가된 소식은 없습니까?" 닐 로딕이 물었다.

"오로라 일대 모든 도로를 봉쇄하고 검문검색을 실시했는데 검은색 쉐보레는 어디론가 감쪽같이 사라져버렸습니다. 그야말로 미스터리한 일입니다."

경찰이 데보라 쿠퍼의 집에서 검은색 쉐보레가 발견된 곳까지 이어지는 혈흔을 발견했을 때 닐 로딕은 체념한 듯 입을 삐죽 내밀었다.

"불길한 예언을 전하고 싶지는 않지만 내가 보기에 놀라 켈러건은 도망치다가 어딘가에 쓰러져 사망했든지 검은색 쉐보레 트렁크 안에서 목숨이 끊어졌든지 둘 중 하나일 것 같습니다." 닐 로딕이 안타깝다는 듯이 말했다.

9시 45분, 태양이 수평선 위로 반짝이는 윤슬을 남기고 넘어갔을 때 닐 로딕은 프랫 서장에게 밤이 되었으니 수색을 중단하자고 제안했다.

"수색을 중단하다니요?" 프랫 서장이 즉각 반발했다. "그런 생각은 꿈에도 하지 마십시오. 놀라 켈러건이 어딘가에서 구원의 손길이 미치기를 기다리고 있다고 상상해보세요. 그 아이를 숲속에 혼자 내버려둘 수는 없습니다. 우리는 밤새도록 수색 작전을 실시해서라도 그 아이가 이 숲 어딘가에 생존해 있다면 반드시 구조해낼 겁니다."

닐 로딕은 현장 경험이 풍부한 경찰이었다. 그가 생각하기에 지역 경찰들은 때로 지나치게 감정에 치우친 판단을 내리기도 하고, 간혹 온정적인 태도를 보이기 때문에 냉철하고 현실적인 상황 인식을 할 수 있도록 설득해야 하는 경우가 있었다.

"지금은 수색을 중단하는 게 옳습니다. 이 숲은 면적이 굉장히 넓은데다 지나치게 어두워 시야가 전혀 확보되지 않고 있습니다. 야간 수색을 계속하다가는 자칫 대원들이 다칠 수도 있습니다. 차라리 날이 새기를 기다렸다가 다시 수색을 시작해야 합니다."

"지금 수색을 포기할 경우 놀라 켈러건의 생존 가능성은 점점 더 희박해집니다. 수색을 중단하지 말고 계속 찾아봐야 합니다."

"저는 수색 경험이 많습니다. 야간에 어둡고 광활한 숲에서 수색을 계속하는 건 의미가 없습니다. 놀라 켈러건이 살아있다면 비록 중상을 입었다고 하더라도 내일 우리가 반드시 생존해 있는 상태로 찾아낼 수 있을 겁니다."

오로라 주민들도 우려와 흥분을 감추지 못했다. 수백 명의 주민들이 켈러건 목사의 집 주변으로 몰려들어 소수의 경찰이 통제하기 힘든 상태가 되었다. 주민들은 무슨 일이 일어났는지 꼬치꼬치 캐물었고, 프랫 서장은 일일이 답변해주느라 진땀을 흘렸다.

"현재 데보라 쿠퍼는 총상을 입고 사망했고, 놀라 켈러건은 실종 상태입니다. 현재 경찰이 대대적으로 수색작업을 펼치고 있습니다."

프랫 서장의 말을 들은 주민들 사이에서 한바탕 공포의 물결이 휩쓸고 지나갔다. 어린아이들을 키우는 부모들은 서둘러 집으로 돌아가 아들딸이 밖으로 나오지 못하도록 지키는가 하면 일부 주민들은 사냥총을 꺼내 들고 납치 살해범으로부터 마을을 지켜야 한다고 목청을 높였다.

프랫 서장의 임무는 한층 더 막중해졌다. 오로라 전체가 패닉 상태에 빠지는 일은 없어야 하니까. 그는 주민들을 조금이나마 안심시키기 위해 수하의 경찰들에게 순찰차를 타고 수시로 마을을 돌게 했고, 뉴햄프셔주 경찰청에서 나온 형사들은 테라스 애비뉴에 사는 주민들의 증언을 듣기 위해 가가호호를 방문했다.

∞

11시

오로라경찰서 회의실에서 프랫 서장과 닐 로딕은 사건의 추이를 점검하는 회동을 가졌다. 수사 과정에서 경찰은 누군가 놀라의 방에 침입하거나 몸싸움을 벌인 흔적이 전혀 없다는 사실을 확인했다. 그저 놀라의 창문이 활짝 열려 있었다는 사실을 확인했을 뿐이다.

"놀라가 소지품들을 챙겨 들고 나갔습니까?" 닐 로딕이 물었다.

"소지품이나 돈을 일절 챙기지 않았습니다. 저금통에 120달러가 그대로 들어있었거든요."

"몸싸움한 흔적은 전혀 남아 있지 않지만 왠지 납치당한 것 같은 냄새가 나네요."

"이웃 사람들 중 어느 누구도 켈러건 목사의 집에서 무슨 일이 벌어지고 있는지 전혀 눈치채지 못했다고 합니다."

"가령 납치범이 놀라를 강제로 납치하기보다는 따라오도록 회유했을 가능성도 배제할 수 없습니다."

"놀라 스스로 창문을 통해 뛰어내렸을 수도 있다는 뜻입니까?"

"아니라고 단정할 수는 없지 않나요? 지금은 8월이니까 모두 창문을 열고 지내죠. 어쩌면 놀라가 산책을 나갔다가 납치범과 마주쳤을 가능성도 있어요."

"하긴 그레고리 스타크라는 사람이 개를 산책시키다가 켈러건 목사 집에서 울리는 고함 소리를 들었다고 증언했습니다. 5시 무렵이었다고 하는데 시간을 확실하게 특정할 수는 없다고 하더군요."

"시간이 확실하지 않다니, 무슨 소리죠?" 닐 로딕이 물었다.

“켈러건 목사의 집 차고에서 음악 소리가 났다고 했어요. 최대한 볼륨을 높인 음악 소리가.”

닐 로딕이 투덜거렸다.

“뚜렷한 단서나 흔적을 넘기지 않았으니 범인은 유령인가요? 피투성이가 된 상태로 겁에 질려 도움을 요청한 놀라만 잠시 눈에 띄었을 뿐이네요.”

“어떻게 수사하길 바라십니까?” 프랫 서장이 물었다.

“오늘 저녁에 프랫 서장님은 가능한 모든 일을 다 했습니다. 이제부터는 다음 수사에 집중해야 합니다. 수고한 사람들에게는 며칠 휴식을 주는 대신 도로 봉쇄는 계속 유지해야 합니다. 내일 새벽부터 잠시 중단한 수색을 재개해야 할 겁니다. 오로라 경찰만이 수색을 제대로 할 수 있습니다. 숲을 손바닥 들여다보듯이 잘 알고 있을 테니까요. 모든 경찰에게 통신문을 보내고 최대한 놀라에 대해 정확하고 상세한 자료들을 제공하십시오. 목걸이를 걸고 있었다든지 보통 아이들과는 다른 신체적 특성이 있어 쉽게 알아볼 수 있었다든지 하는 식으로 말이죠. 나는 그런 정보들을 FBI와 인근 주의 경찰 및 국경을 지키는 경찰들에게 전달할 겁니다. 헬리콥터와 경찰견 보강도 요청할 생각이고요. 많이 졸릴 텐데 잠깐이라도 눈을 붙이시죠. 난 내 직업을 사랑하고 좋아합니다. 아이 납치는 결코 용서할 수 없는 범죄입니다.”

경찰차들이 밤새도록 사이렌을 울리며 순찰을 돌고, 테라스 애비뉴에 몰려든 구경꾼들로 오로라는 밤새도록 시끄러웠다. 몇몇 사람들은 아예 숲으로 직접 가보고 싶어 했다. 그런가 하면 오로라경찰서로 직접 찾아와 수색작업에 참여하길 원하는 사람들도 있었다. 주민들 사이에서 패닉 상태가 널리 퍼져나가고 있었다.

∞

1975년 8월 31일 일요일

두터운 해무로 뒤덮인 오로라에 차가운 비가 추적추적 내리기 시작했다. 새벽 5시에 데보라 쿠퍼 부인의 집 근처에 설치한 야전 텐트 아래 수색에 참가할 경찰과 자원봉사자들이 도열했다. 프랫 서장과 닐 로딕이 수색 참가자들에게 지시사항을 전달했다. 숲은 여러 개의 섹터로 나뉘어졌고, 각 섹터는 하나의 팀이 전담해 맡기로 했다. 수색 범위를 넓히고 팀들의 교대가 원활하게 이루어질 수 있도록 수색견과 조련사들, 산림 경비원들 팀들은 선발대보다 조금 늦은 시간에 소집되었다. 헬리콥터는 해무로 뒤덮인 상태에서는 시야를 확보할 수 없기에 출동이 취소되었다.

오전 7시에 〈시사이드〉 모텔 8번 방에서 깜박 잠들었던 해리는 화들짝 놀라 잠에서 깨어났다. 그는 전날 옷을 입은 상태로 소파에 앉아 있다가 그대로 잠들었다. 밤새도록 틀어놓았던 라디오에서 뉴스가 흘러나왔다.

열다섯 살 소녀 놀라 켈러건이 어제저녁 7시경 실종된 이후 오로라 지역에 범죄 경보가 발령되었습니다. 경찰은 어떠한 정보라도 좋으니 아주 사소한 단서라도 발견 즉시 경찰서에 전달해야 한다고 강조했습니다. 실종 당시 놀라 켈러건은 빨간 원피스 차림이었습니다.

"놀라!"

해리는 침대 아래로 내려와 놀라를 불렀다. 한순간 그는 놀라와 같이 있다고 착각했다. 그러다가 이내 놀라가 약속 시간이 지나도록 나타나지 않았다는 사실이 떠올랐다.

놀라는 왜 캐나다행을 포기했을까? 그 아이는 왜 모텔에 오지 않았을까?

라디오에서 놀라가 실종되었다는 뉴스가 나오는 걸 보면 예정대로 집에서 나왔다는 뜻인데 왜 모텔로 오지 않았을까? 혹시 오는 길에 납치라도 된 건가?

이제 두 사람의 도주 계획은 실패로 돌아가고 있었다. 해리는 아직 상황의 심각성을 인식하지 못한 상태라서 어제 오는 길에 준비해온 꽃들을 쓰레기통에 버리고 서둘러 모텔을 빠져나왔다. 머리를 빗거나 넥타이를 맬 정신도 없었다.

해리는 짐 가방을 자동차에 던져 넣은 다음 부리나케 시동을 걸고 구즈코브를 향해 출발했다. 겨우 2마일쯤 달렸을 때 그의 차는 경찰이 설치해둔 바리케이드와 맞닥뜨렸다. 프랫 서장이 펌프 액션 총을 손에 들고 모든 작전이 문제없이 진행되고 있는지 체크하고 있었다. 그가 검문검색 때문에 줄지어 늘어선 차들을 둘러보다가 해리의 차를 발견하고 가까이 다가왔다.

"방금 라디오에서 놀라가 실종되었다는 뉴스를 들었습니다." 해리가 차창을 내리고 프랫 서장에게 말을 걸었다. "도대체 어떻게 된 일입니까?"

"놀라가 집에서 사라졌어. 사이드 크릭 레인 근처에서 어제저녁에 목격되었는데, 그 이후로는 종무소식이야. 오로라 전 지역의 도로를 봉쇄하고 검문검색을 실시하고 있고, 놀라를 찾기 위해 숲에서 대규모 수색 작전을 펼치고 있어."

해리는 하마터면 심장이 멎는 줄 알았다. 사이드 크릭 레인이라면 〈시사이드〉 모텔이 있는 쪽이었다.

놀라는 약속 장소인 모텔로 오는 도중 납치당한 걸까? 아니면 놀라가 사이드 크릭 레인에서 사람들 눈에 띄는 바람에 경찰이 모텔로 들이닥쳐 두 사람을 체포할까봐 겁을 집어먹고 도망친 걸까? 놀라는 도대체 어디에 있는 걸까?

프랫 서장은 해리의 파리한 안색과 차에 짐 가방이 가득 실려 있는 걸 보고 물었다. "여행을 다녀오나봐요?"

해리는 미리 짜놓은 각본대로 대처하기로 마음먹었다.

"한동안 보스턴에 가 있었습니다. 책 출판 문제 때문에요."

"보스턴?" 프랫 서장이 고개를 갸웃거리며 되물었다. "북쪽 방향에서 오지 않았나요?"

해리가 우물쭈물 변명했다. "콩코드에 잠깐 들렀다가 오는 길입니다."

프랫 서장은 미심쩍은 눈길로 해리를 바라보았다. 게다가 해리가 운전하는 차도 검은색 쉐보레 몬테카를로였다.

"시동을 끄고 차에서 내려요."

"무슨 문제라도 있나요?"

"우리는 검은색 쉐보레 몬테카를로를 수배해두고 있었어요. 도주한 범인이 운전하던 차종이죠."

경관 두 명이 해리의 차를 수색했다. 딱히 주목할 만한 단서가 나오지 않자 프랫 서장이 해리에게 말했다.

"이제 돌아가도 됩니다. 그 대신 당분간 오로라를 벗어나면 안 됩니다."

라디오에서는 계속 놀라의 인상착의가 반복적으로 흘러나오고 있었다.

"실종된 놀라 켈러건의 인상착의를 전해드리겠습니다. 열다섯 살 소녀, 백인, 157.5센티미터, 45킬로그램, 긴 금발, 녹색 눈동자, 빨간 원피스 착용. 놀라라는 이름이 새겨진 금목걸이 착용."

∞

놀라는 구즈코브에 없었다. 해리는 테라스와 해변에도 나가 보고, 집 안 구석구석을 둘러봤지만 놀라는 그 어디에도 없었다. 해리는 미친 듯이 해변을 오가며 놀라의 이름을 불렀다. 혹시 편지나 메모를 남겼는지 찾아보았지만 아무것도 없었다. 해리는 몹시 혼란스러운 심리 상태가 되었다.

놀라는 나에게 오려고 한 게 아니었다면 왜 집을 나갔을까?

해리는 답답한 마음을 가눌 길 없어 〈클락스 식당〉에 가서 사람들의 이야기를 들었다. 데보라 쿠퍼가 피투성이가 되어 도망쳐온 놀라를 집 안으로 들어오게 했지만 이내 누군가에게 살해당했다는 사실을 알게 되었다. 놀라가 혼자 모텔로 찾아오게 하는 건 위험하니까 다른 방법을 알아봤어야 했다는 생각이 들었다.

해리는 오로라 시내를 가로질러 경찰차들로 에워싸인 켈러건 목사의 집까지 걸었다. 집 주위에 모여든 구경꾼들이 하는 이야기들을 들어봤지만 새로운 소식은 없었다. 그는 오전이 끝나갈 무렵 구즈코브로 돌아와 쌍안경과 갈매기에게 줄 빵조각을 들고 테라스에 앉았다.

놀라는 반드시 돌아올 거야.

해리는 쌍안경으로 해변을 훑었다. 어스름이 내릴 때까지.

13
폭풍우

"때로 책은 위험을 부르기도 해. 책이 자네의 통제 영역을 벗어날 경우 그렇다는 뜻이야. 책을 출판한다는 건 자네 개인 소유가 아니라 공적 영역에 포함된다는 의미지. 하지만 작가는 자신이 쓴 책을 언제든지 제어할 수 있어야 해. 자네 책을 제어하지 못하는 순간 큰 재앙이 밀어닥칠 테니까."

동부 해안 지역에서 발행되는 유력 일간지들의 기사 발췌
2008년 7월 10일 자

《뉴욕타임스》 발췌

해리 쿼버트 사건의 베일을 벗길 준비가 된 마커스 골드먼

며칠 전부터 작가 마커스 골드먼이 해리 쿼버트 사건을 다룬 책을 조만간 출판하게 될 것이라는 소문이 문화계에서 나돌고 있었다. 며칠 전만 해도 소문에 불과했지만 마커스 골드먼이 쓴 원고가 일부 유출되어 유력 일간지에 배달되면서 사실로 확인되었다.

마커스 골드먼이 쓰고 있는 이 책은 1975년 여름에 발생한 놀라 켈러건 실종 사건이 결국 살해 사건으로 종결된 일련의 과정들을 낱낱이 파헤치기 위해 마커스 골드먼이 직접 발품을 팔아 쓴 탐문 조사 내용을 담고 있다. 놀라 켈러건은 1975년 8월 30일에 실종되었고, 2008년 6월 12일에 해리 쿼버트의 자택 정원에서 유골로 발견되었다.

로이 바나스키가 대표로 있는 〈슈미드 앤드 핸슨〉 출판사가 1백만 달러에 판권을 사들였다. 로이 바나스키 대표는 《해리 쿼버트 사건》이라는 제목의 책이 올가을에 출판될 예정이라는 걸 숨기지 않았다.

《콩코드 헤럴드》 발췌

마커스 골드먼의 폭로

대학 시절 해리 쿼버트 교수의 강의를 들은 제자이자 그와 매우 가까운 사이인 마커스 골드먼은 최근 오로라에서 발생한 비극적인 사건을 내부자의 입장에서 그리고 있다. 마커스 골드먼이 쓴 책은 해리 쿼버트와 그 당시 열다섯 살이었던 놀라 켈러건이 구즈코브 해변에서 우연히 만나게 되면서 시작된다.

2008년 봄, 그러니까 내가 미국 문학계에 새롭게 주목받는 작가가 된 지 일 년 만에 문제의 사건이 발생했고, 나는 그 사건을 깊이 파고 들어가 보기로 결심했다. 올해 나이 예순일곱 살인 대학 시절 은사 해리 쿼버트 교수, 이 나라에서 가장 존경받는 작가 가운데 한 사람인 그가 서른네 살 시절에 열다섯 살 소녀와 연인 관계였다는 사실을 알게 되었기 때문이다. 1975년 여름에 일어난 일이다.

《워싱턴 포스트》 발췌

마커스 골드먼이 준비한 폭탄

마커스 골드먼은 단독으로 탐문조사를 진행하면서 새로운 정보들을 다수 확보하게 된 것으로 보인다. 무엇보다도 열다섯 살 소녀인 놀라 켈러건이 여러 남자와 관계를 맺고, 가정에서도 종교 행위를 빙자해 지속적인 매질을 당한 것으로 보인다. 그러다가 놀라 켈러건은 구즈코브 해변에서 해리 쿼버트를 만나 우정을 쌓게 되었고, 자주 서로 교감하며 지내다보니 정서적인 안정을 찾으면서 더 나은 미래를 꿈꾸게 되었다.

《보스턴 글로브》 발췌

놀라 켈러건의 지옥을 오가는 삶

마커스 골드먼은 탐문조사를 벌여 지금껏 언론에서 전혀 다루지 않았던 새로운 사실을 밝혀냈다. 콩코드의 사업가 E. S.는 놀라 켈러건을 성적 노리개로 삼고, 마치 신선한 고기를 사 오듯 운전기사를 시켜 그 아이를 자택으로 데려와 농락했다. 오로라 남자들은 외양은 성숙한 여자처럼 보일지 모르나 열다섯 살에 불과한 놀라를 성적 환상을 충족시켜줄 도구로 활용했다. 심지어 오로라 경찰서장까지도 놀라에게 펠라티오를 강요한 사실이 드러났다. 더욱 놀라운 사실은 놀라를 성적 노리개로 삼은 오로라 경찰서장이 놀라 켈러건 실종 사건의 수사 책임자였다는 것이다.

나는 아직 존재하지도 않는 내 책에 대한 통제력을 상실했다. 7월 10일 목요일 아침에 나는 유력지들의 1면에 실린 기사와 선정적인 헤드라인을 보고 아연실색했다. 하나같이 내가 쓴 원고의 문맥을 고려하지 않고 글을 토막 내거나 제멋대로 짜깁기해 말초신경을 자극하는 기사로 만들어버렸다.

나의 추론은 추악한 단정이 되었고, 수사로 밝혀진 사실들을 토대로 내가 추측하고 예견한 사항들을 마치 기정사실인 양 다루었다. 내가 쓴 원고는 유력지의 횡포로 난도질당했고, 나의 추론과 아이디어들은 아무런 협조 절차도 거치지 않고 세상에 공개되었고, 나의 사고는 처참하게 강간당했다. 그들은 백지 공포증으로 고생하다가 이제 겨우 회복 조짐을 보이던 나를 무참하게 밟아버렸다.

오로라는 흥분의 도가니가 되었다. 주민들은 기사를 거듭 읽으며 분노의 불길에 휩싸였다. 구즈코브에 위치한 해리의 집 전화통은 아침부터 불이 났고, 몇몇 사람들은 아예 집으로 찾아와 나에게 해명을 요구했다. 나는 정면 대결을 할지 잠수를 탈지 선택해야 하는 기로에 섰다. 오전 10시에 나는 위스키 두 잔을 연거푸 들이켜고 나서 〈클락스 식당〉으로 갔다.

식당 출입문을 미는 순간 나는 손님들의 시선이 비수처럼 나에게 꽂히는 느낌을 받았다. 나는 가파르게 뛰는 심장을 애써 다독이면서 17번 테이블에 앉았다.

제니가 주방에서 나오더니 나를 향해 일갈했다. “당신은 세상에서 가장 더러운 인간쓰레기야.”

제니가 내 얼굴에 뜨거운 커피를 뿌리지 않은 걸 다행으로 여겨야 할 판이었다.

제니는 몹시 화가 난 듯 거듭 울분을 터뜨렸다. “오로라 사람들을 등쳐 돈벌이하려고 여기에 온 거야? 우리를 제물 삼아 쓰레기 같은 글을 쓰려고?”

제니는 소리를 지르다가 제풀에 못 이겨 울음을 터뜨렸다. 나는 상황을 진정시킬 필요성을 느끼며 입을 뗐다.

“내가 정말 그런 사람으로 보여요? 오늘 아침 신문에 게재된 기사들은 죄다 사실과 다르고, 활자화되어서는 안 되는 내용이었어요.”

“당신이 쓰레기 같은 글을 써서 신문사에 돌린 게 아니고?”

“내가 쓴 원고와 기사는 전혀 다른 내용입니다. 어떤 글이든 문맥을 고려하지 않고 앞뒤 문장들을 다 떼어내고 새롭게 짜깁기하면 전혀 다른 의미가 될 수 있습니다.”

“아무튼 당신이 쓴 글을 토대로 짜깁기를 한 건 맞잖아?”

"네, 하지만 나는 맹세코 누군가에게 피해를 입히고 싶은 생각이 추호도 없었어요."

"내가 이 자리에서 당신이 쓴 소설을 소리 내어 읽어야 헛소리를 집어치울 거야?" 제니가 신문을 펼쳐들었다. "여기에 이렇게 적혀 있잖아. '〈클락스 식당〉의 제니는 해리를 처음 본 순간부터 사랑에 빠졌다'라고. 내가 해리를 생각하면서 침을 질질 흘리는 여자로 보여?"

"난 그런 글을 쓴 적이 없어요. 사실이 아니란 걸 알면서 왜 그래요?"

"거의 모든 신문에 그렇게 나와 있잖아. 내 친구, 내 가족, 내 남편이 신문기사를 다 읽었을 텐데 난 이제 어떡하라고?"

제니가 분노를 표출하는 동안 손님들은 고개를 절레절레 저으며 나를 힐끔 쳐다보았다. 더는 〈클라스 식당〉에 앉아 있을 수 없어 도서관으로 향했다. 적어도 어니 핑커스는 내 편이 되어주길 기대하면서. 막상 도서관으로 가 어니 핑커스를 만나보니 그 역시 나를 상대하고 싶지 않은 듯했다.

"위대한 작가 마커스 골드먼 씨가 이 누추한 도서관에는 무슨 일로 왕림하셨을까?" 그가 나를 보자마자 인사도 없이 비아냥거렸다. "오로라 사람들에게 어떤 혐오스러운 점이 더 있는지 찾아보려고 왔나?"

"나도 신문 기사를 접하고 크게 분노했어요."

"어쭙잖은 연극은 집어치워. 다들 자네가 쓴 소설 원고 이야기를 하느라 여념이 없어. 신문이든 인터넷이든 TV든 온통 자네가 쓴 원고 이야기 일색이야. 자네는 흡족하겠네. 자네는 그따위 원고를 쓰려고 내가 제공한 정보들을 활용했나? 자네가 도서관에 나타나 뭔가를 찾아봐달라고 하면 난 언제나 기꺼이 찾아주었어. 그럴 때마다 자네는 당연히 누려야 하는 권리라도 되는 듯 시골 도서관 직원 따위는 작가 마커스 골드먼이 마음대로 부려먹어도 되는 사람이라는 듯 단 한 번도 고맙다는 인사조차 하지 않았지. 내가 지난 주말에 무얼 했는지 아나? 내 나이 일흔다섯 살인데 일요일에 격주로 한 번씩 용돈이라도 벌어보려고 몬트버리 마트에서 아르바이트를 하고 있어. 고객들이 주차장에 놓아둔 카트를 모아 정리하는 일이지. 나는 자네처럼 대단한 스타가 아니라서 그런 일이라도 해야 겨우 먹고 살아. 하지만 나 같은 사람도 존중받을 권리가 있다는 걸 명심해."

"죄송합니다."

"자네는 내가 어떻게 살아가고 있는지 전혀 관심이 없었을 거야. 그러니까 나에 대해 아는 게 전혀 없는 게 당연하고. 오로라 사람들 어느 누구도 자네의 관심사가 아니었겠지. 자네는 오로지 작가로 성공해 영광과 명예를 누리고 싶다는 욕망에 매몰돼 있었을 거야. 모든 영광과 명예는 누군가의 희생을 발판 삼아 얻어지게 마련이지."

"이유 여하를 막론하고 제가 진심으로 사과하겠습니다. 괜찮다면 저랑 점심 식사나 하러 갈까요?"

"나를 좀 가만히 내버려둬. 정리해야 할 책들이 산더미처럼 쌓여 있으니까. 나에게 책들은 아주 중요하지만 자네는 전혀 도움이 안 되는 존재일 뿐이야."

나는 참담한 심정으로 구즈코브로 돌아왔다. 그동안 오로라가 아들로 받아들여준 마커스 골드먼은 뜻하지 않게 배신자가 될 위기에 처했다. 나는 더글러스에게 전화해 신문 기사의 내용을 부인하는 성명서를 발표하자고 제안했다.

"도대체 뭘 부인한다는 건가? 어찌 되었든 이 나라의 신문사들은 자네가 작성한 원고를 토대로 기사를 썼을 뿐이야. 두 달 후면 어차피 책을 통해 볼 수 있었던 내용이었다는 말이야."

"내가 쓴 원고와 신문 기사는 내용적으로 전혀 일치하지 않아요. 자기들 마음대로 내 원고를 뒤틀어 말초적인 흥미 위주의 기사로 각색한 거예요."

"그렇게 유난 떨 필요 없어. 자네는 원고에나 집중하면 돼. 자네는 7주 만에 원고를 마무리하기로 약속하고 1백만 달러를 받았다는 사실을 기억하지?"

"그건 나도 알지만 내 원고를 왜곡해 쓰레기 같은 기사의 재료로 삼는 건 도저히 받아들일 수 없어요."

"몇 주 만에 쓴 소설은 아무리 뛰어나 봐야 불후의 명작이 될 수는 없어. 언론이 시끄럽게 떠들어대면 좀 성가시긴 해도 책의 홍보에는 큰 도움이 된다는 걸 알아야 해."

"해리의 책 《악의 기원》도 7주 만에 썼는데 문학계에서 걸작으로 꼽고 있어요."

"자네는 해리가 아니잖아. 내 말이 무슨 뜻인지 모르겠나?"

"전혀 모르겠는데요."

"해리는 위대한 작가야."

"그렇게 말해주니 고마워 죽을 지경이네요. 그럼 나는 어떤 작가인데요?"

"해리와 자네를 비교하려고 한 말이 아니야. 서로 스타일이 다르다는 뜻이야. 자네는 현대적인 작가라고 할 수 있지. 자네 소설의 장점은 박진감 넘치고 스피디하고, 유행을 잘 반영한다는 거야. 그러니까 독자들이 자네 소설에 열광할 수밖에. 자네 소설은 트렌디해. 사람들은 자네가 퓰리처상을 받을 거라 기대하진 않지만 시대의 색조와 흐름에 부응하기 때문에 열광하는 거야. 독자들에게 신나는 시간과 오락거리를 제공하니까. 퓰리처상을 받는 것보다 오히려 매력적인 장점일 수도 있어."

"정말로 그렇게 생각하세요? 아예 나를 B급 작가 취급하시네요?"

"내가 한 말이 그런 의미는 아니라는 걸 알 거야. 독자들이 자네를 좋아하는 또 다른 이유가 뭔지 아나?"

"글쎄요, 전혀."

"잘생겼기 때문이야."

"보자 보자 하니까 갈수록 태산이네요."

"자네도 내가 무슨 말을 하고 싶어 하는지 잘 알잖아. 자네에게는 특별한 이미지가 있어. 방금 전에도 말했듯이 자넨 시대의 색조와 유행을 선두에서 이끄는 작가야. 트렌디하다는 뜻이야. 자네는 독자들의 좋은 친구이기도 하고, 신비한 연인이기도 해. 스위트한 남자 친구이기도 하고. 《해리 쿼버트 사건》은 엄청난 성공을 거두게 될 거야. 자네 책은 아직 세상의 빛을 보지도 않았는데 벌써부터 아우성을 치잖아. 출판계에서 수십 년 일했지만 이런 경우는 난생처음이야. 지금껏 단 한 번도 듣도 보도 못했어."

"《해리 쿼버트 사건》이라고요?"

"책 제목이잖아?"

"책 제목이라니요?"

"자네가 원고 뭉치에 써놓고 이제 와서 왜 그러나?"

"분명히 괄호를 치고 가제라고 명시해두었는데 이미 결정된 듯이 말하네요? 잘 아시겠지만 '가제'는 아직 제목으로 결정하지 않았다는 뜻입니다."

"로이가 자네에게 얘기 안 했어? 출판사 마케팅 부서에서는 이미 《해리 쿼버트 사건》이 완벽한 제목이라고 판단하고 어제저녁에 아예 결정해버렸거든. 어제저녁에 원고 유출 문제로 긴급

회동이 있었거든. 참석자들 대부분이 원고 유출 건을 악재로 보지 말고 오히려 책의 홍보를 극대화할 수 있는 계기로 삼자는 의견을 말했지. 오늘 아침에 벌써부터 책 홍보를 시작했으니 난 자네도 다 알고 있을 거라 생각했지. 출판사 홈페이지에 들어가 봐. 홍보가 나가고 있을 거야."

"빌어먹을! 당신이 내 에이전트잖아요. 에이전트는 생각하는 게 아니라 행동해야 하는 역할이라고요. 가령 내가 책과 관련해 결정된 사항들을 알고 있는지 미리 확인했어야죠."

나는 화가 나 전화를 끊어버리고 컴퓨터로 달려갔다. 〈슈미드 앤드 핸슨〉 홈페이지의 메인 화면은 내 책에 대한 소개로 덮여 있었다. 커다란 내 얼굴 사진과 오로라의 풍경을 찍은 사진 옆에 다음과 같은 글귀가 적혀 있었다.

《해리 쿼버트 사건》

놀라 켈러건 실종 사건을 마커스 골드먼의 시각으로 쓴 소설!

올가을, 출간 예정! 벌써부터 선주문 폭발!

∞

필적 감정 결과가 나오면서 오후 2시에 검사 측이 요청한 청문회가 열릴 예정이었다. 기자들이 콩코드 법원의 계단을 가득 채우고 있었고, 실시간으로 청문회 소식을 전하려는 TV 채널들은 방송국에 마련된 스튜디오에서 언론이 이미 보도한 내용들을 재구성한 방송을 내보내고 있었다. 이제는 소송을 취하하자는 이야기도 슬슬 흘러나왔다. 어쨌거나 원고 유출 사건은 화젯거리가 풍부한 스캔들이 틀림없었다.

청문회가 열리기 한 시간 전, 나는 법원에 가지 않겠다는 말을 전하려고 벤자민에게 전화를 걸었다.

"뒤로 꼭꼭 숨겠다는 말입니까?" 벤자민이 빈정거렸다. "그럴 필요 없습니다. 우리, 소심한 사람인 척하지 말자고요. 원고가 유출되어 유감이지만 오히려 긍정적인 측면이 많습니다. 가령 해리의 무고를 입증해주는 데 도움이 될 테니까요. 그 책이 나오면 당신의 커리어가 한 단계 성장하게 될 테고, 그 덕분에 나도 널리 이름을 알릴 수 있게 되겠죠. 그렇게 되면 나는 그저 콩코드에서 활동하는 벤자민 로스 변호사가 아니라 마커스 골드먼의 베스트셀러에 등장하는 인물로 각인될 테니까 말입니다. 아주 적절한 타이밍에 스캔들이 터져주었어요. 무엇보다 당신에게 도움이 되는 스캔들이죠. 당신이 글을 쓰지 않고 지낸 지 벌써 2년이 지났잖아요."

"당신은 지금 자신이 무슨 말을 하는지 제대로 알고 있긴 합니까? 괜히 제대로 알지도 못하면서 떠들다가는 큰코다칩니다."

"당신이야말로 시답잖은 연극을 집어치워요. 당신의 책이 출판될 경우 피해를 보는 사람이 더러 있을 거란 사실을 잘 알고 있을 거라 생각합니다. 그 사건과 관련된 인물들은 본의 아니게 유명 인사가 될 수도 있겠네요. 당신은 한동안 영감이 떠오르지 않아 전전긍긍하며 지내더니만 이제 비로소 성공이 보장되는 책을 쓰게 되었군요."

"내 원고가 언론에 유출된 건 유감입니다. 결코 유출되어서는 안 되는 원고였습니다."

"나는 오늘 해리를 교도소에서 빼낼 작정입니다. 당신 덕분입니다. 판사도 신문을 읽어봤을 테니까 굳이 내가 나서서 놀라가 일종의 매춘부 노릇을 했다는 사실을 따로 설명할 필요는 없겠더군요."

내가 버럭 소리를 질렀다.

"그런 짓은 하지 말아요."

"왜 그러면 안 된다는 거죠?"

"놀라 켈러건은 매춘부가 아니었으니까요. 해리는 그 아이를 진심으로 사랑했어요."

벤자민은 내 말이 끝나기도 전에 전화를 끊어버렸다. 나는 잠시 후 TV 화면에서 벤자민을 보았다. 그는 개선장군처럼 환한 미소를 지으며 법원 계단을 올라가고 있었고, 다수의 기자들이 그에게 마이크를 들이대며 언론을 통해 화제가 되고 있는 내용이 진실인지 묻고 있었다.

"놀라 켈러건이 오로라의 많은 남자들과 같이 잔 게 사실입니까? 경찰 수사는 원점에서 다시 시작해야 하는 겁니까?"

벤자민은 기자들이 던지는 모든 질문에 긍정적으로 대답했다.

해리의 석방 문제를 다루는 청문회는 미처 20분도 안 되어 끝났다. 청문회에서 판사가 쟁점을 나열하면서 결국 이 모든 사건은 수플레처럼 바람이 빠져버렸다. 그동안 해리의 범죄를 입증하는 주요 증거가 되어온 *'영원히 안녕, 내 사랑 놀라'*는 해리의 필체가 아니라는 게 확인되면서 신빙성을 상실했다. 다른 요소들도 타버린 재처럼 날아가 버렸다. 가령 타마라의 증언은 물적 증거가 전혀 없어서 채택되지 못했고, 검은색 쉐보레 몬테카를로는 심지어 사건이 일어난 당시에도 증거로 인정받지 못했다.

판사는 해리 쿼버트의 보석을 허가하기로 결정했고, 보석금은 50만 달러로 책정되었다. 고소 취하로 가는 문이 활짝 열린 셈이었다.

기자들은 뜨악한 반응을 보였다. 애초에 검사가 해리를 체포해 여론의 제물로 던져주면서 대대적인 광고 효과를 노린 건 아닌가 하는 의심을 사기도 했다. 법원 앞에서는 이해관계가 다른 사람들의 시위가 벌어졌다. 우선 판사의 보석 결정을 반기는 벤자민 로스 변호사는 언론과의 인터뷰에서 보석금만 내면 해리가 이제 곧 자유인이 될 것이라 말했고, 검사는 아직 수사가 마무리되지 않았다는 상황 논리를 내세워 반전을 시도했지만 별반

호응을 얻지 못했다.

나는 TV를 끄고 밖으로 나가 달리기를 시작했다. 최대한 빨리 달려 내 몸을 피곤하게 만들어야 할 필요가 있었다. 달리기를 통해 내가 아직 살아있음을 온몸으로 느끼고 싶었다. 아이들을 데리고 소풍 나온 가족들이 눈에 띄는 몬트버리 호수까지 내처 달렸다.

돌아오는 길에 맹렬한 속도로 나를 지나쳐 달려가는 소방차를 보았다. 다른 소방차 한 대와 경찰차 한 대가 부지런히 뒤따르고 있었다. 바로 그 순간 매캐한 냄새와 함께 짙은 연기가 소나무 숲 위로 치솟는 모습이 눈에 들어왔다. 이제 보니 구즈코브 집이 불타고 있었다.

나는 해리의 집을 화마에서 구하기 위해 전력을 다해 달렸다. 소방대원들이 불을 끄기 위해 바삐 움직이고 있었지만 거대한 불길은 어느새 건물을 집어삼키고 있었다.

수십 미터 떨어진 길가에서 경관 하나가 내 차를 살피고 있었다. 내 차체에 빨간 페인트로 '*타버려, 마커스. 타버려!*'라고 적혀 있었다.

∞

다음 날 오전 10시까지도 불에 타버린 집에서는 연기가 피어올랐다. 화마가 휩쓸고 간 집은 많은 부분이 무너져 내렸다. 뉴햄프셔주 경찰청에서 나온 화재 감식반원들이 무너진 집채 사이를 분주히 오가는 동안 소방대원들은 겨우 잦아든 불씨가 다시 살아나지 않도록 구석구석 점검하느라 여념이 없었다. 감식반원들은 방화범이 집에 휘발유를 뿌려 순식간에 불길이 번져나간 것으로 추정했다. 테라스와 거실, 주방은 완전히 소실되었다. 그나마 2층은 완전히 소실되지는 않았지만 소방대원들이 불길을 잡느라 뿌려댄 어마어마한 양의 물 때문에 수리해 사용하기 힘들 만큼 손상을 입었다.

여전히 운동복 차림인 나는 풀밭에서 넋을 잃고 앉아 삽시간에 폐허가 된 집을 바라보았다. 나는 그 자리에서 뜬눈으로 밤을 새웠다. 내 발치에는 소방관들이 내 방에서 꺼내 온 가방 하나가 놓여 있었고, 그 안에는 몇 벌의 옷가지와 노트북이 들어 있었다.

자동차가 도착하는 소리가 들리더니 내 뒤에 모여 있던 구경꾼들 사이에서 구시렁대는 소리가 들려왔다. 보석으로 풀려난 해리가 집으로 돌아오는 길이었다. 나는 벤자민에게 전화해 구즈코브의 집이 불에 타 소실되었다는 말을 전했으므로 해리도 이미 알고 있을 거라 추측했다. 내 곁으로 다가온 해리는 아무 말 없이 풀밭에 털썩 주저앉더니 그제야 입을 열었다.

"도대체 자네는 무엇에 홀려 그런 원고를 쓴 건가?"

"면목 없습니다."

"아무 말도 하지 말고 자네가 저지른 짓의 결과를 봐. 이럴 때 말은 필요가 없어."

"변명하고 싶지는 않지만 저는……."

해리는 그때서야 내 레인지 로버 보닛에 빨간 페인트로 쓴 글귀를 발견했다.

"자네 차는 멀쩡한가?"

"네."

"얼른 차에 올라 여기서 당장 꺼질 수 있을 테니 다행이네."

"선생님……."

"놀라는 나를 사랑했어. 나도 그 아이를 어느 누구보다도 사랑했고. 자네는 왜 그런 글을 썼나? 자네는 자네가 가진 문제가 뭔지 모르지? 자네는 한 번도 사랑받아 본 적이 없다는 게 문제야. 연애소설을 쓰고 싶어 하지만 사랑에 대해서는 문외한이야. 난 자네가 당장 여기서 떠나주었으면 해. 잘 가."

"나는 신문에 보도된 것처럼 놀라를 묘사하거나 심지어 그런 아이라고 상상해본 적도 없습니다. 신문사에서 내가 쓴 글의 의미를 제멋대로 왜곡했을 뿐입니다."

"자네는 무슨 생각으로 로이 바나스키가 그 쓰레기 같은 글을 이 나라의 모든 언론 매체에 뿌리도록 방치했나?"

"방치한 게 아니라 원고를 도둑맞았답니다."

해리가 냉소적인 웃음을 터뜨렸다.

"자네는 로이 바나스키가 늘어놓는 궤변을 다 믿어줄 만큼 순진한 사람이었나? 내가 장담컨대 로이 바나스키는 자기 손으로 직접 원고를 복사해 모든 언론 매체에 뿌렸을 거야."

"그가 왜 그런 수고를……."

해리가 내 말을 끊었다.

"차라리 난 자네가 나와 일면식도 없는 사람이었으면 좋겠다는 생각이 들어. 이제 아무 말도 하지 말고 당장 떠나. 자네는 지금껏 내 소유지에서 지냈지만 앞으로 더는 그런 기회를 얻지 못할 거야."

긴 침묵이 이어졌다. 소방관들과 경관들이 심각한 표정으로 서로 얼굴을 마주하고 있는 우리를 물끄러미 바라보았다.

나는 내 가방을 챙겨 들고 레인지로버에 올라 그대로 구즈코브를 떠났다. 나는 즉시 로이 바나스키에게 전화를 걸었다.

"자네 목소리를 들으니 정말 반가워." 로이가 말했다. "해리 쿼버트의 집에서 화재가 발생했다는 소식은 방금 전 뉴스를 봐서 알고 있어. 모든 채널에서 화재 소식을 다루고 있거든. 무엇보다 자네가 다치지 않아서 다행이야. 그나저나 난 자네와 수다 떨고 앉아 있을 시간이 없어. 워너브라더스 경영자들과 약속이 있거든. 시나리오 작가들이 벌써 자네가 쓴 일부 원고만 보고도 《해리 쿼버트 사건》을 영화화하는 작업에 착수했거든. 영화사의 기대감이 큰 만큼 난 두둑하게 저작권료를 챙길 생각이야."

“그 책은 나오지 않을 겁니다.”

“그게 무슨 소린가?”

“당신이 원고를 모든 언론 매체에 보냈죠? 당신이 일을 망쳐버렸다고요.”

“자네는 늘 풍향계처럼 마음이 이리저리 흔들리는 게 문제야. 여자처럼 변덕이 심해. 제멋대로 탐정 놀이를 즐기더니 별안간 무슨 뚱딴지같은 소리인가? 난 자네가 간밤의 화재 사건 때문에 뜬눈으로 밤을 지새운 탓에 헛소리했다고 치부하고 넘길 테니 앞으로는 조심해. 책이 나오지 않을 거라고? 자네가 감히 내 앞에서 그런 말을 할 수 있는 처지라고 생각하나?”

“난 진정한 작가가 되고 싶어요. 글을 쓴다는 건 자유로워지는 거라고 봐요.”

로이가 기가 막힌 듯 헛웃음을 웃었다.

“누가 자네의 머릿속에 그따위 헛바람을 불어넣었나? 자네는 지금 자네의 커리어와 창의적인 아이디어를 바탕으로 성공을 노리는 작가에 불과해. 작가 역시 인간의 조건에 매인 노예일 뿐이야. 글을 쓰다 보면 자유로워지기보다는 오히려 의존적이 될 수밖에 없어. 자네가 쓴 글을 읽어줄 독자들의 반응에 목을 매게 될 수밖에 없으니까. 작가에게 자유는 공허한 개소리에 불과해. 이 세상 어느 누구도 자유로운 사람은 없어. 난 자네의 자유 가운데 일부분을 손아귀에 틀어쥐고 있지. 우리 회사 주주들이 내 자유의 일부를 손아귀에 틀어쥐고 있듯이. 다시 한번 말하지만 이 세상에서 자유로운 사람은 없어. 정말 자유롭다면 행복해야 할 텐데 자네는 그런 사람을 얼마나 알고 있나?" 내가 대답하지 않자 로이는 계속 말을 이어갔다. "자네도 알다시피 자유는 아주 흥미로운 개념이야. 월스트리트에서 트레이더로 일하던 사람이 있어. 아주 잘 나가는 골든 보이였지. 투자하는 족족 대박을 쳤으니까. 어느 날 그는 자유로운 인간이 되고 싶다고 선언하고 월스트리트를 떠났어. TV에서 알래스카를 다룬 다큐멘터리를 보았는데 굉장히 큰 충격을 받았나봐. 그는 알래스카로 떠나 맑은 공기를 마시며 자유롭고 행복하게 살기로 결심한 거야. 그는 그동안 힘들게 쌓아 올린 부, 경력, 성공과 명예를 모두 버리고 알래스카의 랭겔로 갔지. 인생에서 언제나 승승장구하던 그가 자유로운 사냥꾼이 되고 싶다는 프로젝트마저도 성공적으로 이끈 셈이지. 그는 널리 공언한 대로 진정한 자유인이 되었어. 가족이나 집도 없고, 몇 마리의 개와 텐트뿐인 삶을 이루었지. 내가 이 세상에서 유일하게 알고 있는 진정한 자유인이었지."

"왜 과거형으로 말하세요?"

"그는 6월부터 10월까지 넉 달 동안 알래스카에서 자유를 구가하며 살았지만 겨울이 찾아오자 강추위에 얼어 죽었으니까. 마지막에는 자기가 데리고 있던 개들을 잡아먹으면서 버티다가 끝내 얼어 죽고 말았어. 자유와 목숨을 맞바꾼 셈이지. 다시 한

번 강조하지만 이 세상에서 자유로운 사람은 없어. 우리는 타인들과 우리 자신의 포로일 뿐이야."

로이 바나스키가 자유와 관련해 일장연설을 늘어놓는 동안 갑자기 뒤에서 사이렌 소리가 들려왔다. 경찰의 암행 단속에 적발되었다는 뜻이었다. 운전 중 휴대폰 사용금지를 위반한 나는 순순히 갓길에 차를 세웠다.

경찰차에서 내린 사람은 자세히 보니 페리였다. 그가 내 차로 다가오더니 말했다. "제발 뉴욕으로 돌아가는 길이라고는 말하지 마세요."

"내가 왜 오로라를 떠나 뉴욕으로 갈 거라고 생각했죠?"

"당신이 뉴욕으로 가는 길로 들어섰으니까요."

"난 그냥 어디로 간다는 계획도 없이 차를 운전하고 있었어요. 그나저나 나를 어떻게 찾아냈습니까?"

"당신 차 보닛에 빨간 글씨로 마커스 골드먼이라고 적혀 있던데요. 하지만 지금은 뉴욕으로 돌아가기에 적절한 타이밍이 아닙니다."

"해리의 집은 화재로 타버렸어요."

"나도 알지만 당신을 뉴욕으로 돌아가게 할 수는 없어요."

"이유가 뭐죠?"

"당신은 용감한 사람이니까. 나도 경찰 경력이 제법 많지만 당신처럼 용감하고 끈질기게 수사하는 사람은 만나보지 못했어요."

"언론 매체들이 내가 쓴 원고를 만신창이로 만들었어요."

"당신은 아직 원고를 다 쓰지는 않았잖아요. 당신의 운명은 여전히 당신 손에 달려있어요. 당신이 원한다면 아직 뭐든 할 수 있다는 뜻입니다. 당신은 남들에게는 없는 창조적 재능이 있으니까. 자, 그러니까 나랑 같이 다시 수사를 시작해 반드시 걸작을 완성합시다. 당신은 싸움닭처럼 물러서지 않는 배짱과 지혜가 있어요. 내가 이런 말까지 해도 되는지 모르겠지만 당신은 나까지 흙이 목까지 차오르는 수렁에 빠뜨려 허우적거리게 만들었어요. 해리 쿼버트를 당장 잡아들이라고 검사에게 요청했던 사람은 바로 나였죠. 33년 전 일로 긴급체포를 당하면 아무리 침착한 사람이라도 당혹스러울 수밖에 없을 테고, 결국 실수를 저지르게 될 거라고 생각했어요. 그런데 난 보기 좋게 실패했죠. 바로 그때 당신이 내 한 달 치 월급을 다 주어도 구입하기 힘든 에나멜 구두를 신고 나타난 거예요. 지금 도로 갓길에서 내가 당신을 향해 사랑의 세레나데를 부를 수는 없는 입장이지만 제발 뉴욕으로 돌아가지 말고 나와 함께 일합시다. 우리가 함께 힘을 합쳐 이 사건을 마무리 지어 봅시다."

"집이 불타서 난 이제 머물 곳도 없어요."

"당신은 1백만 달러를 벌어들이고도 그런 엄살을 부릴 겁니까? 당장 콩코드 호텔에 전화해 스위트룸 하나를 잡아요."

∞

그 뒤로 이어진 일주일 내내 나는 오로라에 발길을 끊었다. 콩코드에 있는 〈리젠트〉 호텔 스위트룸에 짐을 푼 나는 수사와 집필에만 집중하며 하루하루를 보냈다. 벤자민을 통해 간간히 해리의 소식을 들었는데 그는 〈시사이드〉 모텔 8번 방에서 지내고 있다고 했다. 벤자민 말로는 해리가 나를 더는 보고 싶어 하지 않는다고 했다.

"당신은 왜 언론 매체에 보낸 원고에다가 놀라를 정서 불안에 어린 매춘부로 묘사했죠?"

나는 억울한 생각이 들어 나 자신의 변호에 나섰다.

"난 결코 그런 글을 쓴 적이 없습니다. 난 원고를 50페이지 정도 써서 로이 바나스키에게 전달했을 뿐입니다. 로이가 내 원고 작업이 차질 없이 진행되고 있는지 확인하고 싶어 했거든요. 로이는 나에게 원고를 도둑맞았다고 했지만 언론 매체에 직접 뿌린 것으로 보여요."

"당신이 그렇게 말하면 나는 무조건 믿어야 하는 건가요?"

"무조건 믿으라는 게 아니라 진실을 말하는 겁니다."

"어쨌거나 내가 보기에도 작전이 기발했어요. 나라고 해도 그보다 더 잘할 수는 없었을 테니까요."

"그게 무슨 말입니까?"

"피해자를 가해자로 만드는 반전만큼 검사의 고소 내용을 효과적으로 뒤집어버리는 방법은 없으니까요."

"해리는 필적 감정 결과에 따라 석방되었을 뿐입니다. 잘 아시면서 이상한 말을 하시네요."

"내가 전에도 말한 적이 있지만 판사도 우리 같은 사람일 뿐입니다. 판사들도 아침에 일어나 커피를 마시면서 신문을 펼쳐보는 게 가장 먼저 하는 일일 겁니다."

벤자민 로스 변호사는 대단히 현실적이지만 그렇다고 혐오감을 불러 일으킬 만큼 약삭빠르지는 않은 인물이었다. 그는 구즈코브 화재로 해리가 큰 충격을 받은 상태지만 경찰이 방화범을 체포하게 되면 기분이 나아질 거라며 나를 위로했다.

경찰은 구즈코브 화재 사건과 관련해 믿을 만한 단서를 확보했다. 화재가 일어난 다음 날, 집 근처를 샅샅이 수색한 경찰은 덤불 숲에 감춰져 있던 석유통을 찾아내 방화범의 지문을 채취했다. 하지만 안타깝게도 경찰이 보유하고 있는 전과자 지문 파일에 올라 있지 않은 지문이라 신원을 확인할 수 없었다.

페리는 결정적인 증언이 더 나오지 않는 한 범인을 꼼짝 못 하게 옭아매기는 어렵게 되었다고 전망했다. 페리의 말에 따르면 방화범은 전과 기록이 없고, 지금껏 경찰의 주목을 한 번도 받은 적이 없는 인물, 가장 평범하고 선량한 인물일 가능성이 높다고 내다보았다. 그럼에도 페리는 용의자 범위를 지역 주민들과 현재 오로라에 거주하는 인물로 좁혔다. 평범한 누군가가 범죄를 저지르고 나서 혹시 산책 나온 사람들 눈에 띌까봐 겁이 나자 거추장스러운 증거물을 풀숲에 버렸을 수도 있다는 게 그의 추론이었다.

∞

사건의 흐름을 뒤집고, 원고를 마무리해 출판사에 넘겨야 하는 시간이 6주밖에 남지 않았다. 내가 그동안 원했던 작가가 되려면 분연히 싸워야 할 때였다. 주로 오전에는 글을 쓰고, 오후에는 페리와 공조해 사건 수사에 전념했다. 페리는 내가 머무는 호텔 스위트룸을 마치 사무실 별관처럼 사용했고, 호텔 직원들을 사건 보고서, 신문 기사 스크랩, 사진과 각종 자료들이 가득 들어있는 상자들을 옮기는 데 동원했다.

우리는 수사를 처음부터 되짚어보기로 했다. 그 당시 경찰이 작성한 사건 보고서를 다시 읽어보고, 증인들의 진술을 꼼꼼하게 살펴보았다. 우리는 오로라 일대 지도를 출력해 켈러건 목사의 집에서 구즈코브까지, 구즈코브에서 사이드 크릭 레인까지처럼 두 지역 간 이동 거리를 계산해보았다. 페리는 현장으로 직접 가서 우리가 계산한 거리와 실제 이동 거리가 일치하는지 확인했다. 심지어 오로라경찰서의 경찰이 사건 당시 출동하는 데 걸린 시간도 확인해보았다.

“경찰은 신고를 접수하자마자 곧장 현장으로 출동했어요. 프랫 서장이 주도한 수사를 문제 삼기는 어려워 보여요.” 페리가 인정했다. “프랫 서장은 나름 전문가다운 수사를 진행했으니까.”

“놀라의 유골과 함께 묻혀 있던 원고 겉장에 적힌 글은 해리가 쓴 게 아니라는 사실이 필적 감정 결과 밝혀졌어요.” 내가 말했다. “그렇다면 왜 범인은 놀라의 시신을 구즈코브의 집 정원에 매장했을까요?”

“그 장소가 오히려 안전하다고 판단했기 때문이었을 겁니다.” 페리가 추측했다. “해리는 마치 들어두라는 듯이 주변 사람들에게 며칠 동안 오로라를 떠나있을 거라고 했다면서요?”

“경사님 말대로라면 범인이 해리가 집에 없다는 사실을 미리 알고 있었을 거라는 뜻이네요?”

“그래 보여요. 다만 집으로 돌아온 해리가 누군가 정원에 커다란 구덩이를 파고 시신을 매장했는데 그 사실을 전혀 눈치채지 못했다는 게 이상하게 보이긴 해요.”

“그 당시 해리는 정상적인 심리 상태가 아니었을 겁니다. 놀라와 함께 세운 도주 계획이 무산될 형편인 데다 놀라가 실종되었으니 마음이 괴롭고 혼란스러운 상태였을 테니까요. 그런 심리 상태라면 누군가 정원을 팠다가 다시 덮었는지 알아차리기 힘들 수도 있죠. 특히 구즈코브라면 더욱 그럴 수 있습니다. 비가 아주 조금만 내려도 땅이 진흙으로 변해버리니까요."

"당신 말을 듣고 보니 충분히 일리가 있네요. 그러니까 범인은 구즈코브의 집이 비었다는 사실을 잘 알고 있었고, 만약 놀라의 사체가 발견되면 해리가 가장 먼저 의심받을 테니까 의도적으로 거기에 묻은 거네요."

"바로 그겁니다."

"빙고!"

"그렇다면 원고 표지에 왜 그런 글을 썼을까요?" 내가 물었다. "원고 표지에 *'영원히 안녕, 내 사랑 놀라'*라는 말을 썼잖아요."

"1백만 달러를 선불로 받은 당신이 맞혀야 할 퀴즈네요."

현재까지 진행된 수사의 가장 큰 맹점은 우리가 확보한 단서들이 서로 긴밀하게 연결되어 있지 않고, 각기 따로 떨어져 있다는 점이었다. 페리가 아직 답을 찾지 못한 몇 가지 의문점들을 커다란 종이 위에 대문짝만하게 적었다.

· 엘리야 스턴

왜 놀라에게 돈을 주고 모델이 되어달라고 했을까?

그에게는 놀라를 살해해야 하는 동기가 있었을까?

· 루터 칼렙

그는 왜 놀라를 그렸을까?

그는 왜 오로라를 배회했을까?

그에게는 놀라를 살해해야 하는 동기가 있었을까?

· 데이빗 켈러건과 루이자 켈러건

그들은 왜 딸을 심하게 때렸을까?

그들은 왜 놀라의 자살 기도와 일주일간 가출한 사실을 극구 감추려고 했을까?

· 해리 쿼버트

유죄일까?

· 가레스 프랫 서장

놀라는 왜 그에게 유사 성행위를 해주었을까?

동기 : 놀라가 모든 사실을 폭로하겠다고 그를 위협했을까?

· 타마라 퀸은 해리 집에서 슬쩍 가져온 종이가 사라졌다고 했다. 누가 <클락스 식당>의 금고에 넣어놓은 종이를 빼돌렸을까?

· 누가 해리에게 익명의 편지를 보냈을까?

33년 전부터 다 알고 있으면서 지금껏 침묵을 지킨 사람은 누구인가?

· 누가 구즈코브 집에 불을 질렀을까?

누가 수사가 마무리되고 사건의 진실이 드러나는 걸 두려워하는가?

페리는 아직 해답을 얻지 못한 질문들을 적은 커다란 종이를 스위트룸 벽면에 압핀으로 고정해놓으면서 한숨을 토했다.

"수사를 진행해갈수록 점점 더 오리무중이 되어가는 경우는 처음 봅니다." 페리가 솔직하게 털어놓았다. "용의선상에 있는 사람들과 사건들을 엮어주는 핵심 요소가 반드시 있을 텐데 말입니다. 우리가 만약 그걸 찾아낸다면 범인이 누군지 만천하에 드러나게 될 겁니다."

페리는 안락의자에 털썩 주저앉았다. 이제 겨우 7시인데, 페리는 벌써 에너지가 바닥나 머리를 굴릴 힘조차 남아 있지 않은 듯했다. 그는 평소에도 이 시간이면 늘 지쳐 보였다.

나는 다시 복싱을 시작하기로 결심했기에 복싱 연습장에 갈 채비를 했다. 차로 15분 거리에 복싱 연습장이 있었다. 〈리젠트〉 호텔의 프런트 직원이 추천해준 곳이었고, 나는 저녁마다 복싱 연습을 하러 갔다.

"이 밤중에 어딜 가십니까?" 페리가 물었다.

"복싱 연습을 하러 갑니다. 경사님도 같이 가실래요?"

"난 사양하겠습니다."

나는 복싱 연습에 필요한 복장과 도구들을 가방에 집어넣고 페리에게 손을 흔들어 인사를 건넸다.

"경사님이 원하는 만큼 쉬다가 가셔도 되는데 나가실 때 반드시 문을 잠가야 한다는 점 잊지 말아주시길 바랍니다."

"아, 그 정도는 내가 알아서 할 테니까 걱정 말아요. 필요할 때면 언제든지 드나들 수 있도록 프런트 담당자에게 말해 스페어 키도 하나 받아두었습니다. 그런데 정말 복싱 연습을 하러 가는 겁니까?"

"네, 그렇다니까요."

페리가 잠시 머뭇거리더니 방을 나서는 나를 다시 불렀다.

"잠깐만요, 나도 같이 가면 안 될까요?"

"안 될 거야 없죠. 왜 갑자기 마음을 바꾸셨습니까?"

"나도 복싱 연습을 열심히 해 당신을 때려눕히고 싶어서요. 그나저나 복싱을 왜 그리 좋아하십니까?"

"그러고 보니 복싱에 얽힌 사연이 정말 많네요."

∞

7월 17일 목요일, 우리는 33년 전 프랫 서장과 공동으로 수사를 지휘했던 뉴햄프셔주 경찰청의 닐 로딕 팀장을 만나러 갔다. 그는 올해 나이 여든다섯 살이었고, 바닷가 근처 요양원에서 휠체어 신세를 지고 살아가고 있는 처지였다. 그는 고령이라 기억력이 많이 감퇴하긴 했지만 그 사건에 대해서는 비교적 잘 기억하고 있다고 했다.

"말도 안 되는 사건이었지." 닐 로딕이 대뜸 흥분한 어조로 말했다.

"쿠퍼 부인이 피투성이가 된 소녀가 한 남자에게 쫓기는 모습을 발견했고, 경찰에 신고하러 간 사이 감쪽같이 사라졌다는 거야. 그다음 장면은 쿠퍼 부인의 신고를 받고 출동한 경찰이 숲을 수색하는 동안 그녀의 집 쪽에서 총소리가 들려와 달려가 보니 이미 살해되었고, 놀라는 사라지고 없었어. 내가 그 수사를 진행하는 동안 가장 이상하게 생각했던 점은 켈러건 목사가 틀었다던 음악이야. 도대체 어떤 아버지가 집에서 딸이 납치되는 줄도 모르고 음악을 크게 틀어놓고 있을까?"

"팀장님은 누군가 놀라를 납치했을 거라고 보십니까?" 페리가 물었다.

"증거가 없으니까 단정할 수야 없지만 어떤 미치광이가 산책을 나온 놀라를 납치해 트럭에 싣고 사라졌을 가능성을 배제할 수는 없잖아."

"혹시 대대적인 수색이 벌어지던 날 날씨는 어땠는지 기억하십니까?"

"비도 내리고 안개가 자욱하게 끼어 있어 시야를 확보하기 힘들었어. 그런데 왜 갑자기 날씨를 묻나?"

"해리 쿼버트가 정원에 구덩이를 파고 누군가를 매장했는데 전혀 몰랐을 수 있을까 해서요."

"구즈코브의 그 집은 정원이 어마어마하게 넓은 편이니까 주의 깊게 보지 않는 한 모를 수도 있지. 혹시 자네 집에도 정원이 있나?"

"네."

"크기가 어느 정도인데?"

"자그마합니다."

"자네가 집을 비운 사이 누군가 자네의 집 정원에 자그마한 구덩이를 파고 뭔가 묻어놓고 사라졌다고 가정해보자고. 자네가 집에 들어와 정원을 지날 때 뭔가 이상하다고 느낄 수 있었겠나?"

"그냥 무심코 지나쳤을 것 같은데요."

∞

콩코드로 돌아오는 길에 페리는 내 생각을 물었다.

"놀라의 유골과 함께 발견된 원고를 주목해볼 필요가 있어 보여요. 내가 보기에 그 원고는 놀라가 집에서 납치되지 않았다는 사실을 입증해주는 증거 같아요. 놀라는 그날 저녁 해리가 있는 곳으로 가려고 집을 나섰어요. 〈시사이드〉 모텔에서 해리와 만나기로 사전 약속이 되어 있었으니 부모 몰래 살그머니 나왔겠죠.

놀라 입장에서 보자면 가장 중요한 게 무엇이었을까요? 해리의 원고가 아니었을까요? 놀라는 원고를 챙겨 들고 집을 나왔고, 〈시사이드〉 모텔로 가는 길에 납치되었다고 봅니다."

페리가 싱긋 웃었다.

"내 생각과 점점 일치되어 가고 있네요. 놀라는 집에서 몰래 도망쳤어요. 그 집에서 아무런 소리도 들려오지 않았다는 이웃집 사람들의 증언도 그 아이가 몰래 도망쳤다는 걸 간접적으로 뒷받침해주고 있죠. 집을 나온 놀라는 해리가 기다리는 〈시사이드〉 모텔에 가려고 1번 도로를 따라 걷다가 누군가에게 납치된 거죠. 아니면 놀라를 잘 아는 누군가가 도로변에서 기다리고 있다가 그 아이를 차에 태웠거나. 범인은 *'내 사랑 놀라'*라는 말을 즐겨 썼으니까 평소 그 아이를 잘 알고 있었다고 봐야죠. 아무튼 범인은 놀라를 차에 태웠고, 그 아이의 몸을 만졌겠죠. 어쩌면 갓길에 차를 세우고 스커트 안으로 손을 집어넣었을 수도 있고요. 놀라가 완강하게 거부하며 발버둥 치자 때려서 입을 다물게 했겠죠. 하지만 자동차 문을 잠그는 걸 깜박해 놀라는 차 문을 열고 숲으로 도망쳤을 겁니다. 그 아이는 1번 도로와 면해 있는 사이드 크릭 숲 언저리에 쿠퍼 부인의 집이 있다는 걸 염두에 두고 있었을지도 몰라요. 쿠퍼 부인의 집 쪽으로 도망친 걸 보면 말입니다."

"쿠퍼 부인이 친절하고 착하다는 것도 알고 있었겠죠."

"그럴 수도 있겠네요. 아무튼 범인은 차를 도로변에 세워두고 놀라를 추격했을 겁니다. 그사이 쫓기는 놀라와 남자를 목격한 쿠퍼 부인이 경찰에 신고했을 테고요. 그 와중에 놀라는 범인에게 다시 잡히는 신세가 되었겠죠. 놀라의 혈흔과 머리카락이 발견된 곳이 바로 범인에게 다시 붙잡힌 장소일 겁니다. 놀라가 계속 발버둥 치자 범인은 또다시 폭력을 가하거나 성폭행을 했을 수도 있습니다. 그 사이 경찰이 도착했고, 수색에 나선 프랫 서장과 트래비스는 점차 범인이 숨어 있는 곳으로 접근해갔겠죠. 범인은 경찰을 피해 놀라를 더 깊은 숲속으로 끌고 가려고 했을 겁니다. 그러자 놀라는 다시 완강하게 저항했고, 범인의 손아귀에서 벗어나 쿠퍼 부인의 집으로 도망칠 수 있었던 겁니다. 프랫 서장과 트래비스는 수색을 계속하고 있었기에 쿠퍼 부인의 집에서 무슨 일이 벌어지고 있는지 파악하기 힘들 만큼 너무 멀리 떨어져 있었죠. 한편 놀라를 집으로 피신시킨 쿠퍼 부인은 급히 경찰에 신고했고, 그 사이 범인이 집 안으로 잠입한 것으로 보입니다. 놀라가 경찰의 보호 아래 있게 되면 범인의 신원이 밝혀지게 될 테니까 가능한 한 모든 방법을 동원해 쿠퍼 부인의 집으로 잠입했겠죠. 범인은 쿠퍼 부인을 총으로 쏴 살해하고 놀라를 강제로 끌고 가 트렁크에 태웠을 겁니다. 놀라는 그때 이미 목숨은 붙어 있었을지 모르지만 의식을 잃은 상태였을 수도 있습니다. 피를 너무 많이 흘렸으니까요. 바로 그 순간 범인은 현장으로 달려오는 폴 서몬드 보좌관의 차와 마주치게 되었고, 그들은 한동안 쫓고 쫓기는 추격전을 벌이게 되었죠. 폴 서몬드 보좌관을 따돌리는 데 성공한 범인은 구즈코브로 숨어들었을 겁니다. 집이 비어있다는 사실을 알고 있었으니까요. 경찰은 그때 구즈코브에서 멀리 떨어진 몬트버리에서 범인을 검거하려고 검문검색을 실시하고 있었죠. 범인은 일단 차를 구즈코브에 놔두었을 겁니다. 놀라를 트렁크 안에 그대로 둔 채로 말입니다. 어쩌면 차를 차고에 세워두었을 수도 있겠네요. 그런 다음 오로라로 돌아갔을 테고요. 나는 범인이 오로라 주민 가운데 하나일 거라고 확신합니다. 오로라 시내 도로와 주변 도로를 너무나 잘 꿰고 있고, 시내 지리도 잘 알고, 해리가 며칠 집을 비우기로 했다는 것도 알고 있었으니 말입니다. 범인은 어느 누구의 시선도 끌지 않고 집으로 돌아와 샤워를 하고 나서 옷을 갈아입었을 겁니다. 켈러건 목사가 놀라가 실종되었다고 신고하고, 경찰이 그 집을 방문했을 때 그는 어느새 테라스 애비뉴에 모여든 군중들 틈에 섞여 있었겠죠. 경찰이 오로라를 빠져나가는 외곽도로를 차단하고 검문검색을 벌일 때 범인은 오히려 시내로 잠입해 군중들 틈에 섞인 겁니다."

"빌어먹을! 범인이 군중들 틈에 섞여 있었다고요?" 내가 투덜거렸다. "머리를 영악하게 잘 굴리는 놈이네요."

"범인이 켈러건 목사의 집이 있는 테라스 애비뉴에 있었다고 생각합니다. 그러다가 한밤중에 해변을 가로질러 구즈코브로 가면 된다는 걸 알고 있었을 테니까요. 그때쯤 놀라는 이미 숨져 있었을 겁니다. 구즈코브로 돌아간 범인은 정원의 후미진 곳에 구덩이를 파고 놀라를 매장했겠죠. 그런 다음 차를 타고 집으로 이동해 차를 얌전히 세워두었을 테고요. 한동안 괜한 의심을 받을 수도 있는 만큼 범행에 사용한 차를 타고 다니지 않았겠죠. 완전범죄를 노리고요."

나는 페리의 가설을 듣고 감탄했다.

"경사님이 세운 가설대로 되었을 가능성이 크다면 범인의 특징을 가설에 의거해 함축적으로 정리해놓을 필요가 있겠네요."

"범인은 조력자 없이 독자적으로 행동하는 놈입니다. 아무런 의심을 받지 않고, 왜 차고에 차를 놓아두고 다니는지 물을 사람이 없는 놈이겠죠. 검은색 쉐보레 몬테카를로를 소유하고 있을 테고요."

나는 흥분을 감추지 못했다.

"그 당시 오로라에서 검은색 쉐보레 몬테카를로를 몰고 다닌 사람들을 집중적으로 조사하면 범인을 잡을 수 있지 않을까요?"
페리가 즉시 잔뜩 흥분해 있는 나에게 찬물을 끼얹었다.

"프랫 서장도 당신이 방금 떠올린 생각을 이미 했었어요. 프랫 서장이 작성한 사건 보고서를 보면 오로라와 인근 지역에서 검은색 쉐보레 몬테카를로를 소유했던 차주들의 명단이 있어요.

게다가 차주들을 일일이 찾아가 탐문수사까지 했는데 다들 의심할 여지가 없는 알리바이가 있었더군요. 딱 한 사람만 빼고요. 그 유일한 사람이 바로 해리 쿼버트였죠."

"루터 칼렙은?" 내가 일말의 희망을 포기하지 않고 물었다. "그 작자가 운전하고 다닌 차는 어떤 차종이었는데요?"

"파란색 머스탱이었어요."

내 입에서 가느다란 한숨이 새어 나왔다.

"이제부터 우리는 무엇을 해야 할까요?"

"아직 우리가 한 번도 만나본 적이 없는 루터 칼렙의 누이가 있습니다. 일단 그 누이를 만나봐야 할 것 같아요. 우리가 아직 탐문수사를 해보지 않은 유일한 인물이니까요."

∞

그날 저녁, 복싱 훈련을 마치고 나서 나는 〈시사이드〉 모텔로 갔다. 그때가 9시 30분쯤이었는데, 해리는 8번 방에 놓인 플라스틱 의자에 앉아 소다수를 마시며 여름의 저녁 시간을 보내고 있었다. 해리는 나를 보고도 아무 말도 하지 않았다. 나는 난생처음 해리와 한자리에 있는 게 불편하게 느껴졌다.

"선생님을 만나 송구한 마음을 꼭 전해드리고 싶었습니다."

해리는 나에게 옆에 있는 의자를 가리켜 보이며 앉으라고 손짓했다.

"소다수를 한잔 마시겠나?"

"네, 좋습니다."

"자동판매기가 복도 끝에 있어."

나는 빙긋 웃고는 소다수 한 캔을 뽑아왔다. 소다수를 들고 돌아오면서 나는 해리에게 말했다.

"제가 처음 구즈코브에 갔던 날이 기억나네요. 그때 저는 대학교 2학년생이었는데 선생님은 손수 만든 레모네이드를 마실 건지 저에게 물었죠. 제가 그러겠다고 대답하자 선생님은 냉장고에 가서 꺼내 마시라고 하더군요."

"그래도 그때가 좋은 시절이었지."

"네, 그랬죠."

"우리 사이가 그때와 뭐가 달라졌을까?"

"세상 모든 게 달라졌어요. 세계무역센터가 테러로 무너졌고, 미국은 테러와의 전쟁을 선포하고, 아프가니스탄 공격에 나섰죠. 하지만 선생님과 저는 달라지지 않았습니다. 선생님은 여전히 제가 세상에서 가장 존경하는 분이고, 뛰어난 작가 해리 쿼버트입니다."

"우리 사이에도 분명 달라진 게 있어. 스승과 제자가 전투를 벌이고 있잖아."

"지금 제가 하고 다니는 일을 전투라고 생각해본 적이 없는데요."

"아니, 자네는 우리가 전투 중이라는 사실을 받아들여야만 해. 나는 자네에게 글을 가르쳤는데 자네가 쓴 글이 지금 나를 어떻게 만들었는지 둘러봐. 나에게 어떤 피해를 주고 있는지."

"선생님에게 피해를 끼칠 의도는 없었습니다. 게할로우드 경사와 저는 구즈코브에 불을 지른 범인을 기필코 찾아낼 겁니다."

"그런다고 내가 잃어버린 30년 동안의 추억이 되돌아오지는 않을 거야. 구즈코브와 함께한 내 30년 인생이 송두리째 연기가 되어 날아갔어. 왜 자네는 놀라에 대해 그토록 끔찍한 글을 썼나?"

나는 즉시 대답하지 못했다. 우리는 잠시 말이 없었다. 희미한 전등불 아래였지만 해리는 샌드백을 심하게 치는 바람에 내 주먹에 생긴 상처를 알아보았다.

"자네, 복싱을 다시 시작했나?"

"네."

"자네는 여전히 타격할 때 주먹의 형태를 제대로 갖추지 못하는군. 예전에도 그게 문제였어. 샌드백을 때릴 때 중지의 첫 마디가 너무 튀어나와 있어서 주먹이 닿는 순간 그 부분이 샌드백의 가죽에 쓸리게 되지."

"우리, 모처럼 함께 복싱 연습을 해볼까요?" 내가 제안했다.

"그럴까?"

우리는 주차장으로 자리를 옮겨 상의를 벗어 던졌다. 해리는 예전에 비해 몸이 많이 말라 있었다.

해리가 나를 물끄러미 바라보더니 말했다.

"자네의 몸은 여전히 멋져. 얼른 결혼해서 행복하게 살아봐. 수사 따위는 당장 집어치우고."

"아직 필요한 수사가 더 있습니다."

"빌어먹을 수사, 지옥에나 떨어져 버리라고 해."

우리는 서로 얼굴을 마주 보고 몇 번의 타격을 주고받았다. 한 사람이 공격을 가하면 상대는 밀착 방어 자세를 취하는 식이었다. 그러다가 해리가 갑자기 나를 거칠게 후려쳤다.

"선생님은 누가 놀라를 살해했는지 알고 싶지 않습니까?" 내가 물었다.

해리가 갑자기 우뚝 멈춰 섰다.

"자네는 범인이 누군지 알고 있나?"

"아직은 알 수 없지만 점점 폭이 좁혀져 가고 있습니다. 페리와 저는 내일 포틀랜드에 사는 루터 칼렙의 누이를 만나러 갈 겁니다. 오로라에도 아직 탐문수사를 해봐야 할 사람들이 많습니다."

해리가 한숨을 푹 쉬었다.

"난 교도소를 나온 뒤로 아무도 만나지 않았어. 며칠 전 내가 화재로 주저앉은 집을 넋을 잃고 바라보고 있는데 소방대원이 다가오더니 안으로 들어가봐도 된다고 하더군. 그래서 집 안으로 들어가 내 소지품들을 챙겨 들고나와 이 모텔까지 걸어왔어. 그 이후로는 한 발짝도 밖으로 벗어나지 않았지. 벤자민이 화재보험 청구 건을 비롯해 필요한 일 처리를 다 해주고 있어. 나는 이제 더는 오로라에 갈 수 없을 거야. 오로라 사람들을 마주 바라볼 자신이 없어. 심지어 나 자신조차 똑바로 바라보지 못할 지경이야. 내가 놀라를 진심으로 사랑했고, 그 아이를 위해 책을 썼다고 하면 그 사람들은 나에게 뭐라고 할까? 벤자민이 말하길 자네가 쓰고 있는 책 제목이 《해리 쿼버트 사건》이라고 하던데 사실인가?"

"네, 맞습니다. 저는 《악의 기원》이 얼마나 아름다운 책인지 말할 겁니다. 저는 《악의 기원》을 좋아하니까요. 저를 작가로 만들어준 책이기도 하죠."

"이제 와서 그 책 이야기를 꺼낸들 무슨 소용인가?"

"오해를 바로잡아야 합니다. 《악의 기원》은 제가 가장 감명 깊게 읽은 책입니다. 선생님은 제가 세상에서 가장 존경하는 작가이고요."

"제발 부탁인데 낯간지러운 말 좀 하지 마."

"저는 《악의 기원》에 대한 오해를 불식시키는 책을 쓰고 싶습니다. 선생님이 놀라를 위해 책을 썼다고 했을 때 저는 큰 충격을 받았고, 그래서 다시 정독해 보았습니다. 새삼 어마어마한 책이란 걸 느꼈죠. 《악의 기원》에는 선생님의 진심이 담겨 있습니다. 마지막 부분이 특히 인상적이었습니다. 선생님을 괴롭히던 고독을 이야기하는 부분 말입니다. 저는 사람들이 그 책을 폄훼하도록 내버려둘 수 없습니다. 왜냐하면 그 책이 지금의 저를 있게 했으니까요. 제가 처음 선생님 댁을 방문했을 때가 생각납니다. 그날 선생님은 저에게 냉장고에서 레모네이드를 꺼내 마시라고 했죠. 그때 저는 냉장고 문을 열어보고 안이 텅 빈 걸 보았고, 선생님이 얼마나 고독하게 지내는지 알게 되었습니다. 그날 전 《악의 기원》은 고독을 다룬 책이라는 걸 깨달았죠. 선생님은 위대한 작가답게 고독의 문제를 깊이 있게 다루고 있더군요."

"이제 그만하는 게 어떤가?"

"그 책의 마지막 페이지는 너무나 아름답게 그려져 있습니다. 선생님은 놀라가 영원히 사라져버린 걸 잘 알면서도 그 아이를 기다립니다. 그 책을 다시 한번 읽고 나서 한 가지 의문이 생겼습니다. 바로 책 제목인데요. 왜 사랑과 고독의 문제를 매우 아름답게 다루고 있는 책인데 그토록 암울한 제목을 붙였습니까?"

"설명하기 복잡한 질문이야."

"복잡하더라도 이해해볼 생각입니다."

"너무 복잡하다니까."

우리는 가드를 올린 상태로 마주 서서 서로의 얼굴을 뚫어지게 바라보았다.

결국 해리가 말했다. "난 자네를 용서할 수 없어."

"구즈코브 집 때문이라면 제가 다시 복원해드리겠습니다. 책을 써서 번 돈이 있으니 그곳에 새집을 한 채 지어드릴 수도 있습니다. 우리 사이의 우정을 이렇게 정리할 수는 없습니다."

해리가 별안간 울기 시작했다.

"자네 때문이 아니야. 자넨 잘못이 없어. 하지만 난 자네를 용서할 수 없어."

"무얼 용서한다는 겁니까?"

"말할 수 없어. 자네는 도저히 이해 못 할 테니까."

"왜 자꾸 수수께끼 같은 말만 되풀이하세요. 도대체 무슨 일인데 그래요?"

해리는 손등으로 얼굴에 흘러내린 눈물을 닦았다.

"내가 자네에게 해준 조언을 기억하나?" 해리가 물었다. "내가 자네에게 결말을 모르는 책은 절대로 쓰지 말라고 한 적이 있을 거야."

"네, 또렷이 기억합니다. 앞으로도 잊지 않을 겁니다."

"지금 자네가 쓰고 있는 책의 결말은 어떤가?"

"누구나 수긍하는 결말입니다."

"놀라는 결국 목숨을 잃게 되잖아?"

"놀라의 죽음이 끝은 아닙니다. 그 뒤에도 많은 내용이 더 있습니다."

"가령 어떤 내용들이 더 있는데?"

"30년 동안 놀라를 기다렸던 남자가 다시 새로운 삶을 시작하게 됩니다."

《악의 기원》에서 발췌 (마지막 페이지)

그 무엇도 가능하지 않고, 그 어디에도 희망이 존재하지 않는다는 사실을 깨달았을 때 그는 마지막으로 그녀에게 편지를 쓰기로 했다. 이제 사랑의 편지 대신 슬픔의 편지를 써야 할 때라는 걸 받아들여야만 했다. 평생 기다리기로 했지만 그녀가 돌아오지 않으리라는 걸 잘 알고 있었다. 그녀를 다시 만나거나 볼 수도 없고, 목소리를 들을 수도 없게 되었다는 걸 잘 알고 있었다.

그 무엇도 절대로 가능하지 않다는 사실을 깨달았을 때 그는 마지막으로 여자에게 편지를 썼다.

내 사랑

당신에게 마지막 편지를 쓰려고 합니다. 당신에게 전하는 마지막 말이 되겠네요.

이 편지로 나의 작별 인사를 대신합니다.

오늘 이후에 '우리'는 없을 테니까요.

사랑하는 사람들이 서로를 떠나보내고 다시는 만날 수 없게 되면 사랑 이야기는 끝납니다.

내 사랑, 나는 당신이 너무나 그립습니다.

나는 당신이 어디에 있든지 행복하길 바랍니다.

당신과 나의 사랑은 한바탕 꿈이었는지도 모릅니다. 이제 꿈에서 깨어나야 할 때가 되었는지도.

나는 평생 당신을 그리워하며 살아갈 겁니다.

그리운 당신, 안녕!

나는 당신을 사랑했듯이 앞으로 누군가를 사랑할 수는 없을 것 같습니다.

12
그림을 그리던 사람

"자네는 실패를 사랑하는 법을 배워야 해. 실패의 경험들이 자네를 일으켜 세워줄 테니까. 승리의 달콤한 맛을 보려면 실패로부터 배워야 하는 거야."

2008년 7월 18일 금요일에 페리와 내가 루터 칼렙의 여동생 실라 칼렙 미첼을 만나러 메인주 포틀랜드에 간 날은 날씨가 유난히 화창했다. 도심에서 가까운 주택가에 미첼 가족의 아담한 집이 있었다. 실라는 주방에서 우리를 맞았다. 테이블 위에 놓인 두 개의 커피잔에서 김이 모락모락 피어올랐고, 그 옆에는 가족사진을 넣은 앨범들이 쌓여있었다.

페리는 전날 실라와 연락이 닿았다. 페리는 콩코드에서 포틀랜드로 가는 길에 나에게 실라 칼렙 미첼과 전화가 연결되었을 때 왠지 통화하길 기다리고 있었다는 느낌을 받았다고 했다.

"데보라 쿠퍼와 놀라 켈러건 살해 사건을 수사하고 있는 경찰인데 몇 가지 물어볼 말이 있어서 만나봐야겠다고 했더니 *'그럼 내일 편한 시간에 오세요. 집에 있을 테니까요. 저도 대화를 나누고 싶었어요'*라고 말하더군. 대개 사람들은 뉴햄프셔주 경찰이라는 말만 들어도 무슨 일 때문인지, 그 일과 자신이 무슨 상관인지 따지고 들면서 불안해하기 마련인데 실라는 간단한 질문 한마디 없이 선뜻 집으로 찾아오라고 했어."

실라는 두 아이를 둔 건강미 넘치는 오십 대 여성으로 아름다운 몸매와 세련된 태도를 가졌다. 그녀의 남편은 자신이 그 자리에 있어 봐야 도움 될 게 없다는 듯 가까이 다가오지 못하고 멀찍이 서서 눈치를 살폈다.

“신문에 보도된 내용이 전부 사실입니까?” 실라가 대뜸 물었다. “오로라의 그 가엾은 소녀가 겪은 끔찍한 사연들 말입니다.”

“언론이 선정적으로 보도하긴 했어도 사실에 반하는 기사는 없었습니다. 어제 제가 전화했을 때 마치 기다리고 있었다는 듯 그리 놀라지 않더군요.”

실라는 서글픈 표정을 지었다.

“어제 통화할 때도 말했지만 신문 기사에 등장하는 E.S.가 엘리야 스턴이라는 걸 눈치챘어요. 저의 오빠 루터 칼렙이 그의 운전기사였고요.” 실라는 신문에서 스크랩한 기사를 꺼내 소리 내어 읽었다. “‘*뉴햄프셔주에서 손꼽히는 부자 가운데 한 사람인 E.S.는 운전기사를 도심으로 보내 놀라를 콩코드 자택으로 데려오게 했다. 33년이 지난 뒤, 당시 어린아이에 불과했던 놀라의 친구 하나가 어느 날 운전기사와 놀라가 만나는 자리에 나간 적이 있다고 증언했다. 놀라는 마치 죽음을 향해 떠나듯 운전기사와 함께 차에 올라 떠났다고 한다. 놀라의 친구는 운전기사를 떡 벌어진 체구에 일그러진 얼굴의 소유자로 기억하는 한편 외모만으로도 저절로 공포심을 느끼게 만드는 인물로 묘사했다*’라고 썼으니 당연히 저의 오빠가 떠오르더군요.”

실라는 입을 꾹 다물고 우리를 빤히 쳐다보았다. 우리가 뭔가 말해주길 기다리는 놀라의 표정을 보고 나서 페리가 손에 쥐고 있는 패를 꺼내 보였다.

"우리는 엘리야 스턴의 집에서 놀라 켈러건을 그린 그림 한 점을 발견했습니다. 상체를 그리긴 했지만 놀라는 거의 나체에 가까운 모습이었죠." 페리가 설명했다. "엘리야 스턴의 말로는 그 그림을 루터 칼렙이 그렸다더군요. 놀라는 돈을 받고 모델이 되어주기로 했답니다. 루터 칼렙은 오로라로 차를 몰고와 놀라를 엘리야 스턴의 집으로 데려갔습니다. 그 집에서 무슨 일이 벌어졌는지 아직 밝혀지지 않았지만 루터 칼렙이 놀라를 그린 건 확실합니다."

"오빠는 그림을 많이 그렸어요." 실라가 말했다. "오빠는 그림에 재능이 많아 화가의 길을 걸을 수도 있었죠. 경찰은 오빠가 놀라 켈러건을 살해했다고 의심하는 건가요?"

"용의자 명단에 올라 있습니다." 페리가 대답했다.

한줄기 눈물이 실라의 뺨을 타고 흘러내렸다.

"난 오빠가 숨진 날을 분명하게 기억해요. 9월 말의 어느 금요일이었죠. 그때 난 이제 막 스물한 살이 되었을 때인데 경찰이 전화해 오빠가 자동차 사고로 숨졌다고 알려왔어요. 그 당시 전화벨 소리와 전화기를 들던 엄마의 모습도 또렷이 기억나요. 아빠와 난 엄마 옆에 있었죠. 엄마가 전화를 받더니 우리에게 소곤거렸어요. *'경찰이래'*라고요. 엄마는 수화기를 통해 흘러나오는 경찰의 말을 주의 깊게 듣더니 말했어요. '오케이'라고요. 난 바로 그 순간을 결코 잊을 수 없었죠. 경찰은 엄마에게 아들이 자동차 사고로 숨졌다고 통보했어요. 가령 경찰이 *'아드님이 자동차 사고로 사망했습니다. 갑작스러운 비보를 전해드리게 되어 유감입니다'*라고 했겠죠. 그 말을 들은 엄마는 분명 *'오케이'*라고 했어요. 엄마는 전화를 끊더니 우리를 바라보며 말했어요. "루터가 자동차 사고로 숨을 거두었단다."

"자동차 사고가 있었다고요?" 페리가 물었다.

"오빠가 운전하던 차가 30미터 아래로 추락했어요, 매사추세츠주 사가모어 해안의 절벽에서. 오빠가 술에 취해있었다고 하더군요."

"그때 루터 칼렙의 나이는 몇 살이었죠?"

"서른 살이었어요. 오빠는 외모가 험상궂고 말이 어눌해서 그렇지 썩 괜찮은 사람이었죠. 이제나마 당신들이 나를 만나러 와줘서 정말 고마워요. 33년 전에 했어야 할 말이 있는데 이제야 전하게 되었네요."

실라는 떨리는 목소리로 자동차 사고가 나기 3주 전에 발생한 일에 대해 우리에게 이야기하기 시작했다. 그날은 1975년 8월 30일 토요일이었다.

∞

1975년 8월 30일
메인주, 포틀랜드

그날 저녁, 칼렙 가족은 실라의 스물한 살 생일을 맞아 그녀가 좋아하는 식당 〈호스 슈〉에서 저녁을 먹기로 했다. 실라의 생일은 9월 1일이었다. 실라의 아버지 제이 칼렙은 딸에 대한 깜짝 선물로 식당 2층 룸을 예약했고, 딸의 친구들과 가까운 지인들을 모두 합해 서른 명쯤 되는 손님들을 초대했다.

실라와 아버지 제이 칼렙, 엄마 나디아 칼렙은 저녁 6시에 〈호스 슈〉 식당으로 갔다. 먼저 와서 기다리고 있던 손님들은 실라가 들어서자 뜨거운 환호로 축하해주었다. 이내 생일파티가 시작되었고, 샴페인이 제공되었다. 그때까지 루터 칼렙은 식당에 오지 않았다. 제이 칼렙은 도로 사정 때문에 아들이 늦나보다 생각했다. 7시 30분에 식사가 제공될 때까지도 아들은 식당에 오지 않았다. 약속 시간에 늦은 적이 없는 아들이라 제이 칼렙은 마음이 불안해지기 시작했다. 그는 루터 칼렙이 묵고 있는 엘리야 스턴의 집에 전화를 걸어보았지만 아무도 받지 않았다.

루터는 결국 식사 시간, 생일 케이크 자르기, 식후의 댄스 타임이 이어질 때까지 나타나지 않았다. 새벽 1시에 칼렙 가족은 루터에 대한 걱정을 안고 집으로 돌아왔다. 루터는 웬만한 일로는 실라의 생일파티에 빠질 사람이 아니었다. 집으로 돌아온 제이 칼렙은 혹시나 하는 마음에 라디오를 켰다. 오로라에서 열다섯 살 소녀 놀라 켈러건이 실종되었고, 경찰이 대대적인 수색 활동을 펼치고 있다는 뉴스가 흘러나왔다. 오로라는 칼렙 가족에게도 익숙한 지명이었다. 루터 칼렙이 엘리야 스턴 소유의 집 정원에 만발한 장미를 돌보려고 오로라에 자주 간다는 이야기를 들은 적이 있기 때문이었다. 제이 칼렙은 우연의 일치일 뿐이라고 생각했지만 주의를 기울여 나머지 뉴스를 듣고 나서 다른 채널 뉴스까지 챙겨 들었다. 혹시라도 인근 지역에서 자동차 사고가 발생했는지 알아보기 위해서였다. 하지만 어느 방송에서도 자동차 사고에 대한 언급은 없었다. 잔뜩 불안해진 제이 칼렙은 경찰에 신고해야 할지, 집에서 기다려야 할지, 아니면 콩코드로 가면서 도로를 살펴야 하는지 도무지 판단이 서지 않았다. 그러다가 결국 거실 소파에서 깜박 잠이 들었다.

다음 날 이른 아침까지도 종무소식이자 제이 칼렙은 엘리야 스턴에게 전화해 아들이 어디 있는지 아느냐고 물었다. "루터 말입니까?" 엘리야 스턴이 되물었다. "루터는 휴가를 냈는데 아버님께 아무 말도 안 하던가요?" 모든 일이 수상하기 그지없었다.

루터는 왜 아무 말도 하지 않고 떠났을까?

제이 칼렙은 마음이 뒤숭숭해져 마냥 기다릴 수만은 없었다. 그는 직접 아들을 찾아 나서기로 했다.

∞

실라는 그때 일을 떠올리면서 몸을 부르르 떨었다. 그녀가 의자에서 일어서더니 커피를 다시 끓여 내왔다.

"그날, 아버지는 콩코드로 출발하고, 엄마는 오빠가 혹시라도 집으로 올 경우에 대비해 집에 남았죠. 나는 친구들을 만나러 밖으로 나갔고요." 실라가 말을 이었다. "내가 집으로 돌아왔을 때는 많이 늦은 시각이었어요. 부모님이 거실에서 대화를 나누고 있었는데 아버지가 엄마에게 '루터가 엄청난 사고를 쳤나봐'라고 말하는 소리를 들었어요. 난 아버지에게 무슨 일인지 물었죠. 아버지는 오빠가 사라진 것에 대해 어느 누구에게도 말하지 말라고 했어요. 특히 경찰의 귀에 들어가서는 안 된다고 당부했죠. 아버지는 직접 오빠를 찾아 나설 거라고 하더군요. 아버지는 3주도 넘게 오빠를 찾아다녔지만 끝내 실패했어요. 얼마 안 있어 오빠의 자동차 사고 소식이 우리에게 들려왔죠."

"무슨 일이 일어났던 겁니까?" 페리가 상대를 안심시키는 목소리로 물었다. "왜 당신의 부친께서는 아들이 엄청난 사고를 쳤다고 생각했을까요? 왜 경찰에는 알리지 말라고 했던 걸까요?"

"복잡한 사정이 있었어요."

실라는 식탁에 놓인 가족 앨범들을 펼쳐가며 우리에게 칼렙 집안의 사진을 보여주었다. 아버지 제이 칼렙과 미스 메인 출신으로 그녀에게 미적 감각을 물려준 엄마 나디아 칼렙의 사진도 보았다. 루터 칼렙은 실라보다 아홉 살이 많았다. 그들 남매는 둘 다 포틀랜드에서 태어났다.

실라는 어린 시절 사진들도 보여주었다. 집안 대대로 내려온 집, 콜로라도에서 보낸 휴가, 그들 남매가 여름만 되면 가서 놀았던 아버지 회사의 거대한 창고 사진도 있었다. 1963년에 요세미티 국립공원을 찾은 가족사진도 있었다. 그 당시 열여덟 살이었던 루터 칼렙은 얼굴이 잘생기고, 키도 훤칠하고, 전체적으로 우아하기 그지없는 청년이었다. 1974년 가을에 찍은 사진도 눈에 들어왔다. 실라가 스무 살이 되던 해였다. 제이 칼렙은 어느새 배가 툭 튀어나온 육십 대가 되었고, 미인대회 출신인 나디아 칼렙의 얼굴에도 주름살이 가득했고, 서른 살 가까이 된 루터의 얼굴은 흉측하게 일그러져 있었다.

실라는 오래도록 그 사진에서 눈을 떼지 못했다.

"전에는 우리 가족도 더없이 화목하고 행복했어요." 실라가 말했다.

"전이라면 언제를 말하는 겁니까?" 페리가 물었다.

실라는 정말 몰라서 묻느냐고 반문하는 표정으로 페리를 힐끔 쳐다보았다.

"폭행 사건 전 말입니다."

"폭행 사건 전?" 페리가 실라가 한 말을 반복했다. "나는 모르는 사건입니다."

실라가 오빠 사진 두 장을 나란히 붙여놓았다.

"요세미티 국립공원에서 휴가를 보내고 돌아온 가을에 그 사건이 벌어졌습니다. 사진을 보시면 알겠지만 오빠는 정말 남달리 잘생긴 청년이었죠. 예술을 사랑했고, 그림에 각별한 재능이 있었고요. 고교 졸업 후에는 포틀랜드 미술대학에 진학했죠. 모두 오빠가 각별한 재능이 있는 만큼 반드시 화가로 성공할 거라 기대했어요. 오빠는 미래가 촉망되는 청년이었지만 베트남 전쟁이 한창인 무렵이라 군에 입대해야 했죠. 오빠는 베트남에서 돌아오면 그림도 열심히 그리고, 결혼해서 아이도 낳으며 행복하게 살 거라고 말했어요. 오빠에게는 약혼자가 있었는데 이름이 일리노어 스미스였죠. 그들은 같은 고등학교 출신이었어요. 그때까지만 해도 오빠는 더없이 행복한 청년이었죠. 1964년 9월 어느 날 저녁이 되기 전까지만 해도요."

"그날 저녁에 무슨 일이 있었는데요?"

"혹시 필드 골스라는 패거리 이름을 들어보셨나요?"

"필드 골스? 처음 듣는데요."

"그 당시 이 지역을 휘젓고 다니던 마피아 집단의 별명입니다."

∞

1964년 9월

밤 10시경 루터 칼렙은 약혼녀 일리노어 스미스의 집에서 저녁 시간을 보내고 집으로 돌아가는 길이었다. 다음 날 군에 입대하기로 되어 있어 집을 떠나야 했다. 그는 일리노어와 군에서 제대하는 즉시 결혼하기로 약속했다. 두 사람은 서로 최선을 다해 사랑하기로 맹세했고, 스미스 부인이 주방에서 과자를 굽는 동안 일리노어의 싱글침대에서 사랑을 나누었다.

약혼녀의 집을 나선 루터 칼렙은 집으로 걸어가는 동안 몇 번씩이나 뒤를 돌아보았고, 그럴 때마다 전등이 환하게 켜진 현관 아래에서 일리노어가 손을 흔드는 모습을 보았다. 루터 칼렙은 링컨 로드를 따라 걸었다. 그 시간에는 길을 오가는 사람들이 거의 없을뿐더러 가로등이 설치되어 있지 않아 어두운 길이었지만 3마일 떨어진 집까지 가는 최단 거리였다. 자동차 한 대가 어두운 길을 걷고 있는 루터 칼렙을 추월했다. 차에서 쏟아져 나온 헤드라이트 불빛이 길게 뻗은 도로를 비추었다. 잠시 후 두 번째 자동차가 루터 칼렙의 뒤쪽에서부터 전속력으로 달려왔다. 차에 탄 사람들이 차창을 열더니 그를 향해 고함을 질러대면서 겁을 주었다. 루터 칼렙이 아무런 반응을 보이지 않자 별안간 차가 도로 한가운데 우뚝 멈춰 섰다. 루터 칼렙은 그러든지 말든지 계속 앞으로 걸어갔다. 그들의 태도가 심상찮아 보였지만 달리 어떻게 해야 할지 알 수 없었다. 도로 반대편 쪽으로 도망칠까 생각해보았지만 내키지 않았다. 루터 칼렙이 멈춰 선 차를 지나쳤을 때 운전자가 물었다.

"어이! 너 여기 살아?"

"네." 루터가 대답했다.

그의 대답을 마치기 무섭게 얼굴을 향해 맥주 캔이 날아왔다.

"메인주 촌놈! 엿이나 먹어." 운전자가 고래고래 소리를 질렀다.

차에 타고 있던 다른 사람들도 덩달아 괴성을 질렀다. 모두 합해 네 명이었는데 루터 칼렙은 어두워서 그들의 얼굴을 정확하게 가늠하기 힘들었다. 다만 그들이 스물다섯에서 서른 살쯤 된 사람들이고, 잔뜩 술에 취해 몹시 공격적인 성향을 보이고 있다는 걸 알 수 있었다. 루터 칼렙은 잔뜩 겁이 나서 심장이 두근거렸지만 계속 걸었다. 싸움을 좋아하지 않는 데다 괜히 복잡한 일을 만들고 싶지 않았다.

"어이!" 운전자가 또다시 조롱했다. "한밤중에 어딜 가니, 메인주 촌놈아?"

루터 칼렙은 대답하지 않고 이전보다 좀 더 빨리 걸었다.

"거기 서! 거기 서라니까. 우리가 너 같은 촌뜨기들을 어떻게 길들이는지 알려줄 테니까."

자동차 문이 열리는 소리가 루터 칼렙의 귀에 들려왔고, 운전자가 차에 탑승한 동료들에게 외쳤다.

"자, 이제부터 촌뜨기 사냥을 시작한다. 촌뜨기 놈을 내 눈앞에 잡아 오면 1백 달러를 주겠다."

루터 칼렙은 즉시 전속력으로 달아나기 시작했다. 그는 달리면서도 제발 다른 차가 한 대라도 지나가주길 간절히 바랐다. 하지만 그의 바람과 달리 그 길에는 그를 괴롭히는 불량배들밖에 없었다. 사냥에 나선 불량배들 가운데 하나가 그를 잡아채더니 외쳤다.

"내가 촌뜨기를 잡았으니까 1백 달러는 내 거야!"

그가 루터 칼렙을 길바닥에 내동댕이쳤고, 다들 한꺼번에 달려들어 그를 때리고 짓밟았다. 루터 칼렙이 바닥에 쓰러져 있는 동안 불량배들 가운데 하나가 소리쳤다.

"나랑 축구 할 사람? 우리 '필드 골'이나 할까?"

나머지 불량배들이 좋다고 환호하면서 번갈아가며 루터 칼렙의 얼굴을 발로 찼다. 마치 축구의 수비수가 공을 힘껏 걷어낼 때처럼. 발길질을 끝낸 놈들은 죽은 듯이 쓰러져 있는 루터 칼렙을 도로 한가운데에 그대로 내버려두고 차에 올랐다. 40분쯤 후 바이크 운전자가 그 길을 지나다가 루터 칼렙을 발견하고 구조를 요청했다.

∞

“며칠 동안 의식을 잃고 사경을 헤매던 오빠는 얼굴이 엉망인 상태로 깨어났어요.” 실라가 말했다. “오빠는 몇 차례에 걸쳐 성형수술을 받았지만 결국 원래의 모습을 회복하지 못했죠. 두 달 동안 병원에 입원했던 오빠는 평생 험상궂은 얼굴과 어눌한 발음을 갖고 살아야만 하는 처지가 되어 퇴원했어요. 당연히 베트남 전쟁에도 참전할 수 없게 되었죠. 오빠는 하루 종일 집 안에 틀어박혀 지냈어요. 우울증에 걸려 그림도 그리지 않았고, 장래 계획을 세울 여념이 없었죠. 6개월이 지났을 때 일리노어는 약혼을 파기하고 아예 포틀랜드를 떠나버렸죠. 우리 가족 어느 누구도 일리노어의 선택을 원망할 수 없었어요. 그 당시 일리노어의 나이가 겨우 열여덟 살이었으니 오빠를 보살피기 위해 젊음이 한창인 삶을 희생해야 한다는 건 너무나 가혹하잖아요. 아빠는 어찌할 수 없는 멍에를 짊어지고 살게 되었죠. 예전의 오빠와는 전혀 다른 사람이 된 거예요.”

“가해자들은 어떻게 되었습니까?” 페리가 물었다.

“경찰은 그놈들을 아예 찾아내지도 못했어요. 듣자 하니 그놈들이 그 지역에서 벌써 여러 번 몹쓸 짓을 저질렀는데 체포되지 않았다고 하더군요. 그놈들은 더욱 신이 나서 ‘필드 골’ 놀이를 즐겼답니다. 오빠가 가장 심하게 당한 경우였죠. 거의 죽다가 살아났으니까요. 언론이 그 사건을 기사화했고, 그 이후로 경찰이 집중적으로 관리하고 난 뒤로는 그놈들도 자제하게 되었다고 해요. 그놈들이 스스로 반성하고 자제했다기보다는 경찰에 체포될까봐 두려워 몸을 사리기 시작했다고 봐야죠."

"그 이후 루터 칼렙은 어떻게 살았습니까?"

"오빠는 사고를 당한 후 무려 2년 동안 집 안에 틀어박혀 지냈습니다. 거의 유령이나 다름없었고, 생의 의욕을 모두 잃어버려 아무것도 하지 않고 하루하루 시간만 보내고 있었죠. 아버지는 밤늦게까지 회사에서 일하다가 들어왔고, 엄마는 웬만하면 밖에서 시간을 보내려고 했어요. 정말이지 답답하고 숨이 막히는 2년이었는데 1966년 어느 날 누군가 오빠를 찾아왔죠."

∞

1966년

루터 칼렙은 분명 초인종 소리를 들었지만 문을 열어주어야 할지 한참 동안 망설였다. 얼굴이 흉측하게 일그러진 모습을 그 누구에게도 보이기 싫었기 때문이다. 하지만 지금 집에는 혼자뿐이었고, 어쩌면 중요한 일 때문에 찾아온 사람일 수도 있었다. 생각다 못해 문을 열자 서른 살가량 되어 보이는 남자가 문 앞에 서 있었다.

"안녕!" 남자가 먼저 인사를 건넸다. "사전에 연락도 없이 불쑥 찾아와서 미안해. 여기서 50미터쯤 떨어진 곳에 내 차가 고장 나 멈춰버렸는데 자네 혹시 자동차 수리를 할 줄 아나?"

"어디가 고장 났는지에 따라 다릅니다." 루터 칼렙이 대답했다.

"사실은 타이어 하나가 펑크 났는데 잭을 사용하는 방법을 몰라 스페어타이어를 갈아 끼우지 못했어."

루터가 가보니 대단히 비싼 차가 집에서 1백 미터쯤 떨어진 갓길에 세워져 있었다. 앞바퀴가 길바닥에 굴러다니는 못에 찔려 펑크가 난 상태였다. 잭에 기름칠이 제대로 되어 있지 않아 뻑뻑했지만 루터는 스페어타이어를 갈아 끼워 주었다.

남자가 루터에게 감사를 표했다. "자네 같은 기술자를 만나다니, 내가 정말 운이 좋았어. 자네는 무슨 일을 하나? 기계공인가?"

"아무 일도 안 합니다. 전에는 그림을 그렸는데 사고를 당한 이후로는 집에서 꼼짝달싹하지 않고 지냅니다."

"앞으로 남은 인생이 창창할 텐데 어떻게 살아가려고?"

"난 돈을 벌지 않아도 괜찮아요."

남자는 루터를 한참 동안 쳐다보더니 손을 내밀었다.

"난 엘리야 스턴이라는 사람인데 오늘 정말 고마웠어. 내가 큰 신세를 졌지."

"루터 칼렙입니다."

"만나서 반가워, 루터."

두 사람은 잠시 서로를 물끄러미 바라보았다. 엘리야 스턴은 출입문을 연 순간부터 머릿속을 떠나지 않던 질문을 기어이 입

밖으로 토해냈다.

"얼굴은 왜 그렇게 되었나?"

"혹시 '필드 골'이라고 들어보셨어요?"

"아니."

"심심풀이로 폭력을 저지르고 다니는 불량배들이 있어요. 그 놈들은 저처럼 놀잇거리로 선택된 상대의 머리를 마치 '필드 골'을 하듯 발로 차는 짓을 아무렇지도 않게 저지르고 다닙니다."

"세상에 그런 놈들이 있다니? 정말 끔찍한 일이야. 미안하네, 괜한 질문을 해서."

루터는 어깨를 으쓱했다. 모든 걸 체념한 사람처럼.

"앞으로 그런 놈들이 또 못된 짓을 하려고 들면 절대로 가만히 당하고 있지 말아야 해." 엘리야 스턴이 분노를 담아 말했다. "폭력적인 놈들이 자네에게 쓴맛을 보여주거든 자네도 대항해서 한 방 먹여야 하는 거야. 혹시 일자리가 필요하면 나를 찾아와. 내 차들을 관리하고 운전해줄 사람을 찾고 있는데 자네가 그 일을 하기에 적당해 보여. 자네도 생각해보고 원한다면 일을 할 수 있도록 해줄게."

일주일 후 루터는 엘리야 스턴의 대저택에 딸린 별채 숙소에 짐을 풀었다.

∞

실라는 엘리야 스턴과의 만남이 루터 칼렙에게는 신이 내려준 선물과도 같았다고 회상했다.

"엘리야 스턴 덕분에 오빠는 다시 세상으로 나가게 되었죠. 일할 직장이 생겼고, 또박또박 월급을 받게 되었으니까요. 그나마 오빠의 삶에 새로운 동기부여가 된 거죠. 무엇보다 오빠가 다시 그림을 그리기 시작했다는 게 고무적이었어요. 엘리야 스턴과 오빠는 뜻이 잘 통했어요. 오빠는 그의 운전기사인 동시에 서로 속마음을 털어놓는 친구이기도 했죠. 그 무렵 엘리야 스턴은 부친의 사업을 물려받은 직후였어요. 큰 저택에서 혼자 살았는데 오빠와 함께 지내게 되어 기뻤던 것 같아요. 두 사람의 관계는 아주 끈끈했어요. 오빠는 9년 동안 엘리야 스턴을 위해 일했죠. 숨을 거둔 날까지."

"오빠와 사이가 좋았습니까?"

실라는 빙긋 웃었다.

"오빠는 아주 특별한 사람이었어요. 성품도 착할뿐더러 꽃을 좋아하고, 예술을 사랑했죠. 오빠는 리무진 운전기사로 생을 마감해서는 안 되는 사람이었죠. 내 말은 운전기사가 나쁜 직업이라는 게 아니라 그림으로도 성공할 수 있을 만큼 재능이 뛰어났다는 뜻입니다. 오빠는 일요일이면 자주 점심 식사를 하러 왔어요. 오전에 와서 가족들과 보내고, 저녁이면 콩코드로 돌아갔죠. 난 오빠가 오는 일요일이 정말 좋았어요. 오빠는 전에 쓰던

방을 아틀리에로 고쳐 그림을 그렸죠. 오빠의 그림 재능은 정말 굉장했죠. 오빠가 그림에 심취해 있는 모습이 너무나 진지해 보였어요. 난 오빠 뒤에 의자를 놓고 앉아 오빠가 그림을 그리는 모습을 지켜보았죠. 처음에는 혼란스러운 형태에 머물러있던 그림이 차츰 완성된 모습으로 발전해가는 걸 지켜볼 때면 감탄이 절로 쏟아져 나오더군요. 처음에는 오빠가 너무 쉽게 붓을 터치한다는 느낌을 받았는데, 점점 어떤 형태가 만들어지고, 이어서 다른 부분들까지도 구체적인 의미를 띠어가는 모습을 보자니 경이로울 수밖에요. 난 오빠에게 무슨 일이 있어도 계속 그림을 그려야 하고, 나중에 완성된 작품들을 모아 전시회를 열자고 제안했어요. 오빠는 내 말을 받아들이지 않았죠. 아마도 일그러진 얼굴과 어눌한 말투 때문이었겠죠. 오빠가 그림을 계속 그려 화가로 성공하기에는 그런 부분들이 부담으로 작용했던 거예요. 폭행을 당하기 전까지만 해도 오빠는 분명 자신의 내면 깊숙이 그림이 들어있다고 말했는데 자신감을 잃은 거죠. 오빠가 그림을 다시 그리기 시작한 이유는 조금 덜 외롭고 싶어서라고 하더군요."

"루터가 그린 그림을 몇 점만이라도 볼 수 있을까요?"

"아버지가 포틀랜드에 있던 그림들과 오빠가 사망한 이후 엘리야 스턴의 집에서 가져온 그림들을 합해 일종의 컬렉션을 만들어 놓았어요. 언젠가 그 그림들을 박물관에 기증하면 아마도 좋은 평가를 받게 될 거라고 하면서요. 부모님이 돌아가신 이후 그 그림들을 줄곧 내가 보관해오고 있죠."

실라는 우리를 지하실로 데려갔다. 지하실의 방 하나에 나무로 짠 대형 상자들이 잔뜩 쌓여 있었다. 그 상자에는 액자에 끼워놓은 그림들이 담겨 있었다. 대작들도 있고, 데생이나 크로키 같은 소품들도 있었다.

"그림을 우리 집으로 옮겨오긴 했는데 아직 제대로 정리가 되어 있지 않아요." 실라가 말했다. "차마 아무것도 버릴 수가 없어서 데생 작품까지 전부 가지고 있어요."

그림을 뒤적거리던 페리가 금발의 아름다운 아가씨를 그린 그림 한 점을 찾아냈다.

"오빠의 약혼녀였던 일리노어입니다." 실라가 설명했다. "그 사건이 있기 전에 그린 그림이죠. 오빠는 일리노어를 즐겨 그렸거든요. 평생 일리노어만 그릴 수도 있을 거라고 했었죠."

금발의 일리노어와 놀라가 서로 많이 닮았다는 점이 흥미로웠다. 다른 여인들을 그린 그림들도 많았는데, 하나같이 금발이고, 사고 이후에 그렸다는 점이 특징이었다.

"루터가 그린 금발의 여인들은 다 누구입니까?" 페리가 물었다.

"나도 모릅니다." 실라가 무심하게 대답했다. "분명 오빠의 상상이 빚어낸 여인들이겠죠."

바로 그 순간 우리는 목탄으로 그린 크로키들을 발견했다. 〈클락스 식당〉 내부를 그린 크로키가 내 눈에 들어왔다. 식당 카운터에 슬픈 표정의 여인이 앉아 있었다. 제니와 닮았지만 나는 우연의 일치일 거라고 생각했다. 그림의 뒷면에 *'제니 퀸, 1974년'*이라는 글귀를 발견하기 전까지는 그랬다.

내가 물었다. "왜 루터는 금발 여인들을 그리는 데에 집착했을까요?"

"글쎄요, 난 정말 모르겠어요." 실라가 대답했다.

페리가 진지한 표정으로 실라를 바라보며 말했다.

"이제 1975년 8월 31일 저녁에 부인의 부친께서 왜 루터가 사고를 친 것 같다고 말했는지 그 이유를 알려주실 때가 된 것 같습니다."

∞

1975년 8월 31일

아침 9시, 전화기를 든 제이 칼렙은 뭔가 심상치 않은 일이 발생했다는 걸 직감했다. 방금 전 엘리야 스턴은 그에게 전화해 루터가 무기한 휴가를 냈다고 말했다.

"루터를 찾으신다고요?" 엘리야 스턴이 놀라는 투로 묻고 나서 답했다. "루터는 지금 여기에 없어요. 난 부모님들도 이미 알고 계실 거라고 생각했는데 아닌가요?"

"그럼 루터는 어디에 있을까요? 어제가 루터의 누이동생 생일이라 축하 파티를 해주기로 약속했는데 루터가 오지 않았습니다. 그래서 너무 걱정됩니다. 루터가 정확하게 뭐라고 하면서 떠났나요?"

"루터는 이틀 전 나에게 일을 그만두어야 할 것 같다고 했습니다."

"루터가 정말 그랬습니까? 아니, 왜요?"

"그거야 나는 모르죠. 나는 오히려 부모님들이 그 이유를 알고 있지 않을까 생각하고 있었습니다."

엘리야 스턴과 통화를 마친 제이 칼렙은 즉시 경찰에 신고해야겠다고 마음먹었다가 그만두기로 했다. 왠지 자꾸만 이상한 예감이 들었기 때문이다. 그때 나디아 칼렙이 남편의 서재로 들어왔다.

"엘리야 스턴이 뭐라고 하던가요?" 나디아가 물었다.

"루터가 금요일에 사직서를 내고 어디론가 떠났대."

"사직서를 냈다고요? 왜 사직을 해요?"

제이 칼렙은 한숨을 푹 내쉬었다. 그는 간밤에 잠을 한숨도 자지 못한 상태였다.

"난 지금껏 뭐가 어떻게 돌아가고 있는지 감이 잡히지 않아. 내가 직접 나서서 루터를 찾아봐야 할까봐."

"아무런 정보도 없이 어디에서 루터를 찾으려고요?"

제이 칼렙은 어깨를 으쓱했다.

"당신은 집을 지키고 있어." 제이 칼렙이 부인에게 말했다. "루터가 집에 올지도 모르니까. 내가 루터를 찾아볼게. 그 대신 한 시간마다 한 번씩 전화해 진행 상황을 알려줄 테니까."

제이 칼렙은 무작정 픽업을 타고 도로에 들어섰다. 그는 가장 먼저 콩코드에 가볼 생각이었다. 콩코드 지리를 거의 모르다시피 해서 제이 칼렙은 무턱대고 도시를 헤매고 다녔다. 여러 차례 경찰서 앞을 지나친 제이 칼렙은 잠시 차를 멈춰 세우고 경찰서에 도움을 요청해보고 싶은 마음이 굴뚝 같았지만 내면에서 자꾸만 그러지 말라고 만류했다. 결국 제이 칼렙은 엘리야 스턴의 저택을 찾아갔다. 그는 집에 없었고, 직원 하나가 그를 루터의 방으로 안내했다. 제이 칼렙은 루터가 방에 메시지라도 남겼기를 기대했지만 아무것도 없었다. 깨끗이 정리된 방 안을 둘러보니 편지는 물론 어딘가에 갔다는 사실을 설명해줄 그 어떤 단서도 없었다.

"루터가 떠나면서 혹시 무슨 말을 남기지 않았나요?" 제이가 그를 안내해준 직원에게 물었다.

"글쎄요, 저는 지난 이틀 동안 근무하지 않았습니다. 다른 직원들 말로는 루터가 한동안 일하러 오지 않을 거라고 했다더군요."

"*한동안 일하러 오지 않을 거라고 한 건* 휴가를 떠났다는 건

가요? 아니면 사직서를 제출한 건가요?"

"저 역시 정확하게 알지 못합니다."

루터를 둘러싸고 여러 가지 혼선이 초래되고 있는 게 아무래도 이상했다. 제이 칼렙은 아들이 홀연히 자취를 감춘 걸 보면 뭔가 심각한 일이 일어난 게 틀림없다고 결론지었다. 엘리야 스턴의 저택을 나온 그는 콩코드 시내로 갔다. 나디아에게 전화하기로 마음먹고 눈에 띄는 식당으로 들어가 샌드위치를 시켰지만 입맛이 없어 먹는 둥 마는 둥했다. 나디아는 아직 집에도 아무런 소식이 없다고 했다. 제이 칼렙은 샌드위치를 먹으면서 신문을 훑어보았다. 오로라에서 벌어진 실종 사건 관련 기사들로 도배되어있다시피 했다.

"어쩌다 실종 사건이 벌어지게 되었을까요?" 제이 칼렙이 식당 주인에게 넌지시 물었다.

"여기서 한 시간쯤 떨어진 오로라에서 일어난 사건인데 한마디로 끔찍합니다. 노부인 한 명이 살해되었고, 열다섯 살 소녀는 납치되었습니다. 뉴햄프셔주 경찰들이 모두 동원되어 납치된 아이를 찾고 있습니다."

"여기서 오로라에 가려면 어떻게 해야 합니까?"

"동쪽 방향으로 가는 101번 도로를 이용해야 합니다. 한동안 계속 101번 도로로 달리다가 바다가 나오면 나들목으로 나와 1번 도로를 타고 남쪽으로 가면 됩니다."

제이 칼렙은 불길한 예감에 휩싸여 오로라에 갔다. 1번 도로에서 그는 두 번이나 경찰의 제지로 차를 세워야 했다. 그 후 울창한 사이드 크릭 숲으로 들어선 그는 비로소 얼마나 넓은 숲에서 수색을 펼치고 있는지 짐작할 수 있었다. 수십 대의 경찰 차량, 도처에 깔린 경찰 병력, 경찰 탐지견과 대기를 가득 채운 극심한 동요의 분위기가 심상찮았다.

오로라 시내로 들어선 제이 칼렙은 마리나를 지난 직후 중심가의 사람 많은 식당 앞에 차를 세우고 안으로 들어가 카운터에 자리를 잡았다. 아름다운 금발 아가씨가 커피를 가져다주었다. 왠지 낯이 익은 아가씨라는 생각이 들었지만 그는 오로라가 초행길이었다. 평생 한 번도 와본 적이 없는 곳이었다. 그가 자꾸만 쳐다보자 금발 아가씨가 그를 향해 생긋 웃어 보였다. 가슴에 달고 다니는 이름표를 보니 제니라고 적혀 있었다. 그 순간 그는 깨달았다. 루터가 목탄으로 그린 여자, 아들이 좋아한다고 했던 그림 속의 바로 그 아가씨가 분명했다. 그림 뒤에 적혀 있던 *'제니 퀸, 1974년'*이라는 설명도 또렷이 떠올랐다.

"제가 지리를 알려드릴까요?" 제니가 그에게 물었다. "길을 잃으신 듯해서요."

"정말이지 이곳에서 벌어진 사건들은 끔찍하더군요."

"우리는 아직 그 아이에게 무슨 일이 일어났는지 몰라요. 아직 너무 어린아이잖아요. 이제 겨우 열다섯 살인데 전 그 아이를 잘 알아요, 토요일마다 이 식당에서 일했거든요. 이름은 놀라 켈러건이었고요."

"지금 뭐라고 했죠?" 제이 칼렙이 말을 더듬었다. 그는 제발 잘못 들었기를 간절히 바랐다.

"놀라 켈러건."

제이 칼렙은 그 이름을 듣는 순간 몸의 균형을 잃고 비틀거렸다. 갑자기 구토가 일었다.

얼른 여길 나가야 해. 최대한 멀리 달아나야 해.

그는 10달러짜리 지폐 한 장을 카운터에 내려놓고 도망치듯 식당을 나왔다.

∞

제이 칼렙이 집으로 돌아왔을 때 나디아는 남편이 심상치 않은 상태라는 걸 즉시 알아보았다. 제이 칼렙은 그를 향해 다가서는 나디아의 품에 안기듯 고꾸라졌다.

"맙소사! 무슨 일인데 그래요?"

"3주 전에 루터와 내가 낚시하러 갔었던 걸 기억하지?"

"그날 먹지도 못하는 블랙배스를 잔뜩 잡아 왔잖아요. 그런데 왜 갑자기 낚시 이야기를 꺼냈어요?"

제이 칼렙은 아들과 낚시를 갔던 날의 이야기를 나디아에게 들려주었다. 1975년 8월 10일 일요일, 루터는 전날 저녁에 포틀랜드 집에 왔고, 제이 칼렙은 다음 날 아침 일찍 아들과 작은 호수로 낚시를 하러 가기로 했다. 다음 날, 날씨는 화창했고, 물고기들의 입질도 잦았다. 그들은 조용한 구석 자리에 앉아 한동안 낚시에 열중했다. 그들을 방해할 사람은 아무도 없었고, 두 부자는 맥주를 홀짝이면서 인생에 대한 이야기를 나누었다.

"아버지, 아주 근사한 여자를 만났어요."

"그게 정말이니?"

"그 여자가 내 심장을 뛰게 해요. 게다가 그 여자도 나를 사랑해요. 그 여자가 나에게 사랑한다고 말했어요. 아버지에게도 곧 소개해줄게요. 아버지도 마음에 들 거라고 생각해요."

제이 칼렙의 얼굴에 미소가 드리워졌다.

"그 아가씨 이름이 뭐니?"

"놀라 켈러건이에요."

제이는 그날 일을 떠올리면서 나디아에게 말했다. "놀라 켈러건이 바로 오로라에서 납치된 소녀 이름이야. 루터가 아무래도 엄청난 사고를 쳤나봐."

실라는 친구들을 만나러 나갔다가 하필 그 순간에 집으로 돌아왔고, 아버지가 한 말을 모두 들었다.

"그게 무슨 말이에요?" 실라가 물었다. "오빠가 무슨 사고를 쳤다는 거예요?"

제이는 어떤 얘기인지 설명해주고 나서 어느 누구에게도 발설해서는 안 된다고 신신당부했다.

"어느 누구도 루터와 놀라를 연결 지을 수 있게 해서는 안 돼."

그 후 이어진 일주일 동안 제이 칼렙은 아들을 찾아다니느라 밖으로 나돌았다. 처음에는 메인주 일대를 돌아다녔고, 그다음에는 해안을 따라 달리면서 캐나다 국경 근처와 매사추세츠주 지역을 돌았다. 그는 루터가 좋아하는 호수나 오두막이 나타나면 아무리 외진 곳이라도 일일이 다 확인하며 돌아다녔다. 어쩌면 경찰들에게 쫓기는 신세가 된 루터가 잔뜩 겁을 집어먹은 짐승처럼 외진 곳에 숨어 있을지도 모른다는 생각이 들었지만 아들의 흔적을 그 어디에서도 발견할 수 없었다. 제이는 매일 저녁 루터를 기다렸고, 아들의 기척을 들을세라 귀를 기울였다. 경찰이 루터의 사망 소식을 전하려고 전화했을 때 제이는 안도감이 들었을 지경이었다. 제이는 나디아와 실라에게 루터가 말한 사실을 절대로 발설하지 말라고 거듭 당부했다. 그는 아들의 이름이 추악한 납치범으로 기억되지 않길 간절히 바랐다.

∞

실라가 긴 이야기를 마쳤을 때 페리가 다시 질문했다.

"혹시 당신 오빠가 놀라를 납치했을 가능성이 있다고 말해주는 겁니까?"

"오빠는 금발 여인을 그리는 걸 각별하게 좋아했죠. 오빠가 공공장소에 몰래 숨어서 금발 여인들을 몰래 그리기도 했다는 걸 알고 있어요. 왜 그토록 금발 여인을 좋아했는지는 나도 몰라요. 난 오빠와 놀라 사이에 무슨 일이 일어났을 수도 있다고 생각해요. 아버지는 놀라가 오빠를 거부하자 살해했다고 확신했죠. 경찰이 전화해 오빠가 스스로 목숨을 끊었다고 했을 때 아버지는 오랫동안 울고 나서 우리에게 말했어요. '루터가 스스로 목숨을 끊었다니 차라리 다행인지도 몰라. 만일 내가 루터를 찾아냈다면 내 손으로 그 아이를 죽여야 했을 거야. 전기의자에서 인생을 마감하느니 차라리 내가 죽이는 게 더 나았을 테니까' 라고요."

페리는 고개를 끄덕이고 나서 재빨리 루터의 물건들이 있는 쪽으로 눈길을 돌렸고, 이내 수첩 하나를 발견했다. 그가 수첩을 펼쳐 실라에게 보여주며 물었다.

"루터의 글씨가 맞나요?"

"오빠가 장미 나무를 전지할 때 필요한 사항들을 적어놓은 수첩이네요. 오빠는 엘리야 스턴의 저택에서도 장미를 관리했어요. 왜 내가 그런 수첩까지 보관하고 있는지 모르겠네요."

"이 수첩 제가 잠시 가져가도 되겠습니까?" 페리가 동의를 구했다.

“얼마든지 가져가세요. 다만 그 수첩이 수사에 도움이 될 것 같지 않은데요. 내가 한번 훑어봤는데 정원 관리 요령을 적어놓았을 뿐이던데요.”

페리가 고개를 끄덕이며 말했다. “루터의 필적 감정이 필요해서 가져가는 겁니다.”

11
놀라를 기다리며

"이 샌드백을 쳐봐. 자네의 생사가 샌드백에 걸려있다고 생각하고 집중해서 쳐보란 말이야. 자네는 글을 쓸 때처럼 복싱하고, 복싱할 때처럼 글을 써야 해. 자네가 가진 모든 능력을 쏟아부어야 한다는 뜻이야. 어쩌면 자네의 생에서 마지막 복싱 시합이 되거나 마지막으로 쓰는 책이 될 수도 있으니까."

2008년 여름, 미국은 매우 평온했다. 민주당은 6월의 몬태나 주 예비선거에서 버락 오바마를 대선 후보로 선출했다. 공화당은 3월에 이미 존 매케인을 후보로 선출해두고 있었다. 이제 각 당의 대선 후보들은 지지자들을 규합해야 할 차례였다. 8월 말로 예정된 각 당의 전당대회는 백악관 주인 자리에 도전하는 후보를 공식적으로 결정하는 자리였다.

선거 폭풍이 몰아치기 직전은 상대적으로 평온했다. 해리 쿼버트 사건이 대선 관련 뉴스를 누르고 연일 각종 미디어의 일면 톱을 차지하면서 여론의 관심을 독점하다시피 했다. 이른바 '친 쿼버트' 파와 '반 쿼버트' 파로 갈라져 논쟁을 벌이는가 하면 해리를 보석으로 풀려나게 한 법원 결정은 켈러건 목사와 금전적 합의를 보았기 때문이라는 소문이 나돌았다. 게다가 내가 쓴 원고의 일부가 언론에 유출된 이후 가을에 책이 출간되면 반드시 읽어보겠다는 사람들이 폭발적으로 증가했다.

엘리야 스턴은 비록 유출된 원고에서 실명이 거론되지는 않았지만 내 책의 출판을 막고자 나를 명예훼손으로 고소했다. 켈러건 목사는 엄마에게 수시로 매를 맞는 딸을 방치했다는 주장을 적극적으로 부인하면서 법원에 제소할 뜻을 내비쳤다. 여론이 과열되면서 오히려 희희낙락하는 두 사람이 있었는데 로이 바나스키와 벤자민 로스였다.

로이 바나스키는 법적인 소송에 대비하기 위해 뉴욕의 저명한 변호사들로 이루어진 법무 팀을 뉴햄프셔주에 파견했다. 로이는 원고가 유출되었다는 주장을 펴고 있지만 실제로 그가 원고를 고의적으로 유출했다고 보는 사람들이 대부분이었다. 아무튼 그가 계획적으로 노린 원고 유출 건은 책의 판매를 보장해주는 불쏘시개가 되어주고 있었다. 게다가 해리 쿼버트 사건이 각종 언론을 도배하고 있는 만큼 한동안 여론의 관심이 지속될 수밖에 없었다. 로이는 자신이 주도한 마케팅 전략이 경쟁사들에 비해 더 비열하거나 고약하지 않다고 자위하면서 출판업도 이제 지식산업이나 예술산업의 범주에 머물지 말고 인정사정 볼 것 없는 21세기 광적 자본주의 산업으로 편입되어야 한다고 믿는 작자였다. 그의 지론은 이제 무조건 팔리는 책을 써야 한다는 것이었다. 책을 팔려면 이슈를 선점해야 하고, 모든 역량을 총동원해 여론전에서 유리한 고지를 점령하지 못하면 경쟁사에게 그 자리를 내어줄 수밖에 없다고 주장했다. 요컨대 그는 출판도 먹느냐 먹히느냐의 생존 경쟁이라고 보았다.

해리 쿼버트에 대한 형사 재판은 조만간 무죄 판결로 마무리되리라는 여론이 지배적이었다. 벤자민 로스는 '올해의 변호사'

가 되어 전국구 스타가 되어가고 있었다. 그는 모든 인터뷰 요청을 기꺼이 받아들였고, 거의 모든 시간을 TV와 지역 라디오 방송국 스튜디오에서 보냈다. 그는 명성을 널리 알릴 수만 있다면 무엇이든 마다하지 않았다. "내 변호사 수임료도 이제 시간당 1천 달러가 되었어요." 벤자민이 나에게 속내를 털어놓았다. "신문에 대문짝만한 내 얼굴이 등장할 때마다 수임료를 시간당 10달러씩 더 올려받으려고요. 기사 내용 따위는 그다지 중요하지 않습니다, 유력 신문에 내 얼굴이 등장했다는 것만으로도 상품 가치가 상승하죠. 사람들은 《뉴욕타임스》에 실린 내 얼굴만 기억할 뿐 내가 뭐라고 말했는지는 별 관심이 없어요." 벤자민은 변호사로 일하는 동안 세기의 사건을 수임할 수 있기를 학수고대해 왔는데 마침내 기회가 온 셈이었다. 이제 벤자민은 플래시가 펑펑 터지는 가운데 언론이 듣고 싶어 하는 이야기라면 뭐든 들려줄 작정이었다. 그는 프랫 서장이나 엘리야 스턴에 대해서 이야기했고, 놀라가 사람의 심리를 불안하게 만드는 측면이 있었는데, 자신이 보유한 매력을 무기로 타인을 좌지우지하는 능력이 있었을 거라는 말을 인터뷰 때마다 반복했다. 따지고 보면 해리 쿼버트는 이 사건의 피해자라는 주장도 빼놓지 않았다. 심지어 그는 사람들이 몹시 흥분하도록 만들기 위해 오로라 시에서는 절반 이상의 남자들이 놀라와 은밀히 관계했을 가능성이 있다는 말을 서슴지 않았다.

나는 사실관계를 분명하게 해두기 위해서라도 벤자민에게 전화해 따져 묻지 않을 수 없었다.

"포르노를 가미한 당신의 아무 말 대잔치는 도대체 언제 멈추려고요? 당신이 인터뷰 때 한 말은 전혀 근거 없는 낭설 아닌가요? 당신과 관계없는 사람들이라고 함부로 오물을 뒤집어씌우면 안 됩니다."

"내가 할 일은 해리의 무죄를 증명하는 것만이 아니라 다른 사람들이 애써 숨기려는 치부가 얼마나 더럽고 구린지 밝히고자 합니다. 나는 프랫 서장을 증인석에 세울 것이고, 엘리야 스턴을 법정으로 소환해 증언을 들을 것이고, 필요하다면 오로라 남자들 모두를 법정에 세워 놀라 켈러건과 잠을 잔 이야기를 털어놓도록 할 겁니다. 해리는 다른 남자들보다 조금 앞서서 변태적인 취향을 가진 여자아이에게 홀딱 빠져든 잘못밖에 없다는 사실을 증명하려고요."

"도대체 지금 무슨 말을 하는 겁니까?" 내가 버럭 소리를 질렀다. "문제의 핵심은 그게 아니잖아요."

"이제부터 놀라 켈러건을 고양이라고 칩시다. 그 고양이는 매춘부였다는 말입니다."

"정말 심하네요. 무슨 근거로 그런 말을 하죠?" 내가 벤자민의 말을 반박했다.

"난 그저 당신이 일부 원고에 언급해놓은 사실들을 말로 옮겼을 뿐입니다. 아닌가요?"

"내가 쓴 원고에 그런 내용이 있었다고요? 그렇지 않을 텐데요? 놀라는 전혀 부도덕한 인물이 아니었어요. 해리와 놀라의 사랑은 엄연히 한때의 불장난이 아니라 고귀한 사랑이었습니다."

"당신은 사랑 타령을 즐겨하는군요. 사랑이라는 건 도대체 뭡니까? 사랑의 실체가 있나요? 사랑이란 공허한 메아리에 불과해요. 남자들이 빨래하기 싫어서 생각해낸 발명품에 불과하단 말입니다."

∞

연일 검찰이 언론의 도마 위에 올랐고, 그 같은 분위기는 뉴햄프셔주 경찰청의 강력계에서도 고스란히 체감되었다. 뉴햄프셔주지사가 경찰 수뇌부를 만나 수사를 최대한 신속하게 마무리하라는 압력을 가했다는 소문이 나돌았다. 실라의 증언을 청취한 이후 페리는 수사 내용을 다시 한번 정리했다. 실라의 증언은 루터에게 혐의를 두고 있었으므로 페리는 수첩의 필적 감정 결과가 자신의 직관을 확인시켜주는 결과로 나타나길 기대했다. 루터가 자주 오로라를 배회한 사실에 대해서는 보강수사가 필요하다고 생각했다. 7월 20일 일요일에 우리는 트래비스를 만나 알고 있는 내용을 추가로 더 들어보기로 했다.

나는 아직 오로라 시내로 들어갈 용기가 없었기 때문에 트래비스가 몬트버리에서 가까운 고속도로 식당까지 와주기로 했다. 나는 유출된 원고에서 제니에 대해서도 다루었기 때문에 트래비스에게 원망을 들을 각오가 되어 있었는데 그는 의외로 상냥한 태도로 일관했다.

"내가 쓴 원고에서 제니에 대해 적은 부분이 일부 유출되어 유감입니다." 내가 말했다. "외부에 알려져서는 안 되는 내용이었습니다."

"그런 일 때문에 내가 당신을 미워할 거라고 넘겨짚지 마세요."

"충분히 나를 원망할 수 있다고 봅니다."

"제니가 해리 쿼버트를 좋아한 사실은 나도 이미 알고 있었어요. 그 당시 제니가 해리를 어떤 눈으로 바라보았는지 지금도 생생하게 기억하니까요. 그나저나 당신이 조사하고 있는 내용들이 수사상 제법 가치가 있어 보이더군요. 그래서 말인데 최근에 새롭게 밝혀낸 사실이 있나요?"

페리가 그 질문에 대신 답했다.

"우리는 실라 칼렙 미첼의 증언을 청취한 결과 루터 칼렙에 대해 보다 합리적인 혐의를 품게 되었습니다."

"루터 칼렙과 관련해 항간에 떠도는 그림 이야기들이 모두 사실입니까?"

"일단 놀라가 정기적으로 일리야 스턴의 저택에 간 건 사실로 확인되었습니다. 혹시 프랫 서장과 놀라 사이에 벌어진 일에 대해서도 알고 계셨습니까?"

"그 추잡한 이야기라면 잘 알고 있습니다. 그 사실을 알게 되었을 때 나는 그야말로 크게 한 방 얻어맞은 기분이었죠. 프랫 서장이 도덕적으로 탈선한 건 사실이지만 나는 그가 언제나 훌륭한 형사였다고 생각합니다. 최근 여러 언론이 프랫 서장이 지휘한 수사와 수색 작전에 대해서도 의문을 제기하던데 과연 올바른 태도인지 모르겠더군요."

"엘리야 스턴과 해리 쿼버트에 대한 의혹에 대해서는 어떻게 생각하십니까?"

"장모님은 그 당시 해리 쿼버트가 놀라를 어떻게 생각하고 있었는지 프랫 서장에게 알려주었다고 증언했지만 내가 보기에는 상황을 바라보는 각도를 조절해야 할 필요성이 있어 보입니다. 장모님은 해리 쿼버트에 대해 모든 걸 알고 있다고 증언했지만 사실상 아무것도 알고 있지 못했으니까요. 장모님의 증언을 뒷받침해줄 증거라고는 아무것도 없잖아요. 장모님이 당신들에게 털어놓은 거라고는 해리와 놀라와 관련해 구체적인 증거를 가지고 있었는데 감쪽같이 사라져버렸다는 게 전부였습니다. 전혀 신빙성 없는 증언일뿐더러 근거 없는 비방으로 보입니다. 당신들도 다른 사람들에 대해 증언할 때 얼마나 신중을 기해야 하는지 잘 알고 있을 겁니다. 우리가 해리 쿼버트와 관련해 혐의를 두는 유일한 요소는 그가 바로 검은색 쉐보레 몬테카를로를 운전하고 다녔다는 것뿐입니다. 그것만으로는 법정에서 아무런 증거도 되지 못하죠."

"놀라의 친구 낸시도 엘리야 스턴 집에서 무슨 일이 벌어지고 있는지 프랫 서장에게 알려주었다고 증언했습니다. 그렇지만 프랫 서장이 작성한 사건 보고서에는 낸시의 증언이 빠져있습니다."

"프랫 서장은 나에게 그런 말을 한 적이 없었어요."

"그렇다면 프랫 서장의 수사는 분명 문제가 있었다고 생각할 수밖에 없지 않을까요?" 페리가 트래비스의 말에 이의를 제기했다.

"내가 하지도 않은 말을 당신들 마음대로 만들어내지는 말아요."

"루터 칼렙에 대해서는 어떻게 생각하십니까?"

"루터는 정말이지 이상한 인물이었어요. 여자들을 몹시 귀찮게 했죠. 그 당시 나는 제니를 부추겨 루터 칼렙을 고소하게 만든 적도 있습니다. 루터가 제니를 상대로 공격적인 태도를 보인 직후에 말입니다."

"그 당시 루터를 한 번도 의심해본 적 없습니까?"

"루터가 놀라를 납치했을 거라고 진지하게 의심해본 적은 없습니다. 우리는 루터가 타고 다니는 차종을 확인한 적은 있어요. 아마 파란색 머스탱이었을 겁니다. 어쨌거나 루터는 우리가 찾는 범인일 가능성이 희박하다고 봅니다."

"왜 그렇게 생각하는데요?"

"놀라의 실종 직전에 나는 루터가 오로라에 다시는 오지 못할 거라고 확신했으니까요."

"무슨 뜻입니까?"

트래비스는 별안간 불편한 기색을 보였다.

"8월 중순 무렵에 나는 〈클락스 식당〉에서 루터와 마주친 적이 있었어요. 제니를 시켜 루터를 고소하게 만든 직후였을 겁니다. 루터가 제니에게 폭력을 가해 팔에 커다란 멍 자국이 생겼거든요. 제니가 계속 문제 삼았을 경우 그리 가볍지만은 않은 처벌을 받았을 겁니다. 루터는 나를 보더니 도망을 치더군요. 나는 그를 뒤쫓아가 1번 도로에서 붙잡았습니다. 당신들도 잘 알다시피 오로라는 평화로운 곳이고, 나는 루터가 찾아와 어슬렁거리는 걸 원치 않았죠."

"그래서 루터에게 어떻게 했습니까?"

"내가 루터를 구타했습니다. 물론 바람직하지 않은 행동이었다는 건 나도 압니다. 그런 다음……." 트래비스가 그 부분에서 말을 할지 말지 망설였다.

"그런 다음 어떻게 했는데요?"

"난 루터의 거시기에 총을 바짝 들이댔어요. 그런 다음 또 흠씬 두들겨 패주었죠. 그랬더니 루터가 몸을 웅크리며 바닥에 쓰러졌어요. 난 권총을 꺼내 총알을 한 발 장전한 다음 총구를 루터의 불알에 쑤셔 박았죠. '너 같은 놈은 평생 다시 마주치고 싶지 않아. 그러니까 오로라에 다시는 나타나지 마'라고 하면서요. 루터가 신음 소리를 내면서 다시는 오로라에 오지 않겠다면서 그만 보내달라고 애원하더군요. 난 부적절한 방식이라는 걸 잘 알고 있었지만 그렇게 해서라도 루터가 다시는 오로라에 나타나지 않도록 확실히 못을 박아두고 싶었습니다."

"지금도 루터가 순순히 그 말을 따랐으리라 생각하십니까?"

"난 그랬을 거라고 확신합니다."

"그러니까 서장님이 오로라에서 루터를 마지막으로 본 사람이겠네요?"

"나는 루터가 타고 다니는 차종과 함께 그의 인상착의에 대해서까지 동료들에게 정확하게 전달해 주었습니다. 그 후 루터는 더 이상 오로라에 나타나지 않았습니다. 그런 일이 있고 나서 한 달 후에 루터가 매사추세츠주에서 스스로 목숨을 끊었다는 소식이 들려왔죠."

"혹시 어떤 사고였는지 들었습니까?"

"커브 길을 돌다가 추락했다고 들었습니다. 나도 자세한 건 모릅니다. 솔직히 말하자면 크게 관심도 없었고요. 그 무렵 더욱 중요한 일들이 많았거든요."

식당에서 트래비스를 만나고 나오는 길에 페리가 나에게 말했다.

"내 생각에는 그날 검은색 쉐보레 몬테카를로의 핸들을 누가 잡았는지 알아내는 게 무엇보다 중요해 보입니다. 이런 식으로 문제를 제기해보는 건 어떨까요? 루터 칼렙은 1975년 8월 30일에 검은색 쉐보레 몬테카를로를 몰았을까요?"

∞

다음 날, 나는 해리의 집이 불탄 이후 처음으로 구즈코브에 갔다. 출입을 통제하기 위해 경찰이 폴리스라인을 설치해 두었지만 나는 무시하고 집 내부로 들어갔다. 집 안은 완전히 폐허가 되어 있었지만 나는 완전무결한 상태로 남아 있는 *메인주 로클랜드 관광기념* 양철통을 주방에서 찾아내 그 안에 들어있던 빵 조각들을 버렸다. 그런 다음 이 방 저 방 돌아다니면서 발견한 물건들을 양철통에 담았다. 거실에서 마치 기적처럼 아무런 손상도 입지 않은 사진 앨범을 발견한 건 예기치 않은 소득이었다. 나는 앨범을 들고 바깥으로 나와 집과 마주 보는 곳에 위치한 커다란 자작나무 아래에 앉아 앨범에 든 사진들을 훑어보았다. 바로 그 순간 어니 핑커스가 내 앞에 나타났다.

그가 나에게 다가오며 퉁명스럽게 말했다. "오솔길 입구에 세워둔 자네 차를 봤어."

그러면서 그는 내 옆에 앉았다.

"해리의 사진들인가?" 그가 앨범을 가리키며 물었다.

"네, 집 안에서 발견했어요."

나는 말없이 앨범을 넘겼다. 1980년대 초반에 찍은 사진들 가운데 털빛이 노르스름한 래브라도 리트리버 한 마리가 등장했다.

"이 래브라도가 누구 소유인지 아세요?" 내가 어니 핑커스에게 물었다.

"해리가 키우던 개야."

"해리가 개를 키운 적이 있다는 걸 전혀 몰랐어요."

"그 녀석 이름이 스톰이었을 거야. 13년 가까이 해리와 함께 살았지."

스톰이라는 이름을 듣는 순간 왠지 귀에 익은 느낌이 들었지만 왜 그런지 이유를 알 수 없었다.

어니 핑커스가 미안한 표정을 지으며 말했다. "지난번에 자네에게 심통 부릴 마음은 없었어. 아무런 잘못도 없는 자네에게 괜한 상처를 주어 후회막급이었지."

"별일 아니니까 잊으세요."

"난 자네가 협박받고 있다는 사실을 전혀 몰랐어. 혹시 자네가 쓴 원고와 관련 있나?"

"아마 십중팔구 그럴 겁니다."

"대체 누가 불을 질렀을까?" 어니 핑커스가 문득 화가 치미는 듯 불타버린 집을 가리키며 목소리를 높였다.

"휘발유 같은 인화성 물질이 화재에 사용되었다고 하더군요. 경찰은 해변에서 발견된 빈 석유통에 찍힌 지문을 발견했지만 끝내 신원을 확인할 수는 없었답니다."

"자네는 떠나라는 협박을 받고도 왜 아직 여기에 남아 있지?"

"떠나야 할 이유가 없으니까요. 그 이유가 두려움이라면 반드시 극복해야죠."

"자네는 역시 이름값을 하는군. 나도 한때는 이름값을 하는 인물이 되고 싶었어."

어니 핑커스의 아내는 늘 그에 대해 믿음을 가지고 있었지만 몇 년 전 암으로 세상을 떠났다. 임종 때 부인은 마치 그가 아직도 전도유망한 청년인 것처럼 말했다. '어니, 당신은 인생에서 뭔가 큰일을 해낼 거야. 난 당신을 믿어.' 그러자 어니가 대답했다. '난 이제 너무 늙었어. 앞으로 살날보다 지금까지 산 날이 훨씬 더 많아.' 그러자 그의 부인이 '인생에서 너무 늦는 때는 없어. 살아있는 한 인생은 언제나 우리 앞에 있는 거야'라고 힘주어 말했다. 하지만 어니 핑커스는 부인이 숨을 거둔 이후 성취한 일이라고는 부인의 항암 치료비를 갚고, 그 자신의 대리석 묘비 비용을 벌기 위해 몬트버리 마트에서 아르바이트 자리를 구한 게 전부였다.

"난 요즘 마트에서 카트를 정리하는 일을 하고 있어. 주차장을 돌아다니면서 고객들이 아무렇게나 내팽개치고 간 카트들을 모으는 일이야. 카트들이 서로 사이좋게 옹기종기 모여 있을 수 있도록 내가 정리하는 거야. 카트들은 절대로 혼자가 아니라네. 절대로 혼자인 적이 없다고 말하는 게 정확하겠네. 왜냐하면 세계의 모든 마트에는 카트를 찾아 가족들에게 데려다주는 아르바이트 직원들이 있기 마련이니까. 그런데 나는 어느 누가 가족이 있는 집으로 데려다주지? 왜 사람들은 카트를 위해 기꺼이 좋은 일을 하는 사람을 외롭게 살도록 방치할까?"

"정말 그러네요. 내가 도울 일이 없을까요?"

"자네가 책을 낼 때 감사의 말에 내 이름을 올리고 싶어. 내 이름이 고딕체로 소개되어있는 책을 보고 싶거든. 자네 생각은 어때? 자네가 그렇게 해준다면 죽은 아내가 나를 매우 자랑스러워할 거야. 남편이 위대한 작가 마커스 골드먼의 책이 출간되기까지 많은 도움을 주었다고."

"꼭 그렇게 할 테니까 저를 믿으세요." 내가 그에게 장담했다.

"난 아내에게 자네가 쓴 책을 읽어줄 거야."

"우리 책입니다. 당신이 도서관에서 내가 필요로 하는 자료를 성실하게 찾아주었잖아요."

그 순간 뒤에서 발소리가 들려왔다. 돌아보니 제니였다.

"길 입구에 당신 차가 보이기에 와봤어요." 제니가 말했다.

어니 핑커스와 나는 싱긋 웃었다. 내가 자리에서 일어나자 제니가 나를 엄마처럼 안아주더니 화재로 엉망이 된 집을 쳐다보다가 기어이 울음을 터뜨렸다.

∞

그날 나는 다시 콩코드로 돌아가는 길에 〈시사이드〉 모텔에 들러 해리를 만났다. 그는 상의를 벗은 상태로 방문 앞에서 어슬렁거리고 있었다. 자세히 보니 복싱 동작을 반복적으로 연습하고 있는 듯했다. 해리는 얼마 전과는 전혀 다른 사람이 되어 있었다.

"이리 와서 나와 함께 복싱이나 하지."

"할 말이 있어서 왔습니다."

"복싱을 연습하면서 이야기하면 되잖아."

나는 폐허가 된 그의 집에서 찾아낸 *메인주 로클랜드 관광기념* 상자를 내밀었다.

"구즈코브에 잠깐 들렀거든요. 집 안에 선생님 살림살이들이 많이 남아 있더군요. 왜 그 물건들을 챙겨가지 않으세요?"

"자넨 내가 거기서 뭘 더 가져오길 바라나?"

"추억 어린 물건들이 있을 텐데요?"

해리가 입을 비죽 내밀었다.

"추억을 생각하면 마음이 슬퍼질 뿐이야. 이 상자를 보는 것만으로도 난 벌써 눈물이 나려고 해."

해리는 상자를 두 손에 꼭 쥐더니 품에 안았다.

"놀라가 실종되었을 때 나는 수색에 참여하지 않는 대신 무얼 했는지 알고 있나?"

"글쎄요."

"난 놀라를 기다렸어. 그 아이를 기다렸다고. 놀라를 찾으려고 한다는 건 그 아이가 벌써 이 세상 사람이 아니라는 걸 인정하는 셈이 될 테니까. 난 놀라가 내게로 돌아올 거라고 나 자신을 설득해가면서 기다렸어. 난 그 아이가 언젠가 반드시 내 곁으로 돌아올 거라고 확신했으니까. 그 아이가 돌아와 나를 자랑스럽게 여겨주길 소망했지. 난 무려 33년 동안 놀라가 돌아오길 기다리며 살아왔어. 무려 33년 동안 매일 놀라를 위해 초콜릿과 꽃을 사두었지. 난 놀라만이 내가 언제까지나 사랑할 수 있는 단 하나의 상대라는 걸 알고 있었어. 우리네 인생에서 사랑은 딱 한 번뿐이야. 내 말이 믿기지 않는다면 자네가 아직 사랑하는 사람을 만나지 못했다는 걸 의미하지. 저녁때만 되면 나는 소파에 앉아 놀라가 오는지 살폈어. 그 아이가 항상 그랬듯이 어디선가 불쑥 나타날 거라고 믿으면서. 전국을 순회하는 강연에 나설 때면 현관문에 메모를 남겨두었지. '시애틀 출장. 다음 화요일에 돌아옴.' 이런 식으로. 혹시라도 내가 없는 사이에 놀라가 돌아왔다가 크게 실망해 돌아가면 안 되니까. 그래서 늘 문도 열어두었어. 지난 33년 동안 단 하루도 열쇠로 문을 잠근 적이 없었지. 사람들은 나에게 미쳤다면서 언젠가 강도들에게 집을 털리게 될 거라며 걱정하더군. 하지만 뉴햄프셔주의 오로라 사람들은 문을 잠그지 않아도 남의 집을 털지는 않아. 자네는 내가 왜 여러 해 동안 강연 요청을 모두 수락하면서 도로에서 시간을 보냈는지 아나? 어쩌면 놀라를 찾을 수 있을지도 모른다는 희망을 품고 있었기 때문이야. 난 대도시든지 소도시든지 가리지 않고 이 나라를 방방곡곡 누비고 다녔지. 지역신문들이 내 강연을 앞두고 기사를 썼는지 일일이 확인하면서. 때로는 내 돈으로 광고 지면을 확보해 강연 일정을 알린 적도 있어. 혹시 놀라가 광고를 보고 나를 찾아올까 해서였지. 강연할 때마다 청중들을 둘러보면서 혹시 놀라 또래의 금발 여자아이가 와있는지 주의 깊게 살피기도 했어. 나는 매번 강연 때마다 '오늘은 반드시 놀라가 찾아올 거야'라고 생각했지. 강연이 끝나면 모든 질문에 빠짐없이 응해주었어. 혹시 질문을 받는 동안 놀라가 내게로 다가오지 않을까 기대하면서. 몇 년 동안이나 그런 일들을 반복했는지 몰라. 처음에는 열다섯 살 금발로 시작해 차츰 열여섯 살, 스물, 스물다섯 살로 차츰 나이를 높여가며 그 아이를 찾아보았어. 내가 여전히 오로라에 남아 있는 건 놀라를 기다리고 있었기 때문이야. 한 달 전, 놀라가 비로소 유골로 발견되었어. 내 정원에 매장된 상태로. 나는 무려 33년 동안 놀라를 기다렸는데 그 아이는 바로 지척에 있었던 거야. 내가 그 아이가 좋아하는 수국을 심으려던 바로 그 자리에. 놀라의 유해가 발견된 그날 이후 난 심장이 터져버릴 것 같았어. 내 인생의 유일한 사랑을 잃어버렸으니까. 빌어먹을 모텔에서 만나자는 약속만 하지 않았어도 놀라는 지금껏 살아있었을지도 모른다는 회한이 일며 심장이 두방망이질 치더군. 그러니까 그 집에서 추억거리들을 가져와 내 심장을 갈가리 찢어놓을 생각은 하지 말아줘. 제발 이제 놀라의 그림자 찾기를 그만둬. 내가 이렇게 간청할 테니 제발."

해리는 그 말을 끝으로 계단을 향해 걸어갔다.

"어딜 가시게요?"

"복싱 연습하러 가야지. 이제 나에게 남은 건 복싱밖에 없어."

주차장으로 내려간 해리는 이웃 식당 손님들이 불안한 기색으로 쳐다보고 있었지만 아랑곳하지 않고 복싱 연습을 반복했다. 내가 합류하자 그는 가드를 올리며 나와 마주 섰다. 그가 스트레이트를 내게 뻗었지만 빠르지 않았다.

자네는 왜 여기에 왔나?" 해리가 스트레이트 공격을 하고 나서 나에게 물었다.

"당연히 선생님을 뵈러 왔죠."

"왜 나를 보려고 하나?"

"우리는 친구니까요."

"자네가 이해하지 못하는 점이 바로 그거야. 우린 더 이상 친구가 될 수 없어."

"저는 도무지 무슨 말인지 모르겠어요."

"난 자네를 아들처럼 아끼고 사랑했어. 앞으로도 그럴 거야. 하지만 우리는 더 이상 친구가 될 수 없어."

"그 집이 불타서인가요? 집을 원상 복구할 수 있도록 제가 비용을 지불하겠다고 했잖아요."

"자넨 아직 내 말을 이해하지 못하지? 그 집 때문이 아니야."

내가 한순간 가드를 내리자 해리의 주먹이 내 오른쪽 어깨를 연속으로 강타했다.

"어서 가드를 올려. 만일 내가 얼굴을 때렸다면 자넨 벌써 KO 됐을 거야."

"당장 KO 되어도 상관없어요. 다만 저는 선생님의 그 수수께끼 같은 말이 무얼 의미하는지 알고 싶습니다."

"자네가 내 말이 무슨 뜻인지 이해하게 된다면 비로소 이 사건을 완벽하게 해결하게 될 거야."

나는 그 말을 듣고 그 자리에 우뚝 멈춰 섰다.

"그게 무슨 말입니까? 저에게 뭔가 숨기는 게 있으세요? 모든 진실을 다 털어놓은 게 아니었어요?"

"난 자네에게 모든 진실을 말했어. 이제 진실은 자네 손안에 들어있지."

"점점 더 무슨 말인지 모르겠어요."

"이해하기 쉽지 않다는 걸 나도 알아. 하지만 자네가 마침내 내 말을 이해하게 되면 모든 게 달라질 거야. 자넨 지금 자네 인생에서 결정적인 단계를 밟고 있는 거야."

갈수록 수수께끼 같은 말이 이어지는 바람에 나는 화가 나 주차장 콘크리트 바닥에 풀썩 주저앉았다. 해리가 지금은 주저앉을 때가 아니라며 고래고래 소리를 질렀다.

"일어나, 일어나라니까!" 해리가 악을 썼다. "우리는 복싱이라는 고귀한 예술을 연마하는 중이야."

나는 복싱이야 어찌 되든 상관없었다.

"저에게 복싱은 선생님을 통해서만 의미가 있습니다. 혹시 2002년 복싱 시합을 기억하세요?"

"당연히 기억하지. 내가 어떻게 그 일을 잊을 수 있겠나?"

"그렇다면 왜 우리가 더는 친구가 될 수 없죠?"

"그때는 책이 우리를 결합시켰고, 지금은 책이 우리를 갈라놓았어. 우리의 의지와 상관없이 그렇게 예정되어 있었던 거야."

"예정되어 있었다는 건 또 무슨 뜻입니까?"

"모든 해답을 책에서 찾으면 돼. 난 자네를 처음 보았을 때부터 이런 순간이 찾아오리라는 걸 알았어."

"이런 순간이라면?"

"모든 문제는 지금 자네가 집필하고 있는 책에서 파생되었어."

"선생님이 원한다면 책을 포기할 수도 있어요. 출판 계약을 해지하면 그만입니다. 책을 내지 않으면 되잖아요."

"안타까운 일이지만 자네가 원하지 않는다고 하더라도 소용없어. 이번 책이 아니면 다음 책이 문제가 될 테니까."

"도대체 무슨 뜻인지 이해하지 못하겠습니다. 저는 아무것도 모르겠어요."

"자네는 그저 책을 쓰면 돼. 아주 놀라운 책이 될 거야. 나에게도 기쁜 일이니까 오해 없길 바라. 그렇긴 하지만 우리는 이제 서로의 길을 가야 할 때가 되었어. 한 작가가 사라지고, 다른 한 작가가 탄생하는 거야. 자네는 내가 건넨 배턴을 이어받는 셈이지. 자넨 훌륭한 작가가 될 거야. 자네는 지금도 계약금을 1백만 달러나 받았잖아. 난 자네가 대단한 작가로 탄생하게 되리라는 걸 진작부터 알고 있었지."

"도무지 무슨 말을 하는지 모르겠다니까요."

"해답은 자네가 쓰는 책에 들어있어. 자네 눈앞에 있기도 하지. 아주 자세히 보란 말이야. 우리가 어디에 있는지."

"우리는 지금 모텔 주차장에 있잖아요."

"아니, 우리는 악의 기원에 있어. 벌써 30년이 넘도록 나는 이 순간이 찾아올까봐 두려움에 떨었지."

∞

2002년 2월

버로스 대학 캠퍼스 내 복싱 연습실

"자넨 샌드백을 칠 때 주먹 모양이 좋지 않아. 중지의 뼈마디가 너무 튀어나와서 샌드백에 닿는 순간 주먹이 미끄러지는 문제가 있어."

"글러브를 끼면 전혀 상관없지 않을까요?"

"글러브를 착용하지 않고 맨주먹으로 샌드백을 친다고 생각해야지. 글러브는 상대를 죽이지 않기 위한 장비일 뿐이야. 샌드백이 아니라 다른 걸 때려보면 금세 알 수 있을 거야."

"선생님이 생각하기에 저는 왜 늘 혼자서 복싱을 할까요?"

"나보다는 자네 자신이 더 잘 알겠지."

"제가 생각하기에는 아마 겁이 나서일 겁니다. 패배에 대한 두려움이 크기 때문이죠."

"로웰의 경기장에 가서 거구의 흑인에게 무참하게 얻어맞았을 때 어떤 기분이 들던가?"

"정신을 못 차릴 정도로 심하게 얻어맞고 나자 이상하게 자부심이 느껴졌어요. 다음 날, 몸에 생긴 멍 자국들이 마치 훈장처럼 자랑스러웠죠. 내가 패배의 두려움을 극복했다는 생각, 내가 감히 강한 상대와 물러서지 않고 맞서 싸웠다는 자부심이 느껴지더군요."

"자네는 실컷 두들겨 맞았지만 오히려 자신을 승자로 간주했다는 뜻이지."

"비록 경기에서 패했지만 저는 이겼다고 느꼈죠."

"해답은 바로 거기에 있어. 이기고 지는 건 그다지 중요하지 않아. 무엇보다 중요한 건 자네가 1라운드 시작을 알리는 공 소리와 마지막 라운드를 끝내는 공 소리가 울리기까지 링 위에서 어떤 퍼포먼스를 보여주었냐는 거야. 시합 결과는 관객을 위한 하나의 정보에 불과해. 자네 자신이 이겼다고 생각한다는 게 무엇보다 중요해. 인생은 달리기 경주와 같아. 자네보다 빠르거나 느린 사람들이 있겠지. 무엇보다 중요한 건 자네가 인생이라는 코스를 달리는 동안 절절한 열정을 쏟아부었다면 삶의 성패와 관계없이 그것으로 충분하다는 거지."

"로비에서 이 포스터를 발견했어요."

"대학 복싱 챔피언십 경기 포스터네."

"전국의 모든 대학 선수들이 참가한대요. 하버드, 예일 등등. 저도 참가하고 싶어요."

"자네도 그 대회에 참가할 수 있도록 해줄게. 자네와 나, 우리는 영원한 한 팀이야."

10

열다섯 살 소녀를 찾아서
뉴햄프셔주, 오로라, 1975년 9월 1일부터 18일까지

"실제로 느껴보지 못한 감정을 어떻게 독자에게 전달할 수 있을까요?"

"그게 바로 작가가 할 일이야. 글을 쓰는 작가는 보통 사람들보다 훨씬 더 강렬하게 느껴야 하고, 그 느낌을 독자들에게 제대로 전달할 수 있는 능력이 필요하지. 글을 쓴다는 건 독자들이 미처 보지 못한 것들을 보게 해주는 거야. 고아들만이 고아들 이야기를 쓸 수 있는 건 아니야. 자네는 어머니도 아버지도 개도 비행기 조종사도 아니고, 러시아 혁명을 경험해보지 않았으니 어머니, 아버지, 개, 비행기 조종사, 러시아 혁명에 대해 쓸 수 없다면 말이 안 되잖아. 작가가 자신이 직접 경험한 일들에 대해서만 글을 쓸 수 있다면 문학은 한없이 빈약하고, 무미건조하고, 헐벗게 되겠지. 작가는 세상에서 벌어지는 모든 일들을 글로 써낼 권리가 있는 사람들이야. 작가가 직접 겪어보지 않은 일을 쓴다고 비난할 사람은 없어. 다만 작가의 글은 주변 사람 누구나 쓸 수 있는 글과는 전혀 다른 맛과 색깔, 향을 담고 있어야 하지. 작가와 일반인의 차이는 바로 그거야."

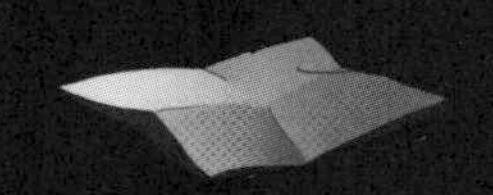

모두 놀라를 어디에선가 봤다고 했다. 이웃 도시 식료품점에서, 버스 정류장에서, 또는 식당 카운터에서. 놀라가 실종된 지 일주일이 지났지만 수색은 여전히 현재 진행형이었고, 경찰은 놀라를 목격했다는 허황된 신고를 수없이 접수했다. 체셔 카운티의 극장에서는 어떤 관객이 세 번째 줄에 앉아 있는 놀라를 봤다고 증언하는 바람에 영화 상영이 중단되는 일이 벌어지기도 했고, 맨체스터에서는 어떤 남자가 금발인 열다섯 살짜리 딸과 동네 축제에 갔다가 경찰서로 끌려가 신분 확인을 받아야 하는 해프닝도 발생했다.

경찰은 광범위하고 강도 높은 수색을 펼쳤지만 아무런 소득이 없었다. 오로라는 물론 인근 도시로 놀라를 찾기 위한 수색이 확대되었지만 실낱같은 단서조차 찾아내지 못했다. FBI에서 실종 사건 전문가들을 파견해 경험과 통계에 근거한 수색을 펼치기도 했다. 작은 하천, 주차장 근처 숲, 폐기물 하치장 등이 FBI 전문가들이 우선적으로 수색할 장소로 짚어준 곳이었다. 경찰은 아무런 성과가 없자 오리건주에서 일어난 두 건의 살인사건을 해결하는 데 크게 기여했다는 영매를 만나 실종된 놀라가 어디에 있는지 물었지만 전혀 효과를 보지 못했다.

오로라는 전국에서 몰려든 구경꾼들과 사건을 취재하기 위해 온 기자들로 북적거렸다. 시내 중심가에 있는 오로라경찰서는 수색작업을 총괄하는 한편 취합한 정보를 한곳에 모으고 재분배하는 교통정리를 해야 하기에 언제나 눈코 뜰 새 없이 바빴다. 오로라경찰서의 전화통은 놀라를 보았다는 신고 전화로 연신 불이 났지만 대부분 영양가 없는 정보들이었다. 그럼에도 신고 전화가 접수될 경우 소홀히 다룰 수는 없기에 매뉴얼 대로 착실하게 증언을 청취했다. 메인주와 매사추세츠주로도 수색이 확대되면서 탐지견도 파견되었지만 역시 성과가 없기는 마찬가지였다. 오로라경찰서의 프랫 서장과 뉴햄프셔주 경찰청의 로딕 팀장은 언론 매체들을 상대로 하루에 두 번씩 수사 경과 브리핑을 진행하고 있었지만 무능한 경찰이라는 비난을 차단할 수 있는 방법이 없었다.

아무도 눈치채지 못하는 사이에 오로라는 FBI의 삼엄한 감시 대상이 되었다. FBI 요원들은 전국에서 몰려든 기자들 틈에 섞여 놀라 켈러건의 집과 주변을 세심하게 관찰하는 한편 그들의 집 전화에 도청 장치를 해두었다. 놀라가 납치되었다면 이제 곧 납치범이 몸값 흥정을 하려고 연락을 취해올 테니까. 납치범이 전화로 접촉해올 수도 있었고, 아니면 변태적 기질이 발동해 테라스 애비뉴 245번지 앞에 몰려들어 있는 구경꾼들 사이에 끼어 몰래 돌아가는 상황을 염탐하고 있을지도 모르는 일이었다.

만일 몸값을 챙기길 원하는 인질범이 아니라 많은 사람이 우려하듯 조현병 환자의 소행일 경우 그가 다른 범죄를 더 저지르기 전에 최대한 빨리 체포해 피해를 최소화할 필요가 있었다.

오로라 주민들도 수색에 적극 참여했다. 남자들은 몇 시간에 걸쳐 숲을 돌아보거나 계곡과 하천 주변을 꼼꼼하게 살폈다. 로버트 퀸은 심지어 수색에 나서느라 이틀 휴가를 내기도 했다. 어니 핑커스는 평소보다 일찍 마트를 나와 수색작업 팀에 합류했다. 〈클락스 식당〉 주방에서 타마라 퀸, 에이미 프랫을 비롯한 지역 여성들은 수색에 나선 자원봉사자들이 먹을 간식을 만드느라 여념이 없었다.

"나에게도 정보가 있어." 타마라 퀸이 계속 같은 말을 반복했다. "아주 중요한 정보라니까."

"어떤 정보인지 말해봐." 샌드위치를 만들던 여자들이 급히 관심을 보였다.

"여기서는 말할 수 없어. 심각한 내용이거든."

그러면 주방에 모여 있던 여자들 모두가 저마다 한 가지씩 놀라와 관련된 이야기를 꺼내기 일쑤였다. 이미 오래전부터 테라스 애비뉴 245번지에서 이상한 일이 벌어지고 있었다고, 결국 이런 일이 발생한 건 우연이 아니라고 입을 모았다.

아들이 놀라와 같은 반이었던 필립스 부인이 말했다. "듣자하니 쉬는 시간에 어떤 남학생이 장난삼아 놀라의 폴로셔츠를 들쳐 올린 적이 있대요. 그때 다들 놀라의 몸에 선연히 남아 있는 시퍼런 멍 자국을 보았답니다."

냰시의 엄마 해터웨이 부인도 끼어들었다.

"우리 딸 낸시와 놀라는 어느 누구보다 절친한 사이였어요. 지난여름 내내 계속 이상한 일이 벌어졌는데, 일주일 내내 놀라가 자취를 감추는가 하면 켈러건 목사의 집 문이 완전히 잠겨 있었던 적이 있었죠." 해터웨이 부인이 덧붙였다. "우린 허구한 날 켈러건 목사 집 차고에서 흘러나오는 음악 소리를 들어야 했어요. 켈러건 목사가 도대체 왜 음악을 그렇게 크게 틀어놓아 동네 사람들 귀를 죄다 먹먹하게 만들어놓는지 이유가 궁금하더군요. 왜 그러는지 이의제기를 했어야 마땅한데 차마 그럴 수 없었어요. 어쨌거나 목사님인데 일일이 따질 수는 없잖아요."

∞

1975년 9월 8일 월요일

정오 무렵 해리는 구즈코브에서 놀라를 기다렸다. 벌써 며칠째 똑같은 질문들이 계속 머릿속에서 맴돌았다.

도대체 무슨 일이 일어난 걸까? 놀라는 어디에 있을까? 경찰은 왜 대대적인 수색을 하고도 놀라의 흔적조차 찾아내지 못할까?

해리가 집 안에 틀어박혀 놀라를 기다리며 지낸 지도 벌써 일주일이 지났다. 해리는 아주 자그마한 소리도 놓치지 않으려고 거실 소파에서 잠을 잤고, 잘 먹지도 못하며 지내고 있었다. 이러다가 미쳐버릴 수도 있을 것 같았다. 똑같은 생각이 반복되었다.

놀라가 혹시 일부러 혼란한 상황을 만든 건 아닐까? 폭력 사건도 놀라가 꾸민 일이 아닐까? 만일 납치 사건을 가장하려고 얼굴에 잼을 바르고, 비명을 지른 게 아닐까? 경찰이 오로라 일대를 수색하는 동안 캐나다나 먼 오지로 사라져버릴 수 있는 시간을 벌 수 있을 테니까. 게다가 그래야만 사람들이 머지않아 그 아이가 사망했다는 결론을 내리고 더는 찾으려고 하지 않을 테니까.

놀라가 혹시 나랑 오래도록 평온하게 지내기 위해 이 모든 상황을 연출했을까? 만일 그렇다면 놀라는 왜 모텔에서 만나자는 약속을 지키지 않았을까? 경찰이 생각보다 일찍 나타나는 바람에 일이 틀어져 숲에서 숨어 있어야만 했을까? 데보라 쿠퍼 부인의 집에서는 무슨 일이 있었던 것일까? 실라가 납치된 사건과 데보라 쿠퍼가 살해된 사건은 처음부터 서로 연관이 있었을까? 아니면 우연히 연결되었을까? 놀라가 납치당하지 않았다면 왜 나에게 살아있다는 신호를 주지 않을까? 왜 놀라는 구즈코브에 와서 숨을 생각을 하지 않았을까?

해리는 가물가물해지는 정신을 집중하려고 애썼다.

도대체 놀라는 지금 어디에 있을까? 우리만이 아는 비밀 장소

마서즈 빈야드에 있는 건 아닐까? 아니, 마서즈 빈야드는 너무 멀어.

주방에 놓인 양철통이 그들이 처음으로 같이 떠난 메인주 소풍을 상기시켜주었다.

혹시 로클랜드에 숨어 있을까? 해리는 그 생각이 떠오르자마자 자동차 열쇠를 들고 밖으로 달려 나갔다. 차 문을 여는 순간 그는 마침 초인종을 누르려던 제니와 눈이 마주쳤다. 제니는 벌써 며칠째 해리가 보이지 않자 무슨 일인지 걱정되어 찾아온 길이었다. 제니가 보기에 해리는 그동안 얼굴이 많이 상한 데다 몸이 많이 야위어 보였다. 게다가 일주일 전 〈클락스 식당〉에서 마지막으로 봤을 때 입고 있었던 셔츠 차림이었다.

"무슨 일 있어요?" 제니가 물었다.

"난 기다리고 있어요."

"누굴 기다린다는 거예요?"

"놀라."

해리의 말을 이해하지 못한 제니가 맞장구를 쳤다.

"정말 끔찍하기 그지없는 일이죠. 오로라 사람들 모두가 큰 충격을 받아 넋이 나갔어요. 경찰이 수색을 시작한 지 일주일이 지났는데 아직 이렇다 할 단서도 찾지 못했나봐요. 그나저나 당신 안색이 너무 안 좋아요. 욕조에 물을 받아줄 테니까 우선 좀 씻어요. 내가 요깃거리를 만들어줄 테니까."

해리는 예의를 차릴 마음의 여유가 없었다. 그는 한시바삐 놀라가 은신해 있는 곳을 찾고 싶었다. 그는 제니를 살짝 밀치고 목재 계단을 성큼성큼 걸어 내려가 차에 올랐다.

"난 지금 아무것도 필요 없어요." 해리가 차창을 열고 말했다. "너무 바빠서 달리 어떤 생각을 할 겨를이 없습니다."

"뭐가 그리 바쁜데요?" 제니가 따져 물었다.

"그 아이를 찾아야 해요."

해리는 차의 시동을 걸고 쏜살같이 사라졌다. 제니는 현관 계단에 맥없이 주저앉아 눈물을 흘렸다. 해리를 사랑하면 할수록 자꾸만 더 불행해지는 느낌이었다.

∞

그 시간에 트래비스는 장미 꽃다발을 손에 들고 〈클락스 식당〉으로 들어섰다. 놀라 켈러건 실종 사건이 터진 이후부터 벌써 여러 날 제니를 보지 못했다. 오전에는 숲에서 수색에 참여했던 그는 순찰차에 오르다가 차 바닥에 떨어져 있는 장미 꽃다발을 보았다. 이미 시든 꽃도 있었지만 문득 제니에게 꽃다발을 전하고 싶은 마음이 일었다. 그는 근무를 미루면서까지 〈클락스 식당〉으로 제니를 만나러 갔지만 그녀는 없었다. 그가 카운터에 앉자 타마라가 종종걸음으로 다가왔다.

"수색작업은 잘되어가고 있어?" 타마라가 걱정스러운 얼굴로 물었다.

"전혀 실적이 없어요. 찾아낸 게 전혀 없다시피 하니까."

타마라는 한숨을 푹 내쉬고 나서 트래비스의 얼굴을 물끄러미 바라보았다.

"점심 식사는 했어?"

"아직 못 했어요. 사실은 제니를 보러 왔는데 어딜 가고 없네요."

"제니는 잠시 외출했어."

트래비스에게 아이스티를 가져다준 타마라는 그의 앞에 포크와 나이프를 내려놓았다. 그제야 그가 가져온 꽃을 본 타마라가 물었다.

"그 꽃다발은 제니에게 주려고 가져왔어?"

"가뜩이나 뒤숭숭한 일들도 많은데 제니가 잘 지내는지 궁금해서 와봤어요."

"제니에게 점심시간 전에 오라고 했으니까 이제 곧 도착할 때가 되었어. 하긴 제니가 요즘 그 사람 때문에 제정신이 아니라서 반드시 올 거라고 장담하진 못하겠네."

"누구 말씀이세요?" 트래비스가 갑자기 심장이 오그라드는 걸 느끼면서 물었다.

"해리 쿼버트."

"해리 쿼버트?"

"제니는 분명 해리를 만나러 갔을 거야. 나는 제니가 왜 그토록 너절한 녀석을 마음에 두고 있는지 도저히 이해할 수가 없어. 내가 자네 앞에서 괜한 소리를 했군 그래. 오늘의 요리는 감자볶음을 곁들인 대구 요리야."

"제가 좋아하는 음식입니다."

타마라가 그의 어깨를 토닥거려주었다.

"자넨 정말이지 마음이 착해. 제니가 자네처럼 착한 남자랑 사귀면 마음이 놓일 텐데."

타마라가 주방으로 가고 나서 트래비스는 아이스티를 몇 모금 들이켰다. 해리 쿼버트를 좋아하는 제니를 생각하자 마음이 서글펐다.

몇 분 뒤 제니가 식당에 도착했다. 제니는 카운터 뒤쪽으로 와서 앞치마 끈을 묶다가 트래비스를 발견했다.

트래비스가 미소를 머금은 얼굴로 꽃다발을 내밀었다.

"며칠 전에 준비한 꽃다발인데 어느새 좀 시들었어."

"고마워."

"몬트버리 근처에 들장미가 군집을 이루고 있는 곳이 있거든. 당신이 원하면 내가 데려가줄게. 당신 안색이 안 좋아 보이는데 괜찮아?"

"괜찮아."

"놀라 켈러건 실종 사건 때문에 무서워서 그래? 경찰이 도처에

깔려있으니까 안심해도 돼. 우리는 반드시 놀라를 찾아낼 거야."

"그 일 때문이 아니야."

"그럼 무슨 일인데?"

"별일 아니니까 당신은 신경 쓸 필요 없어."

"해리 쿼버트 때문이야? 퀸 부인에게 들었어. 당신이 그를 마음에 두고 있다면서?"

"당신과 그 얘기를 나누고 싶지는 않아. 그다지 중요한 얘기도 아니니까. 난 이제 주방에 가봐야 해. 내가 늦게 왔다고 엄마가 한바탕 난리를 치겠어."

제니는 주방으로 들어서기 무섭게 접시들을 꺼내고 있는 엄마와 눈이 마주쳤다.

"넌 왜 또 늦었니? 엄마 몸은 하나인데 홀을 가득 메우고 있는 저 많은 사람을 어떻게 상대하라고 이리 늦었니?"

"미안해요, 엄마."

타마라는 대구 요리와 감자볶음이 담긴 접시를 내밀었다.

"트래비스에게 가져다줘."

"네, 그럴게요."

"너도 아는지 모르겠다만 트래비스는 정말 착한 남자야."

"알아요."

"일요일에 우리 집에 점심 먹으러 오라고 해."

"난 트래비스를 집에 초대하고 싶지 않아요. 내 취향도 아닌 남자를 괜히 집에 초대했다가는 오해할 수도 있잖아요."

"트래비스는 여름 무도회에 혼자 갈 뻔했던 너를 구제해주었어. 척 보면 알아. 그 녀석은 널 마음에 들어 하더라. 트래비스는 정말 좋은 남편감이야. 그러니까 이제 해리 쿼버트는 잊어. 너도 그 점을 머릿속에 확실히 갈무리해 넣어둬. 해리 쿼버트는 착한 사람이 아니야. 넌 이제 남편감을 만나봐야 할 나이야. 잘생긴 남자가 하루 종일 앞치마를 두르고 일하는 너를 좋다고 따라다니고 있다는 걸 복으로 생각해."

"엄마!"

타마라는 딸의 어리광 부리는 투정을 흉내 냈다.

"엄마! 엄마! 너도 이제 그만 좀 칭얼거려라. 이제 곧 스물다섯 살이 되는 애가 도대체 왜 그러니? 노처녀로 인생을 마감하고 싶어? 네 친구들은 이미 다 결혼했는데 넌 앞으로 어쩔 거냐고? 학교 다닐 때만 해도 퀸이었는데 도대체 언제까지 처녀로 늙을 거야? 더 이상 이 엄마를 실망시키지 말고 이번 주 일요일에 트래비스를 집으로 불러 점심 식사나 같이하자. 트래비스에게 음식을 가져다주면서 자연스럽게 집으로 초대하면 되잖아. 그다음에는 구석 자리 테이블을 깨끗이 닦아. 지각한 벌이니까 농땡이 치지 말고 열심히 해."

∞

1975년 9월 10일 수요일

"마음씨도 착하고, 얼굴도 잘생긴 경찰이 한 명 있는데, 그 녀석이 제니에게 눈독을 들이고 있어요. 내가 딸아이한테 일요일 점심시간에 그 녀석을 초대하라고 시켰죠. 제니는 마음이 내키지 않는 눈치였지만 내가 억지로 그렇게 하라고 시켰어요."

"왜 딸이 싫다는 데 억지로 강요하시죠?"

타마라는 어깨를 한 번 으쓱하더니 잠시 생각하는 표정을 지었다.

"난 제니가 홀로 늙어가는 모습을 보고 싶지 않으니까요."

"부인은 딸이 죽을 때까지 혼자 살게 될까봐 두려운가봐요?"

"네, 당연히."

"혹시 부인도 고독이 두려우십니까?"

"네."

"고독이라는 단어를 접하면 무슨 생각이 떠오르시나요?"

"죽음이 떠오릅니다."

"부인은 죽음이 두렵습니까?"

"죽음은 끔찍하죠."

∞

1975년 9월 14일 일요일

트래비스는 점식 식사를 하는 동안 질문 세례를 받았다. 타마라는 전혀 진척이 없는 수색에 대해 꼬치꼬치 캐물었다. 로버트 역시 궁금한 점들이 많아 의문을 해소하고 싶었지만 그가 몇 번인가 입을 열려고 할 때마다 타마라가 극력 반대하고 나섰다.

"당신은 입 좀 다물고 있어. 암에 좋지 않다니까." 처음부터 내켜하지 않는 표정으로 자리를 지키던 제니는 음식에는 거의 손도 대지 않았다. 오직 타마라만이 쉴 새 없이 하고 싶은 말을 쏟아냈다. 후식으로 사과파이를 내온 타마라가 물었다.

"혹시 용의자 명단이 나와 있나?"

"수사가 전혀 진척되지 않고 있어요. 아직 아무런 단서도 찾아내지 못하고 있으니 그야말로 환장할 노릇이죠."

"혹시 해리 쿼버트도 용의선상에 올라 있나?" 타마라가 물었다.

"엄마!" 제니가 그 말을 듣자마자 벌컥 화를 냈다.

"난 그냥 궁금해서 질문을 했을 뿐이야. 내가 그놈 이름을 입에 올린 건 다 그럴만한 이유가 있기 때문이야. 해리 쿼버트는 변태야. 나는 그 작자가 놀라 켈러건 실종 사건에 연루되었다고 해도 전혀 놀라지 않을 거야."

"방금 하신 말씀은 매우 복잡한 문제를 야기할 수 있습니다." 트래비스가 조심스럽게 말했다. "아무런 증거 없이 그런 말을 했다가는 명예훼손으로 처벌받을 수 있습니다."

"나는 증거 없이 말하지 않았어." 타마라의 눈이 분노로 이글거렸다. "나에게 증거가 있다니까. 해리 쿼버트가 손으로 쓴 글을 식당 금고에 넣어두었거든. 난 그 금고 열쇠를 늘 목에 걸고 다니지. 한 번도 목걸이를 풀어놓은 적이 없어. 그런데 얼마 전에 내가 해리 쿼버트가 직접 쓴 글이 적힌 종이쪽지를 프랫 서장에게 가져가 보여주려고 금고 문을 열었는데 감쪽같이 사라져버린 거야. 어떻게 이런 일이 가능할까? 난 도무지 모르겠어. 마치 꿈을 꾸는 것 같다니까."

"엄마가 그냥 다른 곳에 두고 기억이 나지 않는 거예요." 제니가 무심코 한마디 거들었다.

"내가 무슨 치매 환자인 줄 아니? 보보, 내가 그 정도로 정신이 흐리멍덩해?"

로버트는 그냥 무심하게 고개를 몇 번 끄덕였다. 그 모습이 타마라의 화를 돋우었다.

"내 말이 맞는지 틀리는지 왜 말을 안 해?"

"암이 번질 수도 있으니까 입 닥치라며?" 로버트가 마지못해 대꾸했다.

"그런 식이면 당신은 이제 사과파이도 먹지 말아야 해. 의사가 후식을 잘못 먹으면 죽을 수도 있다고 했잖아."

"의사가 언제 그런 말을 했어? 난 전혀 못 들었는데?" 로버트가 말했다.

"암에 걸리더니 귀는 오히려 밝아졌네. 당신은 두 달 후면 천사들과 함께 지내게 될 거야. 가엾은 보보."

트래비스는 끊어진 대화를 되살려 서로 빈정거리는 분위기를 바꿔보고자 했다.

"아무튼 증거 없는 증언은 법정 효력이 없습니다." 트래비스가 내린 결론이었다. "수사는 정밀하고 과학적이어야 하죠. 수사에 대해서는 경찰학교를 수석으로 졸업한 제가 잘 알고 있습니다."

타마라는 문제의 종이쪽지가 어디로 사라졌는지 생각하다가 갑자기 정신 나간 사람처럼 화를 냈다. 타마라가 사과파이를 만드는 동안 죽고 싶은 마음이 전혀 없는 로버트는 소리 내어 울었다.

∞

1975년 9월 17일 수요일

타마라는 종이쪽지를 반드시 찾고 싶은 마음에 이틀 동안 꼬박 집과 자동차, 심지어 차고까지 샅샅이 뒤졌지만 허사였다. 그날 아침, 〈클락스 식당〉에서 아침 식사 서비스를 마감한 후 타마라는 금고에 들어있는 내용물을 모두 꺼내 바닥에 펼쳐놓았다.

아무도 금고 문을 열 수 없는 만큼 종이쪽지가 사라진다는 건 말이 안 되는 일이었다. 타마라가 생각하기에 종이쪽지는 반드시 금고 안에 있어야만 했다. 하지만 내용물을 몇 번이나 거듭 확인했지만 종이쪽지는 여전히 눈에 들어오지 않았다. 타마라는 미치고 환장할 노릇이었지만 내용물을 정리해 다시 금고 안에 집어넣었다. 그때 마침 제니가 사무실 문을 노크하더니 고개를 들이밀었다. 타마라는 거대한 강철 금고 앞에 앉아 한숨을 푹 쉬었다.

"엄마, 지금 뭐 하시는 거예요?"

"나, 지금 바빠."

"또 그 망할 놈의 종이쪽지를 찾고 있는 거예요?"

"내가 하는 일에 신경 쓰지 말고 너나 잘해. 그나저나 지금 몇 시니?"

제니가 손목시계를 보며 대답했다.

"8시 30분이 다 되어가네요."

"에구머니! 늦었네."

"어딜 가게요?"

"약속이 있어."

"아침에 주문한 음료수를 받기로 했잖아요."

"너도 이제 다 컸지, 안 그래?" 타마라가 매몰차게 말했다. "창고가 어디 있는지 아니까 코카콜라 박스를 하나씩 날라 쌓아

올리는 데 멀쩡한 두 팔만 있으면 충분하잖아. 음료수를 나르는 데 굳이 하버드 대학을 나올 필요도 없고. 자, 넌 이제부터 소매를 걷어붙이고 음료수를 받을 준비나 해. 난 어딜 좀 다녀와야 하니까."

타마라는 딸에게 눈길 한 번 주지 않고 자동차 열쇠를 쥐고 밖으로 나가버렸다. 30분쯤 지났을 때 대형 트럭 한 대가 〈클락스 식당〉 뒤에 멈춰 섰다. 배달 기사는 코카콜라 박스들을 직원용 출입구에 내려놓았다.

"내가 도와드릴까요?" 제니가 영수증에 서명하자 배달 기사가 물었다.

"괜찮아요. 엄마가 혼자 알아서 하래요."

"정 그러시다면 저는 이만 가보겠습니다."

트럭이 떠나고 나서 제니는 코카콜라 박스를 하나씩 들어 창고로 옮겨야만 했다. 울고 싶은 심정이었다. 그때 순찰차를 몰고 식당 앞을 지나던 트래비스가 제니를 발견한 즉시 차에서 내렸다.

"내가 도와줄까?"

제니는 어깨를 으쓱했다.

"괜찮아. 당신도 바쁘잖아." 제니는 박스를 옮기며 심드렁하게 대답했다.

트래비스는 코카콜라 박스 하나를 번쩍 들어 올리며 대화를 이어 나갔다.

"코카콜라를 제조하는 방법이 특급 비밀이라서 애틀랜타 금고 속에 고이 모셔두었대."

"아, 그래? 난 몰랐는데."

트래비스는 코카콜라 박스를 들고 앞서가는 제니를 뒤따라갔다. 그들은 방금 들고 온 박스를 하나씩 쌓아 올렸다. 제니가 아무 말도 하지 않자 트래비스가 코카콜라에 대한 설명을 이어갔다.

"콜라가 군인들의 사기를 북돋아주는 데 기여한대. 그래서 미국 정부는 제2차 세계대전 이후 외국에 주둔해있는 병사들에게 계속 코카콜라를 보내준다는 거야. 코카콜라를 다룬 책에서 읽은 내용이야."

그들은 다시 주차장으로 돌아왔다. 제니는 그의 눈을 똑바로 바라보았다.

"트래비스."

"응, 왜 그래?"

"나를 당신 품에 힘껏 안아줘. 난 지금 너무 외로워서 마음이 온통 꽁꽁 얼어붙을 정도로 추워."

트래비스는 최대한 힘껏 제니를 끌어안았다.

∞

"제니가 자꾸 질문을 합니다. 방금 전에도 수요일마다 어딜 가냐고 묻더군요."

"그래서 뭐라고 대답하셨습니까?"

"배달차가 코카콜라 박스를 싣고 오기로 되어 있으니까 잘 받아두라고 했죠. 내가 어디를 가든 알 필요 없다면서."

"퀸 부인의 목소리에서 분노가 느껴져요."

"당연히 화가 나요, 애쉬크로프트 박사님!"

"무엇에 대해서 화가 나는데요?"

"나 자신에 대해서요."

"이유는?"

"내가 또 제니에게 소리를 질렀거든요. 부모들이 자식을 낳을 때는 그 아이가 세상에서 제일 행복하길 바라잖아요. 그런데 우리의 생이 훼방을 놓는다니까요."

"무슨 뜻이죠?"

"제니는 무슨 일이든 저에게 조언을 구해요. 언제나 내 치맛자락을 붙잡고 늘어지는 편이죠. 엄마 이건 어떻게 해? 엄마, 저건 어디에 정리해 넣어야 해? 엄마 이건, 엄마 저건! 엄마! 엄마! 엄마! 제가 언제까지나 제니 옆에 있을 수는 없잖아요. 그 생각만 하면 장기가 뒤틀리는 것 같고, 식욕도 깡그리 사라질 지경이죠."

"딸이 엄마 없이 혼자 남게 될까봐 불안하다는 뜻입니까?"

"네, 맞아요! 불안감, 바로 그거예요! 아주 끔찍한 불안감이죠. 우리 부부는 자식들을 위해 애쓰고, 뭐든 제일 좋은 걸 자식들에게 주려고 노력해왔어요. 우리 부부가 없으면 세상 물정을 전혀 모르는 우리 자식들은 어떻게 될까요? 어떻게 해야 자식들의 미래를 행복하게 만들어줄 수 있을까요? 우리 자식들이 그 가엾은 놀라 켈러건처럼 될까봐 두려워요. 불쌍한 그 아이에게 도대체 무슨 일이 일어난 걸까요? 그 아이는 지금 어디에 있을까요?"

∞

놀라는 도대체 어디에 있을까? 놀라는 로클랜드에 없었다. 해변, 식당, 상점을 다 돌아다녀봤지만 그 어디에도 없었다. 해리는 마서즈 빈야드의 호텔에 전화해 혹시 금발 소녀를 보았는지 물었다. 전화를 받은 프런트 직원은 그를 미친 사람 취급했다. 해리는 날이면 날마다, 밤이면 밤마다 놀라를 기다렸다.

해리는 월요일 내내 놀라를 기다렸다.

해리는 화요일 내내 놀라를 기다렸다.

핼리는 수요일 내내 놀라를 기다렸다.

해리는 목요일 내내 놀라를 기다렸다.

해리는 금요일 내내 놀라를 기다렸다.

해리는 토요일 내내 놀라를 기다렸다.

해리는 일요일 내내 놀라를 기다렸다.

해리는 끝까지 희망을 버리지 않고 놀라를 기다렸다. 놀라가 언젠가 꼭 돌아올 거라고 믿었다. 놀라가 돌아오면 함께 떠날 작정이었다. 그들은 오래도록 둘이 행복을 누릴 생각이었다. 놀라는 그의 인생에 의미를 부여해준 유일한 인물이었다. 그가 아끼던 책, 음반, 집이 모두 불타 사라져버렸지만 놀라만 함께 해준다면 전혀 문제없었다. 해리는 놀라를 사랑했다. 놀라를 사랑한다는 건 그 아이만 옆에 있어 준다면 죽음도 두렵지 않다는 뜻이었다. 그래서 해리는 기다렸다. 밤이 내려올 때면 해리는 언제까지고 놀라를 기다릴 거라고 별들에게 맹세했다.

∞

해리가 희망의 끈을 놓지 않고 놀라를 기다리는 동안 로딕 팀장은 어마어마한 경찰 병력을 동원해 펼친 수색 작전이 참담한 실패로 돌아간 걸 인정하지 않을 수 없었다. 가능한 모든 수단을 동원해 놀라의 흔적을 찾아 나섰지만 무려 2주일 동안 아무런 소득이 없었다. FBI와 프랫 서장이 함께한 자리에서도 로딕 팀장은 실패로 돌아간 수색 작전을 인정했다.

"대규모 경찰 병력과 탐지견이 투입되었지만 아무런 단서도 찾아내지 못했습니다. 이제 놀라 켈러건을 찾는 수색 작전을 중단해야 할 것 같습니다."

"나도 팀장님 의견에 동의합니다." FBI 책임자도 그의 말을 받아들였다. "대개의 경우 납치 사건은 피해자가 생존해 있는 상태로든 사망해 있는 상태로든 단시일 내에 발견되거나 몸값 요구를 해오는 납치범이 등장하기 마련인데 이 사건은 이도 저도 아닌 경우입니다. 이 사건은 미해결 실종 사건으로 분류해야겠네요. FBI는 지난 한 주 동안에만 어린아이 실종 사건을 다섯 건이나 접수했습니다. 우리에게는 그 모든 사건을 해결하기 위해 투입할 시간과 인력이 없습니다."

"도대체 놀라 켈러건에게 무슨 일이 일어난 걸까요?" 프랫 서장이 도저히 손을 놓을 수 없다는 듯 혼잣말하듯 물었다. "가출일까요?"

"가출은 결코 아닙니다. 놀라는 얼굴이 피투성이가 되어 있었고, 잔뜩 겁을 집어먹은 표정이었다고 하니까요."

로딕 팀장이 어깨를 으쓱했다. FBI 책임자가 고개를 절레절레 저으며 말했다. "우리, 맥주나 한잔 마시러 가십시다."

∞

다음 날인 9월 18일 저녁, 오로라경찰서의 프랫 서장과 뉴햄프셔주 경철청의 로딕 팀장은 공동 기자회견을 열고 놀라 켈러건을 찾는 수색작업을 전면 중단하기로 했다고 발표했다. 뉴햄프셔주 경찰청 강력계에서 이 사건에 대한 수사는 계속 진행하겠지만 사건 발생 3주가 지난 현재까지 아무런 단서도 찾지 못했고, 놀라 켈러건의 자취도 전혀 파악하지 못했다. 수색 중단 발표가 있었지만 프랫 서장의 지휘 아래 자원봉사자들은 주 경계선까지 범위를 확대해 수색을 계속했고, 역시나 성과는 전혀 없었다. 놀라 켈러건은 어느 누구의 눈에도 포착되지 않고 증발해버렸다.

9
검은색 몬테카를로

"물론 어떤 단어를 사용할지는 중요해. 하지만 사람들이 자네 글을 읽도록 하지 마. 자네 말을 듣도록 해."

내 원고 작업은 조금씩 진척되었다. 글을 쓰며 보낸 시간들이 축적되면서 차츰 눈에 보이는 결과물로 나타났다. 내 안에서 영원히 사라진 건 아닌지 우려했던 작가로서의 감각을 비로소 되찾은 결과였다. 그동안 나에게서 사라졌다고 치부했던 감각이 되돌아왔다. 누군가가 단추를 눌러 내 머릿속을 환하게 밝혀주었고, 그 덕분에 나는 작가로 다시 태어났다. 작가들만이 알 수 있는 감각이었다.

나의 하루 일과는 동트기 전 새벽부터 시작되었다. 눈을 뜨자마자 밖으로 나가 귀에 이어폰을 꽂고 콩코드 시내를 달렸다. 호텔로 돌아오면 일단 커피 1리터를 주문한 다음 원고 작업을 시작했다. 〈슈미드 앤드 핸슨〉 출판사에서 드니즈도 다시 데려왔다. 드니즈는 뉴욕 5번가에 있는 내 사무실에서 일하기로 했다. 나는 글을 쓰는 대로 드니즈에게 이메일로 보내주었고, 그녀는 예전처럼 내 원고를 교정해주었다. 하나의 장이 마무리될 때마다 더글러스에게 보내 의견을 청취했다. 더글러스가 내 책에 얼마나 진심인지 지켜보는 재미도 각별했다. 그는 컴퓨터 앞에 붙어 앉아 내 원고가 도착하길 기다렸고, 조금만 늦어지는 느낌이 들면 나에게 전화해 마감 기한이 다가오고 있다는 사실을 상기시키길 잊지 않았다.

"자네가 원고를 마감 기한 내에 끝내지 못하면 우리는 박살 나는 거야."

더글러스는 이번 일에 위험 부담을 느낄 필요가 없는데도 늘 '우리는'이라는 말을 사용해 원고 작업을 자기 일처럼 받아들이고 있다는 마음을 드러냈다.

로이가 더글러스에게 무지막지한 압력을 가하고 있고, 그래서 그가 내 원고 작업을 독려하고 있다고 짐작했다. 로이는 내가 주어진 시간 내에 일을 마무리 짓지 못할까봐 걱정이 많았다. 그는 여러 차례 나에게 전화해 더글러스를 내세워 압력을 가하고 있다고 대놓고 말했다.

"자네도 기한 내에 원고를 마무리하려면 유령작가들을 고용해야 할지도 몰라." 로이가 노골적으로 말했다. "자네 혼자 원고 작업을 하려다가는 절대로 기한 내에 끝내지 못할 거야. 나에게는 그런 경우에 대비해 준비해둔 유령작가 팀이 있어. 자네가 뼈대를 세워주면 유령작가들이 알아서 살을 붙이는 거야."

"결코 그런 일은 없을 겁니다." 내가 말했다. "원고 작업을 마무리할 책임은 전적으로 나에게 있습니다. 그 누구도 나를 대신해 원고를 쓸 수는 없습니다."

"자네는 원칙과 도덕관념을 지나치게 앞세워 정말 짜증 나게 만들어. 요즘은 유령작가 팀에게 책을 쓰게 하는 사람들이 많아. 자네도 잘 아는 모 작가도 유령작가 팀이 글을 대신 써주는 걸 절대로 마다하지 않아."

"그가 원고를 직접 쓴 게 아니라고요?"

로이가 특유의 비아냥거리는 목소리로 말했다.

"그 누군가 대신 써주지 않는다면 모 작가가 매년 여름마다 책을 출간할 수 있을까? 독자들은 그가 직접 글을 썼는지 누가 대신 써주었는지 따위는 관심이 없어. 팬들이 원하는 건 매년 여름이 시작될 무렵 그의 신작이 출간되어 휴가 때 들고 떠날 수 있는지 여부야. 우리는 독자들의 바람대로 해줄 뿐이고, 그게 바로 마케팅이야."

"독자들을 기만하는 행위입니다." 내가 그의 말을 바로잡았다.

"독자들을 기만한다고? 자네야말로 앞뒤가 꽉 막힌 독불장군이야."

나는 어쨌든 로이에게 나 대신 그 누군가가 원고 집필을 대신하는 건 불가능하다는 사실을 확실하게 각인시켰다.

"난 자네가 원고를 써주는 대가로 1백만 달러를 주었어. 자네도 거금을 받은 만큼 어느 정도는 내 계획에 협조적이어야 한다고 생각해. 내가 판단하기에 유령작가 팀이 필요한 경우 난 그들을 적극적으로 활용할 생각이니까 그리 알고 있어."

"기한 내에 원고를 마무리하게 될 겁니다. 당신이 쉴 새 없이 전화해 내 원고 작업을 방해하지만 않는다면 가능합니다."

로이는 화가 나 상스러운 말을 쏟아냈다.

"난 자네가 쓰고 있는 그 책을 내기 위해 사람들이 지켜보고 있는 가운데 불알까지 다 보여주었어. 거금을 쏟아부었고, 자네 책의 성패 여부가 우리 출판사의 신용을 좌우하게 될 거야. 만일 자네가 내 말을 듣지 않고 고집을 부려 일이 잘못되는 경우 나 혼자 죽지는 않으리라는 걸 명심해. 난 물귀신처럼 자네를 끌고 들어갈 테니까. 아주 깊은 밑바닥까지."

"로이, 이제 잘 알았으니 협박은 그만하시죠."

로이는 성공을 위해서라면 물불을 가리지 않는 인물이었지만 마케팅 능력만큼은 인정해줄 만했다. 뉴욕의 유명 건물 벽면에 어느새 내 책을 광고하는 포스터와 동영상이 등장했다. 이제 막 광고를 시작했을 뿐인데 이미 올해의 책이라도 된 느낌이 들었다. 구즈코브 방화 사건이 있고 나서 얼마 지나지 않아 로이가 남긴 말이 대단한 반향을 불러일으키기도 했다.

"미국 땅 어디에선가 1975년 오로라에서 발생한 사건의 진실을 밝히는 책을 펴내고자 심혈을 기울여 원고를 집필하는 한 작가가 있습니다. 진실은 또 누군가를 불편하게 만들기에 한 작가의 위대한 작업을 방해할 수만 있다면 무슨 짓이든 벌일 준비가 되어 있는 한 사람이 있습니다." 로이의 발언이 알려지면서 다음 날 《뉴욕타임스》는 '마커스 골드먼의 목숨을 노리는 자는 누구인가?'라는 제목의 기사를 게재했다.

그 기사를 읽은 엄마가 즉시 나에게 전화했다.

"마키, 너 지금 어디니?"

"콩코드의 〈리젠트〉 호텔 스위트룸 208호에 있어요."

"누가 그렇게 자세히 말하라고 했어?" 엄마가 버럭 소리를 질렀다. "그렇게 자세히 말하면 너를 노리는 사람도 다 알게 되잖아."

"엄마가 먼저 어딘지 물어놓고 시치미 떼기예요?"

"네가 어디 있는지 말해주면 난 정육점에 들러 이야기하지 않을 수 없고, 정육점 주인은 또 거래처 사람에게 말할 테고, 거래처 사람은 또 자기 엄마한테 말할 거야. 그 엄마가 알고 보니 펠튼 고등학교 경비의 사촌이라 경비에게 말할 테고, 경비는 또 교장에게 보고할 테고, 교장은 또 교직원 회의 때 그 사실을 털어놓을 테고, 그럼 몬트클레어 사람들 모두는 마커스 골드먼이 콩코드의 〈리젠트〉 호텔 스위트룸 208호에 머물고 있다는 사실을 모두 알게 되겠지. 그러면 네가 잠에 곯아떨어진 사이 너의 목숨을 노리는 괴한이 방 안으로 몰래 숨어들어 네 목을 조를 거야. 그런데 웬일로 스위트룸이니? 혹시 여자 친구 생겼어? 이제 곧 결혼할 거야?"

그러면서 엄마는 큰 소리로 아버지를 불렀다. 엄마가 아버지를 부르는 소리가 내 귀에도 들려왔다. "네이선, 얼른 이리 와봐요. 마키가 곧 결혼한대요."

“엄마, 내가 언제 결혼한다고 했어요? 난 결혼 안 해요. 스위트룸에서 나 혼자 지내고 있어요.”

내 방에 와서 룸서비스로 식사하던 페리가 하필 그 순간에 “어이! 나도 여기 있잖아요”라고 외치는 기지를 발휘했다.

“누구니?” 엄마가 당장 물었다.

“엄마는 알 필요 없어요.”

“난 분명 남자 목소리를 들었어. 내가 지금부터 너에게 아주 중요한 질문을 할 테니까 넌 너를 낳아준 이 엄마를 존중한다면 정직하게 답해야 해. 혹시 네 방에 동성애자 남자를 데려다두었니?”

“사실은 내 방에 뉴햄프셔주 경찰청의 페리 게할로우드 경사님이 와있어요. 나랑 합을 맞춰 수사하는 분이죠. 게할로우드 경사님은 나의 룸서비스 비용을 폭발적으로 증가하게 만드는 임무도 맡고 있어요.”

“혹시 그 사람 지금 벌거숭이로 있니?”

“게할로우드 경사님은 뉴햄프셔주 경찰청에서 일하는 직업 경찰이라니까요. 우린 서로 도와가며 일하는 사이고요.”

“마키, 엄마는 사회 경험이 풍부한 사람이야. 어느 뮤지컬에 나오는 장면인데 남자들끼리 모여서 노래를 부른단다. 그 남자들 중에는 온몸에 가죽옷을 두른 레이서도 있고, 배관공도 있고, 인도 사람도 있고, 경찰도 있어.”

“엄마, 게할로우드 경사님은 진짜 경찰이라고요.”

"마키, 유대인 학살을 피해 미국으로 망명한 네 조상 이름으로, 그리고 네가 이 엄마를 사랑한다면 당장 그 벌거숭이 남자를 네 방에서 쫓아내렴."

"엄마, 난 게할로우드 경사님이 반드시 필요하기 때문에 내쫓을 수 없어요."

"마키, 너는 왜 굳이 전화해 나를 고통스럽게 하니?"

"전화한 사람은 내가 아니라 엄마였어요."

"사실 네 아버지와 나는 너를 노린다는 미치광이 범죄자 때문에 무서워."

"아무도 나를 따라다니지 않아요. 언론에서 과장한 거예요."

"난 매일 아침저녁으로 편지함을 들여다봐."

"왜요?"

"*왜요?* 너 지금 나에게 왜라고 물었니? 혹시 폭탄을 설치했으면 어쩌나 해서지."

"난 누군가 엄마 집에 폭탄을 설치할 거라고 보지 않아요."

"우리는 폭탄이 터져 죽을지도 몰라. 할머니 할아버지가 되어 손자를 안아보지도 못하고. 얼마 전, 검은색 자동차 한 대가 집에까지 네 아버지를 따라왔어. 네 아버지가 서둘러 집 안으로 들어왔고, 그 차는 이웃집 주차장에 멈춰 섰지."

"경찰에 신고하셨어요?"

"당연하지. 순찰차가 사이렌을 울리며 달려왔어."

"그래서요?"

"나중에 알고 보니 이웃집 사람들이 새 차를 장만한 거야. 우리에게 알려주지도 않고 새 차를 사다니? 이제 곧 경제 위기가 올 거라고 하던데 새 차를 사는 건 말도 안 되는 일이잖아. 뭔가 좀 수상하지 않니? 그 집 남자가 마약 밀매를 하는지도 몰라."

"아무 근거도 없이 남을 함부로 의심하지 마세요."

"그냥 그렇다는 거지 의심한 적 없어. 그렇다고 폭탄테러로 언제 목숨을 잃을지도 모르는 이 가엾은 엄마를 나무라는 거야? 그나저나 책은 잘되어 가고 있어?"

"네, 순탄하게 잘되어 가고 있어요."

"결말은 어떻게 할 건데? 어쩌면 놀라 켈러건을 납치 살해한 놈이 너를 노리고 있을지도 몰라."

"나조차도 아직 결과를 몰라요. 내 유일한 문제죠."

∞

7월 21일 월요일 오후, 해리가 놀라와 함께 캐나다행을 결정하는 부분을 쓰고 있을 때 페리가 내 방에 왔다. 잔뜩 흥분한 그는 우선 미니바에서 맥주 한 캔을 꺼내 벌컥벌컥 마셨다.

"엘리야 스턴 집에 다녀왔어요." 페리가 입을 열었다.

"왜 나를 빼놓고 혼자 다녀왔어요?"

"엘리야 스턴이 당신을 상대로 소송을 걸었다는 사실을 잊지 말아요. 그 대신 내가 당신에게 그를 만나본 이야기를 해주려고 부리나케 달려왔잖아요."

페리는 사전 약속도 없이 불쑥 엘리야 스턴의 집에 찾아갔다고 했다. 보스턴 법조계에서 막강한 영향력이 있는 실포드 변호사가 땀범벅이 된 운동복 차림으로 그를 맞았다.

"5분만 기다려주시겠습니까? 얼른 샤워하고 오겠습니다."

"샤워라고요?" 내가 물었다.

"실포드는 반쯤 벗은 상태로 로비에서 어슬렁거리고 있었어요. 작은 거실에서 기다리고 있자니 정장 차림의 실포드가 엘리야 스턴과 함께 나타났죠. 엘리야 스턴이 '경사님이 내 동반자와는 먼저 인사를 나누었다고요?'라고 말하는 거예요."

"동반자라고요?" 내가 페리의 말을 반복했다. "그러니까 엘리야 스턴이 동성애자였다는 말이죠?"

"그 말은 곧 엘리야 스턴이 놀라 켈러건에게 그 어떤 감정도 갖고 있지 않았다는 뜻이죠."

"무슨 말입니까?" 아직 상황 파악이 안 된 내가 물었다.

"내가 엘리야 스턴에게 던진 질문도 그랬습니다. 엘리야 스턴은 그런 문제에 대해서는 대단히 개방적이더군요."

일부 유출된 내 원고 때문에 심하게 마음 상한 엘리야 스턴은 내가 제대로 알지도 못하면서 함부로 글을 쓴다고 비난했다. 페리는 그의 말을 꼬투리 잡아 뭔가 오해가 있다면 해명해달라고 했다.

"스턴 씨, 방금 알게 된 당신의 성적 취향을 참고해 묻겠습니다." 페리가 어렵게 운을 뗐다. "당신과 놀라 켈러건은 어떤 관계인지 말씀해 주시겠습니까?"

"내가 이미 말씀드리지 않았나요?" 엘리야 스턴이 되묻고 나서 말했다. "우린 비즈니스 관계입니다."

"비즈니스 관계라면?"

"서로 거래를 주고받는 관계라는 뜻입니다. 놀라는 대가를 받고 그림 모델이 되어주었죠."

"놀라가 그림 모델을 해주러 여기에 왔단 말이죠?"

"내가 대가를 지불했지만 그림을 그린 사람은 따로 있습니다."

"그럼 놀라가 루터 칼렙의 그림 모델이었나요?"

"네, 그렇습니다."

"당신은 왜 중간에서 징검다리 역할을 해주었는데요?"

"루터 칼렙이 간절히 바라는 일이라 돕고 싶었습니다."

엘리야 스턴은 1975년 7월의 어느 날 저녁에 있었던 일을 들려주었다. 정확한 날짜를 기억하지는 못하지만 7월 말인 건 확실했다. 내가 따져본 결과 해리와 놀라가 마서즈 빈야드로 나들이를 떠나기 직전쯤으로 추정되었다.

∞

1975년 7월 말

콩코드

늦은 저녁 시간에 엘리야와 루터는 테라스에서 체스를 두고 있었다. 별안간 현관 초인종이 울리는 바람에 그들은 밤늦게 누가 찾아왔는지 의아했다. 현관으로 문을 열어주러 간 루터가 울어서 눈이 벌겋게 된 금발 소녀를 데리고 테라스로 돌아왔다.

"안녕하세요, 스턴 씨." 놀라가 수줍게 인사했다. "늦은 시간에 연락도 없이 찾아와 죄송합니다. 제 이름은 놀라 켈러건이고, 세인트 제임스 교회 담당 목사의 딸입니다."

"무슨 일로 나를 찾아왔는데?"

"스턴 씨에게 드릴 말씀이 있습니다."

"우리가 서로 아는 사이였나?"

"지금 처음 뵙는 겁니다. 중요한 부탁이 있어서 찾아왔습니다."

엘리야는 반짝반짝 빛나지만 슬픔을 머금은 눈망울이 애처로워 보이는 놀라의 얼굴을 물끄러미 바라보았다. 그는 놀라에게 소파에 앉으라고 권했고, 루터 칼렙을 시켜 레모네이드와 과자를 가져오게 했다.

"나에게 하고 싶은 일이 뭔지 말해봐."

"저를 고용해주세요."

"고용해달라고?" 엘리야는 방금 들은 말이 쉽게 이해되지 않아 고개를 갸웃거렸다. "무슨 일을 하려고?"

"스턴 씨가 시키는 일이라면 뭐든지 하겠습니다."

엘리야가 무슨 말인지 모르겠다는 표정으로 놀라를 쳐다보았다.

"넌 왜 일을 하고 싶어 하는데? 돈이 필요하니?"

"제가 이 집에서 일하는 대가로 해리 쿼버트가 구즈코브에 계속 살 수 있도록 해주세요."

"해리 쿼버트가 구즈코브를 떠난다고 하던가?"

"그 집에 계속 머물길 원하지만 임대료를 감당할 수 없어 부동산 업자에게 집을 비우겠다고 했대요. 8월 임대료를 낼 돈이 없나봐요. 해리는 구즈코브에 머물러야만 해요. 이제 막 원고 작업을 시작했는데 그 집을 떠나게 되면 큰 차질이 빚어질 거예요. 해리의 원고를 읽어봤는데 분명 근사한 책이 될 겁니다. 해리가 기한 내에 원고를 마무리하지 못하게 되면 작가 경력도 끝나겠죠. 저는 그가 영영 글을 쓰지 못하는 상황이 되게 할 수 없어요. 저는 해리를 사랑해요. 우린 평생 다시는 경험하기 힘든 사랑을 하고 있어요. 제가 아직 열다섯 살이니 인생에 대해 아무것도 모른다고 생각하실 수도 있겠네요. 그래요, 저는 인생에 대해 잘 알지 못해요. 다만 적어도 내 마음은 알아요. 해리가 없다면 저는 아무런 존재 가치가 없어요."

놀라가 간청하듯 두 손을 모았고, 엘리야가 물었다.

“넌 내가 어떻게 해주길 바라니?”

“해리가 계속 그 집에서 머물 수 있도록 해주세요. 저를 고용해주시면 무슨 일이든 하겠습니다.”

“이 집에는 일할 사람이 이미 충분해.”

“무얼 시키든지 다 할게요. 아니면 월세를 조금씩 분납할 수 있도록 해주세요. 우선 저에게 120달러가 있어요.” 놀라는 주머니에서 지폐를 꺼내 보였다. “현재 가진 돈의 전부죠. 토요일마다 〈클락스 식당〉에서 일하거든요.”

“얼마나 벌어?”

놀라는 자랑스럽게 대답했다.

“시간당 2달러를 받아요. 팁도 좀 받고요.”

엘리야는 아이의 깜찍한 말을 듣고 나서 빙그레 웃었다. 그는 놀라를 흐뭇한 얼굴로 바라보았다. 그에게 구즈코브 집 임대료는 없어도 전혀 문제될 게 없었다. 해리 쿼버트를 몇 달 동안 구즈코브에서 공짜로 살게 해줄 수도 있었다. 그때 루터가 다가오더니 단둘이 할 얘기가 있다고 했다.

루터는 옆방으로 가더니 말했다.

“저 아이를 모델로 그림을 그리게 해주세요. 제발 부탁해요.”

“그건 안 돼. 저 아이는 아직 모델을 할 수 있는 나이가 아니야.”

“제발 저 아이를 그릴 수 있게 해주세요.”

"왜 하필 저 아이야?"

"저 아이는 일리노어를 닮았어요."

"자네는 일리노어에 대한 집착을 버려야 해. 이제 일리노어는 잊어."

루터가 막무가내로 고집을 부리는 바람에 엘리야는 그의 부탁을 받아주기로 했다.

테라스로 돌아온 엘리야가 과자를 오물거리고 있는 놀라에게 말했다.

"어떻게 하면 좋을지 생각해봤어." 엘리야가 설명을 시작했다. "일단 해리 쿼버트가 계속 구즈코브에 살 수 있도록 해줄게."

놀라가 몹시 기뻐하며 자기도 모르게 엘리야의 목을 얼싸안았다.

"정말 감사합니다, 스턴 씨!"

"한 가지 조건이 있어."

"스턴 씨가 시키는 일이라면 뭐든지 할게요."

"그림 모델이 되어줄 수 있을까? 루터가 너를 모델로 그림을 그리고 싶어 해. 네가 옷을 벗고 포즈를 취하면 루터가 널 그리는 거야."

놀라는 갑자기 숨이 멎는 듯했다.

"옷을 다 벗어야 해요?"

"모델을 하려면 다 벗어야지. 하지만 루터가 너의 몸을 만지지는 못하게 할 거야."

"스턴 씨가 시키는 일이라면 뭐든 다할 수 있지만 옷을 다 벗는 건 곤란해요." 놀라는 말을 잇지 못하고 훌쩍거리면서 울기 시작했다. "정원을 가꾸거나 책장 정리를 하거나 집 안 청소를 시키면 얼마든지 잘할 수 있는데 누드모델은 꿈에도 생각해본 적이 없어요."

놀라는 눈물로 얼룩진 두 뺨을 닦았다. 엘리야는 지금 자신이 억지로 누드모델이 되어주길 바라는 아이, 나중에 나이가 들면 상냥하고 친절한 여인이 될 것 같은 놀라를 유심히 바라보았다. 마음 같아서는 몹시 심란해하는 놀라를 품에 안아주며 등을 토닥이고 싶었지만 감정에 치우쳐서는 안 되는 상황이었다.

엘리야는 마음과 달리 냉정하게 잘라 말했다. "네가 누드모델을 해주면 해리 쿼버트를 구즈코브에서 그대로 살 수 있게 해줄 거야. 만약 거절한다면 해리 쿼버트는 당장 집을 비워야 해."

놀라는 그의 제안을 받아들일 수밖에 없었다. "누드모델을 할게요. 스턴 씨가 시키는 일이라면 뭐든지 다 할게요."

∞

33년이 흐른 지금 엘리야는 마치 속죄를 구하는 사람처럼 페리를 테라스로 데려갔다. 테라스는 그가 루터의 부탁을 받고 놀라에게 누드모델을 해달라고 제안한 곳이었다.

엘리야가 말했다. "놀라와 내가 어떤 관계였는지 이제 설명이 명쾌하게 되었습니까? 그 아이가 다녀간 다음 날 나는 해리 쿼버트에게 계속 구즈코브의 집에서 살아도 된다고 말해주려고 연락을 취했지만 전화가 연결되지 않았습니다. 일주일 동안 연락을 취했는데 계속 전화를 받지 않더군요. 심지어 루터를 구즈코브로 보내 해리 쿼버트가 문 앞에 나타날 때까지 기다렸다가 만나보고 오라고도 해봤습니다. 결국 해리가 오로라를 떠날 준비를 마쳤을 때에야 루터는 그를 만날 수 있었죠."

페리가 물었다. "그때 놀라가 이상한 제안을 했다고 생각지는 않았나요? 열다섯 살 여자아이가 서른 살도 넘은 상대와 관계를 맺고, 그 남자를 도우려고 당신을 찾아왔다는데 뭔가 이상해 보이지 않던가요?"

"나도 처음에는 이상하게 생각했지만 놀라가 해리 쿼버트와의 사랑에 대해 어찌나 절절하게 얘기하던지 더는 의구심을 가질 수 없었습니다. 심지어 놀라의 말을 듣고 두 사람의 사랑에 감동했을 정도니까요. 게다가 나는 동성을 사랑하는 사람이었거든요. 그 당시 사람들이 동성애자를 어떤 시각으로 바라보았는지 잘 알 겁니다. 지금도 그다지 호감 어린 눈으로 바라보지는 않죠. 나는 항상 사람들의 눈길을 의식해 몰래 사랑할 수밖에 없었습니다. 마커스 골드먼이 유출된 원고에서 나를 가학적 성도착증을 가진 사람으로 묘사하면서 마치 내가 놀라를 성폭행

했을 거라 암시했을 때조차 변변한 항변조차 하지 못했죠. 그저 마커스 골드먼이 쓴 소설에 대해 판매금지 가처분 신청을 해두었을 뿐입니다. 내가 동성애자라고 커밍아웃하면 간단히 해결될 문제인데 말입니다. 아직도 미국 사회에서는 성적 취향이 다르다는 사실을 솔직하게 털어놓지 못하는 사람들이 많습니다. 나 역시 사회적 평판을 의식해야 하다 보니 커밍아웃을 하지 못하고 눈치를 살필 수밖에 없더군요."

페리는 다시 방금 전까지 나누었던 대화의 맥을 이어갔다.

"놀라에게 누드모델이 되어 달라고 제안한 이후 실제로 그 일은 어떻게 진행되었습니까?"

"루터가 그림을 그리는 날이면 오로라로 놀라를 데리러 갔습니다. 나는 그 문제에 관여하지 않겠다고 미리 말해두었고, 루터에게 그 아이를 데리러 갈 때 공무용인 검은색 링컨이 아니라 개인 소유인 청색 머스탱을 타고 가라고 요구했을 뿐입니다. 루터가 오로라로 출발하면 나는 즉시 이 집에서 일하는 사람들을 전부 퇴근시켰습니다. 열다섯 살 소녀를 집으로 불러들여 누드모델을 시킨다는 사실이 밖으로 새어 나가면 문제가 복잡해질 테니까요. 나는 루터에게 평소 작업실로 사용하는 베란다에서 그림을 그려서는 안 된다고 못을 박아두었죠. 베란다는 밖으로 드러나 있는 곳이라 누군가 그림을 그리는 모습을 훔쳐볼 수도 있으니까요. 루터는 생각 끝에 놀라를 내 집무실과 나란히 붙어 있는 작은 거실로 데려가 그림을 그렸습니다. 놀라에게 일을 마치고 돌아갈 때 항상 나에게 들렀다가 가라고 했습니다. 루터에게도 사전에 약속을 받아낸 조건이었죠. 적어도 별문제 없이 일이 마무리되었는지 내 눈으로 확인해둘 필요가 있었으니까요. 놀라가 모델을 처음 했던 날이 기억납니다. 그 아이는 하얀 담요를 두르고 소파에 앉아 있었죠. 이미 옷을 벗은 상태라 몹시 거북하고 성가신듯했고, 살짝 겁에 질린 표정이더군요. 그 아이와 악수했는데 손이 얼음장처럼 차가웠어요. 나는 항상 작은 거실과 가까운 곳에 머물면서 루터가 혹시 놀라에게 몹쓸 짓을 하지는 않는지 주의 깊게 살폈습니다. 심지어 작은 거실에 몰래 인터폰을 설치해두기도 했죠. 방 안에서 무슨 소리가 들려오는지 점검하려고요."

"그 결과는 어땠나요?"

"별일 없었습니다. 루터는 그림을 그릴 때 그 아이에게 한마디도 하지 않았어요. 원래 과묵한 사람이었죠. 루터는 그 아이를 모델로 그림을 그렸고, 그게 전부입니다."

루터가 놀라를 상대로 전혀 이상한 행위를 하지는 않았다는 말인가요?"

"맹세코 그런 일은 없었습니다. 만약 그런 일이 있었다면 내가 가만있지 않았겠죠."

"놀라는 몇 번이나 이 집에 왔습니까?"

"정확하게 세어보진 않았지만 아마 열 번쯤 될 겁니다."

"루터는 그 아이를 그린 그림을 몇 점이나 남겼나요?"

"딱 한 점을 남겼습니다."

"우리가 압수한 그 그림이겠군요."

"네."

그러니까 해리가 구즈코브 집에서 계속 살 수 있게 된 건 놀라 덕분이었다. 루터 칼렙은 왜 그토록 놀라를 모델로 그림을 그리려고 했을까? 엘리야 스턴은 왜 루터의 무리한 요구를 받아들여 놀라에게 누드모델이 되어달라고 말했을까?

페리는 아직 그런 의문들에 대해 명쾌한 해답을 얻지 못했다.

"내가 엘리야에게 '스턴 씨, 그래도 여전히 이해하기 힘든 부분이 있습니다. 루터는 왜 놀라를 모델로 그림을 그리고 싶어 했을까요? 스턴 씨는 방금 전 루터가 부탁해서라고 하셨는데 그 말은 무슨 뜻인가요? 루터가 그 아이를 상대로 성적 쾌락을 얻고자 했다는 뜻입니까? 또 일리노어에 대해서도 잠깐 언급하셨는데 루터의 예전 여자 친구 맞습니까?'라고 물었어요. 엘리야는 내 질문을 듣고 나더니 입을 꾹 다물어버렸습니다. '그 질문에 대한 답변을 하자면 너무 복잡해질 것 같네요. 경사님이 느꼈던 의문들은 이제 어느 정도 충족되지 않았나요? 나머지 문제는 부차적일뿐더러 과거의 일로 묻어두는 편이 좋을 것 같네요.'라면서요. 엘리야와의 만남은 그렇게 마무리되었습니다. 내가 영장을 발부받지 않고 비공식적으로 방문한 만큼 그에게 더 이상 질문에 대한 답변을 강요할 수는 없었어요."

"제니가 우리에게 말하길 루터가 자기를 그리길 원한 적이 있다고 했어요." 내가 제니의 말을 상기시켜주었다.

"루터는 왜 금발 여자들을 그리고 싶어 했을까요? 그림 마니아인 당신이 한번 설명해봐요."

"경사님은 엘리야가 루터의 요구를 모두 받아들인 이유가 뭐라고 생각하세요? 엘리야가 루터에게 끌렸기 때문이 아닐까요?"

"나도 그런 생각이 들어서 엘리야에게 물었어요. '혹시 당신과 루터 사이에 애정 문제가 개입되어있는 건 아닙니까?'라고 했죠. 그랬더니 엘리야가 코웃음을 치며 아주 침착하게 '전혀 아니거든요. 난 1970년대 초부터 실포드와 연인 사이였습니다. 루터에 대해서는 측은지심 말고 다른 감정을 느껴본 적이 없습니다. 루터를 고용한 건 연민 때문이었죠. 루터는 포틀랜드 변두리 지역에 살던 청년인데 끔찍한 폭력을 당해 얼굴이 심하게 일그러진 데다 언어 장애를 느끼는 상태가 되어버렸죠. 아무런 잘못이나 이유 없이 한 청년의 인생이 심각하게 망가져버린 겁니다. 루터가 체질적으로 기계를 잘 다루는 편이라 나는 그가 내 차들을 관리해주고 운전기사 역할도 맡아주길 바라고 고용했어요. 우리 사이에서 급속도로 우정이 싹텄습니다. 루터는 많이 알수록 아주 근사한 남자였고, 우리는 좋은 친구가 될 수 있었습니다'라고 하더군요. 이미 짐작했는지 모르겠는데 엘리야는 루터와 우정을 나누는 사이였다는 말을 자주 했어요. 그런데 왠지 내 느낌에는 우정이라는 말에 다른 무언가가 더 포함되어있는 것 같았어요. 그렇다고 성적인 문제는 아닌 게 분명하고요. 엘리야가 루터에게 성적으로 끌리지 않았다고 한 말은 거짓이 아닌 것으로 보여요. 하지만 분명 다른 뭔가가 더 있어 보였어요. 엘리야가 루터의 요구를 들어주기로 하고 놀라에게 누드모델이 되어달라고 요구하는 장면을 얘기할 때 그런 느낌이 확 들었죠. 루터의 요구를 듣고 구토가 치미는 것 같은 반감을 느끼면서도 엘리야는 결국 그의 요청을 들어주었습니다. 마치 그 장면을 보면 루터가 엘리야에게 일종의 영향력을 행사한 건 아닌가 하는 느낌이 들 정도입니다. 게다가 실포드도 나와 비슷한 느낌을 받은 게 분명했어요. 실포드는 옆에서 한마디도 하지 않고 가만히 앉아 있었는데 놀라가 누드모델을 시작한 첫날 옷을 다 벗은 상태로 몹시 거북하고 성가신 표정으로 앉아 몸을 덜덜 떨더라는 말을 듣고 나서 처음으로 입을 열더군요. '엘리, 방금 전에 뭐라고 했지? 그게 다 무슨 말이야? 자넨 왜 지금껏 나에게 그 얘기를 한 번도 해주지 않았지?' 라고요."

"루터의 실종에 대해서는 뭐라고 하던가요?" 내가 물었다. "엘리야에게 그 질문을 던져봤어요?"

"언제나 가장 근사한 음식은 마지막까지 아껴두는 법이죠. 실포드가 자기도 모르게 엘리야를 압박하더군요. 그는 엘리야의 말을 듣고 큰 충격을 받은 듯 변호사답지 않게 버럭 소리를 질렀어요. '엘리, 제발 뭐라고 설명 좀 해봐. 왜 나에게 지금껏 그 얘기를 한마디도 하지 않았지? 왜 혼자만 알고 침묵을 지켰느냐고?' 그러자 엘리야도 참지 못하고 말했어요. '그래, 난 끝까지 침묵을 지켰지. 그 대신 결코 잊은 건 아니었어. 난 무려 33년 동안이나 그 아이를 그린 그림을 보관해왔으니까. 난 매일 루터의 작업실 소파에 앉아 그 그림을 바라보았지. 놀라의 억울한 시선과 그 아이의 원망을 감당하기 힘들었지만 끝까지 견뎌낸 거야. 놀라는 마치 유령 같은 눈길로 나를 노려보았어. 난 그렇게 벌을 받은 거야.'"

페리는 당연히 엘리야에게 도대체 무슨 형벌인지 따져 물었다.

"엘리야가 '나에게도 놀라를 죽게 한 책임이 있어요. 그 책임에 대한 형벌이었죠!'라며 버럭 소리를 지르더군요. '나는 루터에게 벌거벗은 놀라를 그릴 기회를 부여했고, 그 일이 그의 내면에 숨죽인 채 도사리고 있던 무시무시한 악마를 깨어나게 했는지도 몰라요. 난 놀라에게 누드모델을 해야 한다고 말해 두 사람 사이를 이어주었으니까요. 그래서 나도 간접적으로 그 아이의 죽음에 책임이 있다고 생각합니다.'"

"루터와 놀라 사이에 무슨 일이 있었는데요?

엘리야는 한동안 잠자코 앉아 있더니 자리에서 일어나 방 안을 맴돌았다. 그 누가 보더라도 질문에 답해야 할지 회피해야 할지 결정하지 못하고 초조해하는 모습이었다. 엘리야가 마침내 말을 하기로 결심한 듯 자리에 다시 앉았다.

"나는 루터가 그 아이를 미치도록 사랑하고 있다는 걸 알게 되었어요. 루터는 왜 놀라가 해리 쿼버트를 그토록 사랑하는지 알고 싶어 했죠. 그는 해리 쿼버트만 생각하면 환장할 지경이었고, 그 문제에 집착한 나머지 구즈코브 근처 숲에 숨어 그를 몰래 염탐했습니다. 나는 루터가 구즈코브에 정신이 팔려 하루에도 수없이 왔다 갔다 하는 모습을 지켜보았습니다. 어떤 날은 아예 하루 종일 구즈코브에 머물기도 한다는 사실도 알고 있었죠. 날이 갈수록 점점 루터에 대한 나의 통제력이 약해지고 있다는 사실을 인정하지 않을 수 없었어요. 어느 날 난 루터를 따라나섰습니다. 그의 차가 구즈코브 인근 숲에 세워져 있더군요. 나는 차를 사람들의 시선이 잘 닿지 않는 곳에 세우고 숲을 둘러보았습니다. 덤불 숲에 숨어 구즈코브의 집을 바라보고 있는 루터의 모습이 눈에 들어왔습니다. 나는 루터 앞에 나타나는 대신 그가 실패를 경험하게 해주어야겠다고 마음먹었습니다. 나는 마치 즉흥적으로 해리를 찾아온 듯이 구즈코브 집으로 갔죠. 1번 도로를 따라 걷다가 구즈코브로 가는 길로 들어선 겁니다. 나는 곧장 테라스로 향하면서 일부러 큰 소리로 해리를 불렀습니다. '해리 쿼버트 씨 집에 있습니까? 집에 있으면 이리 나와 보세요'라고 외쳤죠. 루터는 필시 내 목소리를 들었을 테고, 아마 나를 보고 깜짝 놀랐을 겁니다. 마치 귀신 들린 사람처럼 소리를 크게 질렀으니까요.

해리가 집에서 나왔고, 나는 오로라에 차를 두고 왔다면서 그의 차로 시내에 나가 점심 식사를 같이 했으면 한다고 제안했습니다. 해리는 다행히 내 제안을 흔쾌히 받아들였고, 우리는 그의 차에 올라 오로라로 출발했습니다. 루터가 나를 보았다면 구즈코브에서 도망쳤을 테고, 그도 가슴이 철렁 내려앉는 일을 겪었으니 다시는 그런 짓을 하지 않으리라 생각했죠. 우리는 〈클락스 식당〉에서 점심 식사를 했습니다. 그 자리에서 해리가 그제 새벽에 달리기를 하던 도중 심하게 쥐가 나 고통스러워하고 있는데 루터가 나타나 오로라에서 구즈코브까지 차로 데려다주었다는 말을 들었습니다. 루터가 그렇게 이른 시간에 오로라에는 무슨 볼일이 있어서 왔는지 물었지만 나도 모르겠다고 둘러대고 나서 화제를 바꾸었습니다. 루터가 무척이나 신경 쓰였고, 나는 이쯤에서 그에게 일침을 가해야겠다고 마음먹었습니다. 그날 저녁, 나는 루터를 집무실로 불러 앞으로 오로라에는 절대로 가지 말라고 지시했습니다. 만약 오로라에 계속 갈 경우 가만두지 않겠다고 경고하면서요. 하지만 루터는 끝내 내 말을 듣지 않고 계속 오로라를 오가는 눈치더군요. 그 후 2주일쯤 지났을 때 나는 루터에게 더는 놀라를 그리지 말라고 지시했고, 우리는 그 일로 대판 싸웠습니다. 그날이 1975년 8월 29일 금요일이었는데, 루터는 이제 더 이상 나를 위해 일하지 않겠다고 선언하고 나서 문을 쾅 소리가 나도록 닫고 떠나버렸습니다. 나는 루터가 이제 곧 홧김에 저지른 잘못을 뉘우치고 다시 돌아올 거라고 생각했습니다. 다음 날이 바로 놀라가 사라진 1975년 8월 30일이었고, 그날 나는 아침 일찍 약속이 있어서 외출했다가 저녁이 되어서야 집에 돌아왔습니다. 그때까지도 루터가 돌아오지 않은 걸 확인하는 순간 이상한 예감이 들었습니다. 나는 즉시 루터를 찾아 나섰죠. 저녁 8시 무렵에 나는 오로라로 가는 도로에 접어들었습니다. 오로라로 가는 도중에 여러 대의 경찰차들이 사이렌을 울리며 내 차 앞으로 추월해가는 걸 보았습니다. 오로라 시내에 들어서보니 평소와는 다른 분위기가 감지되었고, 사람들이 놀라가 실종되었다고 하더군요. 나는 사람들에게 놀라의 집 주소를 물어서 알아냈습니다. 놀라의 집으로 간 나는 구경꾼들 틈에 섞여 그 아이가 살던 집을 바라보았습니다. 굵은 벚나무 가지에 그네가 매달려있는 아담한 흰색 목조 주택이더군요. 밤이 깊어서야 콩코드로 돌아온 나는 혹시 루터가 돌아왔는지 보려고 그의 방으로 가보았지만 역시 비어있었습니다. 루터가 그린 놀라의 그림이 나를 노려보더군요. 나는 그 그림을 작업실 벽에 걸었고, 그 이후에도 줄곧 그 자리에 있었습니다. 나는 밤이 깊도록 루터를 기다렸지만 끝내 나타나지 않더군요. 다음 날, 루터의 부친이 나에게 전화를 걸어왔습니다. 루터가 오기로 했는데 나타나지 않아 전화했다면서 어디 있는지 아느냐고 묻더군요. 나는 그에게 루터가 그제 일을 그만두겠다고 하고 내 집에서 나갔다고 말해주었죠. 루터가 왜 일을 그만두겠다고 했는지 자세한 이야기는 하지 않았습니다. 물론 다른 사람들에게도 루터가 왜 떠나게 되었는지 구체적으로 설명한 적은 없습니다. 그저 입을 꾹 다물어버렸죠. 내가 경찰서를 찾아가 놀라를 납치한 범인이 루터일지도 모른다고 제보해야 마땅한 상황이었지만 나는 계속 주저했습니다. 나에게도 어느 정도 책임이 있다고 생각했기 때문입니다. 나는 무려 한 달 동안 루터가 돌아오길 기다렸고, 날마다 그를 찾아다녔죠. 루터의 부친이 그가 교통사고로 목숨을 잃었다고 알려주기 전까지는 거의 매일 찾아다녔습니다."

"스턴 씨는 루터 칼렙이 놀라를 납치 살해한 범인일 수도 있다고 털어놓는 겁니까?" 페리가 물었다.

엘리야는 고개를 끄덕였다.

"지난 33년 동안 나는 줄곧 그렇게 생각했습니다."

∞

페리의 말을 듣고 나는 말문이 막혔다. 미니바에서 맥주 두 캔을 꺼내온 나는 녹음기를 켜고 말했다.

"방금 전 해주신 얘기를 다시 한번 해주세요." 내가 말했다. "경사님이 한 말을 녹음했다가 책을 쓸 때 참고하려고 그럽니다."

페리는 기꺼이 내 말을 들어주었다.

녹음기가 돌아가기 시작했을 때 하필이면 페리의 휴대폰이 울렸다. 페리가 통화하는 소리가 고스란히 녹음되었다.

"확실해?" 페리가 물었다. "정확하게 확인했지? 맙소사! 말도 안 돼!"

페리는 나에게 메모지와 펜을 달라고 하더니 재빨리 메모하고 나서 통화를 마쳤다.

페리가 황당한 일도 다 있다는 듯이 나를 쳐다보면서 말했다.

"강력계에서 일하는 인턴인데 내가 그에게 루터 칼렙의 교통사고 보고서를 찾아달라고 했거든요."

"그랬더니요?"

"그 당시 작성된 교통사고 보고서에 따르면 루터 칼렙은 스턴이 경영하는 회사 이름으로 등록된 검은색 쉐보레 몬테카를로 안에서 발견되었답니다."

∞

1975년 9월 26일 금요일

안개가 짙게 낀 날이라 이미 몇 시간 전부터 해가 떠올라 있었지만 하늘은 희뿌연 상태를 유지했다. 바닷가재를 잡는 어부 조지 텐트가 아들과 함께 배를 타고 매사추세츠주 필리머스 항을 떠난 시간은 오전 8시쯤이었다. 그 지역 어부들은 주로 해안선을 따라 이동하며 얕고 잔잔한 물에서 바닷가재를 잡았다. 하지만 조지 텐트는 지나치게 변화무쌍한 조수 탓에 위험한 상황이 자주 발생하는 곳이라 대부분의 어부들이 조업을 포기한 해협에도 통발을 던져 남달리 많은 바닷가재를 잡았다.

조지 텐트는 그날도 해협에 던져놓은 통발을 걷으러 가고 있었다. 그가 배를 운전해 엘리스빌 하버 근처를 항해하고 있을 때 그의 아들은 갑자기 눈앞으로 쏟아져 내린 햇빛에 눈이 부셔 손차양을 만들었다. 구름을 뚫고 쏟아져 나온 햇빛이 바위벽 어딘가에 반사되면서 그의 눈을 부시게 했다. 호기심이 발동한 그는 망원경을 들고 빛을 반사한 바위벽을 살펴보았다.

"무슨 일이니?" 조지 텐트가 아들에게 물었다.

"해안가 바위벽에 뭔가 있어요. 정확하게 뭔지는 모르겠는데 어떤 물체가 햇빛을 반사시키면서 번쩍거리네요."

조지 텐트는 주변 바위벽들을 통해 바다 수면이 얼마나 깊은지 가늠해보다가 배를 절벽 쪽에 댈 수 있겠다는 판단이 섰다. 그는 절벽 쪽으로 천천히 배를 몰았다.

"빛을 반사시키는 물체가 뭔지 알겠니?" 조지 텐트가 아들에게 물었다.

"정확하지는 않지만 금속이나 유리 같아요."

배가 울타리처럼 솟은 바위들을 피해 우회하는 순간 마침내 그들의 주의를 끈 물체가 뭔지 시야에 들어왔다.

"빌어먹을!"

조지 텐트가 눈이 휘둥그레진 상태로 욕설을 뱉었다. 그는 해안경비대에 즉시 신고했다.

∞

오전 8시 47분에 사가모어 경찰서는 해안경비대에서 전화로 알려준 사고 소식을 접수했다. 자동차 한 대가 엘리스빌 하버의 언덕 지대를 따라 난 도로를 벗어나 바위 절벽으로 추락해 박살이 났다고 했다. 사가모어 경찰서의 대런 윈슬로가 현장으로 급히 출동했다. 자동차 사고가 난 지점은 그가 너무나 잘 아는 곳이었다. 깎아지른 절벽을 끼고 이어지는 좁은 도로에서 숨 막히게 아름다운 절경을 감상할 수 있지만 드라이브를 즐기기에는 위험천만한 곳이기도 했다. 아무튼 절경을 보려는 관광객들이 늘어나면서 꼭대기에 주차장까지 마련되었다. 대런 윈슬로는 사가모어가 경치가 빼어난 곳이라는 말에는 이견이 없었지만 자동차 추락 사고를 방지하기 위한 안전장치가 전혀 갖춰져 있지 않아 몹시 위험한 곳이라고 생각해왔다. 여름철만 되면 많은 관광객이 모여드는 곳이라 몇 번이나 시청을 찾아가 안전장치를 갖춰야 한다고 건의해봤지만 고작 주의 경고판 하나만 달랑 세우고 끝이었다.

대런 원슬로는 주차장에 차를 세우면서 산림감시원이 타고 다니는 픽업을 보았다. 사고 발생 지점이 주변에 있다는 뜻이었다. 그는 순찰차의 사이렌을 끄고 나서 차를 세웠다. 산림감시원 두 사람이 절벽 아래에서 해안경비대 소속 초계정 한 척이 집게 장치를 펼치고 바삐 움직이는 모습을 지켜보고 있었다.

"절벽 아래로 자동차 한 대가 추락했다던데 여기서는 보이지 않네요." 산림감시원 하나가 대런 원슬로에게 말했다.

대런 원슬로는 절벽 가장자리로 다가갔다. 깎아지른 듯 가파른 절벽 아래로 무성한 가시덤불, 웃자란 풀, 삐죽삐죽 솟아있는 암벽이 눈에 들어왔지만 추락한 차량은 보이지 않았다.

"자동차가 저 아래로 추락했다는 말은 어디서 들었습니까?" 대런 원슬로가 물었다.

"긴급 무전을 통해 들었습니다. 주차장에 세워져 있던 차가 어떤 이유에서인지는 모르지만 절벽 아래로 추락한 것으로 보입니다. 한밤중에 아빠 차를 몰래 훔쳐 타고 여기까지 달려온 십대 청소년들이 키스를 하느라 브레이크에서 발을 떼는 바람에 차가 절벽 아래로 굴러떨어진 게 아니었으면 좋겠습니다."

대런 윈슬로가 중얼거렸다. "나도 제발 10대 아이들이 탄 차가 아니었으면 좋겠습니다."

아스팔트가 끝나고 경사가 시작되는 곳 사이에 풀들이 길게 늘어서 있었다. 대런 윈슬로는 자동차가 지나간 흔적, 가령 차가 절벽 아래로 굴러떨어질 때 잡초들이 뭉개지거나 가시덤불이 납작하게 짓눌린 흔적들이 있는지 살펴보았다.

"차가 잠시 멈춰 서지도 않고 곧장 절벽 아래로 굴러떨어졌을까요?" 대런 윈슬로가 산림감시원에게 물었다.

"틀림없이 브레이크를 밟지 않았을 겁니다. 오래전부터 시청을 찾아가 보호벽을 설치해야 한다고 건의했는데 결국 사고가 났네요. 분명 10대 아이들일 겁니다. 코가 비뚤어지도록 술을 마신 게 아니라면 차를 세우지 않고 주차장을 지나쳐 절벽 아래로 굴러떨어질 이유가 없으니까요."

해양경비대 초계정이 작업을 마쳤는지 암벽으로부터 멀어졌다. 그제야 세 남자의 눈에 집게 장치에 대롱대롱 매달려있는 차량이 눈에 들어왔다. 대런 윈슬로는 차로 돌아가 해안경비대와 교신했다.

"차종이 뭡니까?" 그가 물었다.

"쉐보레 몬테카를로입니다." 해안경비대원이 대답했다. "검은색이고요."

"검은색 몬테카를로가 맞습니까?"

"뉴햄프셔주 번호판을 단 차이고, 시체 한 구가 차 안에서 숨진 채 발견되었습니다. 절벽 아래로 굴러서인지 시체가 많이 훼손된 상태입니다."

∞

우리는 페리가 운전하는 크라이슬러를 타고 두 시간째 달리고 있었다.

"내가 운전할까요?"

"어림없는 소리 말아요."

"차가 너무 천천히 달리잖아요."

"여긴 차를 조심스럽게 몰아야 하는 곳입니다."

"주인을 닮아서인지 차 안이 온통 쓰레기장이네요."

"내 개인 차량이 아니라 뉴햄프셔주 경찰청 관용차량입니다."

"그럼 뉴햄프셔 주립 쓰레기통이네요. 음악이라도 좀 들을까요?"

"말도 안 되는 소리 좀 그만하세요. 우리가 지금 놀러 가는 줄 아십니까?"

"내가 원고 작업을 할 때 오늘 경사님이 보이는 행태를 반드시 집어넣을 겁니다. '게할로우드 경사는 마치 소심한 늙은이처럼 차를 천천히 몰았다'라고 말입니다."

"음악이라도 틀어야겠네요. 볼륨을 최대한 높이고. 현장에 도착할 때까지 당신 목소리를 더는 듣고 싶지 않으니까."

"그 사람 이름이나 다시 한번 알려줘요." 무안해진 내가 물었다. "대런 무엇이었는데……."

"대런 윈슬로. 사가모어 경찰서 소속입니다. 어부들이 루터가 몰던 차를 발견했을 때 현장에 출동했던 경찰입니다."

"루터가 타고 있던 차가 검은색 쉐보레 몬테카를로였나요?"

"네, 맞습니다."

"검은색 몬테카를로라면 놀라가 실종된 날 서몬드 보좌관이 추격했던 용의자의 차와 동일 차종인데 왜 아무도 연관성을 따져보지 않았을까요?"

"글쎄요, 나도 그 이유를 모르겠네요. 우리는 반드시 그 이유를 알아볼 필요가 있습니다."

"대런 윈슬로는 현재 어떻게 되었습니까?"

"몇 년 전 은퇴했고, 요즘에는 사촌과 카센터를 운영하고 있다고 하더군요. 그의 증언도 녹음하게요?"

"어제 대런 윈슬로와 통화할 때 무슨 말을 나누었습니까?"

"내 전화를 받고 몹시 놀란 눈치였어요. 내가 만나봤으면 한다고 말하니까 낮에 카센터로 오면 만날 수 있을 거라고 하더군요."

"왜 통화할 때 아무것도 묻지 않았나요?"

"어차피 만나봐야 할 사람인데 직접 대면한 상태로 묻는 것보다 더 좋은 건 없거든요. 전화 통화로는 얼굴 표정을 볼 수가 없잖아요."

사가모어 초입에 대런 윈슬로가 운영하는 카센터가 있었다. 우리는 낡은 뷰익을 수리하고 있는 대런 윈슬로를 보았다. 그는 우리를 사무실로 안내하더니 동업자인 사촌을 밖으로 내보냈다. 그가 의자에 기둥처럼 쌓여있는 회계장부들을 다른 곳으로 치우더니 우리를 거기에 앉혔다. 그는 세면대에서 오랫동안 손을 씻고 나서 우리가 마실 커피를 만들어 왔다.

"뉴햄프셔주 경찰이 무슨 일로 나를 만나러 오셨습니까?"

"어제 말씀드렸듯이 우리는 놀라 켈러건의 죽음을 수사하고 있습니다." 페리가 대답했다. "1975년 9월 26일에 벌어진 차량 추락 사고에 대해 물어볼 말이 있어서 만나자고 했습니다."

"그때 절벽 아래로 추락한 차량이 검은색 몬테카를로였죠."

"혹시 왜 우리가 그 차에 관심을 갖고 있는지 짐작하십니까?"

"놀라 켈러건 사건을 수사 중이라고 했으니까 당연히 궁금해할 거라고 짐작했습니다. 그 당시 나 또한 차종이 검은색 몬테카를로여서 놀라 켈러건 사건과 관련 있지 않을까 의심했으니까요."

"그래서 여전히 기억하고 있겠네요."

"그렇다고 볼 수 있죠. 경찰서에서 오래 일하다 보면 금세 잊게 되는 사건도 있고, 오래도록 기억에 남는 사건도 있기 마련입니다. 그 사건은 후자 쪽이죠."

"왜죠?"

"교통사고는 작은 도시에서 근무하는 형사들이 처리해야 하는 업무들 가운데 가장 비중이 크다고 할 수 있습니다. 내가 시체를 처음 보게 된 것도 교통사고 때문이었죠. 자동차 추락 사고가 나기 몇 주 전부터 우린 뉴햄프셔주에서 발생한 놀라 켈러건 납치 사건에 온통 신경을 쓰고 있었죠. 용의자가 타고 있던 차가 검은색 몬테카를로였기 때문에 동일 차종을 보면 당연히 정신이 번쩍 뜨이곤 했으니까요. 그 당시 나는 순찰을 나갈 때마다 색은 달라도 몬테카를로이면 무조건 멈춰 세우고 운전자에게 신분증을 요구했습니다. 재빨리 다른 색으로 도색했을 수도 있으니까요. 그 정도로 놀라 켈러건 사건에 신경 썼다는 말입니다. 무슨 수를 써서라도 그 아이를 찾고 싶었습니다. 그러던 어느 날 아침, 마침 내가 당직이어서 순찰을 돌고 있는데 해안경비대에서 무전이 와 자동차 한 대가 엘리스빌 하버 절벽 아래로 추락했다고 알려준 겁니다. 현장에 가보니 추락한 차가 검은색 몬테카를로더군요."

"차적 조회를 해보았습니까?"

"당연히 해봤죠. 뉴햄프셔주 등록 차량이었고, 차 안에서 시체 한 구가 발견되었습니다. 지금까지도 그 당시 상황을 뚜렷이 기억하고 있습니다. 절벽에서 추락한 차량은 형체를 알아보기 힘들 만큼 찌그러져 있었고, 운전자의 시체는 끔찍하게 훼손되어 있었죠. 신분증을 꺼내보니 이름이 루터 칼렙이더군요. 차량 소유주가 누군지 알아봤더니 〈스턴 리미티드〉라는 기업체로 되어 있었습니다. 우리는 차의 내부를 샅샅이 훑어봤지만 나온 건 별로 없었습니다. 절벽에서 굴러떨어진 데다 물에 오래 잠겨 있었기 때문에 차체가 많이 손상되었더군요. 차 안에서 산산조각난 술병을 발견했고, 트렁크에 옷가지 몇 점이 들어있었습니다."

"옷가지는 가방 안에 들어있었습니까?"

"네, 그렇습니다. 비교적 작은 가방이었어요."

"그다음에는 어떻게 했습니까?" 페리가 물었다.

"루터 칼렙이 어떤 인물이고, 어디에서 무슨 일을 했고, 절벽 아래로 추락한 지 얼마나 되었는지 조사했습니다. 그 결과 내가 무엇을 찾아냈는지 알아맞혀 보세요."

"루터 칼렙은 오로라경찰서에 성추행으로 고소가 접수된 인물이었죠." 페리가 앵무새처럼 줄줄 읊었다.

"아니, 그걸 어떻게 아셨습니까?"

"그 정도는 알 수 있는 방법이 있습니다."

"나는 먼저 루터 칼렙에 대한 실종신고가 접수되었는지 알아보았습니다. 교통사고 처리 경험으로 미루어 볼 때 항상 걱정하는 지인들이 있기 마련이거든요. 그 덕분에 경찰이 시신의 신원을 확인하는 경우도 더러 있습니다. 그런데 루터 칼렙의 경우에는 시신을 확인하러 오는 사람이 아무도 없었습니다. 정말 이상한 일이어서 〈스턴 리미티드〉에 연락했습니다. 드디어 난 스턴

집안의 상속자인 엘리야 스턴과 통화를 할 수 있게 되었죠. 나는 그에게 차량 추락 사고에 대해 설명해준 뒤 혹시 회사 차 한 대가 사라졌는지 물었죠. 그가 아니라고 해서 검은색 몬테카를로에 대해 물었더니 그 차는 그의 운전기사가 휴무 때 이용하는 차라고 하더군요. 그래서 내가 운전기사를 언제 만나봤는지 물었죠. 그러자 운전기사가 지금은 휴가 중이라고 하더군요. 정확하게 언제부터 휴가였는지 물었죠. 그러자 그는 기억나지 않는다고 하더군요. 정말이지 납득하기 어려운 답변이라 이상하게 생각했습니다."

"그래서 어떻게 하셨습니까?" 페리가 조바심이 난 표정으로 물었다.

"나는 루터 칼렙이 놀라 켈러건 납치범일 가능성이 크다고 판단하고 즉시 오로라 경찰서장에게 전화했습니다."

"프랫 서장 말입니까?"

"네 프랫 서장 맞아요. 나는 그에게 내가 직접 수사한 내용을 소상하게 알려주었습니다. 그가 놀라 켈러건 사건의 수사 책임자였으니까요."

"그랬더니 뭐라고 하던가요?"

"프랫 서장이 당장 나를 만나려고 사가모어 경찰서로 왔습니다. 그는 나에게 수고했다면서 내가 작성한 사건 파일을 주의 깊게 살펴보았다고 하더군요. 그가 추락한 검은색 몬테카를로를 직접 조사해봤는데 안타깝게도 추격전을 벌인 날 보좌관이 목격한 모델과는 일치하지 않았다고 하더군요. 그는 이제 놀라 켈러건이 납치된 날 본 용의자 차량이 과연 검은색 몬테카를로였는지조차 의심이 간다면서 혹시 생김새가 유사한 노바였을 가능성도 배제할 수 없게 되었다고 했습니다. 프랫 서장은 검은색 몬테카를로를 추격했던 폴 서몬드 보좌관을 다시 한번 만나 확인해보겠다고 했어요. 한편 그는 루터 칼렙에 대해 조사해봤는데 알리바이를 증명할 충분한 근거들이 있어서 더는 파보지 않아도 되겠다는 말을 덧붙였습니다. 그래도 내가 작성한 사건 보고서를 보내달라고 하기에 그렇게 했습니다."

"프랫 서장에게 모든 사실을 알려주었는데 그냥 덮었다는 뜻인가요?"

"그렇습니다. 하지만 그 당시에는 내가 잘못 짚은 거라 생각했습니다. 수사 책임자인 프랫 서장이 그렇게 확신에 차서 말하는데 내가 반박할 입장이 아니었으니까요. 나중에 보니 결국 그 사건은 그냥 평범한 교통사고로 결론 내렸더군요."

"뭔가 이상하다는 생각이 들지는 않았습니까?"

"좀 전에도 말했다시피 그 당시에는 수사 책임자인 프랫 서장의 말을 믿지 않을 수 없었습니다. 내가 지나치게 흥분해 착시 현상이 일어났나보다고 생각하고 말았죠. 그렇다고 내가 조사를 대충하고 끝낸 건 아니었습니다. 난 루터 칼렙의 사체를 법의학자에게 보냈습니다. 차 안에서 술병이 깨진 병조각들이 발견되었으니 혹시 음주에 따른 교통사고가 아니었는지 명확하게 따져보고 싶었거든요. 그렇지만 안타깝게도 루터 칼렙의 사체가 추락 당시 심하게 훼손된 데다 바닷물에 오랫동안 잠겨 있었던 탓에 법의학자도 부검을 해보았지만 아무것도 밝혀내지 못했습니다. 법의학자가 나에게 확인해준 거라고는 사체가 몇 주 전부터 절벽 아래 바닷물에 방치되어 있었다는 정도였습니다. 처음 차를 발견해 신고한 어부가 아니었다면 정말 오래도록 방치되어 있었을지도 모릅니다. 아무튼 부검이 마무리된 후 사체는 유족에게 인계되었습니다. 내가 아는 건 여기까지입니다. 그 당시에는 평범한 교통사고라고 믿었습니다. 최근에 프랫 서장과 그 아이의 관계를 알게 되면서 그 당시 내 판단이 틀렸을 수도 있다는 생각을 하게 되었습니다. 내가 지나치게 프랫 서장의 말을 믿은 건 아닌지 후회하면서요."

대런 윈슬로와 면담을 마친 페리와 나는 식사를 할 겸 사가모어 마리나로 갔다. 잡화점과 엽서 가게가 나란히 붙어 있는 모습이 눈에 들어왔다. 날씨는 화창했고, 햇살은 맑고 강렬했으며, 바다는 더할 나위 없이 고요하고 광대해 보였다. 항구 주위로 알록달록한 색상의 예쁜 집들과 정성들여 관리해놓은 작은 정원이 바닷물에 닿을 듯 자리해 있었다. 우리는 바닷물 위로 테라스를 만들어놓은 식당으로 들어가 스테이크를 안주로 맥주를 마셨다. 테라스가 식당 본채에 비해 바다 위로 한 발짝 더 들어가 있는 형태였다. 페리는 생각에 골몰해있는 얼굴로 스테이크를 씹었다.

"무슨 생각을 그리 골똘히 하세요?" 내가 물었다.

"지금까지 드러난 모든 정황이 루터 칼렙을 범인으로 지목하고 있는 것 같아서 말인데요. 루터의 짐 가방이 차에 실려 있었어요. 도망갈 계획이 있었다는 뜻이죠. 아마도 놀라를 데리고 도망치려 했겠죠. 그런데 그의 계획에 제동이 걸렸어요. 잠깐 감시를 소홀히 한 틈을 타 놀라가 도망친 겁니다. 그 과정에서 루터는 데보라 쿠퍼를 살해했고, 놀라를 때려 피투성이로 만들었죠."

"경사님도 루터 칼렙이 범인이라고 생각하세요?"

"대체로 그가 범인 같긴 한데 모든 의혹이 명쾌하게 풀린 건 아니라서 찜찜해요. 나는 왜 엘리야 스턴이 우리에게 검은색 몬테카를로에 대해 한마디도 하지 않았는지 이해할 수 없어요. 그 사건의 전체적인 구도를 놓고 볼 때 검은색 몬테카를로의 추락 사고는 절대적으로 중요한 사항인데 말이죠. 루터 칼렙이 엘리야 스턴이 대표로 있는 회사 차량을 타고 사라졌는데, 전혀 걱정하지 않았다는 것도 납득하기 힘들고요. 수사 책임자인 프랫 서장은 왜 그런 중대한 의문이 산재해 있는데 깊이 파고들지 않고 수사를 적당히 덮어버렸는지 수긍이 되지 않아요."

"프랫 서장이 놀라 켈러건 사건에 깊이 연루되었다고 보십니까?"

"나는 당장 프랫 서장을 찾아가 대런 윈슬로의 사건 보고서를 대충 뭉개버리고 좀 더 깊이 수사하지 않았는지 추궁하고 싶은 심정입니다. 대런 윈슬로는 검은색 몬테카를로에 타고 있었던 루터 칼렙이 놀라 켈러건 사건의 유력한 용의자로 보인다고 보고했는데 프랫 서장은 추가 수사도 하지 않고 아무런 관련이 없다는 결정을 내렸습니다. 정말 이상하지 않나요? 그가 놀라가 납치되던 날 폴 서몬드 보좌관과 추격전을 벌인 차가 정말로 검은색 몬테카를로가 아니라 노바였다면 그 사실을 모두에게 알렸어야죠. 그런데 사건 보고서에는 검은색 몬테카를로에 대한 기록만 나오거든요."

∞

그날 오후, 우리는 프랫 서장이 머물고 있는 몬트버리의 작은 모텔로 그를 찾아갔다. 10여 개의 객실이 한 줄로 배치되어 있고, 각 방문 앞에 주차 공간이 마련되어 있는 단층 건물이었다. 주차된 차량은 두 대뿐이었는데, 그중 한 대가 프랫 서장이 머무는 방 앞에 세워져 있었다.

페리는 주저 없이 방문을 두드렸지만 응답이 없었다. 페리가 재차 방문을 두드렸지만 여전히 아무런 대답이 없어 마침 지나가는 종업원에게 방문을 열어달라고 부탁했다.

"불가능해요." 종업원이 난색을 표했다.

"불가능하다니요?" 페리가 경찰 신분증을 보여주며 되물었다.

"오늘 청소를 하려고 몇 번이나 이 방에 왔었거든요." 종업원이 설명했다. "아무리 문을 두드려도 안에서 열어주지 않아 혹시 손님이 외출하셨나 생각했어요. 그래서 마스터키를 가져와 방문을 열어보려고 했는데 역시 열리지 않았어요. 이런 경우는 손님이 열쇠를 방 안의 열쇠 구멍에 꽂아두었기 때문에 밖에서 열 수가 없는 거예요. 손님이 안에 있다는 뜻입니다. 보시다시피 손님의 차도 그대로 있잖아요."

페리가 다시 한번 힘껏 방문을 두드리면서 프랫 서장에게 안에 있으면 어서 문을 열라고 소리쳤다. 생각다 못해 창문을 통해 방 안쪽을 들여다보려고도 해보았지만 커튼에 가려져 있어 아무것도 보이지 않았다. 페리는 마침내 문을 부수기로 마음먹고 발길질을 하기 시작했다. 발길질 세 번 만에 문이 열렸다.

프랫 서장은 양탄자가 깔린 바닥에 누워있었다. 흥건하게 고인 피에 잠긴 채.

8
익명의 편지를 쓴 사람

"행동으로 옮기는 자가 바라는 걸 얻는다. 어려운 선택에 직면할 때마다 이 말을 명심해. 행동으로 옮기는 자가 바라는 걸 얻는다."

《해리 쿼버트 사건》에서 발췌

2008년 7월 22일 화요일, 이번에는 몬트버리가 몇 주 전 오로라에서 놀라의 사체가 발견되었을 때 겪었던 파란과 혼란을 그대로 경험하게 되었다. 경찰차들이 몬트버리 산업지대 인근에 위치한 모텔로 집결했다. 모텔에서 한 남자가 살해되었고, 그의 신분은 전직 오로라경찰서 서장이라는 소문이 파다했다.

페리는 모텔 방문을 바라보며 우두커니 서 있었다. 전혀 동요하지 않는 모습이었다. 과학수사대 소속 형사 몇 명이 감식을 하느라 현장 주위를 바쁘게 돌아다녔으나 그는 잠자코 생각에 잠겨 있을 뿐이었다. 나는 지금 이 순간 그가 머릿속으로 무얼 생각하는지 몹시 궁금했다.

"그 녹음기로 무얼 하려고요?"

"원고를 쓸 때 참고하려면 내 목소리로 현장을 자세히 묘사해두어야죠."

"당신이 지금 무엄하게 경찰차 보닛 위에 앉아 있다는 사실은 알고 있습니까?"

∞

"그 녹음기로 무얼 하려고요?"

"원고를 쓸 때 참고하려면 내 목소리로 현장을 자세히 묘사해 두어야죠."

"당신이 지금 무엄하게 경찰차 보닛 위에 앉아 있다는 사실을 알고 있습니까?"

"아, 이제 보니 그러네요. 일에 몰두하다보니 전혀 의식하지 못했습니다. 좀 전에 보니 경사님은 골똘히 생각에 잠겨 있던데 뭔가 나온 게 있습니까?"

"일단 녹음기부터 끄면 얘기해줄게요."

나는 즉시 녹음기를 껐다.

"초동 수사 결과에 따르면 프랫 서장은 두개골 뒤쪽을 가격당했습니다. 범인은 타격할 때 중량이 무거운 둔기를 사용했고요. 육안으로는 타격 횟수를 정확하게 산출할 수 없었습니다."

"놀라 켈러건을 살해할 때 사용한 둔기와 비슷한가요?"

"비슷한 종류가 맞습니다. 숨이 끊어진 지는 열두 시간가량 되어 보인답니다. 그러니까 간밤에 살해된 겁니다. 나는 프랫 서장과 범인이 서로 얼굴을 아는 사이였다고 생각합니다. 프랫 서장은 방 안에서 열쇠를 열쇠 구멍에 꽂아두고 지냈습니다. 그렇다면 범인이 찾아와 문을 두드렸을 때 프랫 서장이 스스로 방문을 열어준 것으로 보입니다. 아마도 프랫 서장은 범인을 기다리고 있었을지도 모릅니다. 머리 뒤쪽을 가격당한 걸 보면 프랫 서장은 범인이 보는 앞에서 후두부를 노출해 보인 걸 테고요. 다시 말해서 프랫 서장은 전혀 경계심을 보이지 않았고, 범인은 그걸 역이용해 결정타를 가한 것으로 보입니다. 우린 아직 범인이 사용한 둔기를 찾지 못했습니다. 그놈이 분명 가져갔겠죠. 쇠 파이프나 쇠꼬챙이 같은 물건일 텐데 말입니다. 그러니까 두 사람이 말싸움을 벌이다가 우발적으로 살인을 저지른 게 아니라 사전에 치밀하게 계획한 범행이었다는 뜻입니다. 누군가가 프랫 서장을 살해하려고 이 모텔을 방문했다는 뜻이죠."

"목격자는 없나요?"

"이 모텔에는 손님이 거의 없었습니다. 낯선 사람을 보았거나 이상한 소리를 들은 사람이 전혀 없습니다. 모텔의 접수창구는 통상 저녁 7시에 문을 닫았습니다. 밤 10시부터 다음 날 아침 7시까지 야간 당직을 서는 종업원이 있긴 한데 TV를 보느라 꼼짝하지 않고 접수창구를 지키고 앉아 있었다고 합니다. 당연히 아무것도 보지 못해 우리에게 해줄 말이 전혀 없답니다. 이 모텔 어디에도 감시카메라가 설치되어 있지 않았고요."

"경사님이 보기에는 누가 이런 짓을 했을 것 같습니까?" 내가 물었다. "구즈코브의 집에 방화를 한 자와 동일 인물일 가능성이 있을까요?"

"동일 인물일 가능성이 전혀 없지는 않겠죠. 어쨌거나 프랫 서장의 엄호를 받다가 그가 입을 열까봐 겁을 집어먹은 누군가일 가능성이 큽니다. 프랫 서장은 아마도 처음부터 놀라를 죽인 범인이 누구인지 알고 있었을 공산이 큽니다. 범인은 그가 영원히 입을 열지 못하도록 제거해야 할 필요성을 느꼈을 테고요."

"경사님 머릿속에서는 벌써 그럴듯한 그림이 그려져 있는 것 같은데요?"

"구즈코브, 검은색 몬테카를로, 이 사건에 등장하는 모든 인물들과 연결고리가 있으면서 해리 쿼버트는 아닌 인물이 누가 있을까요?"

"엘리야 스턴?"

"나도 엘리야 스턴일 수 있다고 생각했는데 프랫 서장의 사체를 보면서 생각을 바꿨습니다. 엘리야 스턴이 놀라를 살해했을 가능성이 남아 있지만 그가 루터 칼렙을 33년 동안 비호해온 건 의심할 여지 없습니다. 루터 칼렙이 수상쩍은 휴가를 떠나고 회사 차 한 대도 사라졌는데 엘리야 스턴은 어느 누구에게도 그 사실을 밝히지 않았으니까요."

"이제 경사님이 궁극적으로 그리고 있는 그림이 뭔지 보여주시죠?"

"루터 칼렙이 놀라를 납치 살해했고, 그 과정에서 엘리야 스턴도 연루되었을 거라 생각합니다. 루터 칼렙이 검은색 몬테카블로를 운전하는 모습이 사이드 크릭 레인 사람들 눈에 띄었을 때, 추격전을 벌인 날 폴 서몬드 보좌관과 프랫 서장을 따돌렸을 때 구즈코브에 와서 몸을 숨깁니다. 경찰이 오로라 일대의 모든 도로를 막고 검문검색을 실시하고 있었으니 달리 도망칠 곳이 없었을 테니까요. 게다가 엘리야 스턴을 제외하면 구즈코브와 루터 칼렙을 서로 연관 지어 생각해볼 수 있는 사람은 아무도 없습니다. 1975년 8월 30일, 엘리야 스턴은 나에게도 증언했듯이 정해진 약속들을 성실하게 이행했을 겁니다. 하지만 그날 하루를 마무리하고 집에 돌아왔을 때 루터 칼렙이 보이지 않는 데다가 그가 회사 차인 검은색 몬테카를로를 몰고 나갔다는 사실을 알게 되었죠. 엘리야 스턴이 그런 상황에서 손 놓고 가만히 있었을 가능성은 거의 없습니다. 엘리야 스턴은 당장 루터 칼렙을 찾아 나섰겠죠. 루터가 어리석은 짓을 저지르지 못하도록 막을 생각으로. 오로라에 도착한 엘리야 스턴은 이미 너무 늦었다는 사실을 깨닫게 되었겠죠. 도처에 경찰이 깔려있고, 이미 그가 두려워하던 비극이 발생한 뒤였으니까요. 엘리야 스턴은 어떻게 해서든 루터 칼렙을 찾아내야겠다고 생각했고, 그때 가장 먼저 떠오른 곳이 어디였을까요?"

"구즈코브."

"그렇죠. 엘리야 스턴은 구즈코브로 갔습니다. 루터 칼렙이 거기에 숨어 있을 거라는 사실을 잘 알고 있었을 테니까요. 게다가 루터 칼렙이 그 집 열쇠를 한 벌 가지고 있었을 가능성이 큽니다. 원래는 엘리야 스턴의 집이었으니까요. 요컨대 엘리야 스턴은 구즈코브에 가서 상황을 살피다가 루터 칼렙을 찾아내 만나볼 작정이었을 겁니다."

∞

페리의 가설대로 그려본 1975년 8월 30일

엘리야 스턴은 차고 앞에 주차된 검은색 몬테카를로를 보았다. 루터 칼렙은 차 트렁크 쪽으로 몸을 굽히고 있었다.

"루터!" 엘리야가 차에서 내리면서 소리쳤다. "도대체 무슨 짓을 저지른 거야?"

루터는 반쯤 넋이 나간 상태였다.

"난 해치고 싶지 않았어요."

차로 다가간 엘리야는 가방을 어깨에 둘러멘 상태로 차 트렁크에 누워있는 놀라를 발견했다. 잔뜩 웅크린 상태인 놀라의 몸은 미동도 하지 않았다.

"루터, 자네가 놀라를 죽였어?"

엘리야는 큰 충격을 받아 구토가 나왔다.

"놀라를 죽이지 않으면 경찰에 신고할 것 같았어요."

"도대체 무슨 짓을 저지른 거야? 자네, 미쳤어?"
"제발 좀 도와주세요, 제발. 엘리, 나를 좀 도와줘요."
"자네는 어서 도망쳐야 해. 경찰에 체포되면 전기의자 신세를 면하지 못할 거야."
"안 돼요. 전기의자 싫어요, 싫어!" 공포에 사로잡힌 루터가 괴성을 질러댔다.
그때 루터의 허리춤에 꽂혀 있는 총이 엘리야의 눈에 들어왔다.
"루터, 그 총은 뭐야?"
"노부인이 다 봤어요."
"노부인이라니?"
"사이드 크릭 레인의 외딴집에 사는 노부인이요."
"맙소사! 그 노부인이 자네를 봤단 말이지?"
"놀라와 심하게 다투었어요. 그 아이가 내가 시키는 걸 하지 않았어요. 그래서 때렸는데 그 집으로 들어간 거예요. 뒤따라 들어갔죠. 처음에는 빈집인줄 알았는데 노부인과 얼굴을 마주쳤어요. 그래서 노부인을 죽였죠."
"뭐라고? 자네 지금 무슨 말을 하는 거야?"
"엘리, 제발, 제발 나를 좀 도와줘요."
우선 놀라의 시체를 처리하는 게 시급했다. 엘리야는 차고에서 삽을 꺼내와 구덩이를 파기 시작했다. 정원에서 비교적 흙이 무르고, 사람들의 발길이 잘 닿지 않을 장소를 택했다. 구덩이를 판 엘리야는 놀라의 사체를 가져오게 하려고 루터를 찾았지만 이미 어디론가 사라지고 없었다. 루터는 자동차 앞에 무릎을 꿇고 앉아 원고를 읽느라 여념이 없었다.

"루터, 자네 지금 무얼 하나?"

루터는 울고 있었다.

"해리 쿼버트가 쓴 글을 읽어요. 놀라가 나에게 이야기해주었어요. 그가 놀라를 위해 글을 썼다고. 놀랍도록 아름다운 글이에요."

"내가 구덩이를 파놓았으니까 어서 놀라를 옮겨."

"잠깐만 기다려요."

"왜 그래?"

"난 놀라에게 사랑한다고 말하고 싶어요."

"뭐라고?"

"놀라를 위해 글을 한 줄만 쓰게 해줘요. 펜 좀 빌려주세요. 그런 다음에 놀라를 묻을 거예요. 그러고 나서 난 영원히 사라질 테니까."

엘리야가 불만스럽게 투덜대면서도 재킷 주머니에서 펜을 꺼내 내밀었다. 루터는 원고의 표지에 '영원히 안녕, 내 사랑 놀라'라고 적었다. 그는 해리가 쓴 원고를 놀라가 여전히 어깨에 걸고 있는 가방에 성물 다루듯 조심스럽게 집어넣었다. 그런 다음 놀라의 시체를 구덩이로 운반했다.

루터가 놀라의 시체를 구덩이에 던져넣은 후 흙으로 메웠다. 마지막으로 두 남자는 솔잎, 나무의 잔가지, 이끼 따위를 끌어모아 그 위에 뿌렸다.

∞

"그다음 이야기는 어떻게 전개되나요?" 내가 물었다.

페리가 가설을 계속 이어갔다. "엘리야는 루터를 구할 대책을 찾으려고 했겠죠. 그리고 거기에 동원된 수단이 바로 프랫이었을 테고요."

"프랫 서장?"

"프랫 서장이 놀라에게 한 짓을 엘리야도 잘 알고 있었으리라고 봐요. 루터는 구즈코브 근처를 배회하면서 해리와 놀라를 염탐했어요. 그렇다면 프랫 서장이 1번 도로에서 놀라를 차에 태우고 펠라티오를 시키는 장면도 보았을 가능성이 크죠. 엘리야에게도 그 이야기를 했을 테고요. 그날 저녁 엘리야는 고민 끝에 루터를 구즈코브에 남아 있도록 한 다음 오로라경찰서로 프랫 서장을 만나러 갔겠죠. 아마도 엘리야는 수색이 종료된 밤 11시까지 프랫 서장을 기다렸을 겁니다. 프랫 서장을 만나 그를 협박한 다음 루터를 도망치게 해달라고 요구했겠죠. 루터가 검문검색을 피할 수 있도록 해주면 놀라에게 펠라티오를 시킨 건을 덮어주겠다는 식으로요. 프랫 서장은 엘리야가 제시한 조건을 받아들였을 겁니다. 그렇지 않고서야 루터가 매사추세츠주까지 도주하는 동안 검문검색을 피할 수는 없었겠죠. 하지만 루터는 어차피 막다른 길에 몰렸고, 마땅히 갈 데도 없었으니 선택의 여지가 없었겠지요. 루터는 모든 걸 끝낼 작정으로 술을 잔뜩 사서 차 안에서 진탕 마셨겠죠. 결국 그는 엘리스빌 하버의 주차장에서 절벽 아래로 추락해 생을 마치게 되었고요. 그로부터 몇 주일이 지난 후 차가 발견되었을 때 프랫 서장은 사건을 은폐하려고 직접 사가모어로 출동해 루터가 유력한 용의자가 되지 않도록 손을 썼을 테고요."

"프랫 서장은 루터가 이미 죽었는데도 왜 그에게로 향하는 의심을 차단하려고 했을까요?"

"엘리야 때문이겠죠. 엘리야는 그 점까지도 계산에 넣었을 테고요. 프랫 서장은 루터를 무죄로 만들어주어야 자기도 보호받을 수 있다는 걸 잘 알고 있었을 겁니다."

"그러니까 프랫 서장과 엘리야는 처음부터 모든 진실을 알고 있었다는 뜻입니까?"

"그들 두 사람은 놀라 켈러건 사건을 그들의 기억 저편에 묻어두려고 했던 겁니다. 그 후 두 사람은 다시는 만나지 않았죠. 엘리야는 구즈코브의 집을 해리에게 헐값에 넘긴 이후로는 오로라를 찾지 않았습니다. 지난 33년 동안 그들은 이 사건이 영원한

미궁 속으로 빠져들게 될 거라 믿었겠죠."

"구즈코브의 정원에서 놀라의 유골이 발견되기 전까지는."

"게다가 어느 젊은 작가가 이 사건을 다시 파헤치기 전까지는."

"엘리야와 프랫 서장은 이 사건을 영원히 덮으려고 했네요." 내가 말했다. "그럼 프랫 서장은 누가 죽였을까요? 프랫 서장이 압박을 이겨내지 못하고 모든 사실을 털어놓으려고 하자 엘리야가 그를 제거한 걸까요?"

"아직 뭐라고 단정하기에는 섣부릅니다. 당분간 그 문제에 대해서는 침묵을 유지해야 합니다." 페리가 나에게 말했다. "그 문제에 대해서는 당분간 아무것도 쓰지 마세요. 난 그 문제가 언론에 까발려지길 원하지 않습니다. 아직 엘리야에 대해 더 파볼 작정입니다. 지금껏 내가 말한 건 입증하기 어려운 가설에 불과하니까요. 아무튼 내가 쓴 시나리오에는 루터 칼렙이 공통분모입니다. 만일 놀라를 살해한 범인이 루터라면 우리가 그 증거를 찾아낼 수 있습니다."

"필적 감정으로." 내가 중얼거렸다.

"바로 그겁니다."

"질문을 하나만 더 할게요. 엘리야는 왜 자신의 안위를 돌보지 않고 루터를 보호해주려고 했을까요?"

"나도 아직 그 점을 명쾌하게 알아내지 못했습니다."

∞

프랫 서장의 죽음과 관련한 수사는 여전히 오리무중이었다. 확실한 증거는커녕 실낱같은 단서조차 없었다. 프랫 서장이 시체로 발견된 지 일주일이 흘렀을 때 놀라 켈러건의 장례식이 거행되었다. 구즈코브의 집 정원에서 발견된 놀라의 유골을 켈러건 목사에게 전달하는 예식이었다. 2008년 7월 30일 수요일 오후에 오로라 공동묘지에서 거행된 장례식에 나는 부득이 참석하지 못했다. 일기예보에도 없었던 가랑비가 내리는 가운데 놀라의 장례식이 거행되었다. 장례식에 참석한 사람이 손에 꼽을 정도로 적었다. 묘역까지 할리데이비슨을 타고 나타난 켈러건 목사에 대해 그 누구도 감히 핀잔할 수 없었다. 그는 귀에 이어폰을 꽂고 음악을 들으면서 '아니 왜 땅속에 편히 묻혀 있던 내 딸을 밖으로 끄집어냈다가 다시 묻으려고 하지?'라고 했다고 한다. 그는 장례식이 거행되는 동안 한 번도 울지 않았다.

나는 장례식에 참석하지 못한 대신 해리의 동무가 되어주었다. 해리는 뜨뜻미지근한 비를 맞으며 주차장에 앉아 있었다.

"이리 와서 비를 피하세요." 내가 말했다.

"오늘이 놀라의 장례식이 열리는 날이지?"

"네."

"난 장례식에도 가보지 못하는 신세야."

"차라리 가지 않는 편이 나아요."

"남들이 뭐라고 찧고 빻든지 장례식에는 갔어야 한다는 생각이 들기도 해. 그 아이에게 마지막 작별 인사를 하러 가지도 못하다니, 정말이지 서글퍼. 놀라가 마지막 가는 길에 함께하지 못하다니 정말이지 마음 아파. 난 그 아이를 보려고 33년이나 기다렸어. 자네는 내가 지금 어디에 있고 싶은지 아나?"

"장례식장?"

"아니, 작가들의 낙원에 있고 싶어."

해리는 주차장 시멘트 바닥에 벌렁 드러눕더니 한동안 꼼짝도 하지 않았다. 나도 그의 옆에 누웠다. 비가 우리의 몸 위로 쏟아졌다.

"마커스, 난 죽고 싶어."

"나도 알아요."

"자네가 어떻게 알아?"

"친구는 그런 종류의 감정을 공유하는 법이죠."

긴 침묵이 흘렀다. 내가 다시 입을 열었다.

"언젠가 선생님이 우리가 두 번 다시 친구가 될 수 없다고 말씀하셨죠?"

"우리는 지금 이별 연습을 하는 중이야. 내가 곧 죽으리라는 걸 자네가 알고, 충격에 대비하기 위해 몇 주 정도의 시간이 남아 있는 상황과 비슷한 거야. 우정의 암이라고 해야 하나."

해리는 눈을 감더니 마치 십자가에 매달린 예수님처럼 양팔을 옆으로 크게 벌렸다. 나도 해리를 따라 했다. 우리는 한참 동안 그런 자세로 시멘트 바닥에 누워있었다.

∞

해리가 머무는 모텔을 떠나면서 나는 모처럼 〈클락스 식당〉에 들렀다. 놀라의 장례식에 다녀온 사람을 만나 이야기를 나누고 싶었다. 내가 생맥주를 시키자 카운터를 청소하던 직원이 마지 못해 생맥주 기계 손잡이를 잡아당겨 맥주를 잔에 따랐다. 그제야 홀의 구석 자리에서 땅콩을 집어먹으며 신문을 펼쳐놓고 십자말풀이를 하는 로버트의 모습이 눈에 들어왔다. 타마라의 눈을 피해 앉아 있는 게 분명했다. 그에게로 다가가 맥주를 마실 건지 묻자 고개를 끄덕였다. 그가 장의자에서 엉덩이를 조금 움직여 나에게 앉을 자리를 권했다. 굉장히 마음이 푸근해지도록 만드는 동작이었다. 내가 빈 의자를 하나 가져와 그와 마주 보고 앉을 수도 있었는데, 그는 굳이 나를 옆에 앉히려고 자리를 비워주었다.

"놀라의 장례식에 다녀오셨습니까?"

"응, 거기에 다녀왔어."

"어땠어요?"

"오로라 사람들보다 취재 나온 기자들이 훨씬 더 많았어."

로버트가 잠시 말없이 앉아 있다가 다시 말을 이었다.

"원고는 잘되어 가고 있나?"

"차츰 진전되어가고 있습니다. 어제 다시 읽어보면서 아직 애매하고 불확실한 부분들이 있다는 걸 깨달았습니다. 특히 퀸 부인이 나오는 장면에서도 여전히 해결되지 않고 있는 문제들이 보이더군요. 퀸 부인은 나에게 해리를 궁지에 몰아넣을 수 있는 종이쪽지가 있다고 큰소리쳤는데, 수수께끼처럼 사라져 버렸다고 합니다. 혹시 그 종이쪽지가 어디로 사라졌는지 알고 계십니까?"

로버트는 맥주를 길게 한 모금 들이켜고 나서 땅콩을 씹어 먹은 다음에야 내 질문에 답했다.

"그 종이쪽지는 불타버렸어." 로버트가 대답했다. "그 불행한 종이쪽지는 불에 타버렸다니까."

"그걸 어떻게 아세요?" 깜짝 놀란 내가 다그쳐 물었다.

"내가 그 종이쪽지를 태워버렸으니까."

"아니, 왜요? 그럼 왜 지금껏 아무 말씀도 하지 않으셨어요?"

로버트가 어깨를 한 번 으쓱했다.

"아무도 나에게 종이쪽지가 어디 있는지 묻지 않았거든. 33년 동안 타마라는 그 종이쪽지에 대해 떠들어댔지. 금고를 뒤지다가 열통이 터져 한숨을 쉬고, 소리를 지르고 난리가 아니었지. '분명 금고에 넣어두었어. 금고에 들어 있었다니까! 바로 여기에.' 타마라는 단 한 번도 나에게 종이쪽지가 어디 있는지 묻지 않았어. 한 번도 묻지 않으니까 나도 대답하지 않을 수밖에."

나는 큰 충격을 받았지만 로버트가 계속 말을 이어갈 수 있도록 표정 관리에 힘썼다.

"도대체 무슨 일이 있었는데요?"

"어느 일요일 오후였어. 타마라가 가든파티를 열기로 하고 해리 쿼버트를 초대했는데 그가 오지 않은 거야. 화가 머리끝까지 난 타마라는 해리를 찾아가 한바탕 퍼부어줄 작정으로 구즈코브로 그를 만나러 간 거야. 나는 그날을 똑똑히 기억해. 그날은 1975년 7월 13일 일요일이었어. 어린 놀라가 스스로 목숨을 끊으려고 했던 바로 그날이었지."

∞

1975년 7월 13일 일요일

"로버트! 로버트! 어디 있어?"

타마라는 종이쪽지 한 장을 흔들어대며 집 안으로 들이닥쳤다. 그녀는 아래층 방들을 가로질러 로버트가 신문을 읽고 있는 거실로 들어섰다.

"세상에! 당신은 내가 크게 소리쳐 불렀는데도 왜 대답이 없어? 이제 귀까지 어두워진 거야? 이 종이쪽지를 좀 봐. 해리 쿼버트가 쓴 끔찍한 글을 좀 읽어보라니까."

타마라가 방금 해리의 집에서 몰래 들고 온 종이쪽지를 꺼내 내밀었고, 로버트는 그걸 읽어보았다.

내 사랑 놀라. 넌 무슨 짓을 한 거야? 왜 죽으려고 했지? 나 때문이야? 난 너를 사랑해. 난 세상에서 널 가장 사랑해. 제발 나를 떠나지 말아줘. 놀라, 네가 죽으면 나도 죽어. 내 인생에서 가장 소중한 사람이 있다면 바로 너야. 놀라, 바로 이 두 글자지.

"도대체 이 종이쪽지를 어디서 찾았어?" 로버트가 물었다.

"해리 쿼버트의 집에서."

"그럼 그 집에서 몰래 훔쳐 온 거야?"

"말을 좀 똑바로 해. 훔친 게 아니라 증거물을 확보한 거야. 내 이럴 줄 알았어. 해리 쿼버트는 열다섯 살 아이를 데리고 성적인 몽상을 하는 변태 녀석이야. 그 녀석을 생각하는 것만으로도 구역질이 나. 이제 겨우 열다섯인 놀라를 사랑한다고? 말도 안 되는 짓일뿐더러 불법이야. 어쩐지 그 미친 자식이 〈클락스 식당〉에 뻔질나게 드나들기도 하고, 하루 종일 죽치기도 하더니 놀라를 보기 위해서였어. 아직 제대로 부풀지도 않은 어린아이

젖통이를 곁눈질하려고 우리 식당에 드나든 거야."

로버트는 종이쪽지에 적힌 글을 몇 번 거듭 읽어보았다. 의심의 여지 없이 해리가 놀라에게 전해주려고 쓴 사랑의 밀어였다. 열다섯 살 아이에게 바치는 사랑의 밀어.

"당신은 이 종이쪽지로 무얼 할 건데?"

"그야 나도 모르지."

"경찰에 신고하려고?"

"그건 아니지, 보보. 나는 해리 쿼버트가 제니보다 놀라를 더 좋아한다는 사실을 널리 알리고 싶지는 않아. 그나저나 제니는 지금 어디 있어? 방에 있나?"

"트래비스가 집에 왔었어. 제니를 여름 무도회에 초대하고 싶다면서. 트래비스가 제니를 데리고 몬트버리로 저녁 먹으러 갔어. 제니가 여름 무도회에 데려갈 기사를 찾아 다행이야."

"제니를 여름 무도회에 데려가고 싶어 하는 청년들이 얼마나 많은지 몰라서 하는 소리야. 이제 난 혼자 있고 싶으니까 좀 나가줘. 당분간 이 종이쪽지를 숨겨두어야 할 텐데."

거실을 나온 로버트는 신문을 마저 읽으려고 테라스로 나갔다. 타마라가 훔쳐 온 종이쪽지가 자꾸만 마음에 걸려 신문의 내용이 눈에 들어오지 않았다.

해리 쿼버트가 나이가 딱 절반인 놀라에게 사랑의 밀어를 적어 보내고 있었다는 말이지?

로버트는 너무나 마음이 심란했다. 놀라를 찾아가 해리는 변태적인 성적 충동을 가진 놈이니 기피해야 한다고 말해줄까? 아예 경찰에 알릴까? 해리 쿼버트가 롤리타콤플렉스라면 정신과 의사를 만나 상담을 받아야 해. 만약 병이라면 당장 치료를 받는 게 좋아.

∞

그 일이 있고 나서 일주일 뒤에 여름 무도회가 열렸다. 무도회장 구석에 앉아 무알콜 칵테일을 홀짝거리던 로버트와 타마라는 손님들 틈에 섞여 있는 해리 쿼버트를 발견했다. "저기 좀 봐, 보보." 타마라가 속삭였다. "그 변태 놈이 와있네."

타마라는 계속 로버트만 알아들을 정도로 나지막이 속삭였다.

"그 종이쪽지는 어떻게 할 거야?" 로버트가 물었다.

"아직은 나도 몰라. 일단 저 변태 놈에게 밀린 외상값을 전부 갚으라고 할 거야. 외상값이 5백 달러니까 감당하기 쉽지 않을 거야."

해리는 안색이 불편해 보였다. 그는 바에서 가져온 음료수를 마시고 나서 화장실로 향했다.

"변태 녀석이 화장실에 가나봐." 타마라가 말했다. "저놈이 화장실에 가서 뭘 할 건지 알아맞혀봐."

"큰일을 보려나?"

"놀라를 생각하면서 딸딸이를 칠 게 뻔해."
"아무리 변태라도 설마 그러지는 않겠지."
"당신은 여기에 그대로 앉아 있어. 난 다녀올 데가 있으니까."
"어딜 가려고?"
"꼼짝 말고 가만히 앉아 박수나 치고 있으면 돼."
타마라는 살금살금 걸어 방금 전 해리 쿼버트가 들어간 화장실로 들어갔다. 잠시 후 화장실을 나온 타마라는 남편 있는 곳으로 돌아왔다.
"당신, 화장실에서 무슨 짓을 했어?" 로버트가 물었다.
"쉿, 조용히 해!" 타마라가 다시 칵테일을 마시면서 불평했다. "입 닫으라고. 당신 때문에 들키겠어."
에이미 프랫이 손님들에게 지정 식탁에 가서 앉아도 된다고 말했다. 사람들이 테이블을 향해 모여들었다. 그 순간, 해리가 화장실에서 나왔다. 땀범벅이 된 얼굴에 안색이 파리한 해리가 사람들 틈에 섞여 들었다.
"저놈 얼굴을 봐. 토끼처럼 겁에 질린 꼴이라니." 타마라가 속삭였다.
"당신, 도대체 무슨 짓을 한 거냐고?" 로버트가 또다시 물었다.
타마라는 대답 대신 미소를 머금었다. 그녀는 사람들 눈에 띄지 않게 조심하면서 방금 전 화장실 거울에 글씨를 쓸 때 사용한 립스틱을 손에 쥐고 만지작거렸다.

"내가 저놈에게 평생 기억에 남을 메시지를 전해주었지."

∞

〈클락스 식당〉 한구석에 앉아 로버트가 하는 말을 듣던 나는 새삼 깜짝 놀랐다.

"거울에 글씨를 쓴 사람이 퀸 부인이었단 말이죠?" 내가 되물었다.

"해리 쿼버트가 타마라의 집중 타깃이 된 거야. 그 당시 타마라는 반드시 해리를 나락으로 떨어뜨리고 말겠다며 게거품을 물었지. 머지않아 '해리 쿼버트 작가는 알고 보니 변태'라는 식의 기사들이 쏟아져 나오게 될 거라고도 했어. 결국 프랫 서장에게 해리와 놀라 이야기를 털어놓았지. 무도회가 끝나고 보름쯤 지났을 때야."

"어떻게 그리 잘 기억하세요?" 내가 물었다.

로버트가 잠시 머뭇거리다가 대답했다.

"난 진작부터 다 알고 있었어. 놀라가 나에게 말해줬거든."

∞

1975년 8월 5일 화요일

로버트는 저녁 6시에 회사에서 집으로 돌아왔다. 그는 언제나 처럼 낡은 크라이슬러를 골목에 세워두고 나서 백미러를 보면서 모자를 고쳐 쓰고는 TV 드라마에서 엘리엇 네스 역을 맡은 배우 로버트 스택이 마피아 집단을 소탕하기 위해 대대적인 작전을 벌일 준비를 하면서 취하는 윙크를 해 보였다. 그는 집에 들어가기 전 늘 자동차 안에서 뭉그적거리기 일쑤였다. 집에 일찍 들어가고 싶은 마음이 없었다. 때로는 퇴근 시간을 일부러 늦추려고 길을 우회하기도 하고, 차를 세우고 아이스크림을 사 먹기도 했다.

로버트는 차에서 내렸을 때 잡목림 뒤에서 누군가 그를 부르는 소리를 들은 듯했다. 몸을 돌려 주변을 살피던 그는 영산홍 사이에 숨어 있는 놀라를 보았다.

"놀라?" 로버트가 놀라서 물었다. "너, 거기서 뭐해?"

놀라가 나지막이 속삭였다.

"할 얘기가 있어요."

로버트는 계속 크고 또렷한 소리로 말했다.

"그럼 우리 집으로 들어가자. 내가 레모네이드를 만들어줄 테니까."

놀라는 그에게 제발 목소리 좀 낮추라는 신호를 보냈다.

"집은 안 되고 어디 조용한 곳으로 가요. 다시 차에 올라 몬트버리 가는 길에 있는 핫도그 가게로 가요. 거긴 보는 사람도 없고, 조용할 테니까."

로버트는 뜻밖의 제안에 놀라긴 했지만 놀라가 원하는 대로 했다. 그는 놀라를 차에 태우고 몬트버리 쪽으로 달리다가 나무 판자로 지은 핫도그 가게 앞에 차를 세웠다. 놀라는 감자튀김과 콜라, 로버트는 핫도그와 무알콜 맥주를 주문했다. 그들은 가게 앞 풀밭에 놓인 테이블에 앉았다.

로버트가 핫도그를 먹으면서 물었다. "무슨 일인데 여기까지 오자고 했니?"

"아저씨의 도움이 필요해요. 아무리 생각해봐도 지금 저를 도울 수 있는 분은 아저씨가 유일해요."

놀라는 두 시간 전 〈클락스 식당〉에서 목격한 사실을 로버트에게 이야기했다. 타마라가 임금과 관련해 할 말이 있으니 시간 날 때 언제든 들르라고 해서 오늘 〈클락스 식당〉에 들렀다. 놀라가 식당에 들른 시각은 오후 4시였다. 식당에 손님 몇 사람과 제니가 있었다. 제니는 그릇을 정리하느라 바빠서인지 타마라가 사무실에 있다고 귀띔해주었다. 누군가와 같이 있다는 말은 듣지 못했다. 사무실은 타마라가 장부 정리를 하고, 하루 매상을 금고에 보관하고, 제때 납품하지 않은 거래처 사람들을 닦달하거나 조용히 혼자 있고 싶을 때 틀어박히는 곳이었다. 식당 홀 뒤편에 있는 직원용 복도를 통과해야 사무실에 갈 수 있는데, 직원용 화장실에 갈 때도 복도를 지나야 했다.

사무실 문 앞에 다다라 노크하려는 순간 여러 사람의 목소리가 귀에 들려왔다. 타마라 말고도 손님들이 더 있었다. 그 순간 남자 목소리가 귀에 들려왔고, 놀라는 무슨 말을 하는지 본의 아니게 엿들었다.

"그 녀석은 범죄자라고요, 아시겠어요?" 타마라가 말했다. "롤리타콤플렉스를 가진 놈일 수도 있죠. 반드시 뭔가 조치를 취해야 해요."

"해리 쿼버트가 종이쪽지에 그런 말을 쓴 게 확실하죠?"

자세히 들어보니 프랫 서장의 목소리였다.

"의심할 여지 없이 해리 쿼버트가 썼어요. 해리 쿼버트는 이제 겨우 열다섯인 놀라에게 눈독을 들이고 있죠. 그러니까 그 아이를 상대로 낯간지러운 글을 쓴 거예요. 해리 쿼버트의 변태 행위에 대해 반드시 제동을 걸어야 해요."

"부인의 제보해준 건 고맙지만 타인의 집에 불법 침입해 종이쪽지를 훔쳐 왔기 때문에 지금으로서는 아무것도 할 수 없어요."

"아니, 왜요? 그 미친놈이 기어이 놀라에게 몹쓸 짓을 저지르고 난 다음에 조치를 취하게요?"

"난 그렇게 말하지 않았어요." 프랫 서장은 말의 뉘앙스 차이를 이야기했다. "내가 해리 쿼버트가 무슨 짓을 저지르는지 관심 깊게 지켜보겠습니다. 그러니까 일단 그 종이쪽지는 잘 보관해두세요. 내가 가지고 있다가는 자칫 성가신 문제가 생길 수도 있으니까요."

“금고에 넣어둘게요.” 타마라가 말했다. “이 금고는 아무도 열지 못하니까 안전해요. 아무튼 해리 쿼버트는 열다섯 살 소녀를 농락한 범죄자입니다. 범죄자! 범죄자! 인간쓰레기!”

“너무 신경 쓰지 마세요. 만약 해리 쿼버트가 미성년자를 농락한 변태성욕자라면 반드시 대가를 치르게 될 테니까요.”

놀라는 문 쪽으로 다가오는 발자국 소리를 듣고 얼른 그곳을 벗어났다. 임금 얘기는 아예 꺼내보지도 못했다.

∞

로버트는 놀라의 말을 듣고 아연실색했다. 그는 놀라가 가여웠다.

해리가 변태적인 글을 쓴 사실을 알게 되었으니 어린 마음에 충격이 얼마나 컸겠어. 누구에게든 답답한 마음을 털어놓고 조언을 구하고 싶어 나를 찾아왔겠지. 내가 인간의 보편적인 욕망에 대해 잘 설명해주고 나서 해리는 특히 다른 사람들과 달리 어린아이를 좋아하는 변태성욕을 가지고 있으니 각별히 조심해야 한다고 말해주어야겠어. 가급적 해리와는 멀리 떨어져 지내는 게 좋고, 혹시라도 그가 자꾸 치근대면 경찰에 신고하라고 알려줘야지. 그런데 일이 이미 벌어진 건 아니겠지? 혹시 해리에게 벌써 당하고 나서 어떻게 해야 할지 조언을 구하러 온 건 아니겠지?

로버트는 입 안에 든 핫도그를 삼키면서 만약 이미 그런 해괴한 일이 벌어졌다면 무슨 말로 위로해주어야 할지 알 수 없었다. 로버트가 미처 머릿속으로 준비해둔 말을 꺼낼 사이도 없이 놀라가 당돌하게 말했다.

"그 종이쪽지를 찾을 수 있게 해주세요."

로버트는 그 말에 놀라 하마터면 소시지가 목에 걸릴 뻔했다.

∞

"내가 자네에게 그림까지 그려가며 설명할 필요는 없겠지?" 로버트가 나에게 말했다. "난 여러 가지 상상을 했지만 차마 그 생각은 못 했어. 놀라가 찾아와 그 종이쪽지를 찾아달라고 간청할 거라고는 상상조차 할 수 없었으니까. 자네, 맥주 한 잔 더 하겠나?"

"기꺼이 한 잔 더 마시겠습니다. 혹시 제가 말씀하시는 내용을 녹음해도 괜찮겠습니까?"

"내 말을 녹음한다고? 필요하면 그렇게 해. 난 상관없으니까."

로버트가 종업원을 불러 생맥주 두 잔을 주문하는 사이 나는 녹음기를 꺼내 시작 버튼을 눌렀다.

"그러니까 놀라가 핫도그 가게에서 종이쪽지를 찾아달라고 했다고요? 그다음은 어떻게 되었습니까?" 나는 지금껏 들은 이야기를 요약하며 로버트와 대화를 재개했다.

"그 당시 타마라는 해리를 쓰러뜨릴 수만 있다면 무슨 짓이든 할 준비가 되어 있었어. 놀라는 해리를 보호하기 위해서라면 뭐든 하려고 들었고. 난 그제야 상황 파악이 제대로 되었기에 대경실색할 따름이었지. 난 해리와 놀라가 정말로 뜨거운 사이라는 걸 그때 처음 알게 되었어. 놀라가 반짝이는 눈을 당당하게 뜨고 나를 바라보던 모습이 지금도 생생하게 떠올라. 내가 놀라에게 '아니, 그 종이를 찾아달라니, 무슨 뜻이니?'라고 물었더니, 그 아이가 이렇게 대답하더군. '저는 해리를 사랑해요. 저 때문에 해리에게 문제가 생기게 할 수는 없어요. 그가 종이쪽지에 그런 말을 쓴 건 제가 자살시도를 했기 때문이죠. 제가 그런 짓을 더는 하지 못하게 하려고 그런 글을 적어 보냈죠. 다 제 잘못이에요. 해리는 아무 잘못이 없어요. 저는 해리를 진심으로 사랑해요. 해리는 나의 모든 것, 내가 꿈꿀 수 있는 모든 것이에요.' 그 이후로 우리는 어색한 대화를 계속 이어갔어. '해리와 넌 그런 사이가 되어서는 안 돼.', '우리가 서로 사랑하면 왜 안 되죠?', '해리는 너보다 나이가 너무 많아.', '나이는 중요하지 않아요.', '아니, 나이는 중요해. 넌 아직 미성년자야. 나이 많은 남자가 미성년자와 사랑을 나누는 건 불가능해.', '해리가 아니라 제가 그분을 사랑한다니까요.', '이제 그런 얘기는 그만하고, 감자튀김이나 먹어.', '저는 해리를 잃으면 모든 걸 잃는 거나 마찬가지예요.'

나는 그 아이의 말을 듣고도 믿을 수 없었어. 그 아이는 해리를 미친 듯이 사랑하고 있는 게 틀림없었지. 그 아이가 느끼는 감정을 나는 한 번도 경험해보지 못했거든. 내가 타마라에게도 품어본 적이 없는 열렬한 감정이었지. 난 열다섯 살 소녀 덕분에 그때껏 한 번도 가슴 뛰는 사랑을 해보지 못했다는 걸 깨달았어. 아마 많은 사람이 나랑 비슷할 거야. 사랑이 뭔지 모르고 살아가고 있는 거야. 삶이 주는 안락한 환경에 안주해 우리의 존재 이유일지도 모르는 감정을 내팽개쳐버리는 거야. 보스턴에 사는 내 조카가 하나 있어. 금융계에서 일하는데 돈을 산더미처럼 벌고, 예쁜 아내와 세 아이, 슈퍼 카까지 보유하고 있지. 한마디로 다 가졌다고 해도 과언이 아닌데 하루는 집에 돌아와 아내에게 집을 떠나겠다고, 학회에서 만난 하버드대학 교수와 사랑에 빠졌다고 말하고는 짐을 싸더라는 거야. 모두들 내 조카에게 미쳤다고, 아무리 젊은 여자가 좋아도 그런 식으로 가정을 파탄 내면 나중에 후회하게 될 거라고 이구동성으로 말해주었지. 그 조카는 끝내 주변 사람들의 충고를 받아들이지 않고 사랑하는 여자와 새로운 삶을 시작했어. 나는 내 조카가 비로소 사랑을 찾은 거라고 봐. 사람들은 배우자를 사랑한다고 믿고 결혼하지. 하지만 어느 날 문득 진짜 사랑이 찾아오지. 준비가 되지 않았기 때문에 피할 사이도 없어. 중년에 찾아온 사랑은 마치 수소가 공기와 결합하는 순간과도 같아. 엄청난 폭발을 일으키면서 주변의 모든 걸 파괴해버리니까. 갈등과 좌절로 점철된 30년 동안의 결혼생활 따위는 한방에 날아가 버리는 거야. 더운 날 부글부글 끓던 정화조가 폭발하면서 주변으로 똥물이 튀어 버리는 거야. 중년의 위기, 제2의 사춘기는 사랑의 위력을 너무 늦게야 깨달은 사람들이 통과의례로 경험하는 고난이야. 그동안 애써 가꾸어온 삶이 산산조각나더라도 그들은 사랑을 선택하지."

"그래서 어떻게 하셨어요?" 내가 물었다.

"물론 거절했지. 난 놀라의 사랑 이야기에 끼어들고 싶지 않았으니까. 난 부탁을 들어줄 수 없다고 했어. 그 종이쪽지가 금고 안에 들어있는 걸 알지만 타마라가 열쇠를 밤낮없이 목에 걸고 다닌다고. 놀라는 내가 그렇게까지 말하는데도 물러서지 않았어. 경찰이 그 종이쪽지를 입수하게 되면 해리는 곤란한 상황에 놓이게 될 테고 작가 경력을 이어갈 수 없을뿐더러 어쩌면 아무런 잘못도 없이 감옥에 가게 될 수도 있다면서 나에게 매달렸지. 지금도 그 당시 놀라의 타오르는 눈길, 그 아이의 열정적인 태도와 몸짓이 지금도 또렷이 기억나. 그 아이는 쉽게 상상하기 힘든 갈망과 집요한 의지가 있었어. 그 아이가 말했지. '사람들이 해리를 망치려고 해요. 오로라 사람들은 점점 미치광이가 되어가고 있어요.' 그 말을 들으니 아서 밀러의 희곡 〈시련(The Crucible)〉이 떠오르더군. 자네도 아서 밀러를 읽어봤을 거야.

촉촉이 젖은 놀라의 두 눈에 눈물이 방울방울 맺히면서 당장이라도 두 뺨을 타고 흘러내릴 듯했어. 나는 브로드웨이에서 〈시련(The Crucible)〉이 초연되었을 때 큰 소동이 났던 걸 기억해. 로젠버그 부부가 처형되기 얼마 전이었지. 난 로젠버그 부부가 처형된다는 뉴스를 보고 나서 여러 날 동안 겁에 질려 벌벌 떨었어. 그들 부부에게는 제니와 비슷한 또래의 자식들이 있었지. 나는 그 당시 내가 만약 로젠버그 부부처럼 처형된다면 제니에게 무슨 일이 생길지 생각해본 적이 많아. 그럴 때마다 내가 공산주의자가 아니라서 어찌나 안도했는지 몰라."

"놀라는 왜 다른 사람이 아니라 퀸 씨를 찾아갔을까요?"

"내가 유일하게 금고에 접근할 수 있는 사람이라 생각했기 때문일 거야. 아까도 말했지만 타마라는 하나뿐인 금고 열쇠를 누가 가져가기라도 할까봐 줄에 끼워 목에 걸고 다녔어. 열쇠가 가슴골 사이에 감춰져 있어 사람들 눈에 잘 띄지도 않았지. 놀라가 잘 몰라서 그렇지 난 타마라의 가슴 가까이 다가갈 수 없는 사람이었어. 이미 오래전부터 접근 금지였으니까."

"그래서 어떻게 되었습니까?"

"놀라가 나를 꼬드기려고 비행기를 태우더군. '아저씨는 충분히 해내실 수 있어요. 언제나 기발한 생각을 하고, 민첩하게 이행하는 분이니까.' 난 결국 놀라의 부탁을 받아들였어. 금고 열쇠를 빼내보겠다고."

“왜 그러셨죠?” 내가 물었다.

“열다섯 살 어린아이가 내가 알지 못하는 사랑, 아마 앞으로도 모르고 지낼 가능성이 농후한 사랑을 이야기하는 게 신기하기도 하고, 대단해 보이기도 했어. 나는 그 아이의 사랑을 지켜주고 싶었지. 솔직히 말하면 해리와 그 아이의 사랑 이야기를 처음 들었을 때만 해도 구역질이 날 만큼 거부 반응을 느꼈는데, 놀라의 집요한 의지에 설득된 거야. 난 놀라에게 프랫 서장은 어떻게 할 건지 물었어. 프랫 서장도 이미 모든 걸 다 알고 있었으니까. 놀라는 나를 똑바로 바라보면서 이렇게 말했어. ‘프랫 서장이 해리를 경찰서로 소환하지 못하도록 제가 막을 거예요. 프랫 서장을 범죄자로 만들 방법이 있어요.’ 그때만 해도 나는 무슨 말인지 정확하게 이해하지 못했어. 그러다가 몇 주 전 프랫 서장이 체포되고 나서야 비로소 놀라의 계획대로 일이 되어가고 있다는 걸 알게 되었지.”

∞

1975년 8월 6일 수요일

로버트는 놀라를 만난 다음 날 행동에 나섰다. 오후 5시 무렵 로버트는 콩코드의 어느 약국에서 수면제를 구입했다. 그 시간에 오로라경찰서의 밀실에 비치된 책상 아래로 무릎을 꿇은 놀라는 프랫 서장의 바지를 내리고 펠라티오를 해주었다. 프랫 서장을 범죄자로 만들어 무려 33년 동안 지속된 소용돌이 속으로 몰아넣은 일이었고, 해리를 보호하기 위해 선택한 일이었다.

그날 밤, 타마라는 수면제에 취해 잠이 들었다. 식사가 끝난 후 갑자기 피로감이 엄습해온 타마라는 화장을 지울 새도 없이 꿈의 세계로 직행했고, 침대에 풀썩 쓰러져 곧장 깊은 잠 속으로 빠져들었다. 너무도 쉽게 일이 진행되는 바람에 로버트는 혹시 물에 탄 수면제 양이 너무 많아 타마라가 죽은 건 아닌지 덜컥 겁이 났다. 하지만 타마라가 나팔 소리처럼 우렁차게 코를 곯아대는 소리를 듣고 이내 안심했다.

로버트는 새벽 1시가 될 때까지 기다렸다가 작전을 개시했다. 제니가 잠이 들었는지 확인해야 했고, 그 누구에게도 들켜서는 안 되는 일이었기 때문이다. 로버트는 잠에 곯아떨어진 타마라를 세차게 흔들었다. 역시 눈을 뜨지 않았다. 그는 근래 들어 처음으로 나름 짜릿한 기분을 느꼈다. 매트리스 위에서 잠든 용은 맥을 못 추는 법이니까. 타마라가 목에 걸고 있는 목걸이에서 열쇠를 빼낸 그는 승리감에 도취했다. 내친김에 타마라의 풍만한 젖가슴도 움켜쥐었지만 그래봐야 아무런 감흥이 없어 서글펐다.

로버트는 살금살금 집을 나와 제니의 자전거에 올라탔다. 그는 〈클락스 식당〉의 금고 열쇠를 주머니에 넣고 자전거 페달을 힘껏 밟았다. 타마라와 결혼한 이후 그녀가 바라지 않는 일을 해본 적이 없었다. 타마라를 배신하는 행위는 처음이었는데 오히려 희열이 솟구쳐 올라왔다.

로버트는 자전거를 타고 전속력으로 시내를 질주하면서 내친 김에 타마라와 이혼해야겠다고 마음먹었다. 제니도 이제 다 컸으니 굳이 타마라와 계속 살아야 할 이유는 없었다. 이제 늘 화만 내는 타마라에게서 벗어나 새로운 인생을 개척하고 싶었다. 그는 모처럼 느낀 희열을 좀 더 오래 지속시키고자 몇 번인가 우회로를 택했다. 오로라 중심가에 도착한 그는 주변을 살피기 위해 자전거를 끌고 걷기 시작했다. 도시는 평온하게 잠들어 있었고, 불빛도 소음도 없었다. 자전거를 벽에 기대놓은 그는 〈클락스 식당〉의 문을 열고 안으로 들어가 오로지 창문을 통해 들어오는 가로등 불빛에 의존해 사무실로 이동했다. 타마라 허락 없이는 출입이 금지된 곳이었다. 그는 이제 타마라의 눈치를 살피지 않아도 되었고, 사무실은 이제 그가 정복한 영지였다. 그는 손전등을 켜고 선반과 파일들을 뒤지기 시작했다. 벌써 몇 년 전부터 사무실을 꼭 한 번 뒤져보고 싶었다.

타마라는 사무실에 무얼 감춰두었을까?

로버트는 여러 종류의 서류들을 집어 들고 재빨리 훑어보았다. 그는 타마라의 숨겨둔 애인이 보낸 편지가 혹시 사무실 어딘가에 있을지도 모른다는 생각이 들었고, 이내 그런 상상을 한 자신에게 놀랐다. 가능성이 전혀 없어 보이지 않았다. 타마라처럼 성욕이 많은 여자가 툭하면 피곤하다며 잠자리를 기피하곤 했으니까. 아무리 뒤져봐도 연애편지는 없었고, 식당에 필요한 각종 주문서와 회계 관련 서류들뿐이었다.

로버트는 그제야 금고로 다가갔다. 1미터 높이의 강철 금고가 선반 위에 놓여 있었다. 열쇠를 구멍에 꽂고 돌리던 그는 개폐 장치가 열리는 소리를 들으면서 전율했다. 금고 문을 열고 안쪽으로 손전등을 비추었다. 금고 안을 보는 건 처음이라 짜릿한 흥분이 일었다.

금고의 첫 번째 칸에는 은행 서류, 출납명세서, 물품 주문서, 종업원 월급 명세서 등이 들어 있었다. 두 번째 칸에는 현금을 보관하는 양철통과 공급업체에 지불할 현금이 들어있는 또 다른 양철통이 보관되어 있었다.

세 번째 칸에는 곰을 닮은 나뭇조각이 들어있었다. 로버트는 나뭇조각을 보는 순간 저절로 미소가 지어졌다. 그가 타마라와 진지한 데이트를 시작하면서 처음으로 준 선물이었다. 그날 그는 타마라를 인근에서 가장 비싼 식당, 맛이 기막힌 민물 가재 요리를 맛볼 수 있다는 프랑스 레스토랑 〈장클로드〉에 데려가기 위해 아르바이트를 하던 주유소에서 몇 시간씩 초과근무를 했다. 그는 한 번도 가본 적이 없는 〈장클로드〉의 메뉴를 열심히 연구했고, 만일 타마라가 가장 비싼 요리를 시킬 경우 비용이 얼마나 필요한지 철저히 계산해보고 나서 충분한 돈을 모을 때까지 아르바이트를 했다. 마침내 타마라를 〈장클로드〉 레스토랑에 데려갈 수 있게 된 날 저녁이 되었고, 로버트는 그녀를 데리러 집 앞으로 갔다. 저녁 식사를 어디에서 할지 알게 된 타마라가 말했다. '제발 나에게 잘 보이려고 전 재산을 탕진하지는 마. 로버트, 당신이 나를 사랑해주는 마음은 정말 고마운데 비용이 너무 많이 드는 곳은 싫어. 〈장클로드〉는 너무 비싼 곳이야.' 타마라는 그를 설득하기 위해 오래전부터 꼭 가보고 싶었다면서 콩코드에 있는 작은 이탈리아 식당에 가자고 졸랐다. 결국 그들은 키안티 와인과 식당에서 직접 담근 그라파 주를 곁들여 스파게티를 먹고 나서 가까운 동네에서 열린 마을 축제 현장에 갔다. 집으로 돌아오는 길에 그들은 바닷가에 멈춰 서서 해가 떠오르기를 기다렸다. 그는 해변에서 곰을 닮은 나뭇조각을 찾아내 동틀 무렵 곁에서 몸을 웅크리고 있는 타마라에게 선물했다. 타마라는 언제까지나 그 선물을 간직할 거라면서 그에게 처음으로 키스했다.

로버트는 나뭇조각 옆에 놓인 그의 사진을 보자 마음이 찡했다. 해를 거듭하면서 쌓인 사진들이었다. 각각의 사진 뒷면에 타마라가 휘갈겨 쓴 설명이 있었다. 심지어 최근 사진에도 타마라는 간단한 설명을 써놓았다. 그들 부부가 4월에 자동차 경기장을 찾았을 때 찍은 사진이 눈에 들어왔다. 가장 최근에 찍은 그 사진 속에서 그는 쌍안경을 눈에 대고 자동차 경주에 대해 논평하고 있었다. 타마라는 그 사진 뒤에 '나의 로버트, 언제나 열정적으로 사는 사람. 난 마지막 숨을 거둘 때까지 그를 사랑할 거야'라고 적어놓았다.

그들이 함께한 다른 추억거리들도 있었다. 결혼식 청첩장, 제니의 출생을 알리는 통지서, 휴가 사진, 벌써 오래전에 버렸을 거라고 생각했던 잡동사니들, 가령 가짜 보석이 박힌 브로치, 관광 기념 만년필, 캐나다 여행 때 산 뱀 모양 문진 등이 거기에 있었다. 그가 그런 물건들을 구입했을 때 타마라가 '아니, 보보, 이따위 싸구려 물건들을 사서 뭐 하게?'라고 모질게 핀잔했던 기억이 났다. 타마라는 그런 허접한 물건들을 금고 안에 보물처럼 고이 간직해두었다.

로버트는 그제야 타마라가 금고 안에 넣어둔 물품들이 하나같이 그들 부부의 추억과 관계있다는 걸 깨달았다.

마지막으로 네 번째 선반에는 가죽으로 제본한 두꺼운 공책 한 권이 들어 있었다. 타마라의 일기장이었다. 그는 타마라가 일기를 쓴다는 사실을 전혀 모르고 있었다. 그는 아무 곳이나 되는 대로 펼치고 손전등 불빛에 의지해 타마라의 일기를 읽어보았다.

1975년 1월 1일

리차드슨에서 연말 송년회 모임을 가졌다.

저녁 모임 점수 : 10점 만점에 5점. 음식도 그냥저냥이었고, 리차드슨 부부는 따분한 사람들이다. 난 지금껏 그 사실을 모르고 있었다. 내 생각에 연말 송년회는 우리 친지들 가운데 누가 따분한지 아닌지를 판별할 수 있는 좋은 기회인 것 같다. 보보는 내가 지루해하는 걸 금세 알아차리더니 나를 즐겁게 해주고 싶어 했다. 그는 광대 노릇을 자청해 웃긴 얘기들을 들려주고, 자기 접시에 놓인 게가 마치 말을 하는 것처럼 흉내를 내며 나를 즐겁게 해주려고 애썼다.

리차드슨 부부도 로버트의 게 연기를 보고 키득키득 웃어댔다. 폴 리차드슨은 심지어 보보가 한 농담 가운데 하나를 메모지에 적어두어야겠다면서 자리에서 일어나기까지 했다. 그런데 나는 고작 보보에게 잔소리를 일삼았다. 집으로 돌아오는 차 안에서도 난 그에게 끔찍한 잔소리를 늘어놓았다. '당신은 그렇게 천박한 취향의 농담으로 다른 사람들을 웃길 수 있다고 생각해? 당신은 정말 한심해. 누가 당신에게 광대 짓을 하라고 했어? 당신은 대기업에서 일하는 엔지니어잖아. 그러니까 당신이 하는 일에 대해 자부심을 가지고, 당신이 얼마나 진지하고 중요한 사람인지 일깨워주란 말이야. 당신은 서커스단의 어릿광대 같은 짓을 해서는 안 돼!'

로버트는 그 자리에서 폴 리차드슨이 자신이 한 농담에 배를 잡아가며 웃더라고 했고, 나는 그에게 입 닥치라고 했다. 더는 그가 말하는 소리를 듣고 싶지 않다고 쏘아붙이기까지 했다.

나는 왜 사사건건 보보에게 심술을 부리는지 모르겠다. 나는 그를 사랑한다. 그는 온화하고, 배려심 많은 사람이다. 나는 왜 내가 그를 함부로 대하는지 모르겠다. 기껏 그러고 나서 나는 내 자신을 원망하고 증오한다. 그러면서 다음번에는 더욱 끔찍해진다.

새해 첫날을 맞아 나는 변해야 한다고 다짐했다. 하긴 해마다 똑같은 결심을 했지만 지키지 못했다. 몇 달 전부터 나는 콩코드로 애쉬크로프트 박사를 만나러 간다. 그가 나에게 일기를 써보라고 충고했다.

우리는 일주일에 한 번씩 상담 시간을 갖는다. 아무도 모르는 일이다. 내가 정신과 의사를 보러 간다는 사실을 누군가가 알게 되면 너무 창피할 것 같다. 사람들은 내가 미쳤다고 할 것이다. 난 미치지 않았다. 난 괴로울 뿐이다. 난 괴로운데, 무엇 때문인지 그 이유를 알지 못한다. 애쉬크로프트 박사는 내가 나에게 도움이 되는 것들을 파괴하려는 기질을 가지고 있다고 한다. 그걸 자기파괴라고 한단다. 특히 내가 죽음에 대한 불안이 큰데 아마 그와 연관이 있을 거라고 한다. 난 뭐가 뭔지 하나도 모르겠다. 하지만 내가 괴로워하고 있다는 건 나도 안다.

나는 나의 로버트를 사랑한다. 나는 그 사람만 사랑한다.

그가 없으면 난 어떻게 될까? 우선 눈앞이 캄캄해지겠지?

로버트는 가슴이 먹먹해지는 걸 느끼며 타마라의 일기장을 덮었고, 참고 있던 눈물이 쏟아졌다. 타마라는 한 번도 말로 표현한 적 없는 마음을 글로 적어놓았다.

타마라가 이토록 나를 사랑한다니?

나는 나의 로버트를 사랑한다.

로버트는 그 말이 지금껏 그가 읽은 그 어떤 소설보다도 감동적이라고 생각했다. 그는 일기장에 눈물 자국이 생기지 않도록 황급히 두 눈을 훔치고는 다시 일기장을 펼쳤다.

가엾은 타마라. 나에게 귀띔도 하지 않고 혼자 괴로워하다니? 타마라는 왜 애쉬크로프트 박사에 대해 나에게 한마디도 하지 않았을까? 타마라가 괴로워하면 나도 함께 괴로워했을 텐데, 그러려고 부부가 된 건데?

손전등으로 마지막 선반을 비추던 로버트는 마침내 해리가 쓴 종이쪽지를 발견했고, 이내 현실로 돌아왔다. 그는 서둘러 종이쪽지를 처리해야 한다는 생각이 들었다. 그때 문득 자신이 지금 저지르고 있는 짓에 대해 회의감이 들었다. 그래서 포기하려던 순간, 이 종이쪽지를 없애버리면 타마라가 해리에 대해 신경을 덜 쓰는 대신 나에게 더 마음을 쓰지 않을까 하는 생각이 들었다.

중요한 건 나야. 타마라도 일기에 그렇게 썼잖아.

로버트는 결국 종이쪽지를 손에 쥐고 〈클락스 식당〉을 빠져

나와 자전거를 타고 어둠 속을 달렸다. 오로라 도심을 가로지른 그는 한가한 골목길에서 종이쪽지를 태웠다. 그는 종이쪽지가 차츰 갈색으로 변하다가 불길에 사그라지는 모습을 지켜보았다. 이제 종이쪽지는 재로 변해 아무것도 남지 않았다. 그는 집으로 돌아와 금고 열쇠를 타마라의 가슴골 사이에 넣고 그 곁에 누워 오래도록 그녀를 끌어안았다.

타마라가 종이쪽지가 사라진 사실을 알아차리기까지 이틀이 걸렸다. 분명 종이쪽지를 금고에 넣어두었다고 확신했는데 그 자리에 없었다. 타마라는 혹시 자신이 알츠하이머는 아닌지 의심했다. 금고 열쇠를 목에 걸어두었으니 아무도 금고 문을 열 수 없었다. 외부에서 누군가 침입한 흔적도 없었다.

혹시 내가 사무실 어딘가에 종이쪽지를 흘렸나? 다른 곳에 보관해두고 깜박 잊었나?

타마라는 몇 시간 동안 종이쪽지를 찾으려고 사무실을 샅샅이 뒤져보았지만 소용없었다. 종이쪽지는 수수께끼처럼 사라져버렸다.

∞

로버트는 그로부터 몇 주 후 놀라가 실종되었을 때 타마라가 몹시 괴로워했다고 말했다.

"타마라는 그 편지만 있었으면 경찰이 해리를 수사할 수 있었을 거라면서 통탄했지. 프랫 서장이 그 편지 없이는 해리를 수사할 수 없다고 했다는 거야. 타마라는 히스테리 수준으로 똑같은 말을 백 번쯤 반복했어. '해리 쿼버트 짓이야. 나도 알고, 당신도 알고, 우리 모두 알아. 당신도 그 편지를 봤잖아?'라면서."

"놀라가 찾아와 해리에 대해 말했던 사실만이라도 경찰에 알렸어야죠. 해리를 수사할 수 있는 단서가 되었을 텐데요."

"나도 알릴지 말지 고민이 많았어. 놀라가 실종되었을 때 내가 큰 실수를 저질렀다는 사실을 알게 되었어. 놀라와 해리의 연결고리가 되어줄 편지를 태워버렸으니까. 편지가 남아 있었다면 해리에 대한 경찰 수사가 진척되었겠지. 해리도 잘못한 게 없다면 두려워할 필요가 없었을 테고. 난 생각 끝에 해리에게 보내는 익명의 메시지를 써 그가 집을 비웠을 때 문틈에 끼워두었지."

"뭐라고요? 퀸 씨가 익명의 편지를 보냈다고요?"

"회사 타자기로 여러 장 타이핑해두었어. *나는 당신이 열다섯 살 소녀에게 한 짓을 알고 있다. 머지않아 오로라 사람들 모두가 알게 될 것이다.*

난 그 종이쪽지를 자동차의 소지품 함에 넣어두었지. 그러다가 오로라 시내에서 해리와 마주칠 때마다 얼른 구즈코브로 와서 종이쪽지를 문틈에 끼워 넣었어."

"도대체 왜 그러셨어요?"

"양심의 가책을 덜고 싶었어. 타마라는 끊임없이 해리가 범인이라고 떠들어댔고, 그 말이 일리 있어 보였거든. 내가 해리를 압박하면 그가 혹시 경찰서를 찾아가 자수하지 않을까 기대했어. 몇 달 동안 종이쪽지를 꽂아놓다가 결국 그만두었지."

"그만둔 이유는 뭔데요?"

"해리가 슬퍼하는 모습을 보았어. 놀라가 사라진 이후 해리는 허구한 날 슬픔에 빠져 허우적댔지. 그토록 슬퍼하는 걸 보고 나서 그가 놀라에게 몹쓸 짓을 했을 리 없다고 확신하게 되었어."

머릿속이 혼란스러워진 나는 단도직입적으로 물었다.

"구즈코브 집에 불을 질렀습니까?"

로버트는 내 질문이 흥미롭다는 듯이 빙긋 웃었다.

"난 자네를 멋진 사람으로 생각해왔고, 좋아했는데 불을 지를 이유가 없잖아. 불을 지른다는 건 정신병자나 할 수 있는 짓이지. 난 정신병자가 아니야."

우리는 맥주잔을 비웠다.

"부인과의 문제는 잘 해결되셨나요?" 나는 자리에서 일어나며 말했다. "금고에 있는 추억거리와 일기장을 보고 나서 심경 변화가 있었나봐요."

"여전히 우리 부부 사이에는 많은 문제들이 산적해 있어. 타마라는 여전히 나를 존중하지 않고 잔소리를 퍼부어 대고 있지. 나는 정기적으로 타마라에게 수면제를 먹이고 사무실에 가서 금고

문을 열고 일기장을 읽지. 나아질 거라는 희망을 품고, 우리가 좋았을 때의 추억을 떠올려. 앞으로 나아질 거라는 희망, 그것이 바로 사랑일지도 몰라."

나는 동의한다는 표시로 고개를 끄덕였다.

"어쩌면 그런지도."

∞

〈리젠트〉 호텔 스위트룸에서 나는 원고 집필에 박차를 가했다. 열다섯 살인 놀라가 어떻게 해리를 보호하기 위해 최선을 다했는지 그 이야기를 기록했다. 놀라가 자신을 희생하면서까지 해리가 구즈코브에 계속 머물면서 글을 쓸 수 있게 해주고, 걱정 없게 해주려고 엘리야 스턴과 어떤 타협을 했는지도 적었다. 놀라는 그 어린 나이에 해리의 뮤즈이자 수호천사 역할을 해냈고, 그가 오직 집필에만 열중해 인생의 역작을 쓸 수 있도록 최상의 환경을 조성해주었다. 놀라가 어떤 방식으로 주변에 장막을 치고 해리가 그만의 세계에 집중할 수 있도록 해주었는지 가감 없이 적어 내려갔다. 놀라에 대한 글을 써나가면서 나는 그 아이야말로 전 세계 모든 작가들이 염원하는 천사였다는 생각이 들었다. 어느 날 오후, 뉴욕에서 내 원고를 검토해주는 드니즈가 전화를 걸어 불쑥 말했다.

"글을 읽다보니 저절로 눈물이 나네요."

"내 글이 그렇게 감동적이던가요?" 내가 물었다.

"놀라라는 아이가 나를 울게 했어요. 그 아이가 옆에 있었다면 나 역시 사랑할 수밖에 없었을 겁니다."

그 말에 나는 싱긋 웃으며 말했다.

"모두가 놀라를 사랑했던 것 같아요. 오로라 사람 모두가."

이틀 후인 8월 3일에 페리가 잔뜩 흥분해 전화했다.

"마커스!" 페리가 외쳤다. "필적 감정 결과가 나왔어요. 루터 칼렙의 필체랍니다. 비로소 우리가 찾던 범인을 찾아냈어요."

7
놀라가 사라진 이후

"우리 인생에서 사랑이 최고로 소중해. 사랑보다 가치 있는 건 없어. 인생에서 절대로 포기해서는 안 되는 한 가지가 있다면 그건 바로 사랑이야. 자네 주변에 사람들은 있다가도 사라지고, 없다가도 모여들어. 감명 깊은 책들도 수시로 바뀌지. 영광도 사라졌다가 다시 찾아와. 수중에 돈이 없다가도 때가 되면 들어오기도 해. 하지만 사랑이 지나간 자리에는 짜디짠 눈물만이 남아."

놀라가 사라진 이후 내 인생은 환희와 멀어졌다. 오로라 사람들 역시 다들 우울해했고, 몇 달 동안 또 다른 납치 사건이 발생할지도 모른다는 강박관념 속에서 걱정이 많았다.

가을로 접어들면서 나무들은 온통 색색의 단풍으로 물들었지만 아이들은 길 가장자리에 수북이 쌓인 낙엽을 밟으며 뛰어놀지 못했다. 부모들이 아이들이 납치될까봐 나가 놀지 못하게 했기 때문이다. 부모들은 등교 시간이면 아이들과 함께 스쿨버스를 기다리고, 학교가 끝나면 버스에서 내리는 아이를 기다렸다가 집으로 데리고 들어갔다. 오후 3시 30분이면 엄마들이 버스 정류장으로 나와 인간 울타리를 형성했다. 자식들의 무사 귀환을 바라는 엄마들의 불가피한 선택이었다.

아이들은 밖으로 나와 친구들과 놀 권리를 박탈당했다. 친구들과 뛰어다니며 노는 아이들이 차지했던 공터는 이제 간간이 지나는 어른들만 눈에 뜨일 뿐 적막하기 그지없었다. 차고에서 벌어지던 롤러스케이트 하키 시합은 자취를 감췄고, 거리에서의 줄넘기도, 아스팔트 바닥에서 분필로 줄을 그려놓고 하던 돌차기 놀이도 자취를 감추었다. 동전 하나만 주면 사탕을 한 줌 살 수 있는 헨도프 씨 가게 앞에 잔뜩 늘어서 있던 자전거들도 보이지 않았다. 골목길은 이제 유령들의 차지가 되어 불안한 고요 속으로 가라앉았다.

오로라 사람들은 이제 열쇠로 현관문을 잠그기 시작했고, 밤이 되면 아버지이자 남편들은 자발적으로 순찰대를 조직해 거리를 돌며 가족들의 안녕을 도모했다. 순찰대원 대다수는 몽둥이를 지참했지만 더러는 사냥총을 들고나오기도 했다. 그들은 필요하다면 사냥총으로 납치범을 향해 쏘겠다고 결의를 다졌다.

오로라 사람들은 외지에서 온 낯선 사람들을 더는 신뢰하지 않게 되었다. 오로라에 들르거나 거쳐 가는 영업사원들이나 트럭 기사들은 불신과 날 선 감시의 대상이 되었다. 오로라 주민들끼리도 서로를 신뢰하지 않는 건 매한가지였다. 지난 25년 동안 가깝게 지낸 이웃끼리 서로 믿지 못했고, 놀라가 사라진 1975년 8월 30일 늦은 오후에 무얼 하고 있었는지 궁금해했다.

경찰과 보안관의 순찰차들은 수시로 도시를 가로지르며 삼엄한 감시망을 펼쳤다. 치안이 부재해도 큰 문제지만 경찰 순찰차가 과도하게 오가도 불안감을 주는 법이다. 뉴햄프셔주 경찰청의 검은색 포드 한 대가 테라스 애비뉴 245번지 앞에 주차했다. 모두 닐 로딕 팀장이 새 소식을 전하러 왔을 거라고 짐작했다. 켈러건 가의 집은 벌써 몇 달째 커튼이 드리워진 상태였다. 켈러건 목사는 이제 목회를 열지 않았기 때문에 맨체스터에서 파견된 젊은 목사가 세인트 제임스 교구의 예배를 담당했다.

안개의 계절 10월 말이 되었고, 오로라 하늘이 잿빛 구름에 뒤덮이는가 싶더니 이내 가을비가 줄기차게 내리기 시작했다. 해리는 구즈코브에서 혼자 살았다. 해리는 벌써 두 달째 두문불출하고 있어 최근에 그를 본 사람은 없었다. 그는 하루 종일 서재에 틀어박혀 손으로 쓴 원고를 다시 한번 꼼꼼하게 읽어보며 타자기로 치는 작업을 반복했다.

해리는 새벽에 일어나 길게 자란 수염을 자르고, 우아한 옷을 입었다. 한 발자국도 밖으로 나가지 않았지만 매일 그렇게 했다. 복장을 갖춰 입고 나면 책상 앞에 앉아 원고를 쓰기 시작했다. 가끔 커피를 한 잔 마실 때를 빼고는 일을 멈추지 않았다. 그 나머지 시간에는 손으로 쓴 글을 타자기로 다시 치고, 타자한 원고를 다시 한번 읽으며 수정하는 과정을 되풀이했다.

제니가 가끔 들러 해리의 고독한 작업을 방해했다. 그녀는 해리가 잘못 될까봐 걱정되어 매일 일을 마치면 그를 보러왔다. 저녁 6시만 되면 제니는 어김없이 구즈코브를 방문했고, 올 때마다 닭고기 샌드위치, 마요네즈를 곁들인 계란, 치즈 파스타 같은 먹을거리들로 가득 찬 바구니를 들고 왔다. 파스타는 김이 모락모락 나는 상태로 철제 용기에 담고, 디저트는 손님들에게 나가는 음식을 만들 때 조금씩 빼돌렸다가 가져왔다.

제니가 초인종을 누르자 해리는 의자에서 벌떡 일어났다.

놀라! 놀라 내 사랑!

해리는 한달음에 출입문으로 달려갔다. 그리운 놀라가 거기에 있었다. 두 사람은 서로를 얼싸안았고, 그는 놀라를 품에 안은 상태로 빙빙 맴을 돌다가 돌연 입을 맞추었다.

놀라! 놀라! 놀라!

그들은 계속 입을 맞추며 춤을 추었다. 하늘은 밤이 찾아오기 직전의 눈부신 광채로 빛났고, 갈매기들이 하늘을 날며 나이팅게일처럼 노래를 불렀다. 놀라가 소리 내어 웃었고 그럴 때마다 눈부시게 아름다웠다. 그는 놀라를 꼭 끌어안고 그 아이의 피부를 만지고, 얼굴을 쓰다듬고, 향기를 맡으며 머리카락을 헝클어뜨렸다. 놀라가 거기 있었고, 분명 살아 있었다.

"아니, 도대체 어디에 갔었던 거야?" 해리가 두 손으로 놀라의 볼을 포개며 물었다. "내가 얼마나 널 기다렸는지 알아? 모두 너에게 심각한 일이 생겼다고 해서 걱정을 많이 했잖아. 사람들 말이 사이드 크릭 근처에서 얼굴이 피투성이가 된 너를 봤다는 거야. 경찰은 사이드 크릭 일대 숲을 수색하며 너를 찾아 헤맸지. 사람들은 하나같이 너에게 불행한 일이 생겼을 거라고 말해 나는 아주 미쳐버릴 듯했어."

놀라는 해리를 꼭 끌어안고, 그에게 매달렸다. "걱정 말아요, 해리. 내가 여기 있잖아요. 우리는 영원히 함께 있을 거예요."

∞

제니는 현관문을 열어준 얼굴이 창백하고 몸이 깡마른 유령에게 물었다. "무얼 좀 먹었어요?"

바깥은 몹시 추웠고, 요란한 장대비가 내리고 있어 마치 겨울처럼 을씨년스러웠다. 끼룩거리며 하늘을 날던 갈매기들은 어느새 어디론가 사라지고 없었다.

"제니?" 해리가 얼빠진 얼굴로 물었다. "당신이었어요?"

"음식을 가져왔어요. 당신은 지금 건강이 좋지 않으니까 잘 먹어야 해요."

해리는 비에 젖어 벌벌 떠는 제니를 물끄러미 바라보았다. 집 안으로 들어온 제니는 음식이 담긴 바구니를 주방에 내려놓고 전날 가져왔던 접시들을 챙겼다. 해리가 음식을 거의 먹지 않은 걸 확인한 그녀는 그를 가볍게 나무랐다.

"아무리 식욕이 없어도 음식을 먹어야 해요."

"원고 집필에 열중하다 보니 음식 먹는 걸 자꾸만 잊어요."

"그래도 먹어야 해요. 그러다가 쓰러지면 어쩌려고요."

"글쓰기 말고 다른 일은 아예 잊고 살아요."

"위대한 명작이 나오겠네요. 그래도 식사를 거르면 위험해요." 제니가 말했다.

제니는 책을 쓰느라 먹는 걸 잊는다는 해리의 말을 듣고 깜짝 놀랐다. 아무리 몰입한다고 해도 굶어가면서 원고 작업을 하고 있는 그가 걱정되었다. 제니는 구즈코브의 집을 방문할 때마다 내심 해리가 같이 저녁을 먹자며 잡아주길 기대했다. 혹시나 하는 마음에 항상 2인분 음식을 준비해왔지만 해리는 야속하게도 전혀 눈치채지 못했다. 제니는 주방과 식당 사이에 서서 무슨 말을 해야 할지 몰라 엉거주춤 서 있었다.

해리는 항상 제니에게 조금 더 있어 달라는 말을 하려다가 포기했는데, 그녀에게 헛된 희망을 주어서는 안 되기 때문이었다. 그는 앞으로 자신이 누군가를 사랑할 수 없으리라는 걸 잘 알았다. 두 사람 사이에 어색한 침묵이 흐르기 시작하면 해리는 제니에게 말했다.

"제니, 이렇게 와줘서 고마워요."

그런 다음 즉시 현관문을 열어주러 갔다. 이제 돌아가라는 뜻이었다.

제니는 속상하고 서글픈 마음을 애써 추스르며 집으로 돌아왔다. 로버트는 딸을 위해 뜨거운 코코아 한 잔과 마시멜로를 주고 나서 벽난로에 불을 지폈다. 제니는 벽난로 앞에 앉아 비 맞은 몸을 녹이며 로버트에게 해리가 얼마나 슬픔에 빠져있는지 혼잣말처럼 이야기했다.

"해리는 슬픔에 빠져 이제 곧 죽을 사람 같아요."

∞

해리는 외출하기 두려웠다. 가끔 구즈코브 집을 떠났다가 돌아오면 언제나 현관문 틈에 끼워놓은 종이쪽지가 눈에 들어왔다. 작은 종이쪽지에는 항상 똑같은 메시지가 적혀 있었다.

나는 당신이 열다섯 살 소녀에게 한 짓을 알고 있다.
머지않아 오로라 사람들 모두가 알게 될 것이다.

누구일까? 누가 나를 집요하게 엿보고 있을까? 누가 내가 놀라와 함께한 시간들을 속속들이 알고 있고, 나에게 해코지하려고 틈을 노리고 있을까?

해리는 종이쪽지를 발견할 때마다 마음이 불안해지고 두통이 심해졌고, 불면증으로 고통받았다. 그는 놀라를 가까이한 사실이 널리 알려져 집중적인 비난의 대상이 될까봐 두려웠다. 그는 놀라가 사라진 지금 무고를 입증할 자신이 없었고, 최악의 시나리오를 상상하기 시작했다. 종신형을 받고 연방 정부 교도소에 수감 되거나 사형선고를 받고 전기의자에 앉게 될 수도 있었다. 그런 상상을 계속하다 보니 경찰을 대하기 두려워졌다. 그는 경찰 제복을 보거나 순찰차만 봐도 극도로 긴장하거나 예민한 반응을 보였다. 하루는 마트에 들렀다가 나오다가 주차장에서 뉴햄프셔주 경찰청 순찰차를 보았다. 차 안에 탑승한 경관의 시선이 줄곧 자신을 따라오는 느낌이 들었다. 그는 냉정을 유지하려고 애쓰면서 쇼핑한 물건들이 담긴 봉투를 들고 차를 세워둔 곳으로 걸어갔다. 그때 뒤에서 누군가 그를 부르는 소리가 들려왔다. 순찰차에 탑승해있던 바로 그 경찰이었다. 그는 부르는 소리를 못 들은 척하면서 계속 걸었다. 뒤쪽에서 순찰차 문이 열렸다가 닫히는 소리가 들려왔다. 경찰이 뒤따라오는 발소리, 허리춤에 찬 수갑이 달그락거리는 소리가 들려왔다.

차를 세워둔 곳에 도착한 해리는 쇼핑 봉투를 트렁크에 실었다. 한시바삐 주차장을 나서야 한다는 생각뿐이었다. 그는 몸이 부들부들 떨리고, 식은땀이 흐르고, 시야도 흐린 공황 상태가 되었다.

침착하게 차에 올라 사라지는 거야.

해리는 사라질 틈이 없었다. 어느새 강력한 손이 그의 어깨를 잡았다. 그는 다른 사람과 싸워본 적이 없었으므로 결투는 젬병이었다.

이제 어떻게 할까? 경관을 뒤로 밀치고 달리면 차로 도망칠 시간을 벌 수 있을까? 차라리 주먹으로 한 대 갈기고 도망칠까? 무기로 위협하면 어쩌지?

해리는 돌연 몸을 돌렸다. 뒤따라온 경찰이 그에게 20달러 지폐 한 장을 내밀었다.

"주머니에서 지폐가 떨어졌습니다. 아무리 불러도 대답하지 않고 계속 걸어가시더군요. 얼굴이 창백해 보이는데 괜찮습니까?"

"네, 괜찮습니다." 해리가 대답했다. "감사합니다. 뭔가 골똘히 생각하느라 부르는 소리를 듣지 못했습니다. 그럼 이만 가보겠습니다."

경찰은 호의적으로 웃어주고 나서 순찰차로 돌아갔다. 해리는 그때까지 공황 상태에서 헤어나지 못하고 있었다.

해리는 그 일이 있고 나서 복싱체육관에 등록해 열심히 훈련하는 한편 심리치료를 위해 정신과 의사를 찾아가 보기로 했다. 그는 콩코드에서 가장 뛰어난 정신과 의사인 로저 애쉬크로프트 박사에게 연락했다. 매주 수요일 오전 10시 40분부터 11시 30분까지 애쉬크로프트 박사를 만나 상담하기로 했다.

해리는 첫 번째 상담 때 애쉬크로프트 박사를 만나 놀라에 대해 털어놓았다. 실명을 언급하지 않았지만 다른 누군가에게 처음으로 놀라에 대해 이야기했고, 생각보다 큰 위안이 되었다. 애쉬크로프트 박사는 그가 하는 이야기를 주의 깊게 들어주었다.

"죽은 사람이 자꾸만 내 눈에 보입니다." 해리가 말했다.

"당신의 여자 친구가 숨졌나요?" 애쉬크로프트 박사가 물었다.

"생사를 확인할 수 없어 더욱 미치겠어요."

"어떤 일인지 좀 더 말씀해보세요."

"가끔 혼자 해변에 나가 그 친구 이름을 소리쳐 부릅니다. 더는 소리칠 기운이 남지 않으면 모래밭에 주저앉아 펑펑 눈물을 흘립니다."

"당신의 내면에서 현실과 감성이 첨예한 충돌을 빚는 양상으로 보입니다. 당신의 이성적인 면은 현실을 받아들여야 한다고 믿지만 감성적인 면은 현실을 받아들이기를 강력히 거부하고 있습니다. 현실을 받아들이는 순간 당신은 모든 희망이 사라지게 될까봐 두려워하는 겁니다. 사람들은 현실을 받아들이기 힘들 때면 회피하려고 듭니다. 당신이 바로 그런 경우입니다. 그런 경우 긴장을 풀 수 있도록 돕는 신경안정제를 복용하는 게 최선입니다."

"신경안정제는 싫습니다. 책을 쓰려면 정신을 집중해야 하거든요."

"어떤 책을 쓰고 있는데요?"

"사랑 이야기를 쓰고 있습니다."

"어떤 내용이죠?"

"세상이 허락하지 않는 사랑을 하는 남녀 이야기입니다."

"당신 이야기인가요?"

"내 이야기죠. 증오스러운 이야기."

"왜죠?"

"나를 절망하게 만드니까요."

"이번 주에는 여기까지 하겠습니다. 다음 주에 계속 이어서 이야기를 나누기로 하죠."

어느 날인가 해리는 애쉬크로프트 박사를 만나고 나오는 길에 대기실에 있는 타마라와 마주쳤다.

∞

해리의 원고는 너무 어두워 낮인지 밤인지 구분하기 힘든 11월 중순의 어느 오후에 마무리되었다. 두꺼운 원고 뭉치를 쌓아놓은 해리는 겉장에 써놓은 제목을 다시 한번 읽어보았다.

《악의 기원》

해리 L. 쿼버트 지음

마침내 원고 작업을 끝낸 해리는 누군가를 만나 이야기를 나누고 싶다는 생각이 들었고, 이내 제니를 떠올렸다. 그는 제니를 만나보려고 〈클락스 식당〉으로 향했다.

"마침내 원고를 마무리했어요." 해리가 말했다. "원고를 쓰려고 오로라에 왔는데 마침내 해내서 기뻐요."

"근사해요." 제니가 자기 일처럼 기뻐해주었다. "아주 대단한 책이 탄생할 거라고 믿어요. 이제부터 좀 한가해지겠네요?"

"한동안 뉴욕에서 지내야 합니다. 출판사에 원고를 보여주어야 하거든요."

해리는 뉴욕의 대형 출판사 다섯 곳에 원고를 보냈다. 한 달이 지나지 않아 다섯 곳에서 모두 책을 내고 싶다는 연락이 왔다. 저마다 저작권을 확보하려고 고액의 계약금을 제시했다. 이제 새로운 날들이 시작되었다. 해리는 변호사와 에이전트를 구했고, 크리스마스를 며칠 앞두고 한 출판사로부터 계약금 10만 달러를 받고 출판 절차를 마무리했다.

∞

12월 23일, 해리는 번쩍거리는 크라이슬러 코르도바를 몰고 구즈코브로 돌아왔다. 그는 오로라에서 크리스마스를 보내고 싶었다. 이번에도 현관문 틈에 종이쪽지가 꽂혀 있었다. 다행히 그 종이쪽지가 끝이었다. 그 이후 더는 종이쪽지를 받지 않았다.

12월 24일은 하루 종일 저녁 만찬을 준비하느라 보냈다. 오븐으로 칠면조를 굽고, 콩과 감자를 볶고, 생크림을 곁들인 초콜릿 케이크도 구웠다. 턴테이블에서는 오페라 〈나비부인〉의 아리아가 흘러나왔다.

해리는 크리스마스트리 옆에 식탁을 차렸다. 로버트가 수증기가 뿌옇게 서린 창밖에서 그의 일거수일투족을 살피고 있다는 걸 전혀 눈치채지 못했다.

로버트는 그날부터 현관문에 종이쪽지를 끼워두는 걸 포기했다.

저녁 만찬을 끝낸 해리는 맞은편에 놓인 빈 접시를 향해 뭔가 우물우물 말을 늘어놓으면서 잠시 서재로 가더니 커다란 상자 하나를 들고 다시 나타났다.

"그 상자, 나에게 줄 선물이에요?" 놀라가 물었다.

"구하기 쉽지 않았는데 어렵사리 손에 넣게 되었어." 해리가 상자를 바닥에 내려놓으며 말했다.

놀라는 상자 옆에 무릎을 꿇고 앉아 거듭 물었다. "상자 안에 뭐가 들어 있어요?" 놀라가 상자를 열면서 계속 물었다. "강아지네요. 노란 햇살을 닮은 강아지. 오, 해리, 내 사랑! 정말 고마워요."

놀라는 강아지를 상자에서 꺼내 품에 안았다. 태어난 지 두 달 반 된 래브라도였다.

"이제부터 너의 이름을 정할게. 스톰이야!" 놀라가 강아지에게 설명했다. "스톰! 너는 내가 늘 갖길 원했던 강아지야."

놀라가 강아지를 바닥에 내려놓았다. 녀석이 새로운 환경을 탐사하느라 아장아장 걷는 동안 놀라는 두 팔로 해리의 목을 감싸 안았다.

"고마워요, 해리. 난 당신과 함께라서 행복해요. 그런데 난 당신에게 줄 선물이 없네요."

"놀라, 네가 행복해하는 모습이 나에게 주는 최고의 선물이야."

해리는 놀라를 안아주었는데 왠지 느낌이 오지 않았다. 눈을 들어 놀라를 보았더니 어느새 사라지고 없었다. 아무리 불러봐도 놀라는 대답이 없었다. 해리는 식당 한가운데에 홀로 서 있었다. 그의 발치에서 래브라도 강아지 한 마리가 구두끈을 잡아당겼다.

∞

《악의 기원》은 1976년 6월에 세상에 첫선을 보였다. 책은 출판되자마자 대성공을 거두었다. 해리는 서른다섯 살 나이에 미국에서 가장 뛰어난 작가로 자리매김했다.

해리의 책을 낸 출판업자가 오로라로 해리를 만나러 왔다.

"해리, 듣자 하니 자네는 뉴욕에 오기 싫어한다면서?" 출판업자가 물었다.

"네, 난 여길 떠날 수 없습니다." 해리가 대답했다. "기다리는 사람이 있거든요."

"누군가를 기다린다고? 무슨 말인지 모르겠네만 자네는 뉴욕으로 가는 게 좋아. 많은 사람이 자네를 만나고 싶어 하는데 여기 있으면 움직이기 불편하잖아. 우리가 좋은 집을 마련해줄 테니까 뉴욕으로 옮기는 게 어때?"

"난 여기를 떠날 수 없어요. 키우는 강아지도 있고요."

"강아지 걱정은 하지 않아도 돼. 우리가 데려가 키워주면 되지. 전속 요리사, 산책 담당자, 미용사까지 다 붙여줄게. 자, 어서 짐을 싸서 영광의 시간을 위해 달려보는 거야."

결국 해리는 몇 개월에 걸쳐 진행된 《악의 기원》 출간 기념행사에 참석하느라 순회 여행길에 올랐다. 세상은 숨이 멎을 정도로 큰 감동을 전하는 그의 책에 열광했다.

제니는 〈클락스 식당〉의 주방에서 혹은 자기 방에서 해리가 나오는 라디오 방송을 듣고, TV도 빼놓지 않고 보았다. 해리의 책을 다루는 기사가 실린 신문을 모두 구입해 스크랩해두기도 했다. 서점이나 마트에서 해리의 책을 볼 때마다 구입한 탓에 열 권도 넘게 모아두었다.

제니는 해리의 책을 몇 번이나 읽었고, 그가 보고 싶어서 자주 애를 끓였다. 집배원이 지나갈 때면 해리가 혹시 편지라도 보내지 않았을까 기대하며 쳐다보고, 전화벨이 울리면 그의 전화이기를 간절히 소망했다.

제니는 여름 내내 차 소리만 들리면 그가 오나 해서 심장이 무섭게 뛰었다. 여름이 가고, 가을이 되었음에도 해리는 나타나지 않았다. 〈클락스 식당〉의 출입문이 열릴 때마다 제니는 해리일 거라고 상상했다. 제니는 인생 전부를 걸고 해리를 사랑했다.

해리가 나타나길 기다리는 동안 제니는 그가 17번 테이블에 와서 작업하던 날들을 떠올려보았다. 해리는 바로 이 식당에서, 바로 그녀 옆에서 최고의 걸작 《악의 기원》을 집필했다. 해리가 오로라에서 계속 살았다면 매일이다시피 〈클락스 식당〉에 왔을 텐데, 그랬다면 내가 살뜰히 보살펴주었을 텐데, 그의 곁에 머물 수만 있다면 죽을 때까지 햄버거를 만들어주었을 텐데, 이 17번 테이블도 그를 위해 언제까지고 빈자리로 남겨두었을 텐데.

제니는 엄마가 잔소리를 늘어놓든 말든 아랑곳하지 않고 금속 팻말을 새겨 17번 테이블에 박아두었다.

> 작가 해리 쿼버트는 1975년 여름에
> 바로 이 테이블에서 그의 유명한 작품
> 《악의 기원》을 집필했다.

∞

1976년 10월 13일, 제니는 스물여섯 살이 되었다. 해리가 필라델피아에 있다는 소식을 신문에서 읽었다. 해리는 오로라를 떠난 이후 한 번도 제니에게 소식을 전하지 않았다. 그날 저녁, 지난 일 년 동안 일요일마다 제니의 집에 점심을 먹으러 왔던 트래비스는 그녀에게 청혼했다. 해리에게 더는 희망을 품을 수 없었던 제니는 청혼을 수락했다.

∞

1985년 7월

놀라가 실종된 지 10년이라는 세월이 흘렀고, 시간이 많이 지나면서 사람들과 언론의 관심은 점차 줄어들다가 이제는 아예 뇌리에서 멀어져갔다. 오로라 거리는 다시 예전의 활기를 되찾았다. 아이들은 롤러스케이트를 타고 하키 시합을 했고, 줄넘기 놀이도 재개되었고, 돌차기 놀이도 다시 등장했다. 〈헨도프〉 식료품점 앞 도로에는 또다시 자전거들이 늘어섰다.

7월 둘째 주 어느 날 오전 해리는 테라스에 나와 앉아 여름날의 뜨거운 햇살을 받으며 새로 쓰고 있는 소설 원고를 수정하고 있었다. 스톰은 그의 곁에 누워 나른한 낮잠에 빠져들었다. 갈매기들이 끼룩거리며 머리 위로 날아가더니 해변에 내려앉았다.

해리는 얼른 자리에서 일어나 *메인주, 로클랜드 기념품*이라고 새겨진 양철통을 들고 해변으로 내려가 마른 빵조각을 갈매기들에게 던져주었다. 그가 바위에 앉아 새들을 바라보는 동안 언제 잠을 깼는지 스톰이 그의 곁으로 다가와 얌전히 앉았다.

해리는 오래도록 스톰을 쓰다듬으며 중얼거렸다. "너도 이제 나이가 들어 걸음을 걷기도 힘겨워하는구나. 1975년 크리스마스 직전에 너를 처음 데려왔는데 그때만 해도 자그마한 털

뭉치 같았지."

그때 누군가 그를 부르는 소리가 들려왔다.

"해리?"

버로스 대학의 에릭 렌달 학장이 집 앞에 와 있었다. 그들은 일 년 전 어느 학회에서 만나 친해진 이후 자주 연락하면서 지내는 사이였다.

"연락도 없이 무슨 일입니까?"

해리는 테라스로 자리를 옮겨 렌달 학장을 맞았다.

"나는 미리 연락을 하고 오려고 했는데 자네가 전화를 받지 않았을 뿐이야."

"내가 전화를 잘 안 받기는 하죠."

"새로운 소설을 쓰고 있나?" 렌달 학장이 테이블 위에 흩어져 있는 원고를 보면서 말했다.

"이번 가을에 나올 소설입니다. 2년째 작업하고 있죠. 교정쇄가 나오면 다시 꼼꼼히 읽어봐야겠지만 내가 앞으로 쓰게 될 그 어떤 소설도 《악의 기원》을 뛰어넘지는 못할 것 같습니다."

렌달 학장은 호의적인 눈길로 해리를 바라보았다.

"작가들은 일생에 단 한 권의 소설을 쓴다고들 하지."

해리는 고개를 끄덕이고 나서 렌달 학장이 마실 커피를 끓여 왔다. 렌달 학장이 갑자기 방문한 이유를 설명했다.

"난 언젠가 자네가 대학에서 학생들을 가르치고 싶은 마음이 있다고 말한 기억이 떠올라 이렇게 찾아왔어. 버로스 대학 문학과에 마침 자리가 하나 비었거든. 하버드 대학 정도는 아니지만 버로스 대학은 제법 괜찮은 학교야."

해리는 스톰의 목덜미를 부드럽게 쓰다듬으며 말했다. "너도 들었지? 내가 이제 곧 대학 교수가 될 거래."

6
바나스키 원칙

"언어는 중요해. 하지만 때로 언어만으로는 충분하지 않을 때가 찾아오지. 사람들이 이제 더는 자네 말을 들으려고 하지 않는 순간이 찾아온다는 뜻이야."

"그럴 때는 어떻게 해야 하나요?"

"사람들의 목덜미를 잡고 팔꿈치로 목을 눌러. 아주 세게."

"왜 그래야 하죠?"

"언어가 소용 없을 경우 목을 조르고, 주먹이라도 날려야 하거든."

2008년 8월 초, 뉴햄프셔주 검찰은 수사로 밝혀진 몇몇 새로운 내용들을 토대로 사건 담당 판사에게 루터 칼렙이 데보라 쿠퍼와 놀라 켈러건을 살해했다고 결론 내린 보고서를 제출했다. 검찰이 제출한 보고서에 따르면 루터 칼렙은 놀라 켈러건을 납치한 이후 심한 구타로 사망하자 구즈코브에 매장했다고 되어 있었다.

판사는 검찰이 제출한 보고서를 바탕으로 긴급 공판을 열었고, 해리의 기소를 취하했다. 놀라 켈러건 사건은 여름을 뜨겁게 달군 인기 드라마처럼 마지막 반전이 빛을 발하며 막을 내렸다. 한때 놀라를 살해한 범인으로 지목되어 언론과 여론의 지탄받는 한편 사형선고가 유력했던 해리 쿼버트는 이제껏 쌓아 올린 모든 경력이 무용지물이 될 위기를 겪고 나서 마침내 누명을 벗게 되었다.

루터 칼렙은 이미 유명을 달리한 인물이었지만 각종 언론에 잔혹한 범죄사실이 낱낱이 폭로되면서 미국의 범죄 역사상 가장 악질적인 인물 가운데 한 사람이라는 오명을 남기게 되었다. 루터 칼렙에 대한 여론의 관심이 뜨거워지자 그의 삶을 이 잡듯이 뒤진 주간지들은 그와 가까운 지인들로부터 사들인 사진을 첨부해 무분별한 폭로성 기사들을 써댔다. 포틀랜드에서 보낸 어린 시절, 그림에 대한 천부적인 재능, 집단 폭력의 피해자가 된 이후 지옥으로 떨어져버린 그의 삶이 여과 없이 선정적으로 보도되었다. 벌거벗은 여인을 유난히 그리고 싶어 했던 그의 취향이 대중들의 호기심을 자극했고, 정신과 의사들에게는 그의 심리를 설명하는 데 필요한 보완 질문들이 쏟아졌다.

누드를 그리고 싶어 한 루터 칼렙의 과도한 집착을 어떻게 해석할 수 있는지, 훗날 벌어질 비극적인 사건과 연관 지어 설명할 수 있는지에 대해 정신과 의사들을 인터뷰한 기사도 있었다.

루터 칼렙이 그린 그림이 엘리야 스턴 저택 벽에 걸려있었다는 사실이 알려지면서 근거 없는 소문이 꼬리에 꼬리를 물고 이어졌다. 사람들은 뉴햄프셔주 최고의 재력가이자 존경받는 인물인 엘리야 스턴이 왜 열다섯 살 소녀 놀라 켈러건에게 그의 집에서 루터 칼렙의 누드모델을 하도록 주선했는지 궁금해했다.

뉴햄프셔주 검찰을 바라보는 사람들의 시선이 곱지 않았다. 해리 쿼버트의 명예를 실추시킨 책임이 검찰의 섣부른 기소 때문이라고 비난하는 사람들도 많았다. 담당 검사가 8월에 작성된 보고서에 서명하는 순간 스스로 자신의 경력에 종지부를 찍게 되었다고 말하는 사람들도 있었다. 여론의 도마 위에 올랐던 담당 검사는 페리의 성공적인 추가 수사 덕분에 겨우 구제받게 되었다.

페리는 기자회견을 열어 해리 쿼버트를 체포한 사람도 자신이고, 이어진 수사로 결국 무죄를 증명한 사람도 자신이라면서 이런 경우는 실패도 모순도 아니고, 오히려 정의에 바탕을 둔 시스템이 제대로 작동하고 있다는 증거라고 말했다.

"우리는 무고한 사람을 체포해 구금한 게 아닙니다." 페리는 수많은 기자들 앞에서 당당하게 말했다. "우리는 용의자에게 의혹을 품고 있었지만 수사를 통해 해소했습니다. 우리는 일관성을 가지고 수사했고, 경찰의 본분을 망각하지 않았습니다." 페리는 범인이 누군지 밝혀내기까지 왜 그 많은 시간과 노력이 필요했는지 설명했다. "이 사건에서 놀라 켈러건이 가장 중심부에 자리 잡은 요소이고, 다른 복합적인 요소들이 그 주변을 에워싸고 계속 맴도는 형국이었죠. 놀라 켈러건을 살해한 범인을 잡기 위해 수많은 요소들을 마지막 하나까지 다 검증해야만 했습니다. 만약 놀라의 사체가 발견되지 않았더라면 수사는 더욱 어려웠겠죠. 이 사건을 해결하는 데 33년이 걸렸지만 우리는 사건을 재수사한 지 두 달 만에 모든 의혹을 해소하게 되었습니다. 우리가 수사를 하기 이전에는 사체가 발견되지 않았으니 살인사건이 아니라 실종사건이었다고 할 수 있죠."

현재 상황을 가장 이해하지 못하고 있는 인물은 벤자민 로스 변호사였다. 나는 어느 날 오후 콩코드의 대형마트에 갔다가 우연히 그를 만났다.

"어제 해리를 만나러 모텔에 갔는데, 기소 취하가 되었음에도 전혀 기뻐하지 않더군요."

"해리는 슬픔에 빠져있습니다."

"재판에서 이겼는데 왜 슬퍼하죠?"

"놀라가 숨졌으니까요."

"놀라는 이미 33년 전에 사망했는데요."

"그렇지만 유해가 발견된 건 두 달 전이잖아요. 놀라의 죽음을 실감한 건 그때부터입니다."

"난 해리의 심리를 이해하지 못하겠어요."

"그러겠죠."

"집 문제와 관련해 처리해야 할 일들이 있어 해리를 만나러 간 겁니다. 해리가 얼마든지 재량권을 행사할 권리가 있다는 걸 말해주려고요. 보험회사 사람들을 만나봤는데 그들이 재건축과 관련해 모든 비용을 책임지겠다고 하더군요. 재건축을 하려면 해리가 건축사를 만나 설계도를 그려야 하는데 집 문제에 대해 전혀 관심 없다는 태도를 보이더군요. 해리가 '나를 구즈코브로 데려다주시죠'라고 하기에 우리는 내 차를 타고 그 집에 갔습니다. 해리는 불에 타지 않은 가구와 멀쩡한 물건들을 여전히 방치해두고 있더군요. 우리는 그 집에서 한 시간 정도 머물렀는데 해리는 아무 생각이 없어 보였습니다. 나는 챙겨 가면 제법 돈이 되는 물건들이 뭔지 알려주었죠. 고가구들은 비싼 가격을 받고 팔 수 있거든요. 나는 해리에게 재건축할 때는 벽을 하나 허물어 거실을 확장하면 좋겠다고 조언해주었고, 뉴햄프셔 주정부를 상대로 정신적 피해에 따른 손해배상 청구 소송을 걸면 거액을 수령하게 될 거라고 귀띔해 주었습니다. 해리는 내가 아무리 입이 아프도록 말해도 전혀 이렇다 할 반응을 보이지 않더군요. 우선 이삿짐센터에 연락해 쓸 만한 물건들을 챙겨 창고에 보관하는 게 좋겠다고 하면서 지금까지 비도 안 오고, 도둑이 들지 않아 천만다행이라고 했더니 해리는 다 필요 없답니다. 차라리 도둑이 들어 물건을 훔쳐 갔더라면 누군가에게 도움이 되었을 거라고 하면서요. 당신은 그런 태도를 이해할 수 있습니까?"

"네 이해합니다. 해리에게는 이제 그 집이 쓸모없게 되었으니까요."

"아니 왜요?"

"이제는 그 집에서 기다릴 사람이 없으니까요."

"기다리다니? 누굴 기다린단 말입니까?"

"놀라."

"놀라는 죽었잖아요?"

"그러니까요."

벤자민은 어깨를 으쓱했다.

"내 생각이 옳았어요." 벤자민이 뜬금없이 말했다. "놀라 켈러건은 몸을 함부로 굴린 아이였죠. 오로라 남자들 누구나 놀라와

잤는데 해리만 웃음거리가 되었어요. 놀라와 사랑의 밀어를 주고받고, 그 아이와 나눈 사랑 이야기를 책으로 썼으니 웃음거리가 될 수밖에요."

벤자민이 느끼하게 웃었다. 분명 선을 넘은 발언이었다. 나는 그의 멱살을 잡고 벽으로 밀어붙였다. 향수병 몇 개가 바닥으로 떨어져 깨졌지만 개의치 않고 팔뚝으로 그의 목을 눌렀다.

"당신은 해리나 놀라에 대해 그렇게 말하면 안 되지. 놀라는 비록 나이는 어리지만 해리에게 새로운 삶을 선물했어." 내가 화가 치밀어 소리쳤다. "놀라는 해리를 사랑했고, 그를 위해 헌신했지. 앞으로 사람들 앞에서 놀라를 헤픈 아이라는 둥 여러 남자와 잠을 잤다는 둥 함부로 입을 나불대면 이빨을 몽땅 뽑아 버릴 테니까 조심해."

벤자민은 내 손아귀에서 벗어나려고 버둥댔지만 꼼짝하지 못했다. 그가 토해내는 거친 신음소리가 들려왔다. 사람들이 뭐 그리 좋은 구경거리라고 몰려들었고, 안전요원들까지 합세하는 바람에 나는 어쩔 수 없이 멱살을 놓아주었다. 토마토처럼 얼굴이 벌겋게 물들고, 셔츠 앞섶이 열린 그가 악을 써댔다.

"놀라가 헤픈 아이라고 소문을 퍼뜨린 사람은 바로 너야. 네 놈이 외부에 유출한 원고에 그렇게 적혀 있었으니까."

나는 내가 쓴 일부 원고가 외부로 유출되는 바람에 야기된 재앙을 내 책을 통해 바로잡고 싶었다. 책이 출간되려면 아직 한 달

반이라는 시간이 남아 있었는데, 로이 바나스키는 벌써부터 흥분 상태였다. 그는 하루에도 몇 번씩 전화해 나를 귀찮게 했다.

"모든 타이밍이 기막히게 완벽해. 검찰이 작성한 사건 보고서가 때마침 나와 사람들이 시끌벅적하게 난리법석을 떨 줄 누가 알았겠어. 앞으로 석 달 후면 대통령 선거야. 그때쯤 되면 자네가 쓴 소설이나 이번 사건은 사람들의 관심사에서 멀어질 수밖에 없지. 정보는 제한된 공간 안에서 무제한으로 공급되지. 정보는 매일 홍수처럼 쏟아지지만 사람들이 소비할 수 있는 시간은 제한적이야. 사람들이 정보를 얻는 데 어느 정도의 시간을 투자할까? 아침에 지하철을 타고 출근할 때 무가지 뉴스 20분, 사무실에서 일하면서 인터넷으로 30분, 잠자리에 들기 전 CNN 뉴스 15분 정도에 불과해. 한 시간 동안 공급되는 정보량은 무한하지. 이 세상에서는 수없이 많은 사건과 사고가 발생하지만 일일이 관심을 가질 시간이 없기 때문에 거기에 대해 언급조차 하지 않는 거야. 놀라 켈러건 사건과 아프리카 수단에서 벌어지고 있는 일들에 대해 똑같은 관심을 가질 수는 없어. 사람들이 뉴스에 주목하는 시간은 불과 15분쯤이야. 뉴스를 보고 나면 사람들의 관심은 좋아하는 드라마나 오락 프로그램, 스포츠 중계로 옮겨가지. 인생은 우선순위를 어떻게 정할지의 문제이기도 해."

"지나치게 계산적이라는 생각이 드는데요." 내가 대꾸했다.

"나는 그저 현실에 굳건히 발을 딛고 있을 뿐이야. 나에 비하면 자네는 한가하게 나비 채집이나 즐기는 한량이지. 영감을 찾아 초원을 거니는 몽상가라고 해야겠지. 자네가 나에게 수단이라는 나라에 대한 책을 써서 보낼 수도 있을 거야. 난 물론 그런 책은 출판하지 않겠지. 사람들은 수단에서 무슨 일이 벌어지든 전혀 신경 쓰지 않아. 자네는 나를 지나치게 계산적이라고 흉볼 수도 있지만 세상이 그래. 난 수요에 응답하는 책을 낼 뿐이야. 사람들이 전혀 관심을 보이지 않는 책을 내고 싶지는 않아. 오늘, 사람들은 다들 해리 쿼버트와 놀라 켈러건에 대해 찧고 빻고 하느라 여념이 없던데 그 상황을 책을 홍보하는 데 최대한 활용해야지. 두 달 후면 대통령 선거지만 우리는 그 이전에 많은 책을 팔 수 있고, 자넨 바하마에 새로 장만한 집에서 유유자적하며 지낼 수 있을 거야."

로이 바나스키는 언론을 책 홍보에 활용하는 재능이 탁월했다. 이미 사람들은 누구나 내 책에 대해 이야기하기 시작했고, 로이는 더욱 적극적인 광고 캠페인을 통해 더 많은 붐이 일어나도록 최선을 다했다. 《해리 쿼버트 사건》은 어느새 1백만 달러의 가치를 상회하는 책이 되어가고 있었다. 로이는 거액의 돈을 광고와 포스터 제작에 쓰는 대신 일반적인 사람들의 관심을 끌어올리는 데 사용했다. 그는 그 사실을 굳이 숨기려고 하지 않았고, 그 문제를 바라보는 자신의 철학을 장황하게 설명했다. 로이의 말에 따르면 인터넷과 SNS의 출현이 영업 방식을 완전히 뒤집어놓았다고 했다.

"뉴욕 지하철 광고판 하나를 사는 비용이 얼만지 아나? 어마어마한 거액이야. 제한된 시간과 공간밖에 볼 수 있는 광고판에 포스터를 부착하기 위해 거액을 지불해야 한다는 뜻이야. 뉴욕에 사는 사람들, 그 지하철을 이용하는 사람들만이 광고를 볼 수 있지. 그렇지만 요즘은 어떤 방법으로든 관심을 끌고, 요즘 말로 버즈를 일으키기만 하면 돼. 사람들이 자네에 대해 이야기하도록 만들고, 그런 다음엔 사람들이 SNS에서 자기들끼리 자네에 대해 떠들어대도록 내버려두면 되는 거야. 요컨대 자네는 공짜로 광고 공간을 확보하는 셈이야. 전 세계 사람들이 자기들도 모르는 사이에 자네 책 광고를 해준단 말이지. 페이스북은 누구나 이용 가능한 공짜 광고판인데 이용하지 않고 내버려둔다면 바보 같은 짓이지."

"당신이 노린 게 입소문이죠?"

"내가 자네에게 계약금으로 1백만 달러를 준 건 고도의 노림수라고 할 수 있지. 출판계에서 NBA나 NHL 선수 연봉에 해당되는 금액을 계약금으로 지불하는 경우는 없다시피 하거든. 자네가 책을 쓰기도 전에 1백만 달러를 받은 작가라는 소문이 널리 퍼져나가게 되면 책을 파는 데 큰 도움이 되지."

뉴욕에 위치한 〈슈미드 앤드 핸슨〉 출판사에서는 긴장감이 최고조에 이르렀다. 편집, 제작, 생산, 사후 관리에 이르기까지 모든 부서들이 원활하게 돌아갈 수 있도록 만반의 준비를 갖춘 상태였다. 나는 페덱스로 화상회의용 카메라와 컴퓨터를 배달 받았고, 그 기계들 덕분에 콩코드 〈리젠트〉 호텔 스위트룸에 편안하게 앉아 맨해튼에서 열리는 온갖 종류의 미팅에 참석할 수 있었다. 책이 출간되면 프로모션을 책임질 마케팅 팀과의 회의, 책 표지 디자인을 담당하는 그래픽 팀과의 회의, 책과 관련된 법적 분쟁을 관리할 법률 팀과의 회의, 마지막으로 로이 바나스키가 일부 유명 작가들의 집필 작업을 돕기 위해 가동하고 있는 유령작가 팀과의 회의를 화상회의로 해결했다.

유령작가 팀과의 2차 화상회의

"원고 집필은 3주 안에 마무리되어야 해." 로이가 열 번도 넘게 같은 소리를 반복했다. "원고를 수정하는 데 열흘, 인쇄하는 데 일주일이 걸리지. 그러니까 우리는 9월 말이 되기 전에 책을 서점에 배포하게 될 거야. 충분히 가능하지?"

"물론이죠."

"만약 약속한 날짜에 원고가 마무리되지 않을 경우 유령작가 팀이 즉시 투입될 겁니다." 이름이 프랭크 랭카스터인 유령작가 팀장이 말했다. "콩코드행 첫 비행기를 타면 내일 아침부터 작가님의 원고 작업을 지원할 수 있습니다."

다른 참석자들도 일제히 소리쳤다.

"내일이면 충분히 도착할 수 있습니다."

"나는 그 누구의 도움을 받지 않고, 혼자 작업을 마칠 생각입니다." 내가 무뚝뚝하게 말했다. "혼자서도 충분히 가능합니다."

"유령작가 팀은 매우 유능해." 로이가 또 고집을 부렸다. "자네도 유령작가 팀과 일해 보면 실력을 인정하게 될 거야. 작가가 직접 쓴 글과 별 차이 없어."

"작가님들조차 차이를 느끼지 못합니다." 유령작가 팀장이 로이가 한 말을 반복했다. "물리적으로 불가능한 일을 억지로 할 필요는 없습니다."

"내가 반드시 마감 날짜를 지킬 테니까 걱정하지 마세요."

마케팅 팀과의 4차 화상회의

"작가님." 마케팅 팀의 산드라가 말했다. "원고를 집필하는 모습을 담은 작가님의 사진, 해리와 관련한 자료 사진, 오로라의 풍경을 찍은 사진들이 필요합니다. 책을 쓰기 위해 작성한 창작 노트도 있어야 하고요."

"자네가 쓴 창작 노트가 있을 거 아닌가?" 로이도 나서서 거들었다.

"왜 그런 게 필요하죠?" 내가 물었다.

"우린 책이 나오기까지의 과정을 담은 메이킹북을 낼 계획이거든요." 산드라가 설명했다. "이를테면 사진과 그림 자료가 풍성하게 들어간 집필일지 같은 책이라고 보면 됩니다. 메이킹북은 아마 많은 사람들의 관심을 받게 될 겁니다. 작가님 책을 구입한 독자들이라면 누구나 메이킹북을 보고 싶어 할 테니까요. 책을 사지 않은 사람도 메이킹북은 구입할 테니까 두고 보세요."

내 입에서 한숨이 흘러나왔다.

"나는 아직 원고를 끝내지 못했습니다. 내가 원고 집필을 해야 하기 때문에 다른 일을 할 겨를이 없다는 걸 전혀 고려해주지 않는군요."

"아직 원고를 마무리하지 못했단 말인가?" 로이가 갑자기 버럭 소리를 질렀다. "당장 유령작가 팀을 보낼 테니까 그리 알아."

"유령작가 팀은 절대 사절입니다. 제발 내가 무사히 원고를 끝낼 수 있게 내버려두세요."

유령작가 팀과의 6차 화상회의

"우리는 루터 칼렙이 놀라를 정원에 묻으면서 눈물을 흘리는 장면을 써두었습니다." 프랭크 랭카스터가 말했다.

"우리가 쓰다니, 무슨 소리입니까?"

"'루터 칼렙은 놀라를 매장하면서 눈물을 흘린다. 눈물이 방울져 무덤으로 흘러내리면서 흙이 젖어 든다.' 어때요? 반드시 필요한 장면이죠?"

"난 당신들에게 그 장면을 써달라고 한 적이 없어요."

"로이 바나스키 대표님이 써달라고 했습니다."

"로이, 거기 있어요? 여보세요?"

"나도 여기 함께 있어."

"방금 전 내가 무슨 소리를 들은 겁니까?"

"신경질 내지 말고 내 말을 들어봐. 나는 그 책이 계획한 시간 안에 나오지 못하는 위험을 감수할 수 없어. 그래서 만약의 사태에 대비해 원고를 미리 준비해두라고 한 거야. 그냥 한 치의 실수도 없도록 만전을 기하자는 게 내 생각이야. 자네가 거부하면 유령작가 팀이 쓴 원고는 사용하지 않을 거야. 하지만 자네가 원고를 제 시간에 다 끝내지 못할 경우 그 원고로 대치할 생각이야. 우리에게도 구명보트 정도는 있어야 하니까."

법률 팀과의 10차 화상회의

"안녕하세요, 작가님. 저는 법률 팀 팀장 리처드슨입니다. 저희 법률 팀이 책이 출간되고 나서 혹시나 문제가 될 소지가 있는 내용들을 면밀하게 살펴봤는데, 결론적으로 괘념치 않아도 된다는 결론을 얻게 되었습니다. 책에 실명을 그대로 사용해도 무방합니다. 엘리야 스턴, 프랫 서장, 루터 칼렙 등은 이미 언론에 공개된 검찰 보고서에도 등장하는 이름들입니다. 검찰이 먼저 사용했으니 우리는 방탄복을 착용한 셈이죠. 그들이 어떤 행위를 저질렀는지에 대해서도 검찰 보고서에 기록되어 있습니다.

따라서 우리는 없는 사실을 만들어내지도 않았기 때문에 명예훼손이 적용될 위험이 전혀 없습니다."

옆에 있던 로이가 끼어들었다.

"법률 팀 말로는 환상이나 꿈으로 처리하면 섹스나 난교 장면이 들어가도 무방하다고 했어. 그렇지, 리처드슨?"

"물론입니다. 지난번에 이미 말씀드렸다시피 등장인물이 꿈을 꾸고 있다고 전제하고 섹스 장면을 포함시키면 소송당할 일이 전혀 없습니다."

"그러니까 섹스 장면을 맛깔스럽게 넣어봐. 지난번에 프랭크가 말하길 자네 책은 재미있긴 한데 야한 장면이 없어서 조금 아쉽다는 거야. 열다섯 살 놀라와 서른 살이 넘은 해리 쿼버트가 성관계를 하는 장면을 넣으면 정말 대박일 거야. 양념을 제대로 쳐보란 말이야."

"로이, 지금 제정신으로 말하는 거예요?"

내가 소리를 버럭 지르자 로이는 한숨을 푹 쉬며 말했다.

"이러다가 자네가 다 망칠까봐 걱정돼. 정숙한 척하는 여인들만 나오는 소설은 사람들이 질색한다는 걸 모르나?"

로이 바나스키와 12차 화상회의

"여보세요? 로이?"

"로이라니?"

"엄마?"

"그래, 마키. 로이는 대체 누구야?"

"제길! 전화번호를 잘못 눌렀어요."

"이 녀석이 엄마한테 전화해놓고 제길 전화번호를 잘못 눌렀다니? 엄마랑 통화하는 게 그렇게 싫어?"

"그런 뜻이 아니잖아요. 난 그저 로이 바나스키에게 전화할 생각이었는데 실수로 엄마 전화번호를 눌렀어요. 요즘 정신이 오락가락하는 바람에 그만."

"정신이 오락가락해서 엄마한테 전화했다는 거야? 내 원 참 갈수록 태산이네. 너를 낳아준 엄마한테 전화하면 안 되니?"

"죄송해요, 엄마. 아버지에게 안부 전해주세요. 나중에 다시 전화할게요."

"잠깐!"

"뭔데요?"

"넌 그러니까 이 엄마한테는 단 1분도 시간을 할애할 수 없다는 뜻이니? 이 엄마가 널 미남으로 낳아주고, 유명 작가로 키워주었더니 단 몇 초도 할애할 가치도 없다는 거야? 너, 제레미 존슨이 누군지 알지?"

"저랑 같이 학교 다닌 아이잖아요. 그런데 갑자기 그 아이는 왜요?"

"그 아이는 엄마가 일찍 돌아가시고 안 계셨잖아. 제레미 존슨은 하늘나라로 떠난 엄마와 통화하고 싶은 마음이 얼마나 간절했겠니? 하늘나라까지 닿는 전화선은 없다만 몬트클레어 집으로 연결해주는 전화선은 잘 구비되어 있잖아. 마키, 나중에 후회하지 말고 이 엄마에게 자주 전화해라."

"엄마가 잘못 알고 계신 거예요. 제레미 존슨의 엄마는 살아 계세요. 제레미 존슨의 엄마 얼굴에 솜털이 많아 턱수염처럼 보이는 바람에 아이들이 자꾸 놀렸어요. 그러자 그 아이가 엄마는 돌아가셨고, 솜털이 많은 사람은 보모라고 둘러대기 시작한 거예요."

"뭐라고? 제레미 존슨 집에 있는 수염 난 보모가 사실은 그 아이 엄마였다는 말이니?"

"그렇다니까요."

엄마가 몹시 흥분해 아버지를 부르는 소리가 들려왔다. "네이선, 얼른 이리 와봐. 당신이 반드시 알아야 할 일이 있거든. 제레미 존슨 집에 있는 수염 난 여자가 사실은 그 아이 엄마래. 아니, 당신은 벌써 알고 있었다고? 어떻게 감쪽같이 나를 속일 수 있어? 왜 다들 알고 있으면서 나에게는 아무 말도 안 해준 거야?"

"엄마, 이제 전화 끊을게요. 화상회의가 예약되어 있거든요."

"화상회의라니, 그건 또 뭐니?"

"화상으로 서로 얼굴을 보면서 회의를 하는 거예요."

"그렇게 좋은 방식이 있으면 우리 가족도 앞으로 화상회의를 하면 좋지 않을까?"

"화상회의는 업무 차원에서 하는 거예요."

"그런데 마키, 로이는 도대체 누구니? 네 방에 숨어 있던 그 벌거숭이 남자가 로이니? 나에게는 무슨 이야기든 다 해도 괜찮아. 난 무슨 말을 하든지 들을 준비가 되어 있거든. 넌 왜 그 이상한 남자와 화상회의를 한다는 거야?"

"로이가 내 책을 내는 출판사 대표거든요. 엄마도 알잖아요. 언젠가 뉴욕에서 만난 적이 있어요."

"마키, 내가 랍비님과 너의 성생활 문제에 대해 상담을 해봤는데, 그 분이……."

"엄마, 이제 전화 끊을게요. 아버지에게 안부 전해주세요."

그래픽 팀과의 13차 화상회의

표지 디자인을 정하는 회의가 열렸다.

"작가 사진을 표지에 넣는 게 좋을 것 같군요." 그래픽 팀장 스티븐이 제안했다.

"아니면 놀라 켈러건의 사진은 어떨까요." 다른 직원이 의견을 첨부했다.

"루터 칼렙 사진도 괜찮지 않을까요?" 세 번째 의견이 이어졌다.

"사이드 크랙 레인 숲 사진도 나쁘지 않을 것 같은데요." 그래픽 팀 직원이 거들었다.

"불안감을 조성하는 어둡고 으스스한 분위기도 나쁘지 않을 것 같은데." 로이 바나스키도 의견을 더했다.

"아주 간결한 건 어때요?" 내가 제안했다. "오로라 전경을 배경으로 확실하게 누군지는 알 수 없지만 해리와 놀라를 연상시키는 두 인물이 손을 잡고 1번 도로를 걸어가는 장면은 어떨까요?"

"간결한 표지는 위험합니다." 스티븐 팀장이 반대했다. "간결하면 따분하거든요. 따분한 느낌을 주면 책이 팔리지 않죠."

법률 팀, 그래픽 팀, 마케팅 팀과의 21차 화상회의

법률 팀 리차드슨의 목소리가 들려왔다.

"도넛 드시겠습니까?"

내가 대답했다.

"도넛이요? 난 아닙니다."

"작가님에게 물은 게 아닙니다." 그래픽 팀의 스티븐이 대답했다. "마케팅 팀 산드라에게 물었어요."

로이가 짜증을 냈다.

"회의하는 동안에는 먹는 걸 자제해. 회의하다가 커피나 도넛을 먹으면 흐름이 끊기잖아. 여긴 소꿉장난하는 곳이 아니라 베스트셀러를 만들어내는 출판사야."

∞

원고 집필은 막바지에 다다랐지만 프랫 서장 살해 사건에 대한 수사는 답보 상태에 머물러 있었다. 페리는 강력계 형사 여러 명을 수사에 투입했지만 아무런 단서를 찾지 못했다. 페리와 나는 트럭 기사들이 즐겨 드나드는 오로라 외곽의 바에서 만나 수사 문제를 논의했다. 당구도 치고, 술도 마실 수 있는 곳이었다.

페리가 당구 큐 하나를 내게 내밀었다.

"프랫 서장 살해 사건 수사는 어떻게 되어가고 있습니까?"

"아직 이렇다 할 단서를 찾지 못했어요. 그나마 놀라 켈러건 사건을 해결해 다행입니다. 비록 그 사건이 프랫 서장 살해 사건을 파생시키긴 했지만요. 검사에게 비난의 포화가 집중되고 있어요. 선출직이라 그런가봐요."

"경사님은 어떤데요?"

"뉴햄프셔 주지사나 뉴햄프셔 경찰서장은 놀라 켈러건 사건 수사 성과에 흡족해하고 있어요. 경찰은 미해결 사건 전담반을 만들 생각인데, 나도 합류하길 바라더군요."

"미해결 사건 전담반은 골치 아프지 않나요? 범인이 살았는지 죽었는지도 모르고, 희생자는 죽어서 말이 없으니 굉장히 막막할 것 같네요. 어쨌든 죽은 자들의 이야기잖아요."

"아니, 산 자들의 이야기입니다. 놀라 켈러건 사건의 경우에서도 보시다시피 데이빗 켈러건은 딸에게 무슨 일이 있었는지 알아야 할 권리가 있습니다. 해리는 또 어떻습니까? 하마터면 사형선고를 받을 뻔했습니다. 경찰은 주어진 임무를 끝까지 수행해야 합니다. 아무리 많은 시간이 흐른 뒤에라도 진실을 밝히기 위해 애써야죠."

"루터 칼렙 사건에 대한 수사는 어떻게 되었죠?" 내가 물었다.

"루터 칼렙은 우발적으로 살인을 저질렀다고 봅니다. 이런 유형의 사건은 연쇄살인인 경우가 많은데 놀라 켈러건 사건을 기점으로 앞뒤 2년 동안 유사한 사건이 전혀 없었거든요."

나도 페리의 의견에 동의했다.

"프랫 서장 살해 사건은 계속 마음에 걸려요." 페리가 속마음을 털어놓았다. "누가 그를 살해했을까요? 살해 이유는 뭘까요? 프랫 서장 살해 사건은 의문점이 많아요."

"여전히 엘리야 스턴을 의심하십니까?"

"아직은 단순한 의심일 뿐입니다. 내가 시나리오를 쓴 적이 있는데 기억날 겁니다. 엘리야와 루터 사이에는 아직 드러나지 않은 어둠이 있어 보입니다. 우리는 그들의 관계를 엘리야의 진술에 전적으로 의존하고 있으니까요. 그들은 과연 어떤 관계였을까요? 왜 엘리야는 회사 차가 사라졌는데 아무 말도 하지 않았을까요? 아무튼 이상한 점이 많습니다. 엘리야가 이 사건에 연루되었을 가능성이 있어요."

"방금 말씀하신 의문점들을 엘리야에게 직접 물어본 적은 없습니까?"

"당연히 물어봤죠. 난 엘리야의 저택을 두 번 방문했는데 그때마다 그는 친절하게 맞아주더군요. 그림 이야기를 털어놓고 나니 훨씬 마음이 편하다는 말도 했죠. 그는 루터에게 검은색 쉐보레 몬테카를로를 개인적으로 이용해도 좋다고 했다더군요. 루터의 파란색 머스탱이 상태가 좋지 않았다고 하면서요. 그 말의 진실 여부와 상관없이 아무튼 그럴 개연성은 있습니다. 엘리야가 살아온 발자취를 더듬어 봤는데 이상한 점이 전혀 없었어요. 루터의 여동생 실라 미첼과도 이야기해 보았는데, 파란색 머스탱은 어떻게 되었는지 물었더니 전혀 모른다고 하더군요. 그 차는 어디로 사라진 걸까요? 엘리야에게 개인적인 유감은 없습니다. 아직 그가 이 사건에 연루되었다고 의심할 만한 단서도 찾아내지 못했고요."

"엘리야는 뉴햄프셔주에서도 최고로 손꼽히는 재력가인데 왜 운전기사인 루터의 무리한 요구를 단호하게 거절하지 않았을까요? 루터의 변덕을 다 받아주고, 그림을 그리도록 해주고, 회사 차까지 내어준 건 도저히 이해하기 힘드네요. 분명 뭔가 있긴 한데 그게 뭔지 모르겠어요."

"나 역시 그래요."

나는 당구대에 공을 내려놓았다.

"내 책이 2주 후에 완성됩니다."

"굉장히 빨리 썼네요."

"사람들은 내가 두 달 만에 원고 집필을 마친 줄 알지만 무려 2년이 걸린 책입니다."

페리가 씩 웃었다.

∞

2008년 8월 말에 나는 《해리 쿼버트 사건》의 원고 집필을 마감했다. 나는 뉴욕으로 돌아갔고, 로이는 책의 홍보를 위해 기자들과 인터뷰 계획을 줄줄이 잡아두고 있었다. 8월 마지막 날에 콩코드를 떠나면서 해리를 만나러 모텔에 갔다.

"저는 이제 뉴욕으로 돌아갑니다."

"그럼 이제 영영 작별인 건가?"

"조만간 다시 돌아올 겁니다. 위대한 작가 해리 쿼버트의 명예를 다시 찾아드릴 겁니다. 다시 누구나 존경하는 작가로 돌아가야죠."

"왜 성가시게 그런 일을 하려는 건가?"

"선생님이 지금의 저를 있게 해주었기 때문이죠."

"자네는 나에게 부채감을 느끼는 건가? 난 자네를 작가가 되게 해주었고, 사람들은 나를 더 이상 작가로 봐주지 않으니 이제 자네가 가진 걸 나에게 나누어주겠다는 건가?"

"저는 선생님을 지켜드리고 싶습니다. 선생님을 믿었으니까요,

언제나."

나는 묵직한 봉투 하나를 해리에게 내밀었다.

"뭔가?"

"제가 쓴 원고입니다."

"난 읽지 않을 거야."

"책을 출판하기 전에 선생님의 동의를 얻고자 합니다. 선생님의 책이니까요."

"아니, 자네 책이네. 바로 그게 문제이기도 하고."

"뭐가 문제인데요?"

"틀림없이 아주 근사한 책일 거야."

"그런데 어째서 문제란 말입니까?"

"설명하자면 복잡해. 언젠가 자네도 알게 될 거야."

"아니, 대체 뭘 알게 된다는 겁니까? 그냥 말씀해보세요."

"언젠가 자네도 내가 왜 그랬는지 이해하게 될 거야."

긴 침묵.

"선생님은 이제 어떻게 하실 겁니까?" 내가 다시 입을 열었다.

"난 여길 떠날 거야."

"여기라면 이 모텔, 오로라, 뉴햄프셔주?"

"난 작가들의 파라다이스로 가려고."

"작가들의 파라다이스는 또 뭔데요?"

"내가 살고 싶었던 대로 인생을 다시 써나갈 수 있는 곳으로 가고 싶어. 작가가 가진 힘은 책의 결말을 마음대로 정할 수 있다는 거야. 등장인물을 살릴 수도 있고, 죽일 수도 있고, 모든 걸 다 생각대로 할 수 있어. 작가들은 자기들도 모르는 막강한 힘을 가지고 있는 존재들이야. 눈을 질끈 감으면 어느 한 인물의 인생을 바꿔놓을 수 있지. 만일 1975년 8월 30일에 벌어진 일은 어떻게 바꿀 수 있을까?"

"우리는 이미 벌어진 일을 바꿀 수 없습니다. 이제 그 생각은 그만 해요."

"내가 어떻게 그 생각을 단념할 수 있지?"

나는 원고를 해리의 옆에 있는 의자에 내려놓고 떠날 채비를 했다.

"자네가 쓴 원고에는 어떤 이야기가 담겼나?"

"어린 여자를 사랑한 한 남자 이야기입니다. 그녀는 두 사람이 함께할 미래를 꿈꿨습니다. 남자가 위대한 작가이자 대학 교수가 되길 바랐죠. 그녀는 또 햇살 빛깔 털을 가진 개를 키우고 싶어 했어요. 어느 날 그녀는 사라졌고, 그 어디에서도 찾아내지 못했죠. 남자는 그녀를 하염없이 기다리는 동안 글을 완성해 위대한 작가가 되었고, 대학 교수도 되었고, 햇살 빛깔을 가진 개도 키우게 되었어요. 그녀가 바라던 미래를 이룬 남자는 여자를 기다렸습니다. 남자는 그녀 이외에는 누구도 사랑해본 적이 없습니다. 그는 오매불망 그녀가 돌아오길 기다렸습니다. 하지만 그녀는 돌아오지 않았죠."

"그녀는 목숨을 잃었으니까."

"남자는 이제 그녀에 대한 애도를 끝내고, 새로운 사람을 만나고자 합니다."

"아니, 너무 늦었어. 그 남자는 벌써 예순일곱 살이니까."

"다시 사랑을 시작하기에 너무 늦은 나이는 없습니다."

나는 해리와 악수하고자 다정하게 손을 내밀었다.

"뉴욕에 도착하면 전화할게요."

"전화할 필요 없어."

나는 주차장으로 향하는 계단을 내려왔다. 차에 오르려는 순간 나는 해리가 2층 난간에 기대어 나를 향해 외치는 소리를 들었다.

"오늘이 며칠인가?"

"8월 30일입니다."

"지금 몇 시인가?"

"오전 11시가 되어갑니다."

"여덟 시간 남았어."

"뭐가요?"

"저녁 7시가 되려면."

"저녁 7시에 무슨 일이 있는데요?"

"우리가 약속한 시간이야. 놀라가 여기에 올 거야. 우리가 지금 어디에 있는지 잘 봐둬. 우린 지금 작가들의 파라다이스에 있어. 작가가 글을 써서 모든 걸 다 자기 마음대로 바꿀 수 있는 곳이지."

∞

1975년 8월 30일
작가들의 파라다이스에서

놀라는 1번 도로로 가지 않고 해변을 따라가는 길을 택했다. 그 길이 조금 더 안전할 것 같았다. 놀라는 원고를 품에 안고 자갈과 모래가 깔린 해변 길을 달렸다. 이제 구즈코브까지 왔으니 모텔에 도착하려면 3, 4킬로 정도 더 남았다. 손목시계를 보니 저녁 6시가 조금 지나 있었다. 약속 시간인 저녁 7시까지 도착할 수 있었다. 사이드 크릭 레인에 다다른 놀라는 1번 도로로 나가려고 숲을 가로질러야 했다. 놀라는 바위들을 기어 넘어 해변에서 숲으로 올라갔다. 살이 가시에 긁히거나 빨간색 원피스가 나뭇가지에 걸려 찢어지는 일이 없도록 조심하며 수풀과 나무들 사이를 헤쳐 나갔다. 울창한 나무들 사이로 집 한 채가 보였고, 집주인으로 보이는 노부인이 주방에서 사과파이를 만들고 있었다.

놀라는 마침내 1번 도로에 다다랐다. 숲에서 빠져나오기 직전

눈앞에서 자동차 한 대가 전속력으로 지나갔다. 콩코드로 돌아가는 루터 칼렙이었다. 1번 도로를 따라 3킬로미터 이상 더 걸은 놀라는 이제 곧 모텔에 도착하기 직전이었다. 손목시계를 보니 7시 정각이었다. 놀라는 주차장을 가로질러 건물 외부에 있는 계단을 올랐다. 8번 방은 2층에 있었다. 계단을 한꺼번에 네 개씩 올라간 놀라는 기세 좋게 방문을 두드렸다.

∞

해리는 누군가 방문을 두드리는 소리를 들었다. 침대에 앉아 있던 그는 황급히 일어나 문을 열었다.

"해리, 내 사랑!" 놀라는 열린 문틈으로 해리가 보이자 기쁨을 감추지 못했다. 그 아이는 폴짝 뛰어올라 해리의 목을 끌어안고 입을 맞추었다. 해리가 그 아이를 번쩍 들어 올렸다.

"놀라, 네가 왔구나. 정말로 와주었어!"

놀라는 짐짓 화난 표정으로 해리를 바라보았다.

"당연히 와야죠. 오지 않을 줄 알았어요?"

"깜빡 잠이 들었는데 악몽을 꾸었어. 이 방에 앉아 널 기다렸는데 아무리 기다려도 오지 않는 거야. 밤새도록 기다렸지만 넌 끝내 나타나지 않았어."

놀라는 다시 한번 해리를 꼭 끌어안았다.

"끔찍한 꿈이었네요. 이제 내가 왔으니 악몽은 잊어버려요."

한동안 그들은 서로 얼싸안고 있었다. 해리가 세면대에 담가 둔 꽃을 가져와 놀라에게 건넸다.

"짐은 없어?"

해리가 아무것도 가져오지 않은 놀라를 보고 물었다.

"짐을 꾸려 나오면 사람들의 눈길을 끌게 될까봐서요. 꼭 필요한 물건이 있으면 가는 길에 사면 되고요. 원고는 잘 챙겨왔어요."

"난 그런 줄도 모르고 원고를 찾아 헤맸잖아."

"원고를 읽어보려고 챙겨 갔죠. 그야말로 대단한 걸작이에요."

그들은 다시 서로 얼싸안았다.

놀라가 말했다. "어서 떠나요. 한시바삐 여길 벗어나고 싶어요."

"당장?"

"네, 당장 떠나요. 사람들이 우리를 찾아내지 못하는 곳으로."

어느새 짙은 어둠이 내려앉았다. 1975년 8월 30일에 모텔을 나온 그들은 주차장으로 이어지는 계단을 내려와 검은색 쉐보레 몬테카를로에 올랐다. 모텔을 떠난 차는 이내 1번 도로로 진입했다. 빠른 속도로 달리던 차는 검은 형체로 보이다가 이내 작은 점이 되더니 아예 시야에서 사라져버렸다.

새로운 삶을 향한 첫출발이었다.

3부
작가들의 파라다이스
책 출간

5
미국을 뒤흔들어놓은 소녀

“새 책을 낸다는 건 새로운 삶이 시작되었다는 뜻이기도 해. 원하는 사람 누구에게나 자네의 내면을 나누어주는 것이니까 대단히 이타적인 일이기도 하지. 책을 읽고 좋아할 사람도 있고, 싫어할 사람도 있지. 혹자는 존경을 표하고, 혹자는 경멸감을 보일 수도 있어. 누군가는 자네를 질투하고, 또 다른 누군가는 깊은 애정을 보일 수도 있겠지. 자네는 그들을 위해 글을 쓰는 게 아니야. 자네가 쓴 책 덕분에 잠시나마 행복한 시간을 보내는 사람들을 위해 글을 쓰는 거야. 내가 이렇게 말하면 그 정도는 하찮은 일 아니냐고 반문할지 모르지만 그건 정말 대단한 일이야. 세상을 변화시키겠다는 생각으로 글을 쓰는 작가들도 있지만 그건 쉬운 일이 아니야. 세상을 바꾸는 게 정말 가능할까?”

모두 내 책에 대해 이야기했다. 산책 나온 사람들이 나를 알아보고 '저기 마커스 골드먼이 있어. 유명한 작가 있잖아'하며 손짓을 하는 바람에 더는 유유자적하게 맨해튼 거리를 걷거나 달릴 수 없었다. 심지어 몇몇 사람들은 나에게로 다가와 궁금해하던 질문을 하기도 했다.

"작가님이 책에 쓴 글은 모두 사실에 근거하고 있나요? 해리 쿼버트가 정말 그런 짓을 저질렀어요?"

내가 단골로 드나드는 웨스트 빌리지의 카페에서도 일부 손님들이 나에게 다가와 말을 걸기 일쑤였다.

"작가님 책을 읽고 있는데 한번 잡으면 손에서 놓을 수가 없더군요. 첫 작품도 좋았는데 이번 책은 정말 압권입니다. 선인세로 1백만 달러를 받은 게 사실인가요? 실례지만 올해 나이가 몇 살이죠? 아직 서른도 안 되었다고요? 그 나이에 그 많은 돈을 벌다니 정말 대단하네요."

내가 사는 건물 출입문이 열리고 닫히는 동안 경비원이 내 책을 읽고 있는 모습이 간간이 눈에 들어왔다. 어느 날 경비원이 엘리베이터를 기다리고 있는 나에게 다가오더니 책을 다 읽었다며 나를 붙잡아 두고 읽은 소감을 털어놓았다.

"놀라 켈러건에게 그런 일이 생기다니요? 끔찍하기도 해라!"

출간 이후 첫날부터 《해리 쿼버트 사건》은 미국 전체 서점에서 판매 1위를 차지했다. 아메리카 대륙 전체에서도 가장 많이 판매된 책으로 기록되었다. TV, 라디오, 신문 등 각종 언론 매체에서 내 책을 이야기했다. 누구나 내 책을 뛰어나다고 칭찬해 마지않았다.

책이 출간된 이후 즉시 홍보를 위한 강행군에 나섰다. 2주일 동안 미 전역을 돌아야 하는 빡빡한 일정이었다. 로이는 2주 동안 집중적으로 홍보 활동을 해야 한다며 11월 4일 미국 대통령 선거가 시작되기 전까지 우리에게 주어진 시간을 효과적으로 활용해야 한다고 했다.

2주 동안 홍보 활동을 마치고 뉴욕으로 돌아온 이후에도 나는 숨 돌릴 틈 없이 신문과 TV 방송국 기자들을 만나 인터뷰를 진행했다. 내 책이 센세이션을 일으키면서 내 부모님에게까지 관심이 확대되었다. 기자들은 내 부모님 집 초인종을 뻔질나게 눌러댔다. 나는 기자들과 호기심 많은 독자들의 기습 방문에 시달리는 부모님의 마음을 조금이나마 편안하게 해드리려고 캠핑카를 선물했다. 부모님은 캠핑카를 타고 시카고로 갔다가 66번 도로를 타고 캘리포니아까지 간다는 오랜 로망을 실현할 기회를 얻게 되었다.

놀라는 《뉴욕타임스》에 실린 한 편의 기사 때문에 '미국을 뒤흔들어놓은 소녀'라는 별명을 얻게 되었다. 독자들이 내게 보내준 편지에 따르면 해리를 만난 이후 비로소 미소를 되찾은 이 불행한 소녀가 해리가 소설을 쓸 수 있도록 헌신적으로 뒷바라지한 덕분에 《악의 기원》이라는 걸작이 탄생하게 되었다고 나름 분석했다. 그러면서 너무나 감동적인 서사에 마음이 울컥했다고 고백했다. 일부 도서 전문가들은 내 책을 읽어야 해리의 책을 한층 더 깊이 있게 음미할 수 있다는 입장을 피력했다. 그들은 놀라를 이루어질 수 없는 사랑의 표상이 아니라 사랑의 힘으로 위대한 일을 해낸 상징적 존재로 읽어야 한다는 접근법도 제시했다. 내 책이 공전의 히트를 치면서 4개월 전만 해도 미 전역의 모든 서점에서 자취를 감추었던 《악의 기원》이 다시 날개 돋친 듯이 팔리기 시작했다. 크리스마스에 대비해 출판사 마케팅팀은 《악의 기원》과 《해리 쿼버트 사건》 그리고 프랭크 랭카스터가 두 작품을 분석한 글을 한데 묶어 한정판을 준비했다.

나는 1번 도로변의 〈시사이드〉 모텔에서 해리와 헤어진 후 그의 소식을 전혀 듣지 못했다. 여러 번 해리와 접촉을 시도해보았지만 그의 휴대폰은 늘 꺼져 있었다. 모텔에 전화해 해리가 묵고 있던 8번 방을 연결해달라고 해도 허공에서 전화벨 울리는 소리만 들릴 뿐이었다. 오로라 사람들과는 아무런 접촉도 하지 않았다. 오로라에서 내 책이 어떤 식으로 받아들여지고 있는지 알고 싶지도 않았다. 나는 그저 〈슈미드 앤드 핸슨〉의 법률 팀을 통해 엘리야가 내 책에 등장하는 몇몇 구절을 문제 삼아 명예훼손을 주장하고 있다는 말을 전해 들었을 뿐이다. 내 책에서 엘리야가 루터의 요청을 받아들여 놀라에게 누드모델이 되어달라고 요구하고, 회사 차량인 검은색 몬테카를로가 사라진 걸 알면서도 경찰에 신고하지 않은 걸 여과 없이 다루어 심각하게 명예를 훼손했다는 주장을 펴고 있다고 했다.

책을 출간하기 전에 나는 엘리야에게 전화해 그의 입장을 들어보려고 했는데 답변할 가치가 없다고 생각했는지 통화가 성사되지 않았다.

∞

10월 셋째 주에 접어들면서 로이의 예상대로 미국 대통령 선거가 최고의 이슈로 부상했다. 그 결과 미디어에서 내 책을 다루는 빈도가 눈에 띄게 줄어들었고, 나는 모처럼 한가한 시간을 보낼 수 있어 차라리 안도감을 느꼈다. 나는 데뷔작이 성공한 이후 작가들이 의례적으로 겪는다는 백지 공포증을 경험했고, 마침내 그 고질병을 극복하고 두 번째 책을 내놓기까지 2년 동안 나름 엄청난 고통을 겪었다. 그나마 마음이 홀가분해진 나는 며칠 동안 휴가를 다녀오기로 마음먹었다. 혼자 떠나기는 싫고,

더글러스에게 그동안 든든한 조력자가 되어주어 고맙다는 인사도 할 겸 바하마행 티켓 두 장을 샀다. 고교 졸업 이후 친구와의 여행은 처음이었다.

어느 날 저녁 더글러스가 TV 스포츠 중계를 보러 집에 왔을 때 깜짝 선물로 바하마행 티켓을 내밀었다. 그가 몹시 기뻐하며 내 초대를 받아들일 거라 기대했는데 전혀 아니었다.

"이 일을 어쩐담? 정말 고마운 일이지만 그날 하필 켈리와 카리브해에 가기로 했어."

"켈리와 여전히 잘 지내나봐요?"

"자네, 아직 모르나? 우린 약혼한 사이야. 카리브해에 여행 가서 다시 한번 진지하게 청혼할 생각이야."

"아주 잘되었네요. 축하해요."

더글러스가 내 표정이 시무룩해 보였는지 말했다.

"자넨 사람들이 인생에서 바라는 모든 걸 갖게 되었어. 그러니까 자네도 한시바삐 독신 생활을 청산해."

나도 인정했다.

"데이트 약속을 해본 지가 언젠지 기억도 안 날 정도네요."

더글러스가 씩 웃었다.

"내가 데이트 상대를 물색해줄까?"

그날 대화가 씨가 되었는지, 이틀 후인 2008년 10월 23일 목요일 저녁에 데이트 약속을 잡게 되었다. 하필이면 그날 저녁 모든 게 와르르 무너졌다.

더글러스는 나를 위해 리디아 글로어와 데이트를 주선했다. 리디아의 에이전트를 통해 그녀가 여전히 나를 마음에 두고 있다는 말을 전해 들은 더글러스가 데이트를 주선했고, 우린 결국 소호에서 만나기로 약속했다. 더글러스는 혹시라도 내 마음이 바뀔까봐 걱정되었는지 저녁 7시에 우리 집으로 헐레벌떡 달려왔다.

"아직 외출 준비 안 끝났어?" 내가 웃통을 벗은 상태로 문을 열자 더글러스가 놀란 표정으로 물었다.

"어떤 셔츠를 입을지 결정하지 못했어요." 내가 셔츠 두 개를 흔들어 보이며 말했다.

"파란색이 좋겠어."

"리디아와 만나도 괜찮을까요?"

"당장 결혼하려는 게 아니잖아. 그냥 부담 없이 만나봐. 둘 다 서로에게 호감이 있었잖아. 아직도 서로 뭔가 통하는 게 있는지 만나보면 알게 되겠지."

"리디아를 만나 술 한잔 마시고 난 다음에는 뭘 하는 게 좋을까요?"

"내가 근사한 이탈리안 식당을 잡아두었어. 소호의 바에서 그리 멀지 않은 곳이야. 내가 주소를 문자로 찍어줄게."

내가 빙긋 웃었다.

"난 당신이 없었다면 어떻게 살았을지 모르겠어요."

"그래서 친구가 필요한 거야."

바로 그때 내 휴대폰이 울렸다. 화면에 페리라는 이름이 뜨지 않았더라면 전화를 받지 않았을 것이다.

"모처럼 목소리 들으니 반가워요."

페리의 목소리가 심상찮았다.

"귀찮게 해서 미안한데 아무래도 우리가 큰 사고를 쳤나봐요."

"무슨 일인데요?"

"놀라의 엄마에 관한 문제입니다. 엄마가 놀라를 심하게 때렸다고 했잖아요. 당신 책에도 그렇게 썼고요."

"네, 그랬죠."

"내가 메일을 하나 보낼 테니 확인해보세요."

나는 거실로 자리를 옮겨 컴퓨터를 켠 다음 메일함을 열었다.

"내가 메일에 첨부한 사진을 확인해보세요. 당신이 언젠가 나에게 앨라배마에 대해 말한 적이 있죠?"

"네, 기억해요. 켈러건 가족이 오로라에 오기 전에 살던 곳이잖아요."

"우리가 앨라배마를 지나치게 소홀하게 다루었어요. 작가님이 나에게 앨라배마에 대해 말했을 때 제대로 조사했어야 하는데 대충 넘긴 게 실수였죠."

나는 첨부 사진을 열어보았다. 공동묘역에 세워진 묘비를 찍은 사진이었다. 묘비에 다음과 같이 적혀 있었다.

루이자 켈러건

1930-1969

사랑받은 아내이자 어머니

나는 넋이 달아날 만큼 깜짝 놀랐다.

"맙소사!" 내 입에서 한숨이 새어 나왔다. "어떻게 된 일이죠?"

"놀라의 엄마는 1969년에 사망했어요. 놀라가 실종되기 6년 전이었죠."

"누가 이 사진을 보내주었죠?"

"콩코드의 어느 신문사 기자라고 하더군요. 모르긴 해도 내일 신문 1면을 도배하게 될 겁니다. 결과적으로 어떤 일이 발생하게 될지 잘 알 겁니다. 작가님의 책과 우리가 함께한 수사는 신뢰를 잃게 되었습니다."

∞

그날 저녁, 리디아와의 데이트 약속은 없던 일이 되었다. 더글러스는 비즈니스 미팅 중인 로이를 불러냈고, 로이는 법률 팀의 리차드슨을 호출했고, 우리는 〈슈미드 앤드 핸슨〉 출판사 회의실에서 긴급대책회의를 진행했다. 문제의 사진은 《콩코드 헤럴드》 기자가 앨라배마주 잭슨 지역에서 발행되는 어느 지역신문에 실린 사진을 퍼온 것이라고 했다. 로이는 무려 두 시간 동안 《콩코드 헤럴드》의 편집장을 설득해 다음 날 신문 1면에 문제의 사진이 실리지 않도록 설득하려고 했지만 헛수고였다.

"자네 책이 거짓말로 확인될 경우 사람들이 무슨 말을 할지 상상해봐." 로이가 나를 향해 악을 써댔다. "자넨 정보의 출처를 확인해보지도 않고 책을 썼나?"

"무슨 일인지 나도 헛갈립니다. 완전히 난센스네요. 해리가 들려준 놀라의 엄마 이야기를 책에 적었을 뿐입니다. 해리가 놀라의 엄마 이야기를 자주 했었거든요. 정말이지 난 뭐가 뭔지 아무것도 모르겠어요. 놀라를 자로 때리고, 머리를 잡고 물속에 집어넣은 것까지 디테일하게 언급했었거든요."

"해리 쿼버트는 뭐라고 하던가?"

"요즘 해리와는 연락이 되지 않아요. 오늘만 해도 열 번도 넘게 전화했는데 받지 않았어요. 해리 소식을 듣지 못한 지 두 달쯤 되어가네요."

"해리 쿼버트에게 계속 전화해봐. 가만있지 말고 뭐라도 해. 자네에게 도움이 될 수 있는 사람이라면 누구든 가리지 말고 접촉해봐. 어떻게 해서든 내가 내일 아침 들이닥칠 기자들에게 둘러댈 말을 찾아보란 말이야."

밤 10시가 되었을 때 나는 어니 핑커스와 통화했다.

"자네는 누구에게 놀라의 엄마가 살아있다는 말을 들었나?"

어니가 어이없다는 듯이 내게 물었다.

나는 어안이 벙벙해 한심한 답변을 했다.

"그 누구도 놀라의 엄마가 죽었다는 말을 하지 않았거든요."

"놀라의 엄마가 살아있다고 말한 사람도 없잖은가?"

"해리가 나에게 놀라의 엄마에 대해 자주 이야기했었어요."

"해리가 자네를 골탕 먹이려고 작정한 거야. 데이빗 켈러건은 부인 없이 놀라와 함께 오로라에 왔어. 처음부터 놀라의 엄마는 동행하지 않았다니까."

"난 도무지 어떻게 된 일인지 모르겠어요. 해리는 왜 나에게 놀라의 엄마 이야기를 지어내면서까지 해주었을까요? 머리가 어떻게 될 것 같아요. 사람들이 어마어마한 비난을 퍼부을 텐데 어떻게 감당해낼지 걱정이 큽니다."

"자네를 쓰레기 작가로 취급하겠지. 그동안 오로라 사람들도 자네 책에 대해 할 말이 많았지만 꾹 참고 지내왔어. 참는 데도 한계가 있으니까 이제는 인내심이 바닥났을 거야. 지난 한 달 동안 자네가 신문과 TV에 나와 오로라에 대해 말을 가려서 하지 않고 막 해댄다고 은근히 불만을 품었던 사람들이 많아."

"놀라 엄마 이야기를 알고 있었으면 진작 귀띔해 주셨어야죠."

"놀라 켈러건 사건이 벌어졌을 당시에 이미 그 아이 엄마는 고인이었어. 책에는 엉뚱한 사실이 적혀 있는데 내가 진작 귀띔해 준들 무슨 의미가 있겠나?"

"놀라 엄마의 사인은 뭡니까?"

"그건 나도 몰라."

"그럼 데이빗 켈러건이 볼륨을 최대한 키우고 듣는다는 음악 이야기는 뭐죠? 놀라가 매를 맞아 멍 자국이 남아 있었던 건 또 뭔가요? 그러고 보니 내가 책에 적은 내용을 확인해줄 증인도 있어요."

"데이빗 켈러건을 염두에 두고 있나? 데이빗 켈러건이 딸을 구타하려고 볼륨을 최대한 올리고 음악을 틀어놓는다고 증언할 사람? 오로라 사람들 대부분이 그렇게 생각했으니까 그 사실을 증언해줄 수는 있어. 하지만 자네는 책에서 놀라의 엄마가 매질하는 동안 데이빗 켈러건은 차고에 가서 음악을 크게 틀어놓고 있었다고 썼잖아. 문제는 그 아이 엄마가 오로라에 발을 들여놓은 적이 없는 인물이라는 사실이지. 자네가 책에 쓴 내용은 죄다 엉터리야. 게다가 자네는 감사의 말에 내 이름을 꼭 써주겠다고 해놓고 그 약속도 지키지 않았더군."

"분명히 지켰는데요."

"다른 이름들 사이에 끼워 넣었더군. 오로라의 E. 핑커스. 난 내 이름을 약자로 쓰지 말고 풀네임으로 써주길 바랐어. 자네가 책을 쓰는 데 도움을 많이 준 사람으로 나를 직접 언급해주길 기대했는데 자못 실망이 컸다는 걸 알아둬."

"어니, 그건 내가……."

어니 핑커스는 내 말을 다 듣지도 않고 전화를 끊어버렸다. 로이가 고약한 눈으로 나를 흘겨보고 나서 손가락을 펴 나를 가리키더니 위협적으로 말했다.

"자넨 당장 콩코드로 날아가 이 난장판을 수습해."

"오로라에 갔다가는 린치를 당할 것 같은 분위기인데요."

로이는 억지로 웃는 시늉을 하더니 내게 말했다.

"그 사람들이 린치로 끝내주면 다행인 줄 알아야지."

∞

미국을 뒤흔들어놓은 소녀는 영감의 고갈로 고생하던 한 작가의 병든 머리가 빚어낸 상상의 산물일까? 어떻게 세부 사실에 대한 확인조차 하지 않고 책을 쓸 수 있을까?

미국의 모든 언론 매체들이 《콩코드 헤럴드》에 실린 기사를 바탕으로 해리 쿼버트 사건에 대해 의혹을 키워나가고 있었다.

10월 24일 금요일 아침에 나는 맨체스터행 비행기에 올랐고, 오후에 목적지에 도착했다. 공항에서 렌터카를 빌린 나는 곧장 뉴햄프셔주 경찰청으로 향했다. 페리가 나를 맞아주었다. 페리는 앨라배마에서 켈러건 가족에게 어떤 일이 있었는지 알아본 사실들을 간추려 나에게 들려주었다.

"데이빗 켈러건과 루이자 켈러건은 1955년에 결혼했어요."

페리가 설명했다. "데이빗은 그때 이미 한창 번성하던 교구의 담임목사였는데 루이자의 적극적인 내조로 교구를 한층 더 키웠습니다. 놀라는 1960년에 태어났고, 그 후 몇 년 동안은 딱히 주목할 만한 일 없이 평탄하게 지나갔습니다. 그러다가 1969년 여름에 화재가 발생해 집이 소실되었죠. 놀라는 불길 속에서 극적으로 구조되었는데, 루이자는 목숨을 잃었습니다. 그로부터 몇 주 후 데이빗 켈러건은 앨라배마의 잭슨을 떠났더군요."

"화재 사고가 발생한 지 몇 주 후에요?" 내가 놀라서 되물었다.

"내가 말한 대로 몇 주 후에 전격 오로라로 이주했습니다."

"그렇다면 왜 해리는 놀라가 자기 엄마에게 매질을 당한다고 말했던 걸까요?"

"켈러건 목사가 매질을 했다고 봐야죠."

"해리는 분명 엄마라고 했어요. 내가 해리의 증언을 녹음해두었으니까 확인 가능할 거예요."

"그럼 그 녹음부터 들어볼까요?"

나는 페리의 책상에 미리 챙겨 간 미니디스크를 늘어놓고 일일이 라벨을 확인하며 해리가 문제의 증언을 한 부분을 찾아내느라 애썼다. 미니디스크를 인물별, 날짜별로 세부적으로 정확하게 분류해놓느라 나름 신경 썼는데도 찾느라 어려움을 겪었다. 가방을 뒤집어 안에 들어있던 내용물을 몽땅 쏟아내자 비로소 날짜도 명시되어 있지 않은 문제의 미니디스크가 테이블 위로 툭 떨어졌다. 난 미니디스크를 얼른 집어 들고 녹음기 안에 넣었다.

"정말 이상한 일이네요." 내가 혼잣말처럼 중얼거렸다. "내가 왜 이 미니디스크에만 날짜를 적어두지 않았을까요?"

녹음기를 작동시키자 가장 먼저 오늘은 2008년 7월 1일이라고 말하는 내 목소리가 들려왔다. 해리와 나눈 대화를 녹음한 장소는 교도소 접견실이었다.

"그 문제 때문에 두 사람이 함께 떠나려고 한 겁니까? 그러니까 8월 30일 저녁에 함께 오로라를 떠나려고 했던 이유는 무엇이었습니까?"

"사실은 그 문제보다 더 끔찍한 일이 있었기 때문이야. 혹시 지금 녹음하고 있나?"

"네."

"내가 지금부터 하는 이야기는 외부로 유출되어서는 안 돼."

"그렇게 할게요."

"놀라는 부모에게 어디에 간다고 말하지 않고 나와 함께 마서즈 빈야드에 갔었던 거야. 아무에게도 말하지 않았으니 일시적인 가출이었던 셈이지. 마서즈 빈야드에서 돌아온 다음 날 놀라를 다시 만났는데 얼굴이 몹시 슬퍼 보였어. 엄마에게 맞아 온몸이 멍 자국투성이였지. 놀라가 울면서 엄마의 매질이 얼마나 가

혹한지 털어놓았어. 쇠로 만든 자로 심하게 때리는가 하면 머리채를 잡고 욕조의 물속으로 밀어 넣기도 한다는 거야. 그런 끔찍한 체벌만이 놀라의 몸에 깃든 마귀를 쫓아낼 수 있다면서."

"놀라의 엄마가 광신도였네요."

"놀라의 엄마는 딸의 머리채를 잡고 욕조를 가득 채운 물에 처박는 행위를 일종의 세례식으로 간주하고 있었나봐. 그런 짓을 저지르면서 예수님이 요단강에서 세례를 받던 장면을 떠올렸을지도 모르지. 도저히 납득하기 힘들었지만 눈앞에 증거가 있으니 어쩌겠나? 그래서 내가 물었어. '네 아버지는 부인이 그런 짓을 하면 말리지도 않고 가만히 보고만 있니?' 그러자 놀라가 말했어. '엄마가 나에게 체벌을 가할 때마다 아빠는 차고에 틀어박혀 음악을 크게 틀어놓아요.'

놀라는 그런 고통을 받으면서 더는 살아갈 수 없다고 했어. 나는 켈러건 목사를 만나 그 문제를 해결해볼까 생각했지. 잔혹한 체벌이 반복적으로 가해지도록 내버려둘 수는 없었으니까. 하지만 놀라가 켈러건 목사를 만나지 말아 달라고 애원했어. 그래봐야 자기만 더욱 끔찍한 체벌을 당하게 될 거라면서. 엄마가 자기를 먼 곳으로 보내 우리가 다시는 볼 수 없도록 할 거라고도 했지. 그렇다고 가만히 있을 수는 없었어. 그런 일이 반복되는 걸 방치할 수는 없었으니까. 우리는 오로라를 떠나기로 결정했지. 물론 비밀리에 떠날 생각이었고, 출발 날짜는 8월 30일로

정했어. 우리는 차를 타고 버몬트로 가서 캐나다 국경을 넘어갈 계획이었지. 우리의 계획이 성공했다면 지금쯤 브리티시컬럼비아의 숲속 통나무집에서 살고 있었을 거야. 호수가 내려다보이는 전망 좋은 숲속에서. 그 누구도 우리가 어디 있는지 찾아낼 수 없는 곳."

"그러니까 그 문제가 두 사람이 함께 도망칠 계획을 세운 이유였군요?"

"그렇지."

"그런데 왜 선생님은 내가 그 이야기를 언급하는 걸 원치 않으시죠?"

"이 이야기는 시작에 불과해. 그 후 난 놀라의 엄마에 대해서 더욱 끔찍한 사실을 알게 되었거든."

접견 끝을 알리는 벨소리에 이어 교도관의 목소리가 들려왔다.

"접견 끝입니다."

"이 이야기는 다음번에 계속하기로 하지. 그때까지 자네만 알고 있어야 하니까 명심해."

∞

"해리가 놀라의 엄마에 대해 알게 된 끔찍한 사실은 뭘까요?" 페리가 얼른 알고 싶은지 조바심쳤다.

"그 뒷얘기는 기억나지 않아요." 초조한 마음으로 계속 다른 미니디스크들을 찾던 내가 별안간 동작을 멈추고 하얗게 질린 얼굴로 소리쳤다.

"말도 안 돼!"

"왜 그래요?"

"방금 전에 들은 미니디스크가 해리와의 대화를 담은 마지막 녹음이었어요. 그래서 미니디스크에 날짜를 적어두지 않은 거예요. 그러니까 우리는 그때 그 대화를 마무리하지 못했던 겁니다. 왜냐하면 그 이후 프랫 서장과 관련된 비밀이 밝혀졌고, 해리가 더는 내가 녹음하는 걸 원하지 않았기 때문에 나중에는 수첩에 메모하는 방식으로 인터뷰를 진행했거든요. 그다음에는 내가 쓴 원고의 일부가 외부로 유출되었고, 해리가 나에게 단단히 화가 났죠."

"무슨 일이 있어도 해리와 이야기를 나누어봐야겠어요." 페리가 외투를 집어 들면서 상황을 정리했다. "해리가 루이자 켈러 건에 대해 알게 된 사실들이 뭔지 알아내야 해요."

경찰청을 나온 우리는 〈시사이드〉 모텔로 향했다.

∞

놀랍게도 8번 방 문을 열어준 사람은 해리가 아니라 키가 큰 금발 여인이었다. 모텔 직원이 우리에게 말했다.

"최근 이 모텔에 해리 쿼버트라는 이름을 가진 손님이 묵었던 적은 한 번도 없습니다."

"말도 안 됩니다." 내가 반발했다. "해리는 지난 몇 주 동안 이 모텔에 머물렀어요." 페리의 요청에 따라 최근 6개월간 숙박 장부를 훑어본 모텔 직원은 조금 전과 같은 대답을 반복했다.

"이 모텔에 묵은 손님들 중에 해리 쿼버트는 없습니다."

"그럴 리 없다니까요." 내가 신경질적인 반응을 보였다. "내가 이 모텔에서 분명 해리를 봤어요. 멋대로 헝클어진 백발에 체구가 아주 큰 남자입니다."

"아, 그분이라면 이 모텔에 묵었어요. 주차장에서 자주 복싱 연습을 했던 걸 기억합니다. 하지만 그분은 객실을 사용하지 않았습니다."

"해리는 8번 방에 묵었어요." 인내심이 바닥 난 내가 발끈했다. "내가 잘 알아요. 해리가 이 문 앞에 앉아 있는 모습을 자주 봤거든요."

"그분이 이 문 앞에 앉아 있었던 건 맞습니다. 저는 그 분에게 문 앞에 앉지 말아 달라고 몇 번이나 말했지만 그럴 때마다 내 손에 1백 달러 지폐 한 장을 쥐어주더군요. 그 정도 액수의 돈이면 그분이 모텔 어디에 있어도 아무런 상관없었죠. 그분은 그 자리에 앉아 있으면 좋은 추억들이 떠오른다고 했어요."

"그분이 이 모텔에서 보이지 않은 게 언제부터입니까?" 페리가 물었다.

"벌써 몇 주는 족히 되었을 겁니다. 그분은 모텔을 떠날 때 나에게 1백 달러 지폐 한 장을 주면서 누군가가 전화해 8번 방 손님을 바꿔달라고 하거든 전화를 돌리는 척하면서 빈방 전화벨이 울리게 해달라는 부탁을 했다는 것뿐입니다. 그분은 매우 서두르는 눈치였어요. 싸움을 벌인 직후였으니까."

"싸움이라니요? 누가 누구랑 싸웠다는 거죠?" 페리가 직원에게 물었다.

"그분과 어떤 남자가 싸움을 벌였어요. 체구가 자그마하고 나이가 지긋한 분이 차를 타고 모텔로 들이닥쳤습니다. 그 남자는 순전히 그 분에게 시비를 걸려고 찾아온 사람 같았어요. 고성이 오가고, 서로 삿대질을 하고 아주 난리가 아니었죠. 내가 그냥 두고 볼 수는 없어 개입하려는 순간에 키 작은 남자는 다시 차를 타고 떠났습니다. 곧이어 당신들이 찾는 그 분도 떠났고요. 어쨌거나 난 그 분을 모텔에서 내보낼 생각이었습니다. 모텔에서 시끄럽게 싸우는 건 질색이거든요. 손님들이 불평하면 꼭 나에게 불똥이 튀게 마련이죠."

"그들이 싸운 이유는 무엇이었습니까?"

"무슨 편지 이야기가 오갔던 것 같아요. 키 작은 노인네가 당신들이 찾는 그 분에게 '당신이었지!'하면서 삿대질을 했거든요."

"무슨 편지?"

"그것까지야 내가 어찌 알겠습니까?"

"그다음에는?"

"키 작은 남자는 떠났고, 그분도 뒤이어 사라졌습니다."

"혹시 키 작은 노인을 보면 얼굴을 알아볼 수 있습니까?"

"난 자신 없어요. 차라리 당신들 동료 경찰에게 물어보세요. 그 키 작은 노인네가 다시 모텔로 들이닥쳤어요. 그 노인네가 당신들이 찾는 그 분을 죽이려고 온 것 같았어요. 나도 TV 범죄 드라마를 많이 봤기 때문에 수사에 대해 좀 알거든요. 당신들이 찾는 그 분은 이미 떠나고 없었지만 뭔가 구린 구석이 있어 보여 내가 경찰을 불렀죠. 고속도로 순찰을 하던 경찰 두 명이 도착했고, 키 작은 노인네를 조사했습니다. 경찰이 별 혐의점이 없었는지 키 작은 노인네를 그냥 돌려보내더군요."

페리는 즉시 본부에 전화해 최근 고속도로 순찰을 하다가 〈시 사이드〉 모텔에 출동했던 경관이 누군지 알려달라고 했다.

"그날 모텔에 왔던 경관이 누군지 알아보고 나서 전화해주기로 했어요." 페리가 전화를 끊으며 내게 말했다.

난 무슨 일인지 도무지 종잡을 수 없어 애꿎은 머리카락을 쥐어뜯으며 중얼거렸다. "말도 안 돼! 말도 안 된다니까!"

고개를 갸웃거리며 나를 바라보던 모텔 직원이 별안간 물었다.

"혹시 마커스 골드먼 씨입니까?"

"네, 그런데요?"

"그분이 봉투 하나를 남겼습니다. 젊은 남자가 모텔에 들를 거라면서 그가 '말도 안 돼! 말도 안 된다니까!'라고 말할 거라고 했죠.

그 젊은 남자가 모텔에 오거든 이 봉투를 주라고 했어요."

직원이 내민 봉투에는 열쇠 하나가 들어있었다.

페리가 참견했다. "열쇠 말고 다른 건 없나요?"

"전혀 없어요."

"무슨 열쇠일까요?"

난 열쇠를 살펴보다가 순간적으로 깨달았다.

"몬트버리 피트니스 클럽의 로커 열쇠네요."

∞

20분 후, 우리는 몬트버리 피트니스 클럽의 탈의실에 앉아 있었다. 201번 로커 안에는 제본된 원고와 손으로 쓴 편지 한 장이 들어 있었다.

친애하는 마커스

자네가 이 글을 읽게 된 건 분명 자네의 새 책을 둘러싸고 굉장한 혼란과 잡음이 일기 시작했기 때문이고, 자네는 급히 해명해야 할 필요성이 있기 때문일 거야.

이 원고가 자네에게 도움이 될 거야. 이 책이야말로 진실이야.

해리

타자기로 친 원고로 그다지 두껍지 않은 편이었다.

오로라의 갈매기

해리 L. 쿼버트

"이 원고는 또 뭐죠?" 페리가 물었다.

"나도 뭐가 뭔지 모르겠습니다. 해리의 미발표 원고 같네요."

"집필한 지 오래되어 보이네요." 페리가 주의 깊게 원고를 넘기며 말했다.

나는 재빨리 원고를 훑어보았다.

"해리 말로는 놀라가 갈매기를 무척 좋아했다더군요."

"그런데 뜬금없이 진실이란 말을 왜 썼을까요? 혹시 1975년에 일어난 일에 관한 글일까요?"

"나도 모르죠."

우리는 원고를 읽어보는 건 나중으로 미루고 일단 오로라로 돌아가기로 결정했다. 나는 오로라 사람들의 주목을 끌었다. 사람들은 나를 대놓고 비난했다. 〈클락스 식당〉 앞에서 만난 제니는 내가 타마라를 묘사한 부분에 대해 분노를 표하는 한편 로버트가 구즈코브의 현관문 틈에 익명의 협박 편지를 꽂아놓은 장본인이라고 기술한 것도 터무니없다면서 나를 거짓말쟁이로 매도했다.

나에게 유감을 드러내지 않고 말을 걸어준 사람은 낸시 해터웨이가 유일했다. 낸시가 수예점으로 찾아간 우리에게 말했다.

"난 정말 이해할 수 없어요." 낸시가 입을 열었다. "난 작가님에게 놀라의 엄마에 대해 언급한 적이 한 번도 없었거든요."

"하지만 놀라의 몸에 매를 맞은 멍 자국이 있었다는 말은 하셨죠. 놀라가 일주일 동안 가출했을 때 켈러건 가족의 집에 찾아갔더니 그 아이가 아파서 침대에 누워있다고 거짓말을 했다던 이야기도 했고요."

"켈러건 가족의 집에는 늘 켈러건 목사만 있었어요. 7월에 놀라가 일주일 동안 가출했을 때도 켈러건 목사가 나의 접근을 막았죠. 난 놀라의 엄마에 대해서는 한 번도 말한 적이 없어요."

"쇠로 만든 자로 놀라의 가슴을 때렸다고 말했잖아요?"

"내가 그 말을 한 건 기억나지만 놀라의 엄마가 때렸다고 한 적은 없지 않나요?"

"내가 부인의 증언을 녹음해 두었어요." 나는 주머니에서 녹음기와 미니디스크를 꺼내 보여주면서 말했다. "여기 이렇게 날짜도 적어놓았고요."

나는 녹음기를 작동시켰다.

방금 켈러건 목사에 대해 하신 말씀은 좀 납득하기 힘드네요. 며칠 전 켈러건 목사를 만나봤는데 굉장히 온화한 분이라는 인상을 받았거든요."

"그 분을 처음 대하는 사람들이라면 충분히 그런 느낌을 받을 수 있어요. 목회자라서 적어도 대중들 앞에서는 온화한 표정을 지을 수 있는 분이었으니까요. 저도 들은 얘기지만 켈러건 목사님은 앨라배마 잭슨 교구에서 기적을 일군 후 거의 버려진 상태인 오로라 교구를 재건해달라는 요청을 받고 오로라에 왔다는 얘기를 들었어요. 실제로 켈러건 목사님이 오시고 얼마 지나지 않아 세인트 제임스 교회는 일요일마다 신자들로 꽉 들어찼죠. 하지만 교회 일을 제외하고 켈러건 목사의 집 안에서 무슨 일이 일어났는지 아는 사람은 없어요."

"무슨 뜻이죠?"

"놀라는 매를 맞고 자랐어요."

"심하게 맞았나요?"

"네, 정말 심하게 맞았죠. 끔찍했던 기억이 있어요. 여름이 시작될 무렵이었어요. 우린 그랜드비치에 물놀이를 하러 갔어요. 놀라가 슬픈 표정이어서 남자 때문인가 생각했죠. 코디라고, 한 학년 위 남자아이가 허구한 날 놀라 주위를 맴돌았거든요. 그런데 놀라가 집에서 야단을 맞았다고, 자기한테 심술 고약한 아이라고 했다는 거예요. 그래서 내가 그런 말을 들은 이유가 뭔지

물었더니 앨라배마에서 있었던 일 때문이라면서 더 이상은 말하지 않더군요. 나중에 해변에 도착해서 놀라가 옷을 벗었을 때 난 그 아이 가슴에 난 끔찍한 멍 자국을 봤어요. 나는 큰 충격을 받아서 '이 끔찍한 멍 자국들은 다 뭐야?'라고 물었더니, 글쎄 놀라가 '엄마가 쇠 자로 때렸어'라고 하는 거예요. 깜짝 놀란 나는 혹시 잘못 들은 건 아닌가 생각했는데 놀라가 줄기차게 주장하더군요. '엄마가 나에게 고약한 심술쟁이라고 했어.' 놀라의 표정이 너무나 절망적이어서 나는 더 이상 따져 묻지 않았어요. 그랜드비치에서 놀다가 우린 집으로 돌아왔고, 난 놀라의 가슴에 연고를 발라주었죠. 그러면서 놀라에게 누군가와 엄마에 대해 이야기해보는 게 좋겠다고, 가령 학교 양호 선생님인 샌더스 부인 같은 분이 큰 도움이 될 거라고 말해주었죠. 하지만 놀라가 그 이야기는 그만하자고 했어요."

"바로 여기!" 내가 녹음기 작동을 잠시 멈추면서 소리쳤다. "방금 부인이 놀라의 엄마에 대해 언급했잖아요."

"그건 아니죠." 낸시는 여전히 방어 태세였다. "놀라가 엄마 이야기를 했고, 난 그저 매를 맞은 것에 대해 놀라움을 표했을 뿐이죠. 켈러건 집 안에서 뭔가 석연치 않은 일이 벌어지고 있다는 사실을 설명하기 위해서였어요. 난 놀라의 엄마가 이미 사망한 사실을 작가님도 잘 알고 있으리라 믿어 의심치 않았거든요."

"난 아무것도 몰랐습니다. 놀라의 엄마가 사망한 사실은 알고 있었는데 그 시점이 놀라 켈러건 실종사건 이후인 줄 알았죠. 심지어 데이빗 켈러건은 나에게 부인 사진을 보여주었습니다. 내가 처음 켈러건 가족의 집을 방문했을 때일 겁니다. 데이빗 켈러건이 나를 환대해주어 의아했던 것까지 또렷이 기억합니다. '부인은요?'라고 내가 물었더니 '벌써 오래전에 유명을 달리했어요'라고 대답했던 것도 기억합니다."

"녹음한 내용을 다시 들으니 작가님이 오해할 소지가 충분했다는 생각이 드네요. 본의는 아니었지만 정말 죄송합니다."

나는 다시 녹음기를 켰다.

"가령 학교 양호 선생님인 샌더스 부인 같은 분이 큰 도움이 될 거라고 말해주었죠. 하지만 놀라가 그 이야기는 그만하자고 했어요."

"앨라배마에서는 무슨 일이 있었습니까?"

"나도 그 일에 대해서는 아무것도 몰라요. 놀라가 나한테 한 번도 이야기해준 적이 없거든요."

"혹시 그 일이 켈러건 가족이 앨라배마를 떠난 것과 관련이 있을까요?"

"난 몰라요. 난 정말이지 작가님을 도와드리고 싶지만, 나도 모르니 어쩌겠어요."

"모든 게 다 저의 불찰이었습니다." 내가 사과했다. "그 후 난 앨라배마에 집중했죠."

"그러니까 놀라가 구타를 당했다면 때린 사람은 데이빗 켈러건이라는 뜻입니까?" 페리가 극도로 혼란스러운지 상황을 정리하고 싶어 했다.

낸시도 혼란스럽기는 마찬가지인 듯했다.

"네, 그러겠네요. 아니, 그렇지 않을 수도 있어요. 솔직히 나도 정말 뭐가 뭔지 아무것도 모르겠네요. 놀라의 몸에는 분명 누군가에게 맞은 멍 자국이 있었어요. 내가 무슨 일이냐고 물었을 때 놀라는 벌을 받았다고 했고요."

"벌을 받은 이유가 뭔데요?"

"놀라도 더 자세한 이야기를 하지 않았어요. 하지만 데이빗 켈러건이 때렸다고 말하지 않은 건 확실해요. 결국 아무것도 모르는 셈이네요. 저의 엄마도 어느 날 해변에서 놀라의 몸에 난 구타 흔적을 보았어요. 켈러건 목사가 차고에서 듣던 귀청 떨어지는 음악 소리도 놀라를 구타하는 소리를 감추기 위한 방편이라고 의심하는 사람들도 있었지만 감히 아무도 따지질 못했어요. 어쨌거나 데이빗 켈러건은 세인트 제임스 교구의 목사님이었으니까 말을 꺼내기 민망했겠죠."

∞

낸시 해터웨이와 대화를 마치고 나온 우리는 수예점 앞에 놓인 벤치에 제법 오랫동안 말없이 앉아 있었다.

내가 분통을 터뜨렸다. "이 모든 난리가 고작 빌어먹을 오해 때문이라니, 난 어쩜 그토록 어리석을 수 있을까요?"

페리가 나를 다독이려고 애썼다.

"너무 자책할 필요 없어요. 우리 모두 한 방 먹은 셈이니까요. 우리가 수사의 맥을 따라가는 데 집중하느라 너무나 명백한 디테일을 놓쳤네요. 누구나 주어진 상황 속에서 일의 중요도를 따져야 하다 보니 작은 부분이라고 생각한 디테일을 놓칠 수 있죠."

그때 페리의 휴대폰이 울렸다. 뉴햄프셔주 경찰청 본부에서 걸려 온 전화였다.

"모텔에 왔던 키 작은 남자의 신원을 확인했답니다." 페리가 보고를 들으면서 나에게 귀띔했다.

별안간 페리의 눈이 휘둥그레졌다. 귀에서 휴대폰을 뗀 그가 나에게 말했다.

"데이빗 켈러건 목사였다네요."

∞

테라스 애비뉴 245번지에서는 변함없이 커다란 음악 소리가 흘러나왔다. 켈러건 목사는 마침 집에 있었다.

"켈러건 목사가 해리에게 무얼 따지고자 했는지 반드시 알아내야 합니다." 페리가 차에서 내리며 말했다. "제발 부탁인데 질문은 나에게 맡겨주세요."

신고를 접수하고 〈시사이드〉 모텔에 출동했던 고속도로 순찰반은 켈러건 목사의 자동차에서 사냥총 한 자루를 발견했다. 경찰이 사냥총을 문제 삼을 수 없었던 건 켈러건 목사가 그 총을 합법적으로 소지하고 있었기 때문이다. 켈러건 목사는 사냥 클럽에 가는 길에 모텔의 카페에 들러 커피나 한잔 사 마시려고 잠시 차를 세웠을 뿐이라고 설명했다. 경찰은 딱히 이상한 점을 발견하지 못했기에 그를 그냥 보내주었다.

"켈러건 목사가 반드시 입을 열게 해야 합니다, 경사님." 우리가 켈러건 가족의 집으로 들어서는 자갈길에 다다랐을 때 내가 말했다. "난 켈러건 목사가 언급한 편지가 뭔지 몹시 궁금해요. 켈러건 목사는 일전에 나에게 해리를 알지 못한다고 단언했거든요. 그때 그가 나에게 거짓말을 한 걸까요?"

"이제 곧 알게 될 테니 두고 봅시다."

우리가 미처 초인종을 누르기도 전에 출입문이 열렸다. 총을 든 켈러건 목사는 우리가 다가오는 모습을 지켜보고 있었던 게 분명했다.

제정신이 아닌 상태로 보이는 그가 금방이라도 나를 죽일 듯이 노려보았다.

"당신이 내 아내와 딸에 대한 기억을 더럽혔어!" 그가 다짜고짜 악을 써댔다. "당신은 사기꾼이야."

페리가 우리는 놀라에게 무슨 일이 일어났는지 알아보려고 왔으니 제발 총을 내려놓으라고 켈러건 목사를 다독였다. 요란한 소리가 밖에까지 들렸는지 동네 사람들이 집 안에서 무슨 일이 벌어지고 있는지 궁금해하며 가까이 모여들었다.

켈러건 목사는 어느새 집이 구경꾼들로 첩첩이 둘러싸여 있었지만 아랑곳하지 않고 고래고래 소리를 질렀다. 페리는 나에게 돌아가자는 신호를 보냈다. 오로라경찰서 소속 순찰차 두 대가 시끄럽게 사이렌을 울리며 도착했다. 경찰차에서 내린 트래비스가 나를 보더니 불쾌한 기색을 감추지 못하며 일갈했다. "작가님은 그만하면 오로라에 충분히 많은 피해를 끼쳤다고 생각지 않나요?" 트래비스는 그런 다음 페리에게 말했다. "뉴햄프셔주 경찰청 강력계 형사라고 해도 아무런 사전 연락 없이 오로라에 출동할 만한 이유가 있었습니까?"

나는 우리에게 주어진 시간이 별로 없다는 걸 잘 알고 있었기에 켈러건 목사를 향해 소리쳤다.

"켈러건 목사님은 여전히 음악을 크게 틀어놓고 즐거운 시간을 보내고 있습니까?"

켈러건 목사는 또다시 총을 흔들었다.

"난 놀라에게 단 한 번도 손찌검을 한 적이 없어. 놀라를 때린 적이 없다니까. 당신은 쓰레기야. 난 당장 변호사를 선임해 당신을 법정에 세울 거야."

"아, 그래요? 진작 저를 고소하시지 왜 아직까지 안 하셨어요? 당장 법정에 나가보자고요. 막상 법정에 가려니까 켕기는 게 있나봐요? 앨라배마에서는 무슨 일이 있었죠?"

켈러건 목사가 나를 향해 침을 뱉었다.

"당신 같은 인간은 절대로 이해하지 못할 일이야."

"해리 쿼버트와 〈시사이드〉 모텔에서 다투었다던데 도대체 우리에게 무얼 숨기고 있는 겁니까?"

그 순간, 트래비스까지 나서서 소리를 지르기 시작했다. 트래비스가 경찰 상부에 알리겠다고 으름장을 놓으면서 우리를 협박하기 시작했다.

우리는 아쉬움을 남기고 돌아설 수밖에 없었다. 조용히 콩코드를 향해 차를 몰던 페리가 마침내 입을 열었다.

"우리가 무엇을 소홀히 다루었을까요? 우리 눈앞에 있는데 우리가 보지 못한 게 무엇일까요?"

"해리가 놀라의 엄마에 대해 뭔가 알고 있었던 게 분명해요. 나에게도 말해주지 않은 무엇인가가 있어 보여요."

"적어도 켈러건 목사는 해리가 알고 있는 사실들을 알고 있었을 거라 추정할 수 있죠. 그게 도대체 뭘까요?"

"켈러건 목사가 이 사건에 연루되었을 거라고 보십니까?"

∞

언론은 회심의 미소를 지었다.

해리 쿼버트 사건의 새로운 반전이 세상을 발칵 뒤집어놓고 있다. 마커스 골드먼이 쓴 책에서 사실관계가 전혀 맞지 않는 모순이 발견되었다. 북미 대륙을 주름잡는 출판계 거물 로이 바나스키가 출판하고, 비평가들의 찬사를 한 몸에 받은 마커스 골드먼의 책이 과연 1975년에 일어난 놀라 켈러건 사건의 진실을 밝히기 위한 책인지 신빙성에 의혹이 제기되고 있다.

나는 본말이 전도된 이 사건의 진실을 알아내기 전에는 뉴욕으로 돌아갈 생각이 없었다. 콩코드에 머무는 동안 나는 전에도 이용한 적 있는 콩코드 〈리젠트〉 호텔 스위트룸을 거처로 삼아 은신하기로 했다. 내가 어디에 머무는지 아는 사람은 드니즈가 유일했다. 드니즈가 나에게 뉴욕 상황은 어떤지, 놀라의 엄마에 대한 새로운 소식은 없는지 알려줄 수 있을 테니까.

그날 저녁, 페리는 나에게 그의 집에 가서 저녁 식사를 하자고 제안했다. 오바마 후보의 선거 캠페인에 동원된 페리의 두 딸이 식사를 하는 동안 계속 분위기를 띄웠다. 두 아이는 나에게 차에 붙이고 다니라면서 스티커도 주었다. 식사가 끝나고 내가 헬

렌의 설거지를 돕고 있을 때 그녀가 내 안색이 안 좋아 보인다며 걱정했다.

"내가 저지른 짓이지만 왜 그랬는지 이해할 수가 없어요." 내가 설명했다. "어떻게 그 정도로 멍청할 수 있었을까요?"

"분명 그럴만한 이유가 있었겠죠. 이미 잘 아시겠지만 페리는 당신을 대단히 신뢰해요. 당신은 특출하대요. 페리와 30년을 살았지만 지금껏 그런 표현을 쓸 만큼 신뢰하는 사람을 본 적이 없어요. 당신이 멍청한 짓을 했을 리 없죠. 조만간 당신이 왜 그래야만 했는지 합리적인 설명이 가능한 결과를 얻게 되리라 믿어요."

그날 밤, 페리와 나는 몇 시간 동안 해리가 나에게 전하라며 남겨둔 원고를 분석했다. 《오로라의 갈매기》라는 제목이 붙은 이 미발표 원고는 해리가 놀라와의 이야기를 들려주는 멋진 소설이었다. 원고를 집필한 시점이 언제인지 명확한 날짜는 나와 있지 않았지만 《악의 기원》보다는 뒤에 쓴 글이라는 생각이 들었다. 《악의 기원》에서 이루어질 수 없는 사랑을 이야기했다면 《오로라의 갈매기》에서는 놀라가 어떻게 그에게 영감을 주고, 언제나 변함없이 그의 가능성을 믿고 용기를 북돋아주고, 끝내 그를 위대한 작가로 만들었는지 그 과정을 이야기하고 있었다.

《오로라의 갈매기》에서 놀라는 죽지 않는다. 소설로 큰 성공을 거둔 해리는 어마어마하게 큰돈을 벌어 캐나다로 떠나고, 호숫가 예쁜 집에서 그를 기다리고 있던 놀라와 조우한다.

새벽 2시, 페리가 커피를 끓이며 나에게 물었다.

"해리는 이 원고를 통해 무슨 말을 전하고 싶었던 걸까요?"

"놀라가 죽지 않았다고 가정한다면 자신의 삶이 어땠을지 상상해 본 게 아닐까요." 내가 대답했다. "이를테면 이 원고는 작가들의 파라다이스라고 할 수 있겠네요."

"작가들의 파라다이스라니, 그건 또 뭡니까?"

"작가들이 허구의 세계에 깊이 몰입되어 있다 보면 때로 현실과 상상이 혼선을 빚기도 하죠. 작가가 창조한 등장인물들이 상상 속에서만 존재하는지 실제로 살아서 돌아다니는지 헷갈리는 때가 있다는 뜻입니다."

"이 원고가 지금 우리에게는 어떤 도움이 될까요?"

"글쎄요, 나도 모르겠어요. 솔직히 전혀 모르겠습니다. 아주 잘 쓴 원고인데 왜 책으로 출간하지 않았는지도 모르겠고요. 해리는 왜 이 원고를 책으로 내지 않고 서랍에 넣어두었을까요?"

페리는 모르겠다는 뜻으로 어깨를 으쓱했다.

"어쩌면 이 소설에 실종된 놀라 이야기가 등장하기 때문에 출판할 엄두를 내지 못했을 수도 있겠네요." 페리가 추측했다.

"그렇긴 하지만 《악의 기원》도 놀라 이야기가 중심인데 출판사에 원고를 보냈거든요. 해리는 분명 이 책이 진실이라고 했어요. 무엇에 대한 진실일까요? 놀라에 대한 진실? 그렇다면 그건 또 무슨 의미일까요? 놀라가 사망하지 않았고, 오늘날에도 캐나다의 호숫가 오두막집에 살고 있다는 뜻일까요?"

"그건 도저히 불가능한 가설인데요." 페리가 말했다. "과학수사대에서 유해를 분석한 결과 놀라의 유골이라는 사실이 증명되었으니까요."

"그렇다면 해리는 왜 놀라가 생존해 있는 결말을 썼을까요?"

"우린 여전히 제자리걸음이네요."

∞

다음 날 아침, 드니즈가 나에게 전화했다. 어떤 여인이 〈슈미드 앤드 핸슨〉 출판사에 전화했는데, 출판사 직원이 드니즈에게 다시 연결해주었다고 했다.

"그 여인이 아주 중요한 일이라면서 작가님과 직접 통화하고 싶대요."

"대략 무슨 일인데 그래요?"

"오로라에서 놀라 켈러건과 같은 학교에 다닌 분인데 놀라의 엄마 이야기를 들은 적이 있대요."

∞

2008년 10월 25일 토요일
매사추세츠주, 케임브리지

오로라 고등학교 1975년 앨범에 스테파니 헨도프라는 이름이 있었고, 그녀의 사진이 놀라보다 두 칸 앞쪽에 있었다. 스테파니는 어니 핑커스가 근황을 알 수 없다고 포기했던 졸업생들 가운데 하나로 지금은 폴란드 출신 남자와 결혼해 보스턴의 부유한 외곽 동네인 케임브리지의 근사한 주택에서 살고 있었다. 현재 이름은 스테파니 라리니아크로 되어 있었다.

페리와 나는 스테파니를 만나러 케임브리지로 갔다. 현재 마흔여덟 살로 두 번 결혼해 세 아이의 엄마가 된 스테파니는 하버드 대학에서 예술사를 가르치다가 현재는 화랑을 직접 운영하고 있다고 했다. 오로라에서 자란 스테파니는 놀라 켈러건과 낸시 해터웨이는 물론이려니와 내가 만난 몇몇 친구들에 대해서도 자세히 기억하고 있었다. 스테파니가 과거를 회상하는 동안 나는 놀라와 달리 살아남은 그녀의 생생한 말을 들으며 깊은 감회에 젖어 들었다. 한편에는 열다섯 살에 살해된 놀라, 다른 한편에는 여전히 생존해 있으면서 하버드 대학에서 학생들을 가르치고, 화랑을 직접 운영하고, 두 번이나 결혼하고, 세 아이의 엄마가 된 스테파니가 있었다.

거실의 테이블 위에는 스테파니가 어린 시절에 찍은 몇 장의 사진이 있었다.

“난 이 사건을 처음부터 관심 깊게 지켜봤습니다.” 스테파니가 말했다. “놀라가 실종되던 날부터 그 이후 전개된 일들을 전부 기억합니다. 그 당시 오로라에 살던 내 또래 아이들 모두가 다들 나처럼 첨예한 관심을 가지고 있었을 거라고 봅니다. 놀라의 유해가 발견되고 해리 쿼버트가 체포되었을 때 얼마나 끔찍했는지 모릅니다. 난 당신이 쓴 책을 좋아합니다. 놀라에 대해 어찌나 잘 묘사했는지 감탄했거든요. 당신 덕분에 마치 내 친구 놀라를 되찾은 기분이었습니다. 영화로도 만들 거라고 하던데, 정말인가요?”

“워너브라더스에서 영화 판권을 사려고 합니다.” 내가 간단하게 대답했다.

스테파니는 우리에게 특별한 사진을 보여주었다. 놀라와 함께한 생일파티 장면을 담은 1973년 사진이었다.

스테파니가 말을 이었다.

“놀라와 나는 아주 가까운 사이였어요. 놀라는 굉장히 귀여운 아이였죠. 반 아이들 모두가 놀라를 좋아했어요. 아마 놀라와 그 아이 아버지가 보여주는 이미지 때문이었던 것 같아요. 언제나 친절한 켈러건 목사님과 늘 불평 한마디 없이 아빠에게 헌신적이고, 항상 밝게 웃는 미소 천사 이미지가 놀라에게 덧씌워져 있었죠. 내가 변덕을 부릴 때마다 엄마는 ‘넌 놀라를 보고 좀 배워라. 하느님도 무심하시지, 놀라의 엄마를 그렇게 일찍 데려가시다니? 그래도 놀라는 언제나 불평 한마디 없이 상냥하고 감사할 줄 알잖아'라면서 꾸중하기 일쑤였거든요."

"어떻게 난 놀라의 엄마가 사망한 사실을 모를 수 있었을까요?" 내가 툴툴거렸다. "방금 전에 내 책을 좋아하셨다고 말씀하셨죠? 얼마나 모자란 작가인지 궁금하셨겠네요."

"전혀 아닙니다. 오히려 그 반대였죠. 난 심지어 당신이 고의로 이야기를 뒤틀었다고 생각한 적이 있어요. 왜냐하면 나 자신이 놀라와 친하게 지낼 때 그런 일을 실제로 겪었으니까요."

"*그런 일을 실제로 겪다니,* 무슨 뜻입니까?"

"하루는 아주 이상한 일이 있었어요. 그 사건이 벌어지면서 나는 놀라와 사이가 멀어졌죠."

∞

1973년 3월

스테파니의 부모 헨도프 부부는 오로라 중심가에서 식료품점을 운영했다. 스테파니는 학교 수업이 끝나면 이따금 놀라를 데리고 식료품점에 들렀고, 두 아이는 몰래 창고에 숨어 사탕을 맘껏 꺼내 먹었다. 그날 오후에도 두 아이는 밀가루 포대 뒤에 숨어 과일 젤리를 몰래 먹으면서 깔깔댔다. 그러면서도 웃음소리가 새 나가지 않도록 손으로 입을 가리는 걸 잊지 않았다. 그러던 어느 순간 스테파니는 놀라에게서 뭔가 이상한 낌새를 느꼈다. 놀라의 눈빛이 방금 전과 달리 이상해 보였고, 더는 그녀의 말을 듣지 않고 있었기 때문이다.

"놀라, 괜찮아?" 스테파니가 물었지만 대답이 없었다. 스테파니가 똑같은 질문을 반복하자 마침내 놀라가 말했다.

"난 그만 돌아가야 해."

"벌써? 왜, 무슨 일 있어?"

"엄마가 내가 집으로 돌아오길 원해."

스테파니는 혹시 잘못 들은 줄 알았다.

"엄마라고?"

놀라는 겁에 질린 듯 벌떡 일어나더니 같은 말을 반복했다.

"난 이제 돌아가 봐야 해."

"네 엄마는 돌아가셨잖아?"

놀라는 허둥지둥 창고 문 쪽으로 달려갔고, 스테파니가 못 가게 팔을 잡으려고 하자 갑자기 몸을 돌리더니 친구의 원피스 자락을 부여잡고 겁에 질린 얼굴로 외쳤다. "엄마가 나에게 무슨 짓을 할지 몰라. 난 심술을 부리면 엄마에게 벌을 받아야 해."

놀라는 그 말을 남기고 집을 향해 뛰어갔다.

스테파니는 어안이 벙벙해진 가운데 오래도록 창고에 혼자 남아 있었다. 스테파니가 저녁 식사를 하려고 식탁에 앉았을 때 엄마에게 그날 있었던 일을 이야기하자 헨도프 부인은 전혀 믿으려고 하지 않았다.

"우리 착한 딸이 어쩌다가 그런 말도 안 되는 이야기를 지어냈는지 모르겠네. 이제 얼토당토하지 않은 말은 그만하고 어서 가서 손이나 씻고 와. 아빠가 돌아오면 저녁 식사를 해야 하니까."

다음 날, 학교에서 놀라는 아무 일도 없었다는 듯이 평온해 보였기에 스테파니는 차마 전날 있었던 일에 대해 물을 수 없었다. 그래도 끝내 놀라가 걱정돼 결국 열흘쯤 지났을 때 켈러건 목사에게 무슨 일이 있었는지 털어놓기로 했다.

켈러건 목사는 세인트 제임스 교구로 찾아간 스테파니를 평소와 마찬가지로 친절하게 맞아주었다. 그는 스테파니에게 달콤한 시럽을 탄 물을 한 잔 가져다주었다. 켈러건 목사는 스테파니가 신앙 문제로 상담하러 온 줄 알고 진지한 표정을 지었다.

스테파니는 열흘 전 창고에서 놀라와 함께 있다가 겪은 이야기를 들려주었다. 켈러건 목사는 이야기를 열심히 들었지만 결국 그 말을 전혀 믿지 않았다.

"네가 잘못 보았을 거야."

"저도 말도 안 되는 소리로 들릴 거라는 것쯤은 알아요. 하지만 제가 두 눈 뜨고 똑바로 본 사실이에요."

"그럴 리 없잖아. 놀라가 왜 그런 허무맹랑한 소리를 했겠니?

놀라의 엄마가 하늘나라로 갔다는 건 너도 알잖아. 넌 왜 이상한 말을 해 나를 힘들게 하니?"

"목사님을 힘들게 할 생각은 없었어요. 다만……."

켈러건 목사는 그쯤에서 대화를 마무리하려고 했지만 스테파니가 계속 고집을 부리자 표정이 돌변했다. 스테파니는 그가 화내는 얼굴을 처음 보았다. 평소에는 한없이 인자하고 온화한 목사의 얼굴이 어둡고 음울하게 변해 있었다.

"난 더 이상 네 말을 듣고 싶지 않아." 켈러건 목사가 위협 조로 말했다. "앞으로 그 어느 누구에게도 그 이야기를 해서는 안 돼. 만약 계속 그런 얼토당토않은 말을 하고 다니면 너의 부모님에게 네가 거짓말쟁이라고 말해 혼내주게 할 거야. 네가 교회에서 50달러를 훔쳐 갔다고 말하면 어떻게 될까? 너의 부모님이 누구 말을 믿을까? 너도 성가신 일이 생기길 원하지 않지? 그러니까 앞으로도 계속 착하고 상냥한 아이로 지내길 바란다."

∞

스테파니가 갑자기 이야기를 중단하더니 잠시 사진들을 만지작거리다가 나에게로 몸을 돌렸다.

"그런 일이 있은 이후로는 어느 누구에게도 그 이야기를 하지 않았어요." 스테파니가 고백했다. "그렇다고 그 일을 잊지는 않았죠. 그 후로 몇 년 동안 줄곧 내가 잘못 들었을 거라고, 그런 일은 절대로 일어나지 않았다고 나 자신을 설득하며 살았어요. 결국 그 일을 오래된 기억의 저편에 묻어두고 있었는데 당신 책이 나왔고, 거기서도 살아있는 놀라의 엄마를 다시 만나게 된 거예요. 당신 책을 읽다가 그 내용을 보았을 때 내가 어떤 기분이었는지는 차마 말로 설명할 수가 없네요. 며칠 전, 신문에서 당신이 사실 확인도 하지 않고 허무맹랑한 내용을 책에 그대로 담았다는 기사를 보았어요. 나는 그 즉시 당신을 만나야겠다고 마음먹었죠. 왜냐하면 난 당신이 쓴 글이 진실이라는 걸 잘 알고 있으니까요."

"어떤 진실을 말하는 건가요?" 내가 답답한 마음에 물었다. "놀라의 엄마는 실제로 오래전에 사망했는데요."

"나도 알아요. 하지만 난 당신이 쓴 글이 거짓이 아니라는 것도 알아요."

"놀라가 켈러건 목사에게 매질을 당했다고 생각하십니까?"

"오로라 사람들은 대개 그렇게들 생각했죠. 놀라의 몸에 온갖 종류의 멍 자국들이 있었거든요. 그런데 과연 누가 빈센트 제임스 교구 목사인 데이빗 켈러건을 찾아가 그 문제를 따지겠어요. 1975년 오로라에서는 아무도 이웃집 문제에 개입하길 원하지 않았죠. 지금과는 아주 다른 시대였으니까요. 자녀들에 대한 체벌이 공공연히 자행되던 때였죠."

"혹시 아직 기억 속에 남아 있는 또 다른 일은 없었습니까?" 내가 물었다. "놀라에 대해서나 책과 관련해서요."

스테파니는 잠시 생각에 잠겼다.

"오랜 세월이 흐른 지금 그 당시 놀라가 그토록 사랑했던 사람이 해리 쿼버트였다는 사실을 알게 되어 놀랍긴 해요."

"무슨 뜻인지?"

"창고에서 그런 일이 있었던 이후로 놀라와 사이가 소원해졌어요. 한참 동안 소원하게 지냈는데 놀라가 실종된 그해 여름에는 예전 같지는 않아도 나름 자주 만났죠. 1975년 여름에 나는 우체국 맞은편에 있던 부모님 가게에 자주 들락거렸어요. 그러다보니 놀라와 자연스럽게 마주치게 된 거예요. 놀라가 편지를 부치러 우체국에 자주 오다보니 부모님 가게에 있던 내 눈에 띈 거죠. 어느 날 내가 누구에게 편지를 보내는지 물었더니 놀라가 실토하더군요. 누군가와 미치도록 사랑에 빠져 편지를 주고받는다고요. 상대가 누구인지는 말해주지 않았는데 난 농구부의 상급생 코디라고 생각했죠. 끝내 놀라가 편지를 주고받는 사람이 누구인지 알아내지 못했는데, 한번은 봉투에 오로라라고 적힌 주소를 보게 되었죠. 오로라에 사는 사람이라면 직접 만나면 될 텐데 굳이 편지를 주고받는 이유를 모르겠더군요."

∞

스테파니의 집을 나왔을 때 페리가 사려 깊은 눈으로 나를 바라보며 물었다.

"지금 일이 어떻게 되어가고 있는 겁니까?"

"사실은 나도 경사님과 똑같은 질문이 떠올랐습니다. 이제부터 우리가 할 일은 뭘까요?"

"우리는 진작 앨라배마주 잭슨에 가봤어야 했어요. 한참 늦었지만 앨라배마에서 무슨 일이 있었는지 알아봐야죠."

4
앨라배마의 스위트홈

"책이 결말 부분에 다다르면 독자들의 기억에 남을 만한 마지막 반전이 필요해."

"왜 반전이 꼭 있어야 하죠?"

"독자들에게 끝까지 숨 돌릴 틈을 주지 말아야 하니까. 카드놀이를 생각해봐. 마지막 승리를 위한 카드를 끝까지 지니고 있어야 하잖아."

2008년 10월 28일
앨라배마주, 잭슨

마침내 우리는 앨라배마에 발을 내디뎠다.

앨라배마주 경찰청 소속의 젊은 경관 필립 토마스가 모빌 공항에 도착한 우리를 맞아주었다. 페리가 며칠 전에 연락해 협조를 요청해둔 덕분이었다. 필립은 정복 차림에 모자까지 갖추어 쓰고 장대처럼 꼿꼿한 자세로 우리를 기다리고 있었다. 페리에게 정중하게 거수경례를 한 그는 나에게는 모자를 약간 들어 올리며 인사를 대신했다.

"TV에서 많이 봤던 분 같은데요?" 필립이 물었다.

"아마도."

"모두 이분이 쓴 책에 대해 이야기하고 있어. 하지만 자네는 이분을 조심해야 할 거야. 순식간에 전혀 상상할 수 없는 대혼란을 만들어내는 분이니까."

"켈러건 가족도 책에 등장합니까?" 필립이 놀란 표정으로 물었다.

"그러니까 이분과는 되도록 멀리 떨어져 지내는 게 좋아. 나 역시 이분을 만나기 전만 해도 굉장히 평화롭게 살던 사람이었거든."

필립은 주어진 임무를 대단히 진지하게 받아들였다. 페리의 협조 요청을 받은 그는 '켈러건 파일'을 준비해두었고, 우리는 공항 근처 식당에서 그 서류들을 훑어보았다.

"데이빗 J. 켈러건은 1923년 몽고메리에서 태어났습니다." 필립이 브리핑을 시작했다. "그는 신학을 공부한 후 목사가 되었고, 잭슨에 와서 마운트플레전트 교구를 맡게 되었습니다. 루이자 본느빌과는 1955년에 결혼했고요. 두 사람은 잭슨의 북쪽 조용한 마을의 주택에 살았습니다. 1960년, 루이자 켈러건은 딸을 낳았고, 그 아이가 바로 놀라 켈러건입니다. 앨라배마에 사는 조용하고 신앙심 깊은 가족이었죠. 1969년에 그 비극이 일어나기 전까지는."

"비극이라고?" 페리가 물었다.

"화재 사건이었어요. 어느 날 밤, 켈러건 가족이 사는 집에서 불이 났습니다. 루이자 켈러건은 그때 사망했고요."

필립은 파일에 당시 신문 기사들까지 복사해 첨부해두었다.

로어 스트리트에서 발생한 치명적인 화재 사고

어제저녁 로어 스트리트의 한 주택에 화재 사고가 발생해 한 여인이 사망했다. 소방관들은 밤새도록 켜놓은 촛불을 화재 사고의 주된 원인으로 추정하고 있다. 집은 전소되었고, 희생자는 이 지역 교구를 담당하는 목사의 부인이다.

경찰이 작성한 사건 보고서에서 발췌한 대목을 보면 1969년 8월 30일 밤 새벽 1시경, 데이빗 켈러건이 임종을 앞둔 신자를 방문하기 위해 집을 비운 사이 화재가 발생했고, 깊이 잠들었던 루이자와 놀라는 미처 대처할 겨를 없이 화마에 휩쓸리게 되었다. 켈러건 목사는 집에 다 와서야 자기 집에서 시커먼 연기가 뿜어져 나오는 모습을 발견했다. 그는 황급히 집 안으로 뛰어 들어갔으나 2층은 이미 불길에 휩싸여 있었다. 딸의 방에서 정신이 혼미한 상태로 침대에 누워있는 딸을 발견한 그는 아이를 정원까지 옮겨놓은 다음 부인을 구하려고 다시 집 안으로 들어가려고 했지만 이미 계단까지 불길이 번진 상태였다.

이웃 사람들이 비명을 듣고 몰려왔으나 딱히 도울 수 있는 일이 없었다. 소방대가 도착했을 때는 이미 2층 집 전체에 불이 붙었고, 창문으로 새어 나온 불길이 지붕을 무너뜨리기 시작했다. 루이자 켈러건은 사망한 상태로 발견되었는데 사인은 질식사로 판명되었다. 경찰이 작성한 사건 보고서는 잠들기 전 켜놓은 향초의 불이 커튼으로 옮겨붙었고, 순식간에 목재로 지은 집 전체로 번지게 되었다고 결론지었다. 켈러건 목사는 진술서에서 아내가 잠자리에 들기 전 서랍장 위에 향초를 놓아둔 적이 많았다고 진술했다.

"날짜를 보세요." 사건 보고서를 읽던 내가 소리쳤다. "화재 사고가 난 날짜를 잘 보시라고요."

"맙소사, 1969년 8월 30일이네."

"화재 사고를 수사했던 경찰은 한동안 켈러건 목사를 의심했다고 하더군요." 필립이 말했다.

"자넨 그걸 어떻게 알아?"

"담당 경찰이 에드워드 에머슨이라는 베테랑이었는데 그와 이야기를 나누어봤거든요. 지금은 은퇴해 보트를 타면서 시간을 보내고 있죠."

"우리가 그를 만나볼 수 있을까?" 페리가 물었다.

"그럴 줄 알고 벌써 약속을 잡아두었습니다. 오후 3시에 간다고 해두었죠."

∞

에머슨은 집 앞에 나와 나무 보트를 열심히 닦고 있었다. 날씨가 무더웠으므로 그는 위로 들어 올린 차고 문을 차양 삼아 그 아래에서 작업을 하고 있었다. 그는 우리에게 바닥에 놓인 상자에서 맥주를 꺼내 마시라고 하면서도 일을 멈추지 않고 계속했다. 우리는 그가 무심한 체하면서도 우리에게 신경을 기울이고 있다는 걸 느낄 수 있었다. 그는 켈러건 집 화재 사고를 회상하면서 우리가 경찰의 사고 보고서를 읽어서 이미 알고 있는 내용들을 되풀이해 들려주었다. 보고서에 없는 내용이라고는 거의 없었다.

"사실 그 화재 사고는 아주 이상한 점이 많았어요." 에머슨이 결론처럼 말했다.

"그게 무슨 말씀입니까?" 내가 물었다.

"사람들은 데이빗 켈러건이 집에 불을 질러 부인을 죽였다고 생각했죠. 그의 진술을 뒷받침할 증거가 전혀 없었으니까. 마침 불이 번지기 전에 도착해 기적처럼 딸을 구했지만 부인은 아슬아슬한 차이로 구하지 못했으니 의심받을 만했어요. 더구나 몇 주 후 그는 돌연 잭슨을 떠나버렸죠. 집은 불타고, 부인은 죽었는데 당사자는 떠나고 없으니 다들 뭔가 석연치 않게 생각할 수밖에 없었어요. 하지만 데이빗 켈러건을 방화범으로 지목할 혐의점은 전혀 발견되지 않았죠."

"화재 사고 당시 이야기를 듣고 나니 놀라의 실종도 같은 시나리오로 진행되었다는 느낌이 드는군요." 페리가 말했다. "1975년에 놀라는 홀연히 자취를 감추었습니다. 살해되었을 가능성이 컸지만 그 사실을 입증할 수 있는 단서는 전혀 발견되지 않았죠."

"무슨 생각을 하시는 겁니까?" 내가 물었다. "켈러건 목사가 아내를 화재 사고로 위장해 살해하고, 딸도 죽였을 거라고 보십니까? 결과적으로 우리가 범인을 잘못짚었다는 겁니까?"

"만약 그렇다면 재앙이죠." 페리가 볼멘소리를 했다. "누구를 만나보면 좋겠습니까, 에머슨 씨?"

"마운트플레전트 교회에 한번 가보세요. 거기 가면 잭슨 교구 신자들 명단을 구할 수 있을 겁니다. 신자들 가운데 더러는 켈러건 목사를 기억하고 있을 테니까요. 하지만 이미 39년 전 화재 사고라 괜한 헛수고를 할 수도 있겠네요."

"우리에게는 시간이 별로 없습니다." 페리가 탄식하듯 말했다.

"내가 알기로, 데이빗 켈러건은 이 지역에서 활동하는 펜테코스트 파의 일종인 사교 집단과 가까이 지냈어요." 에머슨이 말을 이었다. "여기서 차로 한 시간쯤 떨어진 곳에 있는 농장에서 공동체 생활을 하는 광신자들이 있어요. 켈러건 목사는 화재 사고 이후 한동안 그들과 함께 기거했거든요. 나는 그 당시 담당 경찰이었기 때문에 켈러건 목사를 만나 이야기할 일이 있어서 농장에 가본 적이 있죠. 그는 잭슨을 떠나기 전까지 줄곧 그곳에 머물렀어요. 농장을 찾아가 루이스 목사를 만나고 싶다고 해보세요. 그가 아직 거기 있는지 모르겠지만 그 당시에는 그들 사교 집단의 영적 지도자였으니까요."

∞

에머슨이 말한 루이스 목사는 새 구세주교회 공동체를 이끄는 인물이었다. 우리는 다음 날 아침 공동체에서 운영하는 농장을 방문했다. 필립이 우리를 고속도로변 〈홀리데이 인〉 호텔로 데리러 왔다. 우리는 그 호텔에 방 두 개를 잡았는데, 하나는 뉴햄프셔주 경찰청에서 비용을 지불했고, 다른 하나는 내가 냈다. 필립은 우리를 거대한 사유지 농장으로 데려갔다. 옥수수밭 사이에서 길을 잃고 헤매던 우리는 트랙터를 모는 한 남자의 안내로 다수의 집들이 줄줄이 들어선 곳에 다다랐다. 남자가 우리에게 루이스 목사의 집이 어딘지 알려주었다.

초인종을 누르자 상냥하고 살집이 많은 여인이 나와 우리를 서재로 안내했다. 몇 분쯤 지나 루이스 목사가 우리를 만나러 왔다. 그는 아흔 살이 넘은 사람이었지만 나이보다 족히 20년은 젊어 보였다. 에머슨의 설명과는 달리 매우 호감이 가는 인상이었다.

"경찰이라고요?" 그가 우리에게 악수를 청하며 물었다.

"뉴햄프셔주 경찰청과 앨라배마주 경찰청에서 나왔습니다." 페리가 말했다. "우리는 놀라 켈러건 살해 사건을 수사하고 있습니다."

"요즘은 어디에서나 그 얘기뿐인 것 같군요."

루이스 목사는 나와 악수를 나눌 때 잠시 내 얼굴을 쳐다보더니 물었다.

"혹시 그 작가?"

"네, 맞습니다. 그 작가죠." 페리가 대신 말했다.

"제가 뭘 도와드리면 될까요?"

페리가 대뜸 물었다.

"루이스 목사님, 놀라 켈러건을 알고 계시죠?"

"네, 그 아이 부모를 더 잘 안다고 해야겠네요. 좋은 분들이었습니다. 우리 공동체와도 아주 가깝게 지냈고요."

"'우리 공동체'라면 뭘 하는 겁니까?"

"우리는 펜테코스트 파의 한 줄기입니다. 우리는 기독교인으로서의 이상을 가지고 있고, 그 가치를 공유하는 사람들이죠. 간혹 어떤 사람들이 우리를 가리켜 사이비종교 집단이라고 한다는 건 나도 알고 있습니다. 우리는 일 년에 두 번씩 사회복지기관의 감사를 받고 있습니다. 그 사람들은 우리 아이들이 제대로 학교에 다니는지, 적절한 영양가가 가미된 음식을 섭취하고 있는지, 굶거나 가혹 행위를 당하지는 않는지 점검합니다. 우리가 무기를 소지하고 있지는 않은지, 혹시 백인우월주의자들은 아닌지도 살피죠. 정말이지 실소가 절로 나올 일이지만 우리는 감사를 회피하지 않습니다. 우리 아이들은 모두 공립학교에 다니고, 난 평생 총이라고는 단 한 번도 소유해본 적 없는 사람입니다. 잭슨 카운티에서 버락 오바마의 선거 운동에도 적극적으로 참여하고 있죠. 나에 대해 뭘 더 알고 싶은지요?"

"1969년에 일어난 일에 대해서 알고 싶습니다." 페리가 콕 집어 말했다.

"1969년에 아폴로 11호가 달에 착륙했죠." 루이스 목사가 말했다. "미국이 소비에트연방을 상대로 거둔 매우 값진 승리였습니다."

"내가 무슨 질문을 할지 다 알고 있잖습니까? 켈러건 목사의 집 화재 사고에 대해 알아보고자 합니다. 무슨 일이 일어난 겁니까? 루이자 켈러건에게 무슨 일이 벌어졌던 겁니까?"

나는 입도 뻥끗하지 않고 잠자코 있었는데 루이스 목사는 한참 동안 내 얼굴을 뚫어지게 바라보더니 나를 향해 말했다.

"난 최근에 당신을 TV에서 많이 봤습니다. 난 당신이 매우 훌륭한 작가라고 생각했는데 왜 루이자 켈러건에 대해서는 제대로 알아보지 않은 겁니까? 루이자의 죽음이 화재 사고 때문인지 아니면 화재 사고를 빙자한 살인인지 알아보려고 온 듯한데, 아닌가요? 당신 책은 근거가 허약해요. 책에 쓴 사실관계를 의심받으니까 미치고 환장하겠죠? 여기서 뭘 구하십니까? 당신의 거짓말을 합리화하기 위한 변명거리?"

"진실." 내가 대답했다.

루이스 목사의 얼굴에 서글픈 미소가 어렸다.

"진실이라고요? 어떤 진실을 말하죠? 신의 진실, 아니면 인간의 진실?"

"목사님의 진실입니다. 루이자 켈러건의 죽음에 대한 목사님의 진실을 알고 싶습니다. 데이빗 켈러건이 부인을 살해한 겁니까?"

루이스 목사는 앉아 있던 소파에서 벌떡 일어나더니 반쯤 열려 있던 서재의 문을 닫았다. 그런 다음 창가로 가서 바깥을 살폈다. 그 장면을 보면서 나는 즉각적으로 프랫 서장을 찾아갔던 날이 떠올랐다. 페리가 나에게 다음은 자기가 질문할 차례라는 신호를 보냈다.

"데이빗은 선한 사람이었습니다." 루이스 목사가 마침내 한숨 쉬듯 입을 열었다.

"선한 사람이었다고요?" 페리가 과거 시제를 사용한 걸 걸고 넘어졌다.

"데이빗을 마지막으로 본 게 39년 전이니까요."

"데이빗 켈러건이 딸을 수시로 때렸습니까?"

"천만의 말씀입니다. 데이빗은 순수한 마음을 가진 목사입니다. 신앙심도 매우 깊었죠. 데이빗이 처음 마운트플레전트에 왔을 때만 해도 교회당은 늘 텅 빈 상태였습니다. 그가 온 지 6개월이 지났을 때 교회는 빈자리가 없이 미어터졌죠. 부인이나 딸을 구타할 사람이 결코 아닙니다."

"켈러건 가족에게 어떤 일이 있었던 겁니까?" 페리가 훨씬 부드러워진 어조로 물었다.

루이스 목사는 부인을 불러 꿀물을 내오라고 부탁했다. 다시 소파에 앉은 그는 우리를 한 사람씩 차례로 바라보더니 다정한 눈길을 보내며 따뜻한 목소리로 말했다.

"자, 두 눈을 감으세요. 이제 우리는 1953년의 앨라배마주 잭슨으로 떠나게 될 겁니다."

∞

1953년 1월
앨라배마주, 잭슨

미국 사람들이 좋아할 만한 이야기였다. 1953년 초, 몽고메리에서 온 젊은 목사가 마운트플레전트의 교회당으로 들어섰다. 마침 태풍이 심하게 부는 날이었다. 하늘에서는 장대비가 쏟아졌고, 유례없이 강력한 돌풍이 불어 거리 전체가 휩쓸려 나갈 판이었다. 나무들은 미친 듯이 흔들렸고, 어느 상점의 진열장 아래로 피신한 신문팔이 소년의 손을 빠져나간 신문지들이 사방팔방으로 흩어졌다. 악천후에도 밖으로 나온 사람들은 강한 빗줄기 속에서 이리저리 피신처를 옮겨 다니며 최종 목적지를 향해 조금씩 움직였다.

젊은 목사가 교회 문을 미는 순간 바람이 거세게 몰아쳐 문짝이 요란하게 삐걱거리는 소리를 냈다. 교회 내부는 어둠침침하고,

몸이 얼어붙을 정도로 추웠다. 젊은 목사는 제단을 향해 천천히 걸어갔다. 낡은 지붕이 갈라진 틈으로 비가 새면서 바닥 여기저기에 물웅덩이가 생겼다. 교회는 텅 비어있었고, 사람들이 언제 드나들었는지 흔적조차 느껴지지 않았다. 불을 밝혀야 할 촛대들에는 이미 다 타버린 초들만이 드문드문 꽂혀 있을 뿐이었다. 제단을 향해 걸어가던 젊은 목사는 이내 설교단 앞에 다다랐고, 목조계단을 오르려고 한쪽 발을 올려놓았다.

"계단을 오르지 마세요."

젊은 목사는 텅 빈 허공에서 울려 퍼진 목소리에 흠칫 놀랐다. 몸을 돌리자 어둠 속에서 키가 작고 몸집이 동글동글한 남자의 실루엣이 보였다.

"계단을 오르지 마세요." 남자가 같은 말을 반복했다. "계단이 부서질 위험이 있어 까딱 잘못했다간 목이 부러집니다. 켈러건 목사님이시죠?"

"네, 그렇습니다."

"새 교구에 오신 걸 환영합니다. 저는 '새 구세주교회 공동체'를 이끌고 있는 제레미 루이스 목사입니다. 전임 목사님이 떠나면서 저에게 이 교구를 맡겼습니다. 이제부터는 켈러건 목사님이 이 교구를 맡아야 합니다."

그들은 반갑게 악수를 나누었다. 데이빗 켈러건이 추위에 덜덜 떨고 있자 루이스 목사가 말했다.

"날씨가 추우니까 저를 따라오시죠. 길모퉁이에 카페가 하나 있는데 따스한 그로그나 한잔 마시면서 이야기를 나누시죠."

제레미 루이스와 데이빗 켈러건은 그렇게 만나 서로 첫인사를 했다. 두 사람은 카페에 앉아 폭풍이 지나가기를 기다리며 대화를 나누었다.

데이빗 켈러건이 당황한 표정으로 말했다. "마운트플레전트 교구가 많이 어렵다는 말을 들었지만 이 정도일 줄은 미처 몰랐습니다."

"켈러건 목사님이 보신 그대로입니다. 교구 상황이 몹시 어렵습니다. 신자가 오지 않는 교회가 된 지 오래되었으니 당연히 헌금도 걷히지 않고요. 교회 건물은 폐허가 되어가고 있습니다. 앞으로 켈러건 목사님이 해야 할 일이 정말 많습니다. 그렇다고 너무 겁먹지는 마시고요."

"그럴 리가요? 두고 보시면 알겠지만 저는 이만한 일로 겁먹지 않습니다."

루이스 목사는 빙긋 웃었다. 그는 어느새 젊은 목사의 강한 카리스마와 강인한 성격에 매혹된 상태였다.

"결혼하셨습니까?" 루이스 목사가 물었다.

"아직 독신입니다."

∞

새로 마운트플레전트 교구를 책임지게 된 데이빗 켈러건 목사는 여섯 달 동안 교구 신자들의 집을 일일이 방문해 그들이 일요일마다 다시 교회에 나오도록 설득했다. 낡은 교회 건물을 수리하기 위해 모금 활동도 벌였다. 그는 한국전에 참전하지 않은 대신 이 지역 참전용사들의 사회 적응을 돕기 위한 프로그램을 적극적으로 운영했다. 참전용사들 몇몇은 교회 건물 보수 공사와 교구 사무실 수리에 힘을 더해주었다. 켈러건 목사의 적극적인 활동이 빛을 발하면서 점차 마운트플레전트 교구는 활기를 되찾기 시작했고, 그는 잭슨의 떠오르는 별이 되었다. 지역 유지들과 교구 신자들은 켈러건 목사의 면모에서 정치인으로서의 성공을 예상하기도 했다. 켈러건 목사 정도면 시장 선거에 나가 충분히 승리를 거둘 수 있으리라는 소문이 돌았다. 시장이 되고 나면 그다음에는 연방 정부로 진출할 수 있는 길이 열리게 될 거라는 전망도 내놓았다. 그렇게 차츰 사다리를 오르다보면 상원의원이 되지 말라는 법도 없었다. 어쨌거나 젊은 데이빗 켈러건에게는 무한한 잠재력이 있었다.

1953년이 막바지로 치닫던 어느 날 저녁, 데이빗 켈러건은 교회 근처 식당으로 저녁 식사를 하러 갔다. 그는 자주 애용하는 카운터 자리에 앉았다. 그의 옆자리에 앉아 있던 젊은 여인이 그를 알아보고 방긋 미소를 지었다.

"안녕하세요, 목사님." 그녀가 먼저 인사를 건넸다.

데이빗 켈러건은 조금 부자연스러운 미소를 지으며 말했다.
"정말 죄송합니다만 우리가 이전에 만난 적이 있던가요?"
여자는 깔깔 웃으면서 곱실곱실한 금발을 만지작거렸다.
"저는 마운트플레전트 교구 신자입니다. 이름은 루이자 본느빌이고요."
데이빗 켈러건이 신자를 알아보지 못해 몹시 당황한 나머지 얼굴을 붉히자 루이자는 더욱 크게 웃었다. 그는 마음을 다잡기 위해 담배에 불을 붙였다.
"저도 한 대 주실래요?" 루이자가 말했다.
그는 담뱃갑을 통째로 내밀었다.
"제가 담배 피운다고 소문내지 않을 거죠?" 루이자가 물었다.
"약속할게요."
루이자는 교구 유지의 딸이었다. 데이빗과 루이자는 교제를 시작했고, 이내 사랑에 빠졌다. 1955년 여름에 모두 두 사람이 너무나 잘 어울리는 선남선녀라고 축복해주는 가운데 결혼했다. 그들 부부는 자식 욕심이 많아 아들 셋에 딸 셋 그렇게 여섯을 낳길 바랐다. 캘러건 부부는 보금자리로 선택한 로어 스트리트의 주택에 아이들의 웃음소리가 널리 울려 퍼질 수 있길 소망했다.
그들의 바람과 달리 루이자는 좀처럼 아이를 갖지 못했다. 여러 의사를 찾아다니며 어떻게 하면 임신할 수 있을지 상담을 받았지만 별 소득이 없다가 1959년 여름에 드디어 기쁜 소식을 얻게 되었다. 루이자가 마침내 임신했다는 소식이었다.

1960년 4월 12일, 루이자 켈러건은 잭슨의 병원에서 아이를 낳았다.

"공주님입니다." 의사가 복도에서 초조하게 서성이던 데이빗 켈러건에게 말해주었다.

"공주라고요?" 켈러건 목사가 행복한 얼굴로 외쳤다.

데이빗은 아기를 품에 안고 있는 루이자에게로 달려갔다. 그는 아내를 얼싸안으며 아기를 바라보았다. 엄마를 닮아 머리카락이 금발인 듯했다.

"아기 이름으로 놀라 켈러건 어때요?" 루이자가 말했다.

데이빗은 군말 없이 동의했다.

"반가워, 놀라. 태어난 걸 환영한다." 데이빗이 말했다.

∞

그 후 몇 년 동안 켈러건 가족은 모범 가정의 표본으로 사람들 입에 오르내렸다. 선한 아버지, 온화한 엄마, 귀엽고 똑똑한 딸로 이루어진 켈러건 가족은 잭슨 사람들의 본보기가 되기에 부족하지 않았다. 데이빗은 늘 창의적인 아이디어와 미래를 내다보는 계획이 있었고, 루이자는 늘 남편의 활동을 적극 지원했다.

여름이 되면서 그들 가족은 일요일마다 제레미 루이스 목사와의 우정에 화답하고자 새 구세주교회 공동체로 소풍을 갔다. 그 무렵 켈러건 가족과 교류하며 지내던 사람들은 누구나 그들이 누리는 행복을 부러워했다.

∞

"난 이제껏 켈러건 가족보다 더 행복해 보이는 사람들을 본 적이 없습니다." 루이스 목사가 말했다. "데이빗과 루이자는 다른 사람들이 시샘할 정도로 서로 깊이 사랑했습니다. 마치 하느님께서 두 사람이 서로 깊이 사랑하도록 특별히 만든 사람들이 아닐까 하는 생각이 들 정도였죠. 그들은 부모로서도 부족함이 없었습니다. 놀라는 명랑하고 사랑스러운 아이였죠. 누구나 켈러건 가족을 보면서 그들처럼 되고 싶다는 로망을 갖게 되는 한편 인간의 밝은 미래를 보는 듯했습니다."

"그런데 어쩌다가 이런 일이 벌어지게 되었나요?" 페리가 물었다.

화색이 돌던 루이스 목사의 얼굴에 그늘이 졌다. 그는 자리에 앉아 있기가 거북한 듯 자리에서 일어나 한동안 서성거렸다.

"그 이야기를 굳이 해야 할까요?" 루이스 목사가 혼잣말처럼 중얼거렸다. "이미 오래전 일인데."

"1969년에 무슨 일이 있었는지 말해주세요."

루이스 목사는 벽에 걸린 대형 십자가 쪽으로 몸을 돌리더니 우리에게 말했다.

"우리는 놀라의 몸에서 마귀를 몰아내려고 했는데 뜻대로 되지 않았습니다."

"뭐라고요?" 페리가 깜짝 놀란 표정을 지었다. "도대체 무슨 말을 하는 겁니까?"

"우리는 놀라의 몸에서 마귀를 쫓아내기 위한 퇴마 의식을 했습니다. 결과적으로 실패했고, 큰 재앙으로 이어졌죠. 놀라의 몸 안에 깃들어있는 마귀들이 너무 많았나봅니다."

"무슨 뜻입니까?"

"켈러건 가족의 집에서 화재 사고가 있던 날 밤에 실제로 벌어진 상황은 데이빗의 경찰 진술과 다릅니다. 데이빗이 임종을 앞둔 신자 집에 갔던 건 사실입니다. 새벽 1시에 집에 돌아와 보니 집이 불길에 휩싸여 있더라는 진술도 사실이고요. 하지만 그 이후에 벌어진 상황들은 데이빗의 진술과 일치하지 않습니다."

∞

1969년 8월 30일

깊은 잠에 빠져있던 제레미는 초인종을 누르는 소리를 듣지 못했다. 문을 열어준 마틸다가 그를 깨웠다. 그때가 새벽 4시 경이었다.

“제레미, 어서 일어나.” 마틸다의 눈에 눈물이 글썽했다. “데이빗이 우리 집에 왔어. 루이자가 화재 사고로 목숨을 잃었대.”

루이스는 그 말을 듣고 허둥지둥 침대에서 뛰어 내려왔다. 데이빗이 넋 나간 사람처럼 거실에 앉아 눈물을 흘리고 있었고, 놀라가 그 옆에 서 있었다. 마틸다가 손님방으로 놀라를 데려가 잠을 재웠다.

“데이빗, 어떻게 된 일인가?” 제레미가 물었다.

“집에 불이 나서 루이자가 목숨을 잃었어요.”

데이빗은 소파에 웅크리고 앉아 하염없이 눈물을 흘렸다. 제레미가 위스키를 큰 잔에 따라 그에게 내밀었다.

“놀라는 어디 다친 데가 없고?”

“하느님의 보살핌 덕분인지 놀라는 다행히 몸을 상한 곳이 없어요.”

제레미의 두 눈에도 눈물이 차올랐다.

“이게 무슨 날벼락인가? 이 무슨 비극이란 말인가?”

제레미는 눈물을 쏟으며 데이빗의 등을 토닥였다.

“어쩌다가 불이 나게 되었는지 도저히 알 수 없어요. 임종을 앞둔 신자를 방문했다가 돌아와보니 집이 불길에 휩싸여 있었어요. 불길이 이미 엄청난 기세로 솟구치고 있어 눈앞이 캄캄해지더군요."

"자네가 불길에 휩싸인 집에 뛰어들어 놀라를 밖으로 데리고 나왔나?"

"할 말이 있습니다."

"뭐든 다 말해봐. 난 언제나 자네 편이니까."

"제가 집 앞에 당도했을 때는 이미 불길이 2층까지 번져 있었어요. 난 루이자를 구하러 2층으로 올라가려고 했지만 목조계단에도 이미 불이 붙어 도저히 갈 수 없었어요. 루이자는 불길에 휩싸여 있는데 남편이란 작자는 아무것도 할 수 없는 상황이었죠. 아무것도!"

"놀라는 어떻게 되었나?"

데이빗은 구토가 나는지 헛구역질을 몇 번 했다.

"저는 화재 조사를 나온 경찰에게 2층으로 올라가 놀라를 데리고 나왔고, 다시 돌아가 루이자를 구하려고 했지만 이미 불길에 휩싸여 불가능한 상황이었다고 진술했습니다."

"그 진술이 사실과 다른가?"

"사실이 아니었어요. 제가 집에 도착했을 때는 이미 2층까지 불길이 번져 활활 타고 있었거든요. 저는 가족들을 다 잃은 절망감에 잠시 넋을 잃고 있었는데 어디선가 노랫소리가 들려왔어요. 주위를 둘러보니 놀라가 현관문 아래에서 노래를 부르고 있더군요."

∞

다음 날 아침, 데이빗은 놀라와 손님방에서 얼굴을 보며 마주 앉았다. 그는 우선 놀라에게 엄마가 하늘나라로 떠난 사실을 설명해주어야 했기에 최대한 조심스럽게 말을 꺼냈다.

"어제저녁에 끔찍하고 슬픈 일이 있었어. 너도 마음이 많이 아플 거야. 우리 집에 불이 난 건 너도 알지?"

"네."

"네 엄마가 방에서 자다가 빠져나오지 못했어. 정말이지 안타깝고 슬픈 일이지."

"알아요. 엄마는 불에 타 죽었어요." 놀라가 또박또박 말했다. "엄마는 심술쟁이죠. 그래서 내가 엄마 방에 불을 질렀어요."

"너 지금 뭐라고 했니?"

"엄마 방에 가보니 엄마는 자고 있었어요. 심술쟁이 얼굴 그대로 눈을 감고 있었죠. 난 엄마가 죽었으면 좋겠다고 생각했어요. 그래서 엄마의 서랍장 위에 놓인 성냥을 가져다가 커튼에 불을 붙였죠."

데이빗이 다시 한번 말해보라고 하자 놀라는 빙긋 미소를 지었다. 그런 다음 방금 전에 한 말을 태연하게 반복했다. 그 순간 데이빗은 마룻바닥이 삐걱거리는 소리가 들려와 고개를 돌려 쳐다보았다. 제레미가 아이가 어떤지 보러 왔다가 대화를 엿들은 것이다.

∞

데이빗은 서재에서 제레미와 마주 앉았다.

"놀라가 집에 불을 질렀다고? 놀라가 엄마를 죽였다고?" 큰 충격을 받은 제레미가 흥분을 감추지 못하고 버럭 소리를 질렀다.

"제발 목소리 좀 낮추세요. 놀라가 집에 불을 질렀다고 말하긴 했지만 난 믿지 않아요. 저 어린아이가 어떻게 그렇게 사악한 짓을 저지를 수 있겠어요."

"놀라는 마귀 들린 아이일 수도 있어. 자네 생각은 어떤가?" 제레미가 물었다.

"놀라가 마귀 들린 아이라니요? 절대로 그럴 리 없어요. 아니라니까요. 루이자와 난 가끔 놀라가 하는 짓이 이상하다고 느낀 적이 있긴 하지만 마귀 들린 아이라고 생각해본 적은 없어요."

"놀라는 집에 불을 질러 엄마를 죽였어. 자네는 그게 사실이라면 얼마나 심각한 문제인지 알고 있나?"

데이빗은 온몸이 떨려왔다. 그는 전율을 느끼며 눈물을 흘렸고, 놀라의 말을 믿고 싶지 않아 고개를 돌렸다. 머릿속에서 수없이 많은 생각이 교차했다. 데이빗이 토하려고 헛구역질하자 제레미가 휴지통을 내밀었다.

"제발 부탁인데 경찰이 찾아와 뭘 묻더라도 놀라에 대해서는 함구해주세요."

"과연 입을 다무는 게 옳을까?"

"제발 하늘에 맹세코 아무 말도 하지 말아주세요. 만일 경찰이 이 사실을 알게 되면 놀라는 평생 교도소에 갇히거나 정신병원에 수용되는 신세가 될 거예요. 그 아이는 이제 불과 아홉 살입니다."

"놀라를 정신병원에 보내 치료하는 게 낫지 않을까?" 제레미가 말했다. "놀라는 마귀 들린 아이니까 당장 치료가 필요해."

"그건 안 돼요."

"놀라를 데려다가 퇴마 의식을 해보는 건 어떤가? 놀라의 몸에 깃든 마귀를 내쫓는 해결책이 될 수도 있어."

∞

"우리는 놀라를 데려다가 퇴마 의식을 하기로 했습니다." 제레미가 말했다. "결국 우리는 며칠 동안 놀라의 몸에서 마귀를 분리해내기 위한 퇴마 의식을 진행했죠."

"말도 안 되는 소리!" 내가 흥분해서 혼잣말로 중얼거렸다.

"왜 당신들은 나에게 질문을 해놓고 정작 내가 하는 말은 믿지 않죠?" 제레미가 발끈했다. "그때의 놀라는 예전의 착하고 귀여운 놀라가 아니었어요. 마귀가 그 아이의 몸에 깃든 거예요."

"그래서 어떻게 했습니까?" 페리도 답답하다는 듯이 목소리를 높였다.

"평소에는 최선을 다해 기도하면 하느님이 들어주시곤 했습니다."

"놀라의 경우 기도만으로는 문제가 해결되지 않았겠군요?"

"놀라의 몸에 깃든 마귀는 강했어요. 그래서 우리는 놀라의 머리를 성수로 가득 채운 욕조에 밀어 넣었습니다. 마귀를 끝장내려면 어쩔 수 없는 일이었죠."

"놀라가 나중에 얘기한 물고문이었네요." 내가 말했다.

"아무튼 그 정도로는 부족했습니다. 우리는 마귀가 놀라의 몸을 단념하고 떠나도록 하려고 매질을 가했습니다."

"아홉 살 아이를 때렸다고요?" 페리가 참다못해 악을 썼다.

"아홉 살 아이를 때린 게 아니라 마귀를 떼어내기 위한 퇴마 의식의 일환이었죠."

"당신은 미쳤어요."

"우리는 놀라를 마귀로부터 구해야 했으니까요. 우리는 일련의 퇴마 의식을 통해 소기의 목적을 달성했다고 믿었죠. 데이빗과 놀라는 계속 우리 집에 머물고 있었는데 그 아이는 시간이 갈수록 점점 더 통제 불가능한 상태가 되어갔습니다. 놀라가 자기 엄마를 보기 시작한 겁니다."

“그러니까 놀라가 엄마의 환영을 보게 되었다는 말입니까?” 페리가 따져 물었다.

“일종의 인격분열 증세를 보이기 시작한 거죠. 놀라는 자신이 엄마가 되어서 딸이 한 일에 대해 체벌을 가하는 식입니다. 하루는 놀라가 욕실에서 소리를 지르는 모습을 보았습니다. 그 아이는 욕조 가득 물을 채우고 자기 머리를 있는 힘껏 쥐고 얼음장처럼 차가운 물에 집어넣고 있었습니다. 우리는 놀라를 계속 그런 식으로 내버려둘 수는 없었죠. 데이빗은 놀라를 데리고 먼 곳으로 도망치기로 했습니다. 당장 앨라배마의 잭슨을 떠나겠다고 하더군요. 마귀 들린 곳으로부터 멀어지면 저절로 나을 수도 있을 거라면서요. 그 무렵 나는 오로라에서 목사를 구한다는 소식을 들었고, 데이빗에게 말해주었죠. 데이빗은 단 일 초도 주저하지 않고 뉴햄프셔주 오로라로 이주하기로 결정했습니다.”

3
선거일

"살아가는 동안 자네는 역사적인 사건들을 겪게 될 거야. 그 사건들을 자네 책에서 언급하는 게 좋아. 그러면 설령 책이 별 가치가 없다고 할지라도 중요한 역사의 한 페이지를 기록해두었다는 공적을 남기게 될 테니까."

《콩코드 헤럴드》
2008년 11월 5일 자에서 발췌

버락 오바마, 미국 제 44대 대통령 당선!

버락 오바마 민주당 후보가 대통령 선거에서 공화당의 존 매케인 후보를 누르고 미국의 제44대 대통령이 되었다. 2004년에는 존 케리 후보를 지지했던 뉴햄프셔주는 (…)

2008년 11월 5일

대통령 선거 발표 다음 날, 뉴욕은 환희로 가득 찼다. 사람들은 전임 대통령의 악몽을 떨쳐버리려는 듯 밤늦게까지 거리에 모여 민주당의 대선 승리를 축하했다. 나는 내 작업실에 놓인 TV 화면을 통해 후끈 달아오른 대선 열기에 동참했을 뿐이었다.

그날 아침, 드니즈는 8시가 되자 오바마 스웨터를 입고, 오바마 머그잔을 들고, 오바마 배지를 달고, 오바마 스티커 한 상자를 지참하고 출근했다.

"일찍 나오셨네요." 내 작업실 출입문을 연 드니즈가 나를 보더니 말했다. "어제저녁에 혹시 거리에 나가셨어요? 온통 축하 열기로 난리가 아니었죠. 차에 붙이고 다니라고 오바마 스티커를 한 상자 가져왔어요."

드니즈는 쉴 새 없이 재잘대더니 커피를 내린 다음 내가 있는 방으로 들어왔다. 방을 둘러본 드니즈가 두 눈이 휘둥그레지면서 소리쳤다.

"세상에! 도대체 여기서 무슨 짓을 한 거예요?"

나는 소파에 앉아 간밤에 온갖 메모와 수사 진행 상황을 기록해놓은 벽면을 바라보고 있었다. 미니디스크에 녹음해온 해리, 낸시, 로버트의 증언도 귀에 못이 박히도록 들었다.

"이 사건에서 분명 뭔가 빠뜨린 게 있어요." 내가 혼잣말로 중얼거렸다. "그게 뭔지 몰라 미쳐버릴 것 같아요."

"밤새 여기에 있었어요?"

"네."

"난 당신도 거리에 나가 축제 분위기를 즐겼을 거라 생각했는데 정말 안쓰럽네요. 소설 때문에 걱정되어서 그래요?"

"지난주에 새롭게 알아낸 사실들 때문에 걱정이 많아요."

"가령 뭘 새롭게 알아냈는데요?"

"바로 그게 문제라니까. 난 도무지 그 점에 대해 확신할 수가 없어요. 당신은 그동안 너무나 존경하고, 따르고, 인생의 멘토로 삼았던 사람이 자신을 배신하고 거짓말을 한 사실을 알게 된다면 어떻게 행동할 것 같아요?"

드니즈는 잠시 생각에 잠겼다가 말했다.

"난 실제로 그런 일을 겪었어요. 내 첫 번째 남편이 나랑 제일 친한 친구와 침대에서 서로를 끌어안고 뒹구는 장면을 목격했거든요."

"그래서 어떻게 했는데요?"

"그냥 아무 말도 하지 않았고, 행동도 취하지 않았어요. 햄프턴에 갔을 때였죠. 우리 부부는 친구 부부와 함께 햄프턴으로 주말여행을 떠나 바닷가 호텔에 묵었어요. 토요일 늦은 오후에 나는 혼자 바닷가로 산책하러 나갔죠. 남편이 피곤하다고 하기에 어쩔 수 없이 혼자 나간 거예요. 혼자 걷기도 무료해 일찍 호텔로 돌아와 카드키로 문을 열었는데 침대에서 뒹구는 두 사람이 보이더군요. 남편이 나랑 가장 친한 친구의 몸 위에 올라가 있었어요. 카드키로 문을 열면 아무런 소리도 나지 않잖아요. 그들은 내가 들어오는 소리를 듣지도 못했고, 보지도 못한 거예요. 나는 너무 기가 막혀 한동안 꼼짝도 하지 않고 그 자리에 서서 두 사람을 바라보았죠. 남편은 정신없이 엉덩이를 들썩거리고, 내 친구는 강아지처럼 신음소리를 내고 있더군요. 아무 소리도 내지 않고 방을 나온 나는 호텔 로비에 있는 화장실로 달려가 변기에 대고 구토를 한 다음 다시 산책하러 나섰어요. 한 시간 후에 돌아와보니 남편은 태연하게 친구 남편과 호텔 바에서 진을 마시며 시시덕거리고 있더군요. 나는 역시 아무 말도 하지 않았어요. 저녁 시간에 우리는 다 함께 저녁을 먹었죠. 난 계속 아무 일도 없었다는 듯이 행동했어요. 저녁에 남편은 나에게 아무것도 하지 않고 쉬는 게 더 피곤하다며 일찍 잠에 곯아떨어지더군요. 난 그 말을 듣고도 아무런 대꾸도 하지 않았죠. 그 이후로 무려 6개월 동안 아무 말도 하지 않았어요."

"그래서 결국 이혼했군요."

"내가 이혼을 원해서가 아니라 남편이 나를 버리고, 내 친구에게 간 거예요."

"아무런 응징도 하지 않은 걸 후회했겠군요?"

"매일 머리를 잡아 뜯으며 후회했죠."

"그렇다면 나는 과감하게 행동에 나서야겠군요. 당신이 지금 나에게 즉시 행동에 나서라고 부추기고 있는 게 맞죠?"

"평생 후회하지 말고 행동으로 옮기세요. 나처럼 미련한 멍청이가 되지 말고요."

그 말을 듣고 나는 빙긋 웃었다.

"드니즈, 당신은 멍청이가 결코 아닌데요."

"마커스, 지난주에 무슨 일이 있었던 거예요? 도대체 뭘 알아냈는데 그래요?"

∞

닷새 전

10월 31일, 동부에서 가장 유명한 소아정신과 의사인 기디언 알카노 교수는 페리에게 놀라가 심각한 정신장애를 앓는 아이였다는 사실을 확인해주었다.

잭슨에서 돌아온 다음 날, 페리와 나는 알카노 박사가 운영하는 어린이 전문병원을 방문했다. 알카노 박사는 우리가 미리 전달해준 자료를 분석한 결과 놀라에게 소아 조현병 진단을 내릴 수 있을 것 같다고 했다.

"소아 조현병이라는 건 어떤 의미입니까?" 페리가 조바심이 나서 물었다.

알카노 교수는 어떻게 설명하는 게 현명할지 생각할 시간이 필요한 듯 안경을 벗고 천천히 렌즈를 닦았다. 그가 마침내 나를 바라보며 말했다.

"내가 보기에는 당신이 옳았습니다. 난 몇 주 전에 당신이 쓴 책을 읽었어요. 그 책에 묘사된 내용과 페리를 통해 전달받은 자료들을 분석해본 결과 놀라는 가끔 현실 세계를 벗어났던 것으로 판단됩니다. 놀라의 발작 증세가 엄마 방에 불을 지른 사고로 이어졌던 겁니다. 1969년 8월 30일, 놀라는 현실 세계에 있지 않았습니다. 놀라는 방에 불을 질러 사실상 엄마를 죽였는데 그 결과의 심각성을 전혀 인지하지 못했던 것으로 보입니다. 현실 세계를 떠나있는 동안에는 현실에서 벌어지는 일들이 아무런 의미 없이 받아들여졌을 테니까요. 다시 말해 놀라는 자신이 저지른 행위가 어떤 사태를 초래하게 될지 전혀 모르는 상태에서 일을 저지른 겁니다. 어쨌든 그날 겪은 일은 훗날 트라우마가 되었을 겁니다. 거기에 더해 퇴마 의식이 더해지게 됩니다. 퇴마 의식에 대한 기억은 놀라가 자신이 죽인 엄마가 되는 인격분열 증세가 시작되는 매개

작용을 한 것으로 보입니다. 그 결과 상황이 매우 복잡해지게 됩니다. 놀라는 현실 세계를 이탈할 때마다 엄마에 대한 기억과 자신이 저지른 행위에 대한 이중 기억에 사로잡히게 되는 겁니다."

나는 잠시 숨도 못 쉴 지경이었다.

"그러니까 선생님 말씀은……."

알카노 교수는 미처 내가 말을 마치기도 전에 고개를 끄덕여 동의를 표했다.

"잠재되어 있던 무의식이 되살아나면서 자기 자신에게 체벌을 가하게 되는 겁니다."

"그런 발작 증상은 왜 생기는 걸까요?" 페리가 물었다.

"급격한 감정 변화가 원인일 수 있습니다. 가령 극심한 스트레스를 받거나 커다란 슬픔을 느끼게 되면 급격한 감정 변화를 겪게 됩니다. 당신이 책에서 묘사한 해리와의 사랑도 해당될 수 있겠네요. 놀라는 해리를 만나 미치도록 사랑에 빠졌고, 그에게 거부당하자 심지어 자살 기도까지 했습니다. 자살 기도는 거의 '고전적'인 현상이라고 할 수 있습니다. 감정이 지나치게 격해지면 잠재되어 있던 무의식이 발현되고, 놀라의 경우 현실 세계를 이탈하게 된 순간에 엄마가 나타나 그 아이가 저지른 행위에 대해 체벌을 가하는 겁니다."

∞

여러 해 동안 놀라와 엄마는 하나였던 셈이다. 우리가 알아낸 사실들에 대해 데이빗 켈러건의 확인이 필요했다. 11월 1일 토요일에 페리, 나, 트래비스는 테라스 애비뉴 245번지를 방문했다. 페리와 나는 트래비스에게 우리가 새롭게 알아낸 사실들을 전하면서 데이빗을 안심시키려면 우리와 동행이 필요하다고 설득했다.

문을 연 데이빗은 우리를 보자마자 단호하게 말했다.

"난 당신들에게 할 말이 없어요. 그 어느 누가 찾아와도 나는 입을 꾹 다물 겁니다."

"제가 오히려 켈러건 목사님에게 해줄 말이 있습니다." 페리가 침착하게 말했다. "1969년 8월에 앨라배마에서 무슨 일이 있었는지 다 알고 있거든요. 물론 화재 사고에 대해서도 잘 알고 있습니다."

"당신들은 아무것도 몰라요."

이번에는 트래비스가 끼어들었다.

"그러지 말고 무슨 말을 하는지 들어나 봅시다. 그 전에 우리를 집 안으로 들어가게 해주시고요. 여기에 마냥 서서 이야기를 나눌 수는 없잖아요."

데이빗이 마침내 입장을 굽혔다. 그가 우리에게 안으로 들어오라고 하더니 주방으로 안내했다. 그는 자신이 마실 커피를 한 잔 따르더니 우리에게는 권하지도 않고 그대로 자리에 앉았다.

페리와 트래비스는 그와 마주 보는 자리에 앉고, 나는 좀 떨어진 곳에 서 있었다.

"앨라배마에서 뭘 알아냈다는 겁니까?" 데이빗이 물었다.

"제레미 루이스 목사를 만나 이야기를 나누었습니다. 난 화재 사고 당시 놀라가 무슨 짓을 했는지 압니다."

"그런 헛소리나 늘어놓으려거든 제발 조용히 하세요."

"놀라는 소아 조현병 환자였습니다. 1969년 8월 30일에 놀라는 엄마가 잠든 방에 불을 질렀죠."

"아니야! 당신이 뭘 알아!" 데이빗이 고래고래 소리를 질렀다. "당신은 지금 새빨간 거짓말을 하고 있어."

"그날, 켈러건 목사님은 현관 아래에서 노래를 부르는 놀라를 보았습니다. 결국 놀라가 무슨 짓을 저질렀는지 알게 되었고, 마귀를 쫓아내겠다면서 퇴마 의식을 진행했죠. 물론 놀라의 병을 고치려고 그랬을 겁니다. 하지만 그 결과는 재앙이었죠. 그 이후 놀라는 인격분열 장애에 시달리게 되었고, 그럴 때마다 자기 자신을 체벌했어요. 그래서 켈러건 목사님은 앨라배마주에서 최대한 멀리 도망치려고 했죠. 놀라가 마귀를 떨쳐내길 바라면서 뉴햄프셔주 오로라에까지 왔는데 마귀는 떠나지 않고 줄곧 따라다녔어요. 마귀는 항상 놀라의 머릿속에 남아 있었으니까요."

데이빗의 뺨을 타고 눈물이 흘러내렸다.

"놀라는 이따금 위기를 겪었습니다." 데이빗이 목멘 소리로 말했다. "그럴 때마다 나는 속수무책이었습니다. 놀라는 스스로 자기 몸을 멍이 들도록 때렸죠. 당신 말대로 놀라인 동시에 루이자였죠. 놀라는 스스로 매질을 하면서 제발 멈춰달라고 애원하기도 했어요."

"그래서 음악을 크게 틀어놓고 차고에 틀어박혔군요? 놀라가 스스로 체벌을 가하는 모습을 보고 있자니 너무 끔찍해서요."

"그 모습을 보고 있으려니 그야말로 미치겠더군요. 하지만 달리 방법이 없었죠. 사랑하는 내 딸이 그토록 몹쓸 병에 걸리다니."

데이빗은 급기야 소리 내어 울기 시작했다. 방금 알게 된 사실에 큰 충격을 받은 트래비스는 잠자코 데이빗을 바라보았다.

"왜 놀라를 병원으로 데려가 치료받게 하지 않았나요?" 페리가 물었다.

"놀라를 데려가 가둘까봐 두려웠습니다. 시간이 지나면서 화재 사고에 대한 기억도 희미해졌고요. 심지어 나는 그 이야기가 영원한 시간 속에 묻혀버렸다고 생각할 때가 많았습니다. 놀라의 상태가 점점 나아지고 있기도 했고요. 1975년 여름이 되기 전까지만 해도 정말 그랬습니다. 놀라가 그해에 다시 격렬한 발작을 일으켰는데 나는 그 이유를 알 수 없었죠."

"해리 때문이었습니다." 페리가 말했다. "해리와 만나기 시작하면서 놀라는 감정이 지나치게 급변하게 되었거든요."

"그해 여름은 그야말로 끔찍했습니다." 데이빗이 설명을 이어갔다. "난 위기가 다가오고 있다는 걸 느낄 수 있었죠. 놀라는 자신의 손가락과 가슴을 쇠 자로 심하게 때렸습니다. 한편으로는 엄마에게 제발 멈춰달라고 애원하면서 물이 가득 담긴 욕조에 머리를 처박기도 했죠."

"놀라의 머리를 강제로 누른 건 켈러건 목사님이 딸을 상대로 했던 퇴마 의식에서 비롯되었던 겁니다."

"제레미가 그 방법 말고는 다른 해결책이 없다고 강력하게 주장했기 때문에 그의 말을 수용할 수밖에 없었습니다. 사람들 말로는 제레미가 자신을 퇴마사라고 칭한다던데, 그와 내가 그 이야기를 나누어본 적은 없습니다. 놀라의 몸을 마귀가 지배하고 있으니 퇴마 의식을 통해 쫓아내야 한다고 하더군요. 솔직히 난 그 말에 반신반의했지만 제레미가 놀라를 경찰에 고발할까봐 두려워 그가 하자는 대로 따를 수밖에 없었습니다. 제레미는 퇴마 의식을 아무런 근거도 없이 무조건 신뢰하는 편이었죠. 하지만 내가 달리 뭘 할 수 있었겠습니까? 나에겐 선택의 여지가 없었는데요. 이 나라에서는 어린아이도 감옥에 보내니까요."

"놀라가 가출했던 건 어떻게 된 일입니까?" 페리가 물었다.

"놀라는 실제로 가출하기도 했습니다. 일주일 내내 집을 떠나 있었죠. 1975년 7월 말이었습니다. 놀라가 가출한 사실을 알고 있었지만 딱히 내가 할 일은 없었습니다. 경찰에 신고해 뭐라고 말해야 했을까요? 내 딸이 발작 증세가 있다고 말해야 했을까요? 난 일주일 동안 놀라를 기다려보다가 돌아오지 않을 경우 그때 신고해야겠다고 생각했습니다. 그 일주일 동안 밤낮없이 놀라를 찾아 헤맸죠. 결국 나는 놀라를 찾아내는 데 실패했지만 일주일 만에 내 딸은 집으로 돌아왔습니다."

"1975년 8월 30일에는 무슨 일이 있었습니까?"

"놀라가 극심한 발작 증세를 보였습니다. 그 정도로 심한 상태는 나도 처음 경험했습니다. 나는 놀라를 진정시키려고 해봤지만 아무런 소용이 없었습니다. 생각다 못해 차고로 가서 할리 데이비슨을 수리하는 데 진력했죠. 음악을 최대한 크게 틀어놓고요. 아마 그날 오후의 절반을 차고에서 그런 식으로 보냈을 겁니다. 그다음은 당신들도 다 아는 얘기입니다. 놀라를 보러 그 아이 방으로 갔는데 어디론가 사라지고 없었습니다. 난 우선 밖으로 나가 동네를 한 바퀴 둘러보았습니다. 그러다가 어느 소녀가 피투성이가 된 상태로 사이드 크릭 근처에서 발견되었다는 뉴스를 들었고, 그제야 상황의 심각성을 깨달았죠."

"그때 어떤 생각이 들던가요?"

"난 어느 소녀가 피투성이 상태로 발견되었다는 말을 들었을 때 놀라가 스스로 자해를 심하게 했나보다 생각했고, 데보라 쿠퍼 부인이 발작 상태에 있는 그 아이를 보았을 거라고 짐작했습니다. 8월 30일은 놀라가 집에 불을 지른 날이기도 해서요."

"놀라가 8월 30일에 발작을 일으킨 적이 또 있었습니까?"

"아니요."

"그럼 왜 하필 그해에는 발작을 일으켰을까요?"

데이빗은 잠시 주저하는 기색을 보였다. 트래비스는 그가 입을 열도록 부추겨야 한다는 걸 알아차렸다.

"혹시라도 짐작되는 일이 있으면 전부 말해줘야 합니다. 아주 중요한 일이니까요. 놀라를 위해서라도 그렇게 해야 합니다."

"그날 내가 놀라의 방에 들어갔는데 아이는 없고 침대에 봉투 하나가 놓여 있는 걸 봤습니다. 아이 이름이 적힌 봉투였고, 편지가 들어 있었습니다. 나는 그 편지가 발작을 일으킨 원인이라고 생각합니다. 결별을 바라는 편지였거든요."

"편지라고요? 목사님은 지금껏 단 한 번도 그 편지에 대해 언급한 적이 없잖아요?" 트래비스가 벌컥 화를 냈다.

"왜냐하면 어떤 남자가 보낸 편지였는데 필체로 보아 놀라와 연애할 나이 같지는 않다는 느낌을 받았습니다. 서장님은 내가 어떤 대답을 내놓길 바라는 겁니까? 오로라 사람들 모두가 놀라를 몸을 파는 창녀로 생각하게 되길 바랍니까? 그 당시만 해도 나는 경찰이 놀라를 찾아내 무사히 집으로 데려올 거라고 확신했습니다. 그러면 놀라를 병원에 데려가 치료받게 해야겠다고 단단히 마음먹고 있었고요."

"그 편지를 쓴 사람은 누구였습니까?" 페리가 물었다.

"해리 쿼버트."

우리는 아무 말도 못 하고 숨을 죽였다. 데이빗은 자리에서 일어나더니 잠시 우리의 시야에서 사라졌다가 편지가 가득 들어 있는 종이 상자 하나를 들고 다시 나타났다.

"놀라가 실종된 후 그 아이의 방 침대 밑에 감춰져 있던 상자를 찾아냈습니다. 알고 보니 놀라는 수시로 해리 쿼버트와 편지를 주고받고 있었더군요."

페리는 편지를 하나 집어 들고 재빨리 훑어보았다.

"해리 쿼버트가 보낸 편지라는 건 어떻게 아셨죠? 편지에 서명도 없는데……." 페리가 물었다.

"해리 쿼버트의 책에 등장하는 구절들이 편지에 그대로 적혀 있었거든요."

나도 편지를 몇 장 읽어보았다. 아닌 게 아니라 《악의 기원》에 나오는 편지들이 다 들어 있었다. 두 사람의 이야기, 샤롯 힐 이야기 등이 다 들어있었다. 《악의 기원》 육필 원고에서 본 유려하면서도 단아한 필체를 다시 본 나는 거의 경악할 지경이었다. 소설에 등장하는 모든 편지가 해리가 실제로 놀라와 주고받은 편지일 줄은 미처 몰랐다.

"이게 바로 문제의 마지막 편지입니다." 데이빗이 봉투 하나를 페리에게 내밀며 말했다.

페리가 편지를 훑어보더니 내게 건넸다.

내 사랑

당신에게 마지막 편지를 쓰려고 합니다. 당신에게 전하는 마지막 말이 되겠네요.

이 편지로 나의 작별 인사를 대신합니다.

오늘 이후에 '우리'는 없을 테니까요.

사랑하는 사람들이 서로를 떠나보내고 다시는 만날 수 없게 되면 사랑 이야기는 끝납니다.

내 사랑, 나는 당신이 너무나 그립습니다.

나는 당신이 어디에 있든지 행복하길 바랍니다.

당신과 나의 사랑은 한바탕 꿈이었는지도 모릅니다. 이제 꿈에서 깨어나야 할 때가 되었는지도.

나는 평생 당신을 그리워하며 살아갈 겁니다.

그리운 당신, 안녕!

나는 당신을 사랑했듯이 앞으로 누군가를 더는 사랑할 수는 없을 것 같습니다.

"이 편지는 《악의 기원》 마지막 페이지와 일치합니다." 데이빗이 우리에게 설명했다.

나 역시 잘 알고 있는 사실이었기에 아연실색하지 않을 수 없었다.

"목사님은 언제부터 놀라가 해리 쿼버트와 편지를 주고받는다는 사실을 알았습니까?" 페리가 물었다.

"불과 몇 주 전에야 그 사실을 알게 되었습니다. 마트에서 《악의 기원》을 구입해 읽어봤거든요. 왜 그랬는지 이유를 잘 모르겠지만 꼭 읽어봐야겠다는 느낌이 들었습니다. 그 책을 읽기 시작하자마자 나는 그 문장들을 어디에선가 본 적이 있다는 느낌을 받았습니다. 정말이지 기억의 힘이란 놀랍더군요. 그제야 내가 놀라의 방에서 찾아내 읽었던 편지들이 떠올랐습니다. 30년이 넘도록 한 번도 들춰보지 않았는데 내 머릿속 어딘가에 기억이 남아 있었던 겁니다. 나는 그 편지들을 거듭 여러 번 읽었고, 그제야 모든 걸 이해했습니다. 그 편지들이 내 딸을 슬픔에 빠뜨렸던 겁니다. 루터 칼렙이 놀라를 살해했다고는 하지만 내가 보기에 해리 쿼버트 역시 내 딸의 죽음에 큰 책임이 있습니다. 그때 놀라가 발작을 일으키지만 않았어도 집을 나가지 않았을 테고, 만약 그랬다면 루터 칼렙을 만날 일도 없었을 테니까요."

"그래서 모텔로 해리 쿼버트를 찾아갔군요?" 페리가 넘겨짚었다.

"난 지난 33년 동안 누가 편지를 썼는지 찾아내고 싶었습니다. 그런데 그 해답이 들어 있는 책이 이미 오래전부터 모든 미국 가정의 서재와 미 전역의 도서관마다 비치되어 있을 줄은 미처 몰랐습니다. 나는 〈시사이드〉 모텔로 해리 쿼버트를 찾아갔고, 우리는 대판 싸움을 벌였죠. 어찌나 분노가 치밀던지 집으로 돌아와 총을 챙겨 들고 다시 가보니 해리 쿼버트는 어느새 사라지고 없더군요. 만약 그가 모텔에 남아 있었다면 그를 죽였을지도 모릅니다. 해리 쿼버트는 놀라가 발작 증상이 있다는 걸 알면서도 막다른 골목으로 내몰았으니까요."

나는 그 말을 듣고 어리둥절했다.

"해리가 정말 그 사실을 알고 있었다고요?" 내가 물었다.

"그 작자는 분명 놀라에 대해 모든 사실을 알고 있었습니다." 데이빗이 화가 나 소리쳤다.

"해리가 놀라의 발작 증상까지도 알고 있었다는 걸 어떻게 아시죠?"

"놀라가 이따금 타자기를 들고 해리 쿼버트의 집에 갔다는 사실을 알고 있습니다. 물론 그 집에서 어떤 일이 벌어지고 있었는지는 모릅니다. 다만 난 놀라가 해리 쿼버트를 만나는 건 괜찮은 일이 될 수도 있다고 생각했습니다. 방학 동안 놀라가 해리 쿼버트의 원고를 정리해주는 걸 나름 좋은 소일거리로 본 겁니다. 놀라에게 뭔가 몰입할 일이 있으면 발작이 줄어들게 될 거라고 생각했죠. 내 아내가 놀라에게 지속적으로 매질을 가한다고 생각한 해리 쿼버트가 나를 찾아와 시비를 걸기 전까지는 그렇게 생각했다는 뜻입니다."

"해리가 그 여름에 목사님을 찾아왔다고요?"

"아마 8월 중순이었을 겁니다. 놀라가 실종되기 며칠 전이었죠."

∞

1975년 8월 15일

한낮이 조금 지난 시간이었다. 데이빗은 창문을 통해 교회 주차장에 멈춰 서는 검은색 쉐보레를 보았다. 차에서 내린 해리 쿼버트가 빠른 걸음으로 교회 건물 정문 쪽으로 걸어오는 모습이 보였다. 데이빗은 그가 무슨 일로 교회를 찾아왔는지 궁금했다. 그는 단 한 번도 예배에 참석한 적이 없었다. 출입문이 열리는 소리가 들려왔고, 복도를 걷는 발걸음 소리가 들려왔고, 몇 초 후 그의 집무실 입구에 서 있는 그를 보았다.

"교회에는 어쩐 일이십니까?" 데이빗은 먼저 인사를 건넸다. "뜻밖이지만 이렇게 방문해주시니 반갑습니다."

"혹시 방해가 된 건 아닙니까?"

"전혀 아닙니다. 어서 안으로 들어오세요."

집무실 안으로 들어선 해리는 방문을 닫았다.

"표정이 예사롭지 않으시네요."

"놀라에 대해 말씀드릴 게 있어서 왔습니다."

"마침 잘 되었네요. 놀라가 자주 작가님 댁에 가는 걸 알고 있습니다. 그 집에 가면 늘 즐거운 표정으로 돌아오더군요. 놀라가 작가님이 글을 쓰는 데 방해가 되지나 않는지 모르겠네요.

작가님 덕분에 그 아이가 알찬 방학을 보내고 있습니다."

해리의 얼굴은 계속 굳어 있는 상태였다.

"놀라가 오늘 아침에도 구즈코브에 왔습니다." 해리가 말했다. "눈물을 펑펑 쏟으면서 엄마에 대한 얘기를 전부 털어놓더군요."

데이빗의 낯빛이 창백해졌다.

"놀라가 엄마에 대해 뭐라고 하던가요?"

"엄마가 심한 매질을 한다고요. 찬물을 가득 채운 욕조에 머리를 강제로 밀어 넣기도 하고요."

"작가님, 그건 오해입니다."

"이제 내가 다 알게 되었으니 가만있지 않겠습니다."

"현실은 늘 상상 이상으로 복잡하죠. 눈에 보이는 게 전부가 아니고요. 그리 간단하게 풀 수 있는 문제가 아닙니다."

"자녀 학대를 정당화할 근거가 있나요? 난 경찰서에 가서 내가 아는 모든 사실을 털어놓을 겁니다."

"제발 그러지 마세요. 그런다고 해결될 문제가 아닙니다."

"그럼 어떻게 해야 해결될 수 있는 문제인데요? 당신이 성직자라서 내가 신고하지 못할 것 같습니까? 당신은 부인이 매일이다시피 딸을 때리는 데 가만히 보고만 있는다는 게 말이 됩니까?"

"제발 내 말 좀 들어봐요. 오해가 있다니까요. 우리 차분하게 이야기를 나누어봅시다."

∞

“난 놀라가 해리에게 무슨 말을 했는지 모릅니다.” 데이빗이 우리에게 설명했다. “그동안 놀라에게 뭔가 문제가 있다는 걸 눈치챈 사람들이 있었지만 다들 친구들이라 어물쩍 거짓말로 넘길 수 있었죠. 해리의 경우에는 달랐습니다. 나는 어쩔 수 없이 놀라에게 정신적인 문제가 있다는 걸 털어놓아야 했습니다. 놀라의 엄마는 앨라배마에 있을 때 사망했고, 지금은 그 아이의 머릿속에서만 존재한다고 얘기했죠. 나는 해리에게 제발 다른 사람들에게는 놀라에 대해 얘기하지 말아 달라고 간청했습니다. 그런데도 해리는 내 부탁을 저버리고 자신과는 전혀 상관없는 일에 끼어들었습니다. 놀라를 어떻게 할 거냐면서 치료 문제에까지 개입하려고 들더군요. 나는 그에게 당장 꺼져버리라고 일갈했습니다. 그 일이 있고 나서 2주 후에 놀라는 실종되었죠.”

“켈러건 목사님은 그 후 33년 동안 해리와 마주치기를 애써 회피하며 사셨군요.” 내가 덧붙였다. “두 분만이 놀라의 비밀을 알고 있었으니까요.”

“놀라는 내 외동딸입니다. 난 사람들이 놀라에 대해 좋은 기억을 간직하기를 바랐습니다. 내 딸을 소아 조현병 환자로 보지 않길 바랐다고요. 놀라는 미치지 않았습니다. 다만 정신이 허약할 뿐이었죠. 만약 경찰이 놀라에게 발작 증상이 있었다는 걸 알았다면 내 딸을 찾으려고 대대적인 수색을 벌이지도 않았을 겁니다. 그저 정신이 살짝 이상한 아이라 집을 나갔을 거라고 치부하고 말았겠죠."

페리가 고개를 돌려 나를 보았다.

"우리가 방금 새롭게 알게 된 사실들이 시사하는 의미는 뭡니까?"

"해리가 우리에게 거짓말을 했네요. 해리는 1975년 8월 30일에 〈시사이드〉 모텔에서 놀라를 기다리지 않았습니다. 그는 오히려 놀라와의 결별을 원했죠. 처음부터 놀라와 헤어지게 되리라는 걸 알고 있었던 겁니다. 놀라와 캐나다로 도망갈 계획은 없었다고 봅니다. 1975년 8월 30일에 놀라는 해리가 혼자서 멀리 떠난다는 편지를 받은 겁니다."

∞

데이빗 켈러건의 증언을 들은 이후 페리와 나는 즉시 뉴햄프셔주 경찰청으로 갔다. 놀라가 가지고 있던 편지를 놀라의 유해와 함께 발견된 원고의 마지막 페이지에 있는 편지와 비교해보았다. 예상대로 원고에 있는 편지와 놀라가 보관하고 있던 편지는 내용이 동일했다.

"해리는 모든 걸 예상하고 있었네요." 내가 탄식하듯 말했다.

"해리는 혼자 떠날 걸 알고 있었어요. 아마 처음부터 알았겠죠."

페리도 내 말에 동의했다.

"놀라가 함께 도망치자고 했을 때 해리는 그 아이와 함께 떠날 마음이 없었겠죠. 열다섯 살 소녀 때문에 인생이 가시밭길이 되는 걸 바라지 않았을 테니까요."

"하지만 놀라는 해리의 원고를 읽었어요." 내가 의문점을 지적했다.

"물론이죠. 하지만 놀라는 소설이라고 생각했겠죠. 해리가 쓴 원고가 자기들의 실제 이야기이고, 이미 결말이 정해져 있다는 사실은 몰랐을 겁니다. 스테파니는 두 사람이 편지를 주고받았고, 놀라가 늘 집배원을 기다렸다고 했죠. 해리와 함께 떠나기로 한 토요일 아침, 놀라가 사랑하는 남자와 행복을 향해 출발하기로 한 날, 놀라는 마지막으로 편지함을 확인했을 겁니다. 혹시 편지가 한 통이라도 남아 있다면 중요한 정보가 노출되어 도주 계획에 지장을 초래할 수도 있으니까요. 그런데 문제의 편지, 그러니까 그들 사이가 끝났다는 걸 알리는 편지가 우체통에 들어있었던 겁니다."

페리는 마지막 편지가 들어있던 봉투를 세심하게 살폈다.

"분명 봉투에 주소는 적혀 있는데 우표나 소인은 없네요." 페리가 말했다. "그렇다면 누군가가 직접 편지함에 넣었다는 뜻이죠."

"그 누군가는 해리일 거라는 뜻입니까?"

"해리가 밤사이에 편지를 넣어두고 멀리 떠났겠죠. 해리는 아마 금요일에서 토요일로 넘어가는 그 밤에 편지를 넣어두었을 겁니다. 놀라가 모텔로 달려오면 곤란할 테니까요. 토요일 날 아침에 마지막 편지를 읽은 놀라는 분노를 느낀 나머지 극심한 발작을 일으키게 되었고, 스스로 자해를 했을 겁니다. 켈러건 목사는 차고에 틀어박혔을 테고요. 겨우 제정신이 돌아온 놀라는 원고 내용이 현실과 결부되어있다는 걸 깨달았겠죠. 그래서 해리를 만나 설명을 듣고 싶었을 테고요. 놀라는 원고를 챙겨 들고 모텔을 향해 걸어가게 되었습니다. 편지에 적힌 내용이 사실이 아니고, 해리가 모텔에서 기다리고 있길 간절히 바라면서요. 모텔로 가던 도중 루터를 만나 일이 크게 잘못되었고요."

"그렇다면 왜 해리는 놀라가 실종된 다음 날 다시 오로라로 돌아왔을까요?"

"놀라가 실종되었다는 소식을 전해 들었을 겁니다. 놀라에게 마지막 편지를 남겼으니 덜컥 겁이 났겠죠. 물론 놀라의 안위가 걱정되기도 하고, 일말의 책임감도 느꼈겠지만 무엇보다 문제의 편지 혹은 원고가 누군가의 손에 들어가게 되어 심각한 문제가 생길까봐 두려워했을 것으로 보입니다. 결국 상황이 어떻게 돌아가는지 보려고 오로라에 남기로 했을 겁니다. 가능하면 자신을 위험에 빠뜨릴 수 있는 그 증거물들을 손에 넣을 기회를 노렸을 수도 있겠네요."

나는 무슨 일이 있어도 해리를 만나 얘기를 나누어봐야 했다. 해리는 놀라에게 마지막 작별의 편지를 보내놓고 왜 나에게는 끝까지 그 아이를 기다렸다고 말했을까?

페리는 신용카드와 전화 통화 기록을 토대로 해리가 어디에 있는지 알아보았다. 하지만 해리의 신용카드는 그 어디에서도 사용된 적이 없었다. 휴대폰 통화 내역도 없었다. 세관의 데이터베이스 추적 결과, 우리는 해리가 버몬트주의 더비 라인 지점을 통과해 캐나다로 갔다는 사실을 알아냈다.

"해리가 국경을 넘어 캐나다로 갔네요." 페리가 말했다. "왜 하필이면 캐나다일까요?"

"해리는 캐나다를 작가들의 낙원이라고 생각했습니다." 내가 해리 대신 답변했다. "해리가 남기고 간 원고 《오로라의 갈매기》를 읽어보면 그가 캐나다에서 놀라와 함께 사는 이야기가 나옵니다."

"그렇긴 하지만 해리의 책은 진실을 이야기하지 않는다는 사실을 상기시켜주고 싶네요. 해리는 놀라와 함께 캐나다로 도주할 마음이 조금도 없었던 것으로 보입니다. 그럼에도 해리는 놀라와 캐나다에서 함께 살아가는 내용이 들어있는 원고를 남겼습니다. 그 원고에 따르면 해리와 놀라는 함께 캐나다로 갑니다. 도대체 진실은 어디에 있을까요?"

"난 정말 아무것도 모르겠네요." 나는 앓는 소리를 했다. "해리는 왜 사라졌을까요?"

"뭔가 감출 게 있어서겠죠. 하지만 우리는 그게 뭔지 모르고요."

우리는 해리가 감추려고 하는 게 무엇인지 모르고 있었고, 그 이후로도 놀라운 사건이 우리 앞에서 연속적으로 펼쳐졌다. 우리의 질문에 답해줄 두 가지 중요한 사건이었다.

그날 저녁, 나는 페리에게 다음 날 뉴욕행 비행기를 탈 예정이라고 말했다.

"아니, 이 어수선한 상황에서 혼자 뉴욕으로 돌아가겠다고요? 제정신입니까? 이제 목적지가 보이잖아요. 신분증 이리 내요. 내가 당분간 압수할 테니까."

내가 빙긋 웃었다.

"경사님을 혼자 두고 가려는 게 아닙니다. 이제 돌아갈 때가 되었을 뿐이죠."

"돌아갈 때라니요? 지금이 어떤 때인데요?"

"투표하러 가야죠. 미국의 새 역사를 만들어내려면."

∞

2008년 11월 5일, 정오, 뉴욕이 여전히 오바마 당선 축하로 들떠 있는 동안 나는 피에르 식당에서 로이와 점심 식사를 하기로 했다. 로이는 민주당 승리로 희색이 만면이었다. "난 흑인들을 좋아해." 로이가 말했다. "특히 멋있는 흑인들을 각별히 좋아하지. 혹시 자네가 백악관 파티에 초대받으면 나도 데려가줘. 그나저나 나에게 긴히 할 얘기가 있다면서?"

나는 로이에게 그동안 놀라에 대해 새롭게 알게 된 사실들과 발작 증상에 대한 얘기를 들려주었다. 로이의 얼굴이 환해졌다.

"자네 책에 묘사한 엄마의 가혹한 매질과 고문 장면은 사실 놀라가 자해였단 말이지?"

"네."

"근사하군!" 로이가 환호했다. "이제 보니 자네 책은 대단히 기발한 시도를 한 거야. 놀라의 엄마가 실제로는 존재하지 않지만 자네 소설에서는 등장한단 말이지. 독자들은 누구나 자네 책에서 묘사한 놀라의 엄마 이야기를 사실로 받아들였을 텐데 결과적으로 대단한 반전을 선보인 셈이잖아. 정말이지 자넨 천재야."

"의도한 반전은 아니고, 저도 사실 놀라의 엄마가 존재한다고 믿었습니다. 해리에게 속았어요."

"해리는 진실을 다 알고 있었단 말이지?"

"네, 게다가 저를 속이고 자취를 감추었습니다."

"잠수를 탄 건가?"

"아마도 그래 보입니다. 해리의 행방이 묘연하거든요. 캐나다로 떠나버린 것 같은데 찾을 방법이 없습니다. 해리가 저에게 남겨놓은 단서라고는 알쏭달쏭한 메시지와 놀라와의 이야기를 다룬 소설 원고 한 부만이 있을 뿐입니다."

"자네에게 판권이 있나?"

"무슨 말씀이신지?"

"해리의 미발표 원고를 말하는 거야. 해리가 자네에게 원고를 맡기고 떠났다니까 묻는 말이야. 해리가 만약 자네에게 출판 계약 절차를 일임했다면 내가 그 원고를 살 용의가 있어."

"지금은 원고 문제를 상의하는 자리가 아니잖아요?"

"나는 그냥 물어본 것뿐이니까 발끈할 필요 없어."

"아직 한 가지 빠진 퍼즐이 있는데 뭔지 모르겠어요. 내가 도저히 이해할 수 없는 부분이 있거든요. 놀라의 소아 조현병 이야기와 자취를 감춘 해리 사이를 잇는 퍼즐 조각 하나가 빠져있다는 건 알겠는데 그게 뭔지 감이 오지 않는다는 말입니다."

"자네는 지나치게 과민한 게 문제야. 아무리 생각해도 정답을 모르겠으면 일단 뒤로 미뤄두고 새로운 문제를 고민해. 그러다 보면 퍼즐 조각이 눈에 띄게 될 거야. 정신과 의사를 만나 신경안정제 처방을 받든지. 난 기자들에게 연락해 놀라가 소아 조현병을 앓고 있었다는 사실을 알려야겠어. 우리는 처음부터 그 사실을 알고 있었지만 독자들을 놀라게 해주려고 숨겨두었을 뿐이라고. 이를테면 유명 셰프의 특선 요리가 뭔지 알리지 않듯이. 눈에 보이는 게 전부가 아닐뿐더러 흔히 진실은 예상을 벗어난 곳에 있기 마련이고, 그렇기 때문에 첫인상에 사로잡혀선 안 된다는 걸 보여주려고 택한 방식이라고 주장해야지. 그럼 이제 자네를 무자비하게 공격했던 기자들은 오히려 웃음거리가 될 거야. 그 반면 자네는 기발하고 신선한 방식을 새롭게 선보인 개척자로 우뚝 서는 거야. 사람들은 자네 책을 다시 찾기 시작할 거고, 우리 출판사는 높은 매출을 올릴 수 있겠지. 내가 구상한 대로 하면 자네 책에 눈길조차 주지 않던 사람들도 생각이 달라지겠지. 자네가 놀라의 엄마를 어떻게 묘사했는지 궁금해 사지 않고는 못 배길 거야. 자네는 역시 천재야. 점심은 내가 살게."

나는 못마땅한 투로 로이에게 말했다.

"난 아직 확신이 서지 않는 부분이 있어요. 조금 더 시간을 두고 파헤쳐봐야겠습니다."

"자네는 도대체 언제쯤 확신을 가질 수 있겠나? 우리는 지금 한가하게 '파헤칠' 시간이 없어. 자네는 문학가라서 마냥 흘러가는 시간도 의미가 있다고 생각할지 모르지만 나는 가만히 있는 건 큰 손실로 받아들이는 사람이야. 흘러가는 시간에 우리는 돈을 벌거나 돈을 잃거나 둘 중 하나야. 나는 돈을 버는 쪽을 선택해왔어. 어제 미국은 새로운 대통령을 선출했지. 대단히 멋지고 신선한 인물이고, 인기가 많은 대통령이야. 내 생각대로라면 앞으로 일주일 동안 미국은 새로운 대통령 이야기를 하느라 온통 정신이 없겠지. 일주일 동안 다른 화제들은 낄 자리가 없을 거라는 뜻이야. 그러니까 그 기간 동안 기자들을 구워삶아봐야 소용없는 짓이지. 기껏해야 사회면 구석에 실을 단신 기사나 써줄지 말지 할 테니까. 따라서 난 일주일 뒤부터 언론 접촉하려고. 자네에게는 이야기를 바로 잡을 시간이 좀 더 생기는 셈이지. 물론 고깔모자를 쓴 남부 연합 테러리스트들이 우리가 선출한 새 대통령을 시해하려 들지 않을 경우에만 해당되는 말이야. 그런 불상사가 생기면 적어도 한 달은 그 사건이 일면 톱을 차지하게 되겠지. 그렇게 되면 정말 재앙이 밀어닥치게 돼. 한 달 후면 크리스마스 시즌이 될 텐데, 그때가 되면 아무도 우리가 하는 이야기를 귀 기울여 듣지 않을 거야. 그러니까 일주일 후에 소아 조현병 얘기를 터뜨리는 게 제일 좋아. 신문에 호외를 넣어 디테일한 부분까지 살려 실감 나는 기사를 쓰게 하는 거야. 시간적인 여유만 있다면 부모들을 위한 소책자도 하나 만들면 좋을 텐데 정말이지 아쉬운 점이야. '소아 조현병 조기 체크 방법', 혹은 어떻게 하면 우리 아이가 제2의 놀라 켈리건이 되지 않게 할 수 있을까? 어떻게 하면 당신이 잠든 사이 부인이 불에 타 숨지는 비극을 예방할 수 있을까? 뭐 그런 내용을 담은 소책자를 만들면 대박일 텐데 말이야. 시간이 부족하다는 게 정말이지 통탄스러울 따름이야."

∞

로이가 새롭게 알게 된 사실들을 언론에 폭로하기 전까지 나에게 주어진 시간은 일주일이 전부였다. 일주일 안에 퍼즐 조각을 찾아야 했다. 벌써 나흘이 별 소득 없이 지나갔다. 나는 페리와 여러 번 통화해봤지만 그 역시 속수무책으로 지내고 있다고 했다.

닷새째 되는 날 밤에 발생한 일이 답답한 흐름을 바꾸어놓았다. 11월 10일, 자정이 조금 넘은 시각 고속도로 순찰을 하던 딘 포사이스는 몬트버리에서 오로라를 오가는 도로에서 과속으로 주행하던 차 한 대를 추격해 갓길에 멈춰 세웠다. 그 차는 정지 신호도 무시했을 뿐더러 제한속도보다 훨씬 빠른 속도로 달렸다. 웬만하면 과속 위반 딱지 한 장으로 끝낼 생각이었는데 운전자가 몹시 불안한 태도를 보이면서 식은땀을 비 오듯 쏟는 모습이 어쩐지 수상해 보였다.

"어디에서 오는 길입니까?" 딘 포사이스가 물었다.

"몬트버리."

"거긴 무슨 일로 갔나요?"

"친구들을 만나러 갔습니다."

"친구들의 이름은?"

묻는 말에 순순히 대답하지 않고 겁먹은 눈빛으로 주저하는 운전자의 태도는 딘 포사이스를 한층 더 자극했다. 딘 포사이스는 손전등을 꺼내 운전자의 얼굴을 가까이에서 비춰보았다. 뺨에 뭔가로 할퀸 상처 자국이 있었다.

"얼굴의 상처는 어쩌다가 생겼습니까?"

"낮게 처진 나뭇가지를 못 보고 지나다가 긁혔습니다."

딘 포사이스는 운전자의 말을 믿기 힘들었다.

"과속한 이유는 뭡니까?"

"마음이 좀 급했습니다."

"술 마셨습니까?"

"아뇨."

혈중알코올농도 테스트 결과 운전자는 술을 마시지 않은 것으로 확인되었다. 차량 조회를 해보았는데 자동차에도 문제가 없었다. 손전등 불빛을 비춰가며 차의 내부도 샅샅이 살펴보았지만 빈 약상자나 포장 용기 따위는 보이지 않았다. 하지만 극도로 흥분한 상태인데 경찰의 의심 어린 시선을 피하기 위해 억지로 침착한 태도를 가장하고 있다는 느낌이 들었다. 딘 포사이스는 조금 더 심도 있게 조사할 필요성이 있다고 판단했다. 그때 아무리 봐도 이상한 모습이 그의 눈에 포착되었다. 운전자의 손이 몹시 더러웠고, 구두는 진흙으로 덮여 있었고, 바지는 흠뻑 젖어 있었다.

"차 밖으로 나오세요." 딘 포사이스가 명령했다.

"왜요? 무슨 일인데요?" 운전자가 중얼거렸다.

"일단 차 밖으로 나오시라고요."

운전자가 계속 밖으로 나오길 주저하는 바람에 마음이 상한 딘 포사이스는 그를 완력으로 끌어낸 다음 지시 불이행을 이유로 체포 절차를 밟았다.

딘 포사이스는 운전자를 오로라경찰서로 데려가 규정대로 사진을 찍은 다음 디지털 지문을 채취했다. 컴퓨터 화면에 나타난 결과를 확인한 닐 포사이스는 몹시 당혹스러웠다. 새벽 1시 30분이었지만 그는 전화기를 들었다. 사안이 중대한 만큼 뉴햄프셔주 경찰청 강력계의 페리 게할로우드 경사를 잠에서 깨워도 좋다고 판단했기 때문이었다.

∞

새벽 4시 30분경, 나는 전화벨 소리에 잠이 깼다.

"작가님, 지금 어디에 있습니까?"

나는 반쯤 정신이 몽롱한 상태로 대답했다. "나야 뉴욕 집에 있죠. 무슨 일인데요?"

"마침내 그놈을 잡았어요." 페리가 말했다.

"잡다니요?"

"간밤에 해리의 집에 불을 지른 방화범을 체포했습니다."

"정말 잘됐네요."

2
게임 오버

"글을 쓰다 보면 가끔 좌절하게 될 때가 있어. 그건 지극히 당연한 현상이야. 난 자네에게 글쓰기를 복싱이나 마찬가지라고 말한 적이 있지만 달리기도 다르지 않아. 내가 자네에게 아침 일찍 일어나 달리라고 한 건 그런 이유 때문이야. 자네에게 비가 오나 눈이 오나 달릴 힘이 있다면, 자네에게 결승선까지 완주할 힘이 있다면, 달리기에 쏟아부을 힘이 있다면, 그리하여 목적지에 도달할 수 있다면, 자네는 글을 쓸 역량을 갖춘 셈이지. 피곤하거나 겁이 난다고 꼭 해야 할 일을 포기해서는 안 돼. 어떤 어려움이 앞을 가로막더라도 당당히 헤치고 앞으로 나아가야 해."

페리가 전해준 소식을 듣고 완전히 넋이 빠진 나는 그날 아침에 당장 맨체스터행 비행기에 탑승했다. 오후 1시에 맨체스터에 내린 나는 45분 후 뉴햄프셔주 경찰청에 도착했다. 페리가 눈이 빠지도록 나를 기다리고 있었다.

"로버트 퀸!" 나는 그를 보자마자 소리쳤다. "로버트가 해리의 집에 불을 지른 방화범이라고요? 그동안 협박 메시지들을 문틈에 꽂아 넣은 사람도 로버트고요?"

"화재 현장에서 발견한 석유통 기억나죠? 석유통에 찍힌 지문과 로버트 퀸의 지문이 일치해요."

"도대체 왜 그런 짓을 했답니까?"

"그거야 나도 모르죠. 로버트는 마치 묵비권을 행사하듯 입을 꾹 다물고 있으니까요."

페리는 나를 사무실로 데려가더니 커피 한 잔을 건넸다. 강력계 형사가 새벽에 로버트 퀸의 집을 압수수색 했다는 사실도 말해주었다.

"단서가 나왔나요?"

"아무것도 찾아내지 못했어요." 페리가 말했다.

"타마라는 뭐래요?"

"우리가 7시 30분에 들이닥쳐 압수수색을 했는데 타마라 퀸은 아무리 깨워도 일어나지 않았어요. 남편이 간밤에 집을 비운 사실도 모르고요. 수면제를 먹고 잠에 취한 듯이 보였어요."

"로버트가 부인에게 수면제를 먹인 게 아닐까요?"

"그럴 이유가 뭐가 있었을까요?"

"로버트는 독자적으로 뭔가 할 일이 있을 때면 타마라에게 수면제를 먹여 잠을 재우더군요. 그러니까 그날 밤에도 분명 타마라가 밖으로 나가는 걸 눈치채지 못하도록 수면제를 먹였을 공산이 커요. 타마라에게 말하지 않고 혼자서 무슨 짓을 하려고 그랬을까요? 한밤중에 그는 어디에 갔던 것일까요? 게다가 신발은 왜 진흙투성이였고요? 손도 더럽고, 신발은 진흙투성이고, 옷이 흠뻑 젖은 걸 보면 어딘가에 뭔가를 파묻은 게 아닐까요?"

"그럴싸한 추론이네요. 하지만 로버트가 자백하지 않으면 우리는 그에게 아무런 혐의도 적용할 수 없어요."

"석유통의 지문이 있잖아요."

"석유통은 결정적인 증거가 되기 힘들어요. 담당 변호사는 벌써부터 로버트가 석유통을 해변에서 발견했다는 말을 흘리고 있어요. 로버트가 최근에 해변을 산책하다가 모래바닥에 나뒹구는 석유통을 발견하고 덤불 숲에 던졌다는 식이죠. 우리에게는 추가 증거가 더 필요해요. 그렇지 않으면 로버트의 변호사가 손

쉽게 우리를 제압할 테니까."

"누가 로버트의 변호를 맡고 있죠?"

"아마 내가 말해줘도 믿기 힘들 걸요."

"누군데요?"

"벤자민 로스."

"빌어먹을!"

내 입에서 저절로 욕설이 튀어 나왔다.

"경사님은 로버트가 놀라를 살해했다고 생각하세요?"

"모든 가능성을 열어두고 봐야겠지요."

"내가 로버트를 만나볼게요."

"안 됩니다."

그 순간, 어떤 남자가 노크도 없이 사무실로 들어서자 페리가 즉시 자세를 바로 했다. 그가 바로 뉴햄프셔주 경찰청의 랜스데인 청장이었다. 그의 얼굴에 불편한 기색이 역력했다.

"이봐, 페리, 난 아침부터 뉴햄프셔 주지사, 기자들 그리고 그 재수 없는 벤자민 로스 변호사와 통화하느라 아주 진땀을 흘렸어."

"기자들이 무슨 일로 청장님께 전화했습니까?"

"간밤에 자네들이 체포한 로버트 퀸 때문이었어."

"로버트 퀸은 유력한 용의자입니다. 이미 중요한 단서도 확보해두고 있고요."

랜스데인 청장이 페리의 어깨에 손을 올려놓았다. 그 동작에서 왠지 신뢰와 애정이 느껴졌다.

"이봐, 페리. 이제 수사를 마무리 지어야겠어."

"무슨 말씀이십니까? 어차피 마무리 단계에 와있습니다. 퍼즐 조각을 하나만 더 찾으면 됩니다."

"아니야, 어쩐지 이 사건은 쉽게 끝날 조짐이 보이지를 않아. 처음에는 유력한 용의자가 해리 쿼버트였고, 얼마 전까지는 루터 칼렙이었어. 지금은 로버트 퀸이 되었지. 앞으로도 또 바뀌지 않을 거라고 누가 장담할 수 있겠나? 데이빗 켈러건, 엘리야 스턴은 유력 용의자 후보겠네. 마치 셔츠 갈아입듯 용의자가 바뀌면 어쩌자는 건가? 벤자민 로스 변호사는 경찰의 엉터리 수사를 법정에서 따지겠다고 단단히 벼르고 있어. 주지사는 당장 수사를 접어버리라고 닦달해대고 있지. 이쯤에서 덮어버리는 게 어떨까?"

"우리는 최근에 새로운 단서들을 확보했습니다. 놀라 엄마가 오래전에 사망한 사실을 밝혀냈고, 로버트 퀸을 체포했습니다. 이 정도면 성과가 없었다고 할 수 없습니다."

"로버트 퀸을 유력한 용의자로 체포해두고 있지만 아무런 단서도 없잖아."

"석유통은 중요한 단서입니다."

"벤자민 로스 변호사 말로는 로버트의 무고를 증명하는 건 식은 죽 먹기라고 큰소리를 뻥뻥 치더군. 자네는 로버트를 기소할 작정인가?"

"물론입니다."

"패소할 가능성이 높아. 페리, 자넨 훌륭한 형사지만 때론 고집을 꺾고 포기할 줄도 알아야 해."

"하지만 청장님, 이 사건은 포기할 수 없습니다."

"까딱 잘못했다가는 옷을 벗어야 할 수도 있으니까 조심하는 게 좋아. 난 자네를 당장 수사에서 배제하는 강수를 두지는 않을 거야. 우리의 우정을 생각해 앞으로 24시간을 줄게. 내일 오후 5시에 내 집무실에 와서 공식적으로 놀라 켈러건 사건 수사 종결을 공표하는 거야. 앞으로 24시간 안에 그동안 수사를 함께해온 동료 형사들에게 수사를 포기하자고 설득할 시간은 되니까. 그런 다음 마음 편한 주말을 보내도록 해. 가족들을 데리고 주말여행을 다녀와도 괜찮고. 자넨 충분히 그럴 자격이 있으니까."

"청장님, 저는 도저히……."

"적절한 선에서 포기할 줄도 알아야 훌륭한 경찰이라고 했잖아. 내일 오후에 내 집무실로 와."

랜스데인 청장이 사무실을 나가자마자 페리는 소파에 풀썩 주저앉았다. 하필이면 이때 내 휴대폰이 울렸다. 로이 바나스키였다.

로이가 호탕하게 인사를 건넸다. "잘 지냈나, 마커스. 우리가 약속한 일주일이 내일이지? 자네도 잘 기억하고 있겠지만."

"일주일이라니, 무슨 말입니까?"

"내가 놀라 켈러건과 관련해 최근 수사에서 새롭게 드러난 사실들을 언론에 발표하기에 앞서 자네를 배려해서 유예해준 시간이 일주일이잖아. 그 약속을 잊지는 않았지? 새로운 단서가 더 나왔나? 자네 목소리가 퉁명스러운 걸 보니 더는 단서가 나오지 않았다는 뜻이네."

"우리는 중요한 단서를 더 찾아냈습니다. 언론 브리핑을 좀 더 미루는 게 좋겠네요."

"그놈의 단서들은 언제쯤 되어야 증거가 되나? 자, 이제 그런 얘기는 그만둘 때가 되었어. 내일 5시에 기자들을 만나려고 하는데 자네도 그 자리에 와주겠나? 자네도 함께해줄 거라 기대할게."

"그건 불가능합니다. 저는 지금 뉴햄프셔주에 와 있거든요."

"자네가 있어야 흥행이 되지. 그 자리에 자네가 필요해."

"불가능합니다."

나는 그 말을 끝으로 전화를 끊었다.

"통화한 분이 누군데요?" 페리가 물었다.

"로이 바나스키라고, 내 책을 내는 출판업자입니다. 로이가 내일오후 5시에 기자회견을 열어 모든 걸 폭로하겠다는군요. 그 자리에서 로이는 놀라의 소아 조현병 발작 증상을 현실감 있게 묘사한 내 책이야말로 기발하고 신선한 시도가 돋보이는 걸작으로 추켜세우겠대요."

"어차피 내일 오후면 우리 수사는 박살 나겠네요."

이제 시간이 24시간밖에 남지 않았다. 페리는 그 시간 동안 손놓고 있을 생각이 전혀 없었다. 그는 오로라에 가서 타마라와 제니를 만나 로버트에 대한 이야기를 좀 더 알아보자고 제안했다. 가는 길에 페리는 트래비스에게 우리의 방문을 미리 알렸다. 우리는 트래비스와 퀸 가족의 집 앞에서 만났다. 트래비스는 완전히 뒤통수를 맞은 표정이었다.

"석유통에 남아 있는 지문이 우리 장인어른 지문과 일치했단 말인가요?" 트래비스가 물었다.

"그렇다니까요." 페리가 대답했다.

"난 도저히 믿어지지 않아요. 아니, 장인어른이 왜 그런 짓을 했을까요?"

"그건 나도 모르죠."

"당신들은 내 장인어른이 놀라 켈러건 사건에 연루되었다고 생각합니까?"

"현재로서는 어떤 가능성도 배제할 수 없습니다. 제니와 타마라는 지금 좀 어떤가요?"

"두 사람 다 큰 충격을 받아 넋이 나가 있어요. 그들 입장에서 보자면 갑자기 이런 악몽도 없을 테니까요."

트래비스는 분이 풀리지 않는다는 듯 자기 차 보닛 위에 올라앉았고, 뭔가 이상한 낌새를 느낀 페리가 물었다.

"무슨 일입니까?"

"오늘 아침부터 자꾸 이상한 생각이 드는데 이 사건이 나에게 엄청나게 많은 기억을 떠올리게 하네요."

"가령 어떤 기억인데요?"

"장인어른은 놀라 켈러건 사건 수사에 적극적인 관심을 보였어요. 당시 난 자주 제니를 만났고, 일요일이면 그 집으로 점심 식사를 하러 갔죠. 그때마다 장인어른은 나에게 끊임없이 수사 진행 상황을 묻더군요."

"내가 알기로는 오히려 타마라 퀸이 수사 진행이 어떻게 되어가고 있는지 초미의 관심을 보였다고 하던데요?"

"식탁에서는 장모님이 수사에 관한 질문을 많이 하긴 했어요. 하지만 식사하기 전 장인어른과 테라스에서 맥주를 마시면서 대화를 나눌 때면 늘 수사에 대해 깊은 관심을 보이더군요. 유력한 용의자가 누군지, 새로운 단서를 찾았는지 등등. 식사가 끝나면 장인어른은 나를 차를 세워둔 곳까지 배웅해주면서 또 그 이야기를 나누었으니까요. 나는 장인어른이 놀라 켈러건 사건에 대해 지나친 관심을 보이는 이유를 알 수 없었지만 질문에 답해주느라 진땀을 뺄 지경이었죠."

"그러니까 그 말은 서장님의 장인어른이……."

"단정하는 건 아니고요."

"그럼 뭡니까?"

트래비스는 재킷 주머니를 뒤지더니 사진 한 장을 꺼냈다.

"오늘 아침에 아내가 집에 보관하고 있던 가족사진 앨범에서 이 사진을 찾아냈어요."

〈클락스 식당〉 앞에 주차해놓은 검은색 몬테카를로 옆에 서 있는 로버트를 찍은 사진이었다. 뒷면에 *'1975년 8월, 오로라에서'*라고 적혀 있었다.

"이게 무슨 뜻이죠?" 페리가 물었다.

"아내에게도 같은 질문을 한 적이 있어요. 아내 말이 그해 여름에 장인어른이 새 차를 구입하고 싶어 했는데, 어떤 모델이 좋을지 쉽게 결정하지 못했나봐요. 딜러에게 부탁해 주말마다 각기 다른 차를 타고 시운전을 했다나봐요."

"시운전한 차 중에 검은색 몬테카를로도 있었다는 겁니까?" 페리가 확인하듯 물었다.

"네, 그런가봐요." 트래비스가 확인해주었다.

"놀라가 실종되던 날 서장님의 장인어른 로버트 퀸이 검은색 몬테카를로를 몰았을 수도 있다는 뜻입니까?"

"그럴 가능성이 없지는 않겠네요."

페리는 고개를 갸웃거리고 나서 그 사진을 갈무리했다.

"서장님 부인과 장모님을 만나 이야기를 나누어봐야 할 것 같습니다. 혹시 지금 집에 계신가요?" 내가 물었다.

"지금 거실에 있으니까 만나보세요."

타마라와 제니는 거실 소파에 몸을 웅크리고 앉아 있었다. 우리는 타마라와 제니의 증언을 듣길 원했는데 어찌나 충격이 컸는지 두 사람 다 얼이 빠진 상태였다.

타마라가 눈물을 흘리면서도 비교적 상세히 어제 어떤 일이 있었는지 이야기했다.

로버트는 일찍 저녁 식사를 마치고 TV를 시청했다.

"남편의 태도에서 평소와 다르거나 뭔가 이상한 점은 없었습니까?" 페리가 물었다.

"그다지 이상한 점은 없었는데 나에게 자꾸 차를 마시라고 권했어요. 난 차를 마실 생각이 없었는데 남편이 자꾸 권해서 어쩔 수 없이 마시게 되었죠. 남편이 '소변이 잘 나오게 해주는 허브차야. 당신 몸에 좋은 차니까 한 번에 쭉 들이켜'라고 하기에. 난 차를 마시고 나서 얼마 지나지 않아 소파에서 그대로 잠이 들었어요."

"그때가 몇 시였습니까?"

"아마 11시쯤이었을 거예요."

"그 후엔?"

"시체처럼 잤어요. 잠에서 깼을 때가 아침 7시 30분쯤이었는데, 난 여전히 소파에 누워있었고, 경찰들이 우리 집에 들이닥쳐 문을 쿵쿵 소리가 나도록 두드리고 있더군요."

"남편이 검은색 쉐보레 몬테카를로를 구입하려고 시운전을 한 적이 있습니까?"

"그건 모르겠어요. 여러 차종을 두고 어떤 차를 구입할지 설왕설래했으니까 그랬을 수도 있겠네요. 혹시 우리 그이가 놀라 켈러건에게 몹쓸 짓을 했을 수도 있다고 생각하시는 건가요?"

타마라는 그 말끝에 구역질이 나는지 화장실로 달려갔다.

타마라와의 대화는 우리에게 아무런 확신을 주지 못했다.

그 집을 나온 페리와 나는 자동차 안에서 잠시 이야기를 나누었다.

"로버트를 만나 검은색 몬테카를로와 같이 찍은 사진을 내밀어볼까요?" 내가 말했다.

"그래봐야 아무런 소용이 없을 겁니다." 페리가 비관적으로 말했다. "벤자민 로스 변호사는 랜스데인 청장이 수사를 포기하기 직전이라는 사실을 알고 있기 때문에 로버트에게 묵비권을 유지하면서 마냥 시간 끌기로 가는 게 유리할 거라고 조언했을 겁니다. 그렇다면 로버트가 우리 질문에 답변할 리 없죠. 내일 오후 5시면 수사는 종결되고, 당신의 책을 낸 로이 바나스키는 TV 앞에서 한바탕 쇼를 벌일 테고요. 로버트는 석방되고, 우리는 사람들의 웃음거리가 될 겁니다."

"적어도……."

"기적이 일어나지 않는 한 그렇게 될 수밖에 없어요. 로버트가 어제저녁에 뭐가 그리 급해 제지 명령을 거부하고 차를 과속했는지, 그토록 서둘렀어야 할 이유가 무엇인지 알아내지 못한다면 우리 수사는 끝입니다. 타마라는 밤 11시 무렵에 잠들었다고 했는데, 로버트는 12시 그러니까 자정 무렵에 체포되었어요. 한 시간이 흐른 셈인데 그사이에 무슨 일이 있었는지 알아내는 게 필요하고요. 아무튼 로버트가 이 지역을 벗어나지 않고 어딘가에 있었다는 사실은 짐작할 수 있겠네요. 그는 이 지역 어디에 있었을까요?"

페리는 로버트가 체포된 현장으로 가서 그의 동선을 거꾸로 짚어보자고 했다. 그날 로버트를 체포한 딘 포사이스를 불러내 그날 그 현장에 나와 있어 달라는 부탁도 잊지 않았다.

우리는 한 시간 후 오로라 출구에서 딘 포사이스와 합류했다. 그가 우리를 문제의 몬트버리 도로 구역으로 안내했다.

"바로 이 지점이었습니다." 딘 포사이스가 말했다.

덤불들 사이로 난 직선도로였다.

"정확하게 무슨 일이 있었기에 로버트의 차를 갓길에 멈춰 세우게 한 겁니까?" 페리가 물었다.

"그 당시 저는 몬트버리에서 돌아오는 길이었습니다. 매일이다시피 하는 일상적인 순찰이었죠. 그런데 별안간 차 한 대가 내 앞으로 급히 달려왔어요."

"*급히 달려오다니*, 무슨 뜻이죠?"

"그 지점에 교차로가 있거든요. 5, 6백 미터 북쪽으로."

"어떤 교차로 말입니까?"

"어느 도로와 만나는 교차로인지는 몰라요. 하지만 교차로가 분명히 있고, 정지 표지판도 있죠."

"저기 보이는 저 정지 표지판 말인가요?" 페리가 멀리 앞쪽을 바라보면서 물었다.

"네, 내가 방금 말한 정지 표지판이 맞습니다." 딘 포사이스가 확인해주었다.

그때 문득 내 머릿속에서 요란한 파장이 일었다.

"호수로 가는 길입니다."

"호수라고요?" 페리가 되물었다.

"저기서 몬트버리 호수로 가는 쪽으로 길이 갈라집니다."

우리는 교차로가 있는 곳까지 거슬러 올라가 호수 방향으로 접어들었다. 1백 미터쯤 더 가자 주차장이 나왔다. 얼마 전 쏟아진 장대비 탓에 호수 주변 질척거리는 진흙이 고랑처럼 파여 처참할 지경이었다.

∞

2008년 11월 12일 수요일, 오전 8시

경찰차들이 줄지어 호수 주차장으로 들어섰다. 페리와 나는 차에서 잠시 대기했다. 내가 잠수 수색 팀이 타고 온 소형트럭을 바라보면서 페리에게 물었다.

"이번에는 확신하세요?"

"확신하지는 못하지만 선택의 여지가 없잖아요."

우리에게 남은 마지막 카드였다. 로버트는 분명 이곳에 다녀갔다. 로버트는 호수에 뭔가를 던지려고 질척거리는 진흙 길로 들어섰다. 페리와 내가 깊이 추론한 끝에 내린 결론이었다.

차에서 내린 우리는 잠수 수색 준비에 한참인 잠수부들 쪽으로 갔다. 잠수 수색 팀장은 팀원들에게 몇 가지 지시를 내리고 나서 페리와 이야기를 나누었다.

"호수에 들어가 무얼 찾아내야 합니까?" 팀장이 물었다.

"호수 바닥에 단서가 될 만한 무언가가 있으면 모두 건져내세요. 무기일 수도 있고, 다른 무엇일 수도 있습니다. 나도 그게 뭐가 될지 모르겠지만 놀라 켈러건 사건과 관련 있는 무언가가 반드시 있을 겁니다."

"이 호수 바닥이 몹시 지저분하다는 건 잘 아시죠? 조금 더 구체적인 지침이 필요할 것 같은데요?"

"우리가 찾아내고자 하는 물건은 그리 평범하지 않을 겁니다. 잠수 수색 팀원 정도면 눈에 번쩍 띄고도 남을 물건이겠죠. 그게 뭔지 구체적으로 짚어주지는 못하겠지만요."

"호수의 어느 구역을 중점적으로 수색할까요?"

"호숫가에서 뭔가를 힘껏 던지면 닿을 만한 곳이겠지요. 난 호수 반대편을 좀 더 주목하고 있습니다. 용의자는 신발이 진흙투성이인 데다 얼굴에는 나뭇가지에 할퀸 자국이 있었어요. 분명 용의자는 그 누구도 찾아볼 엄두를 내지 못하는 곳에 뭔가를 버리려고 그 고생을 했을 겁니다. 나는 용의자가 가시덤불과 풀밭이 무성한 호수 반대편으로 갔을 거라고 추측합니다."

비로소 잠수 수색 팀의 작업이 시작되었다. 우리는 주차장 가까운 호숫가 자리에 서서 호수 속으로 자취를 감추는 잠수부들을 바라보았다. 날씨가 몹시 추운 날이었다. 한 시간이 지났지만 소득이 전혀 없었다. 우리는 잠수 수색 팀장이 팀원들과 주고받는 무전에 귀를 기울였다.

9시 30분, 랜스데인 청장은 페리에게 전화해 당장 잠수 수색을 중단하라며 노발대발했다. 그가 어찌나 소리를 질러대는지 내 귀에도 무슨 말을 하는지 뚜렷이 들렸다.

"페리, 자네는 완전히 돌았어. 자네는 지금 자기 무덤을 파고 있는 거야. 당장 잠수 수색을 중단시켜. 난 오후 5시에 기자회견을 열 생각이고, 자네도 반드시 참석해야 하는 자리야. 자네가 직접 수사 중단 선언을 해야 하니까. 기자들과의 질의응답도 자네가 해. 나도 이제 자네 뒤를 봐주려고 궁색한 변명을 늘어놓는 짓은 하고 싶지 않아. 이제 정말 지긋지긋하다니까!"

"네, 알겠습니다, 청장님."

랜스데인 청장은 속사포처럼 쏘아대고 전화를 끊었고, 우리는 한동안 서로 말이 없었다.

다시 한 시간이 지났다. 잠수 수색 작업은 여전히 아무런 성과를 내지 못했다. 페리와 나는 추위에 덜덜 떨면서도 그 자리를 벗어날 수 없었다.

결국 내가 먼저 입을 열었다.

"만일 잠수 수색이 실패로……."

"그 입, 닥쳐요. 제발 부탁입니다. 아무 말도 하지 말아주세요. 난 작가님 입에서 나오는 질문이든 의문이든 아무것도 듣고 싶지 않으니까요."

우리는 그렇게 말없이 또 기다렸다. 별안간 잠수 수색 팀장의 무전기가 예사롭지 않은 소리를 발했다. 이내 잠수부들이 수면 위로 올라왔고, 잠시 떠들썩한 소란이 일었다.

"무슨 일입니까?" 페리가 잠수 수색 팀장에게 물었다.

"뭔가를 찾아냈습니다."

"무얼 찾았단 말입니까?"

잠수 수색 팀원들이 물가에서 10여 미터 안쪽으로 들어간 호수 바닥에서 찾아낸 건 38구경 콜트권총과 NOLA라는 이름이 새겨진 금목걸이였다.

∞

그날 정오에 나는 뉴햄프셔주 경찰청 취조실 유리창 너머에서 페리가 호수에서 찾아낸 38구경 권총과 금목걸이를 로버트 앞에 펼쳐놓고 순순히 자백을 받아내는 모습을 지켜보았다.

"간밤에 당신이 호수에 던진 물건들 맞죠?" 페리가 온화한 목소리로 로버트를 추궁했다. "당신이 저지른 범죄 행위를 은폐하기 위해 증거물들을 없애려고 한 거죠?"

"어떻게 이걸 찾아냈습니까?"

"이 증거물들로 승부는 끝났습니다. 1975년 8월 30일 검은색 몬테카를로를 타고 있었던 사람도 당신이죠? 그 어디에도 등록되어 있지 않은 딜러의 차였으니 그야말로 완벽하게 은폐할 수 있었는데 정말 아쉽겠네요. 그 빌어먹을 사진만 찍지 않았어도 아무도 당신인지 몰랐을 텐데 말입니다."

"난… 난……."

"도대체 왜 놀라 켈러건을 살해했습니까? 데보라 쿠퍼 부인은 무슨 잘못이 있다고 총으로 쏘아 죽였나요?"

"나도 모르겠습니다. 그땐 제정신이 아니었어요. 따지고 보면 사고였죠."

"어떻게 된 일인지 말해봐요."

"검은색 쉐보레 몬테카를로를 운전하고 가는데 놀라가 도로변에서 걸어가고 있었어요. 난 창문을 열고 목적지까지 데려다주겠다며 차에 타라고 했죠. 그 아이는 좋아라하면서 차에 올랐습니다. 그 무렵 나는 정말 많이 외로웠습니다. 그래서 놀라의 머리카락을 조금 쓰다듬었죠. 그랬더니 놀라가 창문을 열고 뛰어 내리더니 숲으로 도망치기 시작했어요. 난 놀라를 잡아야 했죠. 그 아이가 나에게 성추행을 당했다고 하면 끝장이니까요. 난 어떡하든 놀라를 뒤따라 잡아 제발 그 어디에서도 내가 머리카락을 만진 얘기를 하지 말아 달라고 부탁할 작정이었죠. 놀라가 쿠퍼 부인 집으로 뛰어 들어가기에 나도 어쩔 수 없이 따라갔어요. 어차피 이판사판이 되었다는 생각이 들더군요. 잠시 정신이 나갔었나봐요."

로버트는 완전히 무너져 내렸다.

페리는 트래비스에게 전화해 로버트가 모든 범죄 행위를 자백하고 진술서에 서명했다고 알려주었다.

"오후 5시에 사건 전모를 발표하는 기자회견이 열릴 겁니다." 페리가 덧붙였다. "서장님이 TV를 통해 그 사실을 알게 되길 바라지 않기에 미리 전해주는 겁니다."

"경사님 진심으로 고맙습니다. 내 아내에게는 뭐라고 설명해야 할지 모르겠네요."

"많이 힘들겠지만 어차피 알려질 일이라 서장님이 먼저 알리는 게 바람직할 것 같습니다. TV를 보고 알게 되면 완전히 폭탄 맞은 기분일 테니까요."

"무슨 말인지 잘 알겠습니다."

"로버트에 대해 몇 가지 확실하게 해둘 게 있어서 그러는데 잠시 시간을 내 뉴햄프셔주 경찰청에 들러 주셔야겠습니다. 서장님 장모님이나 부인을 힘들게 하고 싶지는 않네요."

"지금은 교통사고 현장에 나가봐야 하니까 오늘 저녁이나 내일 아침에 콩코드에 가겠습니다."

"네, 편할 대로 하시면 됩니다. 급할 건 없으니까요."

페리는 전화를 끊었다. 모처럼 얼굴이 평온해 보였다.

"자, 이제 어떻게 할까요?" 내가 물었다.

"이제 뭘 좀 먹어야죠. 우리에겐 충분히 그럴 자격이 있습니다."

우리는 경찰청 구내 카페테리아에서 점심을 먹었다. 페리는 여전히 깊은 생각에 잠겨 있었고, 음식에는 거의 손도 대지 않았다. 그는 사건 파일을 식탁 위에 펼쳐놓고 15분 동안 줄곧 로버트와 검은색 몬테카를로를 찍은 사진을 골똘히 바라보았다. 참다못해 내가 물었다.

"아직도 뭔가 찜찜한 구석이 남았습니까?"

"로버트가 왜 총을 휴대하고 있었는지 잘 이해가 되지 않아서요. 로버트는 검은색 몬테카를로를 타고 운전해가다가 우연히 놀라를 보게 되었다고 진술했습니다. 그가 사전에 검은색 몬테카를로와 권총을 미리 준비했을까요, 아니면 그의 말대로 우연히 놀라를 만났을까요? 아무튼 둘 중 하나일 텐데 난 그가 왜 권총을 지참하고 다녔고, 어디에서 구입했는지 궁금하네요."

"로버트가 사실은 모든 범죄 행위를 사전에 계획했으면서 마치 우연인 양 자백해 형량을 줄이려고 한다는 뜻입니까?"

"그 문제를 포함해 여러 가지 의도를 숨기고 있을 가능성도 있겠죠."

페리는 여전히 그 사진에서 눈을 떼지 않았다. 눈 가까이 가져가 구석구석을 자세히 들여다보기도 했다. 갑자기 그가 뭔가 찾아냈는지 눈빛이 달라졌다.

"왜 그러세요, 경사님?"

"기사 제목…."

나는 페리의 옆으로 자리를 옮겨 사진을 주시했다. 그가 손가락 끝으로 사진의 배경인 〈클락스 식당〉 옆 신문가판대를 가리켰다. 주의 깊게 신문가판대를 살핀 우리는 거기에 꽂혀 있는 신문의 1면 기사 제목을 가까스로 읽어낼 수 있었다.

닉슨 대통령 사임

"리차드 닉슨 대통령은 1974년 8월에 물러났습니다." 페리가 흥분해서 소리쳤다. "그러니까 이 사진은 1975년에 찍은 게 아니란 뜻입니다."

"그렇다면 누가 이 사진 뒷면에 '*1975년 8월, 오로라에서*'라고 적어놓았을까요?"

"그건 나도 모르지만 로버트가 거짓 진술을 한 건 확실합니다. 로버트는 아무도 죽이지 않았어요."

페리는 총알처럼 카페테리아를 빠져나가더니 중앙계단 쪽으로 달려가 한 번에 네 계단씩 뛰어 올라갔다. 계단을 올라간 그는 복도를 지나 유치장까지 달려갔다.

페리는 즉시 로버트가 있는 유치장 앞으로 갔다.

"누구를 보호하려고 거짓 증언을 했습니까?" 페리는 유치장 창살 뒤로 로버트의 모습이 보이자마자 버럭 소리를 질렀다. "당신은 분명 1975년 8월에 검은색 몬테카를로를 시운전하지 않았습니다. 당신은 지금 누군가를 보호하려고 모든 혐의를 대신 뒤집어쓰고 있습니다. 난 그게 누구인지 알아야겠습니다. 부인인가요? 딸인가요?"

로버트의 얼굴에 절망감이 묻어났다. 그는 의자에서 꼼짝도 하지 않고 입을 우물거렸다.

"제니를 보호해주려고 한 거요."

"제니라고요?" 페리가 어이없어하는 표정으로 되물었다. "당신 딸 제니가 그런 짓을 했다고요?"

페리는 휴대폰을 꺼내 번호를 눌렀다.

"누구한테 전화하려고요?" 내가 물었다.

"일단 트래비스 던 서장에게 전화해서 물어봐야죠. 일단 제니에게는 모든 사실을 비밀로 하라고 일러두어야죠. 로버트가 모든 사실을 털어놓았다는 사실을 알게 되면 제니가 도망칠 수도 있으니까요."

트래비스는 휴대폰을 받지 않았다. 페리는 생각 끝에 오로라 경찰서로에 전화해 트래비스 던 서장에게 무전기를 연결해달라고 요청했다.

"뉴햄프셔주 경찰청의 게할로우드 경사입니다." 페리가 당직 경찰에게 관등성명을 댔다. "당장 트래비스 던 서장과 할 이야기가 있습니다."

"서장님 휴대폰으로 연락해보십시오. 서장님은 오늘 근무하지 않습니다."

"조금 전에 통화했을 때 교통사고 처리 건 때문에 바쁘다고 했는데요?"

"서장님은 오늘 경찰서에 출근하지 않았습니다."

페리의 낯빛이 창백해졌고, 이내 그는 즉시 비상경계령을 내렸다.

∞

몇 시간 뒤 트래비스와 제니 부부는 보스턴 로건 국제공항에서 베네수엘라 카라카스행 비행기에 탑승하려다가 경찰에 체포되었다.

페리와 나는 밤이 깊을 무렵 뉴햄프셔주 경찰청 건물을 나섰다. 건물 바깥에서 대기하고 있던 기자들이 우르르 달려오더니 우리에게 마이크를 들이댔다. 그 어떤 질문에도 대답하지 않고 기자들을 겨우 따돌린 우리는 페리의 차에 올랐다.

페리는 아무 말도 하지 않고 운전에만 몰두했다. 답답한 마음에 내가 물었다.

"이 깊은 밤에 어디로 가려고요?"

"나도 몰라요."

"이 시간에 경찰들은 주로 무얼 합니까?

"일과를 끝내고 술을 마셔요. 작가들은?"

"우리도 술을 마십니다."

페리는 나를 콩코드 나들목 근처에 있는 술집으로 데려갔다. 우리는 카운터에 앉아 위스키 더블을 주문했다. 우리 뒤로 보이는 TV 전광판에 속보를 알리는 자막이 흘렀다.

오로라 경찰서장 놀라 켈러건 살해 자백

1
해리 쿼버트 사건의 진실

"어떤 책이든 마지막 장이 가장 아름다워야 하네."

2008년 12월 18일 목요일, 뉴욕시
진실이 밝혀지고 나서 한 달 후

그때 나는 해리를 마지막으로 보았다.

밤 9시였다. 내가 집에서 미니디스크를 듣고 있을 때 누군가 초인종을 눌렀다. 나는 문을 열었고, 우리는 오래도록 말없이 서로의 얼굴을 뚫어지게 바라보았다. 해리가 먼저 입을 열었다.

"잘 지냈나, 마커스."

나는 잠시 주저하다가 대답했다.

"난 선생님이 유명을 달리한 줄 알았습니다."

해리가 내 말에 동의한다는 표시로 고개를 끄덕였다.

"난 유령에 지나지 않아."

"커피 드시겠어요?"

"좋지. 혼자 있나?"

"네."

"앞으로는 혼자 지내지 마."

나는 주방으로 가서 커피를 끓였고, 해리는 거실에서 불안한 모습으로 내 책장 선반 위에 놓인 사진들을 만지작거렸다. 내가 커피포트와 잔을 들고 왔을 때 해리는 그와 내가 버로스 대학 졸업식 날 함께 찍은 사진을 들여다보고 있었다.

"내가 자네 집을 방문하는 건 오늘이 처음이군." 해리가 말했다.

"선생님을 생각하고 손님방을 마련해 두었습니다. 벌써 몇 주 전부터."

"내가 이 집을 방문하리라는 걸 알고 있었다는 뜻인가?"

"네."

"자넨 나를 너무 잘 알아서 문제야."

"우리처럼 가까운 친구 사이라면 그 정도는 알아야죠."

해리의 얼굴에 서글픈 미소가 어렸다.

"환대해준 건 고마운 일이지만 난 여기에 오래 머물지는 않을 거야."

"그럼 왜 오셨어요?"

"작별 인사를 하려고."

나는 당혹감을 감추려고 애쓰면서 커피잔을 채웠다.

"선생님마저 떠나시면 이제 저에게는 가까운 친구가 아무도 없는 셈이 됩니다." 내가 말했다.

"그런 말 하지 마. 난 자네를 친구 이상으로, 그러니까 아들처럼 사랑했어."

"저는 선생님을 아버지처럼 사랑했고요."

"나에 대한 진실을 다 알고도?"

"진실을 안다고 해서 제가 선생님에게 느끼는 감정을 바꾸지는 못하죠. 그게 바로 감정이 안고 있는 비극이기도 하고요."

"자네 말이 옳아. 자네는 나에 대해 모든 걸 알고 있지?"

"네."

"어떻게 알게 되었나?"

"어쩌다 결국 깨닫게 되었어요."

"자네는 내 가면을 벗길 수 있는 유일한 인물이었지."

"선생님이 모텔 주차장에서 저에게 말한 게 바로 그거였죠. 우리 사이가 결코 예전과 같지 않을 거라고 하셨잖아요. 내가 선생님이 쓰고 있는 가면을 벗겨 내리라는 걸 알고 계셨던 거죠."

"그랬지."

"어쩌다가 그렇게 되었죠?"

"나도 몰라."

"저에게 트래비스와 제니를 심문한 녹화 비디오가 있어요. 한번 보시겠어요?"

"보여줘."

해리는 소파에 자리를 잡고 앉았다. 나는 DVD를 플레이어에 넣고 재생 버튼을 눌렀다. 제니가 화면에 나타났다. 뉴햄프셔주 경찰청사 취조실에서 찍은 비디오였다. 제니는 하염없이 눈물을 흘렸다.

∞

제니 Q. 던 취조 기록에서 발췌

페리 게할로우드 경사 : 언제부터 알고 있었습니까?

제니 Q. 던 : (흐느끼면서) 난 전혀 짐작조차 하지 못했어요. 구즈코브에서 놀라의 유해가 발견되기 전까지는 그랬죠. 그 후 오로라 전체가 심하게 요동쳤죠. 〈클락스 식당〉은 늘 손님들로 넘쳐났어요. 식사하러 온 손님들과 취재하러 온 기자들 때문에 말 그대로 지옥이 따로 없었죠. 그날 나는 몸이 좋지 않아 집에 가서 쉬려고 평소보다 일찍 퇴근했어요. 집에 가보니 처음 보는 자동차 한 대가 집 앞에 세워져 있더군요. 난 집으로 들어갔고, 목청 높여 싸우는 소리를 들었어요. 알고 보니 프랫 서장이 트래비스와 언쟁을 벌이고 있었어요. 그들은 서로 목청을 높이다보니 내가 들어오는 소리를 듣지 못한 거예요.

2008년 6월 12일

"진정해, 트래비스." 프랫 서장이 목소리를 높였다. "틀림없이 아무도 모르게 지나갈 테니까. 자네도 두고 보면 알게 될 거야."

"아니, 서장님은 어떻게 그리 확신하십니까?"
"해리 쿼버트가 결국 모든 혐의를 뒤집어쓰게 될 거라니까. 사체가 구즈코브 정원에서 나왔잖아. 모든 단서가 그를 지목하고 있어."
"빌어먹을! 만일 그가 고소당하지 않으면 어쩌려고요?"
"그런 일은 일어나지 않아. 그러니까 앞으로 다시는 이 문제에 대해 입도 뻥끗하지 마."
그들의 대화가 끝나고 제니는 거실로 몸을 숨긴 다음 프랫 서장이 집 밖으로 나가는 모습을 지켜보았다.
프랫 서장이 차에 시동 거는 소리를 듣자마자 제니는 주방으로 달려갔고, 그녀를 발견한 트래비스는 몹시 당황했다.
"도대체 무슨 일이야? 난 당신과 프랫 서장이 하는 얘기를 다 들었어. 당신, 놀라 켈러 사건과 관련해서 분명 뭘 숨기고 있지?"

제니 Q. 던 : 그때 트래비스가 모든 걸 다 말해주었죠. 그가 목걸이를 보여주면서 자신이 무슨 짓을 저질렀는지 잊지 않기 위해 보관해오고 있다고 하더군요. 난 트래비스의 손에서 그 목걸이를 빼앗았어요. 내가 알아서 처리하겠다면서요. 난 트래비스를 보호해주고 싶었죠. 우리 부부를 불행으로부터 지키고 싶었어요. 트래비스를 잃고 싶지 않았죠. 나는 수사가 신속하게 종결되고, 해리가 모든 혐의를 뒤집어쓰고 교도소에 가길 바랐어요. 그 와중에 마커스 골드먼이 나타나 그 사건을 파헤치기 시작했죠. 마커스는 해리의 무죄를 철석같이 믿고 있더군요. 난 마커스가 하는 대로 내버려 둘 수 없었어요. 그가 우리 부부를 파멸시킬 때까지 잠자코 기다릴 수 없었죠. 그래서 마커스에게 경고 메시지를 보내기 시작했어요. 콜벳 차에 불도 질렀죠. 하지만 마커스는 내 경고는 안중에도 없이 계속 남아 있더군요. 우리 부부에게는 총체적인 위기였어요. 그래서 좀 더 강력한 경고가 필요하다고 생각했고, 구즈코브의 집에 불을 질렀죠.

로버트 퀸 취조 기록에서 발췌

페리 게할로우드 경사 : 왜 죄를 뒤집어쓰려고 했습니까?

로버트 퀸 : 내 딸 제니를 위해서 그랬습니다. 놀라의 유해가 발견된 이후 오로라의 분위기가 뒤숭숭해지자 제니가 몹시 초조해하는 것 같았습니다. 나는 제니가 수심에 잠겨 있는 모습을 여러 번 보았습니다. 딸아이의 행동이 왠지 수상해 보였죠. 아무 이유도 없이 〈클락스 식당〉을 비우기도 하고요. 신문을 비롯한 각종 언론 매체들이 마커스 골드먼이 유출한 원고 내용을 보도했을 때 제니의 분노는 극에 달했죠. 옆에서 지켜보기가 두려울 정도였습니다. 어느 날 직원 화장실에서 나온 딸아이가 주변

을 살피더니 직원용 출입구 쪽으로 사라지는 모습을 보고 몰래 뒤따라가 보기로 했습니다.

2008년 7월 10일 목요일

숲길에 차를 세운 제니는 차에서 황급히 내려 석유통과 페인트 스프레이를 챙겨 들었다. 지문을 남기지 않기 위해 정원용 장갑 착용도 잊지 않았다. 로버트는 멀찍이 떨어져 제니를 미행했다.

로버트가 나무들이 울창한 숲을 빠져나왔을 때 제니는 이미 레인지로버에 페인트를 칠해 엉망으로 만들어놓은 상태였다. 로버트는 딸이 구즈코브의 집 현관 차양 아래쪽에 휘발유를 쏟아붓는 모습을 지켜보았다.

"제니, 그만둬!" 로버트가 고함을 지르며 제니에게로 달려갔다.

제니는 성냥에 재빨리 불을 붙이더니 휘발유를 쏟아부은 바닥으로 던졌다. 집의 출입구에 즉시 불이 붙었다. 제니는 무섭게 치솟는 불길을 보고 깜짝 놀란 듯 얼굴을 가리고 몇 미터 뒤로 물러섰다. 그때 로버트가 딸의 어깨를 붙잡았다.

"제니, 너 미쳤니?"

"아빠는 아무것도 몰라요. 여기서 이러지 말고 얼른 돌아가세요."

로버트는 딸이 들고 있는 석유통을 빼앗았다.

"제니, 어서 도망쳐!" 로버트가 딸에게 명령조로 말했다. "사람들 눈에 띄기 전에 어서 도망치라고!"

제니는 숲속으로 들어가 후미진 곳에 세워둔 차에 올랐다. 로버트는 시급히 석유통을 없애버려야 했지만 사람들이 불길을 보고 몰려들기 전에 달아나는 게 더 시급했다. 그는 해변 쪽으로 달려가 풀이 무성한 덤불 숲으로 석유통을 던져버렸다.

제니 Q. 던의 취조 기록에서 발췌

페리 게할로우드 경사 : 그런 다음에는요?

제니 Q. 던 : 난 제발 아빠에게 우리 일에 개입하지 말아 달라고 애원했어요. 아빠가 연루되기를 원치 않았으니까요.

페리 게할로우드 경사 : 하지만 로버트 퀸은 이미 깊숙이 연루된 상태였습니다. 그래서 어떻게 되었습니까?

제니 Q. 던 : 프랫 서장은 놀라에게 펠라티오를 강요했다고 자백한 이후 계속 경찰의 압박을 받고 있었습니다. 처음에는 그토록 자신만만하던 사람이 언제부터인가 완전히 자신감을 잃고 풀이 죽어 있더군요. 완전히 항복을 선언하고 무너지기 직전이었죠. 프랫 서장이 모든 걸 자백할 경우 우린 끝장이라는 생각이 들었어요. 그래서 제거할 수밖에 없었습니다. 권총도 다시 찾아와야 했고요.

페리 게할로우드 경사 : 프랫 서장이 권총을 갖고 있었군요.

제니 Q. 던 : 네, 프랫 서장이 늘 착용하고 다니던 직무용 권총이었죠.

트래비스 던의 취조 기록에서 발췌

트래비스 던 : 내가 그런 짓을 저지르다니, 나 자신도 결코 용서할 수 없는 일입니다. 지난 33년 동안 한시도 잊은 적이 없었어요. 33년 동안 항상 그 일에 사로잡혀 있었다고 해도 과언이 아닐 겁니다.

페리 게할로우드 경사 : 아직도 이해하기 힘든 점이 있다면 서장님은 분명 직업이 경찰이고, 놀라의 목걸이가 나중에 결정적인 증거물이 되어 자기 발목을 잡을 수도 있다는 사실을 알았을 텐데 왜 계속 보관해왔는지 모르겠어요.

트래비스 던 : 물론 나도 그걸 모르지 않았지만 목걸이를 없애버리지 못했어요. 스스로에게 가하는 형벌이었습니다. 목걸이를 볼 때마다 즉각 내가 저지른 잘못이 떠올랐으니까요. 1975년

8월 30일 이후 난 사람들이 아무도 없는 곳에 혼자 틀어박혀 목걸이를 들여다보지 않은 날이 없습니다. 어쩌면 누군가 그 목걸이를 찾아내길 바랐을지도 모릅니다.

페리 게할로우드 경사 : 프랫 서장 건은 어떻게 된 겁니까?

트래비스 던 : 프랫 서장은 항복을 선언하고 입을 열기 직전이었어요. 당신들이 프랫 서장이 놀라에게 펠라티오를 강요한 사실을 밝혀낸 이후 그는 줄곧 공포 속에서 살았습니다. 하루는 프랫 서장이 나에게 전화해 한번 만나자고 하더군요. 우리는 해변에서 만났습니다. 프랫 서장이 나에게 말하길 차라리 모든 사실을 솔직하게 털어놓고 싶다고 하더군요. 검사를 만나 협상하길 원한다고요. 그러니까 나도 자기처럼 했으면 한다고요. 어차피 진실은 드러나게 되어 있다면서요. 그날 저녁, 나는 모텔로 그를 찾아갔습니다. 프랫 서장의 마음을 돌려보려고 했지만 그는 내 제안을 거부했습니다. 그러면서 나에게 침대 옆 협탁 서랍에 넣어둔 38구경 콜트권총을 보여주었습니다. 다음 날 바로 당신에게 권총을 가져다줄 거라면서요. 당신을 만나 다 털어놓을 작정이었던 겁니다. 나는 그가 등을 보이기를 기다렸다가 곤봉으로 내리쳤습니다. 그런 다음 그의 숨이 끊어진 걸 확인하고 나서 콜트권총을 챙겨 들고 모텔 방을 빠져나왔어요.

페리 게할로우드 경사 : 곤봉이라고요? 놀라를 살해한 무기?

트래비스 던 : 네, 그렇습니다.

페리 게할로우드 경사 : 그때와 같은 곤봉이었습니까?

트래비스 던 : 네.

페리 게할로우드 경사 : 그 곤봉은 지금 어디에 있습니까?

트래비스 던 : 내가 평소 늘 휴대하고 다니던 직무용 곤봉입니다. 프랫 서장이 충고하더군요. 범행에 사용한 무기를 숨기는 가장 좋은 방법은 누구나 볼 수 있도록 늘 지참하고 다니는 것이라고요. 프랫 서장은 놀라를 찾는 수색작업을 벌일 때 허리춤에 콜트권총을 차고 있었고, 나는 곤봉을 휴대하고 있었습니다.

페리 게할로우드 경사 : 그런데 왜 곤봉을 없애버렸습니까? 게다가 로버트 퀸은 어떤 경위로 콜트권총과 목걸이를 손에 넣게 된 겁니까?

트래비스 던 : 나는 제니의 압박에 굴복할 수밖에 없었습니다. 프랫 서장이 죽고 나서 제니는 한동안 잠을 이루지 못했습니다. 그런 날이 계속 이어지다 보니 기진맥진해 쓰러지기 일보 직전인 상태가 되었죠. 제니가 곤봉을 집에 두자니 너무 불안하다며 없애버리라고 했습니다. 프랫 서장 살해 사건 수사가 우리 부부를 용의선상에 두게 되면 우리는 끝장이라면서요. 결국 제니의 설득을 수용하기로 했습니다. 난 곤봉과 권총, 목걸이를 바다로 가져가 던져버리려고 했는데 겁에 질린 제니가 나한테는 일언반구도 없이 장인어른에게 처리를 부탁한 겁니다.

페리 게할로우드 경사 : 왜 하필 아버지였을까요?

트래비스 던 : 제니는 나를 신뢰하지 않았던 것 같아요. 내가 33년 동안이나 그 목걸이를 처리하지 못하고 있는 걸 보면서 계속 그럴까봐 두려웠을 수도 있겠죠. 그 반면 아버지에 대해서는 조금도 흔들리지 않을 만큼 확고한 믿음을 갖고 있었습니다. 그러니까 오로지 아버지만이 자기를 지켜줄 수 있으리라 믿었을 테고요. 오로라 사람들 그 누구나 좋아하는 친절한 로버트 퀸이 아버지였으니까요.

2008년 11월 10일

제니는 부모님 집으로 허둥지둥 뛰어 들어갔다. 그녀는 아버지 혼자 집에 있으리라는 걸 알고 있었다. 예상대로 로버트 혼자 거실에 앉아 있었다.

"아빠." 제니가 다급하게 외쳤다. "아빠, 나를 좀 도와줘요!"

"제니, 무슨 일인데 그러니?"

"아무것도 묻지 말고 아빠가 이걸 없애줘요."

제니는 비닐봉지 하나를 내밀었다.

"이게 뭔데?"

"그냥 묻지도 말고, 뭔지 확인할 필요도 없어요. 아주 위험한 물건이니까 아무도 찾아내지 못할 장소에 이걸 버리세요. 오로지 아빠만이 나를 도와줄 수 있어요."

"혹시 너에게 무슨 문제가 생겼니?"

"네, 문제가 생겼어요. 이제 더는 묻지 말고 내 말대로 해 줘요."

"그래, 내가 처리해줄 테니까 아무 염려 말거라. 난 너를 위해서라면 뭐든 할 테니까."

"아빠, 이 봉지를 절대로 열어보지 마세요. 그냥 아무도 찾아내지 못하도록 던져버리면 끝나는 거예요."

제니가 돌아가고 나서 로버트는 딸의 부탁을 잊고 봉지를 열어보았다. 안에 들어있는 내용물을 확인한 로버트는 경악해 마지않았다. 로버트는 제니가 살해범이라고 믿고 밤이 되면 당장 그 물건들을 몬트버리 호수에 던져버리기로 결심했다.

트래비스 던의 취조 기록에서 발췌

트래비스 던 : 장인어른이 체포되었다는 소식을 들었을 때 일이 잘못되어가고 있다는 걸 알았습니다. 그래서 일단 장인어른이 죄를 뒤집어쓰게 해야 한다고 생각했습니다. 적어도 일시적으로는 그렇게 해야 할 필요가 있었죠. 장인어른은 제니를 보호하고 싶어 할 테니까 적어도 하루 이틀은 버텨줄 거라 믿었어요. 제니와 나는 미국과 범인 인도 협약을 맺지 않은 나라로 무사히

도주할 수 있는 시간이 필요했거든요. 나는 장인어른을 범인으로 믿게 해줄 증거를 찾기 시작했죠. 그러다가 제니가 간직하고 있던 가족 앨범에서 장인어른이 놀라와 함께 찍은 사진을 찾아냈습니다. 이제 막 사진 뒷면에 의심 갈 만한 뭔가를 적어놓으려고 할 때 마침 장인어른과 검은색 몬테카를로를 동시에 찍은 사진을 발견하게 되었습니다. 나는 그 사진 뒷면에 펜으로 1975년 8월이라고 적은 다음 당신들에게 건네주었던 겁니다.

페리 게할로우드 경사 : 이제 1975년 8월 30일에 무슨 일이 있었는지 허심탄회하게 털어놓을 때가 되었습니다.

∞

"제발 부탁이니 DVD 플레이어를 꺼버려. 이제 더 이상 보고 싶지 않아."

나는 즉시 DVD 플레이어의 재생을 멈추었다. 소파에 앉아 눈물을 흘리던 해리는 자리에서 일어나 창가로 걸어갔다. 밖에서는 탐스러운 함박눈이 내리고 있었다. 하얀 눈으로 뒤덮인 도시의 풍경이 황홀하게 아름다웠다.

"죄송합니다, 선생님."

"뉴욕은 여전히 멋있는 도시야." 해리가 혼잣말처럼 중얼거렸다. "1975년 여름이 시작될 무렵 내가 오로라에 가지 않고 뉴욕에 그냥 남아 있었다면 내 인생은 어떻게 달라졌을까?"

"사랑을 모르지 않았을까요?" 내가 말했다.

창밖으로 눈 내리는 야경을 바라보던 해리가 마침내 그 질문을 던졌다.

"자넨 그걸 어떻게 알게 되었나?"

"선생님이 《악의 기원》을 쓰지 않은 거요? 트래비스 던이 체포되고 나서 얼마 지나지 않아 알게 되었습니다. 사건과 관련된 얘기들이 언론을 통해 일파만파로 퍼져나가기 시작할 때 엘리야 스턴이 나에게 전화했습니다."

∞

2008년 11월 14일 금요일

뉴햄프셔주 콩코드 인근 엘리야 스턴의 저택

"이렇게 여기까지 와줘서 고마워요."

엘리야 스턴은 서재에서 나를 맞았다.

"전화 받고 많이 놀랐습니다. 솔직히 저를 그다지 좋아하지 않을 거라고 생각했거든요."

"당신은 재능이 많은 젊은 작가입니다. 언론에서 트래비스 던에 대해 하는 말들이 모두 사실입니까?"

"네, 사실입니다."

"비열하던데……."

내가 고개를 끄덕여 동의한 뒤 말했다.

"제가 루터 칼렙에 대해 대부분 잘못 짚었습니다. 이미 늦었지만 후회막급입니다."

"내가 제대로 이해했다면, 당신의 그 끈기 덕분에 경찰이 그 사건을 마무리 지을 수 있었습니다. 게다가 끝까지 작가님을 신뢰하면서 함께 움직인 형사도 있잖아요. 그 사람 이름이 페리 게할로우드죠."

"제 책을 파는 출판업자에게 당분간 《해리 쿼버트 사건》을 판매하지 말아 달라고 요청했습니다."

"제대로 수정된 버전을 출판할 생각입니까?"

"그럴 가능성이 큽니다. 아직은 섣불리 방향성을 말하기에는 이르지만요. 이제 곧 모두 바로잡히게 될 겁니다. 해리 쿼버트의 명예를 위해 싸웠으니 이제 루터 칼렙의 명예를 위해서도 싸워야죠."

엘리야 스턴이 빙긋 웃었다.

"바로 그 문제 때문에 작가님을 보자고 했습니다. 작가님에게 진실을 알려줘야 할 것 같아서요. 그러면 작가님은 왜 내가 몇 달 동안 루터를 범인으로 몰아간 것에 대해 원망할 수 없는지 그 이유를 말입니다. 나도 루터가 놀라 켈러건을 살해했을 거라고

굳게 믿었거든요."

"정말입니까?"

"난 절대적으로 그렇게 확신했습니다."

"그런데 왜 경찰에는 한 번도 얘기하지 않았습니까?"

"루터를 두 번 죽이고 싶지 않았습니다."

"지금 무슨 말씀이신지 저는 언뜻 이해되지 않습니다."

"루터는 놀라에게 흠뻑 빠져있었습니다. 대단한 집착을 보이기도 했죠. 틈만 나면 오로라에 가서 놀라를 몰래 지켜보면서 살았으니까요."

"그 얘기는 저도 어느 정도 알고 있습니다. 스턴 씨가 구즈코브에 다녀간 적이 있다는 것도 압니다. 게할로우드 경사한테 얘길 들었습니다."

"난 작가님이 루터의 집착을 과소평가하고 있다는 생각이 들어요. 1975년 8월에 루터는 구즈코브에서 살다시피 했습니다. 숲속에 숨어서 해리와 놀라를 몰래 지켜보았죠. 구즈코브 집 테라스나 해변, 아니면 숲속에서도 두 사람을 훔쳐보았어요. 놀라가 있는 곳이면 그 어디에서든. 루터는 완전히 제정신이 아니었습니다. 놀라와 해리 쿼버트에 대해서라면 모르는 게 없을 정도였죠. 나에게 매일 두 사람 얘길 했습니다. 두 사람이 오늘은 무얼 했는지, 무슨 이야기를 나눴는지 미주알고주알 다 떠들어댔어요. 두 사람이 해변에서 만났고, 원고 집필 작업을 했고, 일주일 동안 여행을 다녀왔다는 식으로 말입니다. 그야말로 모르는 게 없었어요. 차츰 나는 루터가 두 사람을 지켜보면서 사랑을 체험하고 있다는 걸 깨달았어요. 루터는 여인들에게 거부감을 일으키는 흉한 외모 때문에 경험하지 못한 사랑을 두 사람을 통해 간접 체험하고 있었다고 봅니다. 그 무렵부터 루터는 온종일 얼굴 한번 보기 힘들 정도였죠. 그런 모습을 보면 루터가 얼마나 사랑에 목말라 있었는지 알 수 있습니다. 난 운전기사가 있었지만 약속 장소에 갈 때마다 직접 차를 운전해야 하는 처지가 되었어요."

"말씀하시는 도중에 죄송한데 상식적으로는 도저히 이해할 수 없는 부분이 있어서요. 스턴 씨는 그런 모습을 보고도 왜 루터를 해고하지 않았습니까? 왜 루터가 원하는 것이라면 무엇이든지 들어주었을까요? 가령 놀라를 그리게 해달라는 요청도 들어주고, 오로라에서 온종일 시간을 보내도 해고하지 않았습니다. 외람된 질문이지만 두 분은 어떤 사이였습니까? 혹시……."

"혹시 서로 사랑하는 사이였냐고요? 전혀 아닙니다."

"그렇다면 왜 그처럼 상식적이지 않은 관계가 되었습니까? 스턴 씨는 그때나 지금이나 막강한 재력과 권력이 있는 분인데 루터에게 그런 대접을 받으면서도 참고 지낸다는 게 이상하잖아요."

"루터에게 진 빚이 있기 때문입니다. 루터는 해리와 놀라에게 집착을 보였고, 점점 더 상황은 걷잡을 수 없이 되어가고 있었습니다. 하루는 루터가 누군가에게 심하게 맞고 집에 돌아왔더군요. 내가 누구한테 맞았는지 물으니까 오로라경찰서의 젊은 경찰이 오로라 일대를 배회하면서 이상한 짓을 한다며 두들겨 팼다고 하더군요. 〈클락스 식당〉의 주인 딸이 그를 고소하기까지 했고요. 루터의 집착이 점점 재앙으로 치닫고 있는 느낌이 들어 다시는 오로라에 가지 말라고 하면서 잠시 휴가를 줄 테니까 메인주의 부모님 집이든 어디든 가서 잠시 휴식을 취하고 오라고 했죠. 비용은 내가 다 주겠다면서요."

"루터가 그 제안을 거절했군요."

"내 제안을 거절했을 뿐만 아니라 자동차를 빌려달라고 하더군요. 루터가 개인적으로 타고 다니는 파란색 머스탱은 너무 눈에 잘 띈다면서 말입니다. 그 제안은 나도 받아들일 수 없어 거절했습니다. 내 말을 듣지 않으려면 당장 그만두라고 했더니 루터가 버럭 소리를 지르면서 대들더군요. '엘리, 당신은 아무것도 몰라요. 두 사람은 떠나려고 해요. 열흘 후에 떠나 영원히 돌아오지 않을 거래요. 해변에서 두 사람이 함께 떠나기로 약속했어요. 8월 30일에 떠날 거랍니다. 30일이 되면 두 사람은 영원히 사라질 거라고요. 난 놀라에게 작별 인사를 하고 싶어요. 놀라를 볼 수 있는 날이 얼마 남지 않았다고요. 이제 곧 그 아이를 볼 수 없을 텐데 작별 인사를 할 기회를 줘요'라고 하면서요. 난 고집을 꺾지 않고 계속 루터를 주시하고 있었습니다. 그러다가 그 빌어먹을 8월 29일이 되었는데, 루터가 눈에 띄지 않았어요. 루터의 머스탱은 늘 있던 자리에 그대로 세워져 있는데 그는 사라지고 없었어요. 직원 하나가 말하길 루터가 회사 차 가운데 하나인 검은색 몬테카를로를 타고 떠났다고 하더군요. 루터가 내 허락을 받았다면서 차를 가져갔다고요. 직원들도 내가 루터의 말을 웬만하면 다 들어준다는 사실을 알고 있었기에 더는 캐묻지 않고 차를 내주었나봐요. 난 몹시 화가 나서 루터를 찾아다니다가 그의 방에 가보았고, 거기서 놀라를 그린 그림을 보았습니다. 침대 밑에 숨겨둔 상자 속에서 이 편지들을 찾아냈고요. 루터가 훔친 편지들이었습니다. 해리와 놀라가 주고받은 편지들을 루터가 몰래 빼돌렸겠죠. 그날 저녁에 루터가 돌아왔고, 우리는 또 대판 싸웠습니다."

엘리야는 잠시 말을 멈추고 허공을 응시했다.

"그래서 어떻게 되었습니까?" 내가 물었다.

"루터에게 구즈코브에 가는 걸 그만두라고 했습니다. 놀라에 대한 루터의 집착을 더는 방치해서는 안 되겠다는 생각이 들었거든요. 하지만 루터는 전혀 내 말은 들으려고 하지 않았어요. 루터가 자기와 놀라의 사이는 그 어느 때보다 단단하고 그 아이와 함께하는 걸 그 누구도 막을 수 없다면서 고래고래 소리를 지르더군요. 결국 난 이성을 유지하기 힘든 상황이 되었고, 루터를 때렸습니다. 루터의 멱살을 쥐고 고함을 지르면서 그를 흠씬 때려주었죠. 결국 루터는 바닥에 쓰러졌고, 코에서 피가 흘러내리더군요. 그때 루터가 나에게 말했습니다. ”

엘리야는 말을 잇지 못하고 몸서리를 쳤다.

“루터가 뭐라고 하던가요?” 엘리야가 이야기의 맥을 놓치지 않도록 내가 다그쳐 물었다.

“루터가 말했어요. '바로 당신이었어!' 그가 절규하듯 다시 말했어요. '당신이었어, 당신이었다고!' 난 정말 꼼짝 못 하고 몸이 굳어버렸습니다. 루터는 벌떡 일어나더니 자기 방으로 갔고, 이내 몇 가지 소지품을 챙기더니 검은색 쉐보레를 타고 떠나버렸죠. 난 그냥 속수무책으로 보고만 있었어요. 루터가 내 목소리를 알아챈 겁니다.”

엘리야는 치밀어오르는 감정을 주체하지 못해 두 주먹을 꽉 쥐고 눈물을 흘렸다.

“목소리를 알아챘다고요?” 내가 방금 엘리야가 한 말을 반복했다. “그게 무슨 뜻입니까?”

“오래전 나는 하버드 대학 동창 친구들을 만났어요. 시답잖은 우정에 목을 매던 시절이었죠. 우린 주말만 되면 메인주 바닷가로 놀러가 시간을 보냈어요. 이틀 동안 호텔에서 술을 진탕 마시고, 바닷가재 요리도 먹고, 서로 시비가 붙어 주먹다짐도 하고, 불쌍한 사람들을 마구잡이로 두들겨 패기도 했습니다. 마치 우리의 임무가 메인주 시골뜨기들을 죽도록 패주는 것이라도 되는 것처럼. 그때 우린 이십 대의 부잣집 아들들이었고, 자기밖에 모르는 어리석은 놈들이었죠. 대놓고 인종차별을 하고, 무자비한 폭력을 즐기는 철부지들. 그 당시 우리가 고안해낸 놀이가 한 가지 있었는데 그 유명한 필드골이었어요. 마치 축구공을 차듯이 여러 명이 둘러서서 사람 머리에 발길질을 해대는 놀이를 우리는 필드골이라고 불렀죠. 1964년 어느 날, 포틀랜드 근처에서 우리는 몹시 흥분한 상태인 데다 술이 잔뜩 취해 있었어요. 하필이면 그때 길을 걷는 청년이 눈에 들어온 겁니다. 내가 차를 운전하고 있었는데 청년 옆에 차를 바짝 붙이고 말을 걸었어요. 재미있는 놀이가 있으니까 같이 즐겨보자면서요."

"루터 칼렙을 그렇게 만든 사람이 당신이었군요?"

엘리야가 마침내 폭발했다.

"그래요. 내가 그랬어요. 난 아직도 짐승보다 못한 짓을 저지른 그날의 나를 용서할 수 없어요. 다음 날 아침 우리는 술기운이 여전히 가시지 않은 상태로 호텔 스위트룸에서 눈을 떴어요. 그날 아침 신문들은 일제히 간밤에 발생한 야만적인 폭력 행위를 다루고 있더군요. 우리에게 필드골을 당한 청년은 혼수상태였고, 경찰은 검문검색을 강화하고 우리를 찾는 데 혈안이 되어 있었죠. 언론은 우리에게 '필드골스'라는 별명까지 붙어주었죠. 우리는 그 일에 대해 끝까지 입을 다물었고, 시간이 지나면서 사람들의 관심도 잦아들더군요. 하지만 내가 저지른 한심하고 잔인한 폭력 행위에 대한 죄책감은 끝내 사라지지 않고 나를 따라 다녔습니다. 그 후 몇 달 동안 잠자리에 들 때마다 피투성이가 된 청년을 짓밟는 악몽을 꾸었어요. 머릿속이 온통 그 생각으로 가득 차 아무것도 할 수 없을 지경이었죠. 난 그때부터 포틀랜드에 드나들기 시작했어요. 우리가 인생을 망쳐버린 청년이 어떻게 살아가고 있는지 궁금했죠. 예상대로 처참한 지경이었어요. 내가 조금이나마 도움을 주어야겠다고 생각했죠. 일자리도 마련해주고, 불행에서 벗어나도록 용기도 주고 싶었어요. 나는 자동차 바퀴를 교체해야 한다는 핑계로 루터에게 접근해 도움을 요청했고, 내 운전기사로 고용하게 되었죠. 루터가 원한다면 뭐든지 다 제공해주려고 애썼어요. 그림을 그릴 작업실도 마련해주고, 돈도 부족하지 않게 주고, 차도 장만해주었죠. 물론 그런다고 내가 저지른 죄가 사라지진 않겠지만 루터를 위해서라면 뭐든 마다하지 않고 해주었어요. 루터가 화가로 성공할 수 있는 앞길을 막았으니 전시회를 열 수 있도록 후원해주었죠. 며칠이고 그가 그림만 그릴 수 있도록 다른 일을 시키지 않기도 했고요. 그러던 어느 날 루터는 너무나 외롭고, 아무도 자신을 좋아하지 않는다는 걸 절박하게 느끼기 시작했죠. 루터가 여인과 더불어 할 수 있는 일이라고는 그림이 유일했어요. 루터는 늘 금발 여인을 그리고 싶어 했는데 그 이유는 그가 언제나 마음속에 간직하고 있던 약혼녀 일리노어가 금발이었기 때문이었죠. 난 금발 여자들을 모델로 고용했지만 어느 날 루터가 오로라에서 놀라를 보고 난 이후 사랑에 빠진 거예요. 예전 약혼녀 일리노어 이후 그가 사랑에 빠진 건 처음이었죠. 그런데 해리 쿼버트라는 인물이 오로라에 나타난 겁니다. 장래가 촉망되는 작가이자 얼굴도 잘생긴 해리를 본 놀라는 금세 홀딱 빠져들었죠. 그러자 루터는 자기도 해리가 되기로 결심했습니다. 그런 상황에서 내가 뭘 어떻게 할 수 있었겠어요. 나는 고작 루터의 젊음과 미래를 산산조각 내고, 그에게서 모든 걸 앗아간 내가 무슨 자격으로 그의 사랑을 방해할 수 있겠습니까?"

"당신이 루터를 지원한 이유는 오로지 죄책감을 덜기 위한 행위였다는 말입니까?"

"당신 뜻대로 생각하세요."

"8월 29일에는 무슨 일이 있었습니까?"

"내가 바로 필드골스의 그놈이라는 걸 알자, 루터는 당장 짐을 싸더니 검은색 쉐보레를 몰고 이 집을 떠났습니다. 나는 곧 루터를 따라갔어요. 내 입장과 생각을 설명하고, 루터가 나를 용서해주기를 바랐죠. 하지만 그 어디에서도 루터를 찾아내지 못했습니다. 밤늦도록 찾아다녔지만 허사였죠. 나 자신이 새삼 원망스러워졌습니다. 나는 루터가 스스로 돌아와주길 기대했는데, 다음 날 하루가 저물어갈 무렵 라디오에서 놀라 켈러건 실종 소식이 흘러나오더군요. 용의자가 검은색 쉐보레를 타고 달아났다고 하고요. 몽타주도 필요 없어 보였습니다. 나는 내가 알고 있는 사실들을 아무에게도 말하지 않기로 작정했습니다. 루터가 의심받게 해서는 안 되니까요. 아니, 어쩌면 나도 루터만큼이나 그 일에 책임이 있다고 여겼습니다. 그래서 난 당신들이 찾아와 과거의 유령들을 부활시키는 걸 참을 수 없었던 겁니다. 그런데 아이러니하게도 난 당신들 덕분에 루터가 놀라를 살해하지 않았다는 사실을 알게 되었습니다. 그건 나 역시 놀라 켈러건 살해 사건에서 빠지게 되는 셈이죠. 당신들이 내가 더 이상 양심의 가책을 느끼지 않아도 될 수 있게 도와준 겁니다."

"파란색 머스탱은 어떻게 되었습니까?"

"내 차고에 있습니다. 벌써 33년째 그 자리에 있는 셈이네요."

"편지 얘기도 해주셔야죠."

"내가 다 보관하고 있습니다."

"그 편지들을 보고 싶습니다."

엘리야는 벽에 걸린 그림 한 장을 떼어내더니 그 뒤에 숨겨져 있는 작은 금고를 열었다. 그 안에 편지들이 가득 들어찬 상자가 들어 있었다.

난 그렇게 해서 해리와 놀라가 주고받은 편지, 《악의 기원》의 토대가 된 그 편지들을 다 읽어볼 수 있었다. 난 첫 번째 편지를 금세 알아보았다. 1975년 7월 5일에 쓴 편지. 해리가 7월 4일 저녁에 자신을 밀어내고 제니와 함께 보낸 사실을 알게 된 놀라가 슬픔에 가득 차 쓴 편지였다. 그날 놀라는 봉투 속에 이 편지와 함께 로클랜드에서 찍은 사진 두 장을 넣어 문에 걸어두었다. 바다 위를 날아가는 갈매기를 찍은 사진과 두 사람이 로클랜드에서 피크닉을 즐기면서 찍은 사진이었다.

"루터는 이 편지들을 어떻게 손에 넣을 수 있었을까요?"

"정확한 건 나도 모릅니다." 엘리야가 말했다. "다만 루터가 해리 집에 숨어 들어갔다고 해도 난 그리 놀라지 않을 겁니다."

나는 생각을 정리했다. 해리가 오로라에 없던 며칠 동안 루터는 얼마든지 편지들을 훔칠 수 있었을 것이다.

하지만 왜 해리는 나한테 한 번도 이 편지들이 사라졌다는 말을 하지 않았을까?

내가 편지가 든 상자를 가져가도 되겠는지 묻자 엘리야는 쾌히 승낙했다. 그때 나의 내면에서 엄청난 의혹이 고개를 들었다.

∞

뉴욕 시내를 마주 보고 앉은 해리는 내 이야기를 듣는 동안 말없이 눈물을 흘렸다.

"그 편지들을 읽는 동안 내 머릿속이 온통 뒤죽박죽이 되었습니다." 내가 설명했다. "난 피트니스 센터 로커에 남겨두었던 선생님의 원고 《오로라의 갈매기》를 다시금 떠올렸죠. 그 순간 내가 한 번도 염두에 두지 않았던 상황이 머리를 채웠습니다. 《악의 기원》에는 갈매기들이 등장하지 않습니다. 나는 왜 오랫동안 그 사실을 놓치고 있었을까요? 선생님은 책에 갈매기 얘기를 꼭 쓸 거라고 했는데 《악의 기원》에는 한 마리도 등장하지 않는단 말입니다. 그 순간 《악의 기원》은 선생님 작품이 아니라는 사실을 깨달았습니다. 1975년 여름 내내 선생님이 쓴 원고는 《오로라의 갈매기》였습니다. 선생님은 그 책을 썼고, 놀라가 타자기로 정리했죠. 난 페리에게 놀라가 받은 편지들의 필적과 놀라의 사체와 같이 있던 원고에 적힌 메시지의 필적을 비교해달라고 요청했을 때 이미 확신했습니다. 필적 감정 결과 두 가지 글씨가 일치한다는 답을 듣는 순간 나는 선생님이 수기 원고를 태워달라고 부탁한 이유를 알게 되었죠. 그 원고의 글씨는 선생님의 필체와 달랐을 테니까요. 선생님을 유명 작가로 만들어준 《악의 기원》은 다른 사람의 작품이었죠. 선생님은 그 책을 쓰지 않았어요. 루터 칼렙의 원고를 훔친 거죠."

"조용히 해, 마커스!"

"내 말에 틀린 부분이 있으면 말씀해주세요. 선생님은 루터 칼렙이 쓴 책을 훔쳤습니다. 작가가 저지를 수 있는 최악의 범죄 행위입니다. 《악의 기원》이라는 제목을 붙인 이유가 늘 궁금했는데 그런 사연이 있었기 때문이겠죠. 나는 왜 이렇게 아름다운 사랑 이야기를 다룬 책에 그런 어두운 제목을 붙였는지 이해할 수 없었거든요. 그 책의 어두운 제목은 내용이 아니라 선생님 자신이 저지른 행위와 연관이 있었던 셈이네요. 선생님은 저에게 소설은 언어와의 관계가 아니라 사람들과의 관계라고 말했습니다. 그 책이야말로 선생님의 내면을 갉아먹고 있던 후회와 기만이라는 악의 기원입니다."

"이제 그만! 이제 그만하라고!"

해리는 소리 내어 울었지만 나는 말을 멈추지 않았다.

"어느 날 놀라가 선생님 집 문 앞에 봉투 하나를 놓아두고 갔죠. 그날이 1975년 7월 5일이었습니다. 갈매기 사진과 그 아이가 좋아하는 편지지에 쓴 편지 한 통이 들어있는 봉투 말입니다. 그 편지에서 놀라는 로클랜드에 대한 이야기를 했고, 선생님을 절대 잊지 않을 거라는 말도 적어놓았죠. 선생님이 더는 놀라를 만나지 않으려고 애를 쓰던 시기였을 겁니다. 그런데 그 편지는 선생님 손에 들어가지 않았어요. 구즈코브 집을 줄곧 염탐하던 루터 칼렙이 봉투를 몰래 가로챘으니까요. 그날 이후 루터는 놀라와 편지를 주고받게 되었습니다. 루터가 마치 해리 쿼버트인 척하면서 놀라의 편지에 답장을 해준 겁니다. 놀라는 또 선생님에게 편지를 쓴다고 생각했지만 사실은 루터에게 썼고요. 루터는 선생님 집 편지함으로 배달되는 놀라의 편지를 모조리 가로챘습니다. 그 아이에게 답장도 직접 했고요. 언제나 해리 쿼버트인 척하면서 말입니다. 그 편지들이 루터를 구즈코브 근처에서 배회하게 만든 이유였습니다. 놀라가 선생님과 주고받는다고 생각하고 썼던 편지와 루터의 답장이 《악의 기원》이 된 것입니다. 선생님, 어떻게 그런 짓을 할 수 있죠?"

"그 당시 난 제정신이 아니었어. 그해 여름에 난 글이 써지지 않아 엄청난 고생을 했어. 앞으로 도저히 글을 쓸 수 없을 것 같다는 생각이 들 정도였지. 난 《오로라의 갈매기》를 겨우 탈고했지만 아무리 봐도 내용이 형편없어 보였어. 놀라는 굉장히 마음에 든다고 했지만 나는 전혀 흡족하지 않았지. 나는 울화통이 치밀어 극심한 공황발작을 일으키곤 했지. 놀라가 내가 쓴 원고를 타이핑해주면 다시 읽어보곤 했는데 그때마다 다 찢어버렸어. 놀라가 제발 진정하라고 애원한 적도 많았지. '제발 그러지 말아요. 당신이 쓴 책은 정말 뛰어나요. 이제 책을 끝내야 해요'라고 하면서. 난 놀라가 내 원고를 읽고 칭찬하는 말을 믿지 않았어. 난 절대 좋은 작가가 될 수 없을 거라고 생각했지. 그러던 어느 날 루터 칼렙이 초인종을 누른 거야. 누구에게 가야 할지 몰라서 나를 보러왔다고 하더군. 루터가 말하길 책을 한 권 썼는데 출판사 사람들에게 보여줄 정도의 수준이 되는지 모르겠다고 하면서. 루터는 내가 뉴욕 출신 작가니까 자기를 도와줄 수 있을 거라고 생각했던 거야."

∞

1975년 8월 20일

"루터, 당신이 여긴 무슨 일이죠?"

해리는 출입문을 열고 나서 놀라움을 감추지 못했다.

"안녕하세요, 해리."

방 안 가득 불편한 침묵이 흘렀다.

"내가 뭔가 도울 일이라도 있어요?"

"궁금한 게 있어서 왔어요. 작가님의 조언이 필요해서요."

"조언이라고요? 무슨 말인지 들어봅시다."

"감사합니다."

그들은 거실에 마주 앉았다. 루터는 두꺼운 봉투 하나를 품에 꼭 끌어안고 있었고, 왠지 그 모습이 불안해 보였다.

"무슨 일인지 말해봐요."

"내가 책을 한 권 썼습니다. 사랑 이야기를 다룬 책이죠."

"아, 그래요?"

"책을 잘 썼는지 엉망으로 썼는지 모르겠어요. 무슨 말인가 하면 내 책을 출판할 가치가 있는지 알고 싶어요."

"나도 가치 판단을 내릴 수는 없어요. 스스로 최선을 다했다고 생각한다면 출판사에 보내보는 것도 괜찮다고 봐요. 혹시 지금 그 원고를 가지고 있어요?"

"네, 하지만 손으로 쓴 원고입니다." 루터가 미안해했다. "타자기로 쳐놓은 원고도 있는데, 집에서 나오면서 봉투를 착각했어요. 집으로 돌아가서 원고를 바꿔오는 게 좋을까요?"

"손으로 쓴 원고도 상관없습니다."

"아, 정말 감사합니다."

"당신이 잘 알아볼 수 있도록 썼을 거라고 믿어요."

루터가 마침내 원고가 들어있는 봉투를 내밀었다. 해리는 그 봉투에서 원고 몇 장을 꺼내 재빨리 훑어보았다. 완벽한 글솜씨를 접하고 깜짝 놀랐다.

"이 원고를 당신이 직접 썼나요?"

"네."

"믿기 힘들 만큼 훌륭한 솜씨입니다. 원래부터 글을 잘 쓴다는 말을 들었습니까?"

"그런 적 없어요. 하지만 내가 쓴 원고 맞아요."

"괜찮다면 원고를 여기에 두고 가세요. 읽는 데 시간이 좀 걸릴 테니까요. 읽고 나서 솔직하게 내 소감을 말해주겠습니다."

"정말이죠?"

"물론입니다. 잘 읽어보고 말씀드릴 테니까 걱정하지 마세요."

루터는 원고를 맡겨두고 해리의 집을 나섰다. 하지만 구즈코브를 떠나지 않고 늘 그랬듯이 덤불 숲에 숨어서 놀라를 기다렸다. 얼마 후 놀라가 출발일이 얼마 남지 않아 행복한 듯 환한 얼굴로 집에 도착했다. 놀라는 덤불 숲에 숨어 자신을 관찰하는 루터의 존재를 눈치채지 못했다. 그 아이는 매일 그랬듯이 초인종을 누르지도 않고 문을 열더니 안으로 들어갔다.

"내 사랑 해리!"

아무 반응이 없었다. 마치 텅 빈 듯이 보였다. 놀라는 다시 한 번 해리를 부르고 나서 대답이 없자 식당과 거실을 가로질러 서재로 가보았으나 보이지 않았고, 테라스에도 없었다. 놀라는 계단을 내려간 다음 해변으로 나가 그의 이름을 소리쳐 불렀다. 해리는 작업을 열심히 한 날이면 가끔 물놀이를 하러 해변에 나가기도 했다. 하지만 해변에도 역시 인기척이 없었다. 갑자기 공포가 밀려들었다.

도대체 해리는 어디에 간 거야?

다시 해리의 집으로 돌아온 놀라는 또다시 그의 이름을 불렀다. 역시 아무런 대답이 없었다. 놀라는 아래층 방문을 모두 열어보고 나서 위층으로 올라갔다. 침실 문을 열자 해리가 침대에 앉아 두툼한 원고를 읽고 있는 모습이 눈에 들어왔다.

"여기 있었어요? 대답이 없어서 10분 동안 찾아다녔는데."

놀라의 목소리를 들은 해리가 소스라치게 놀랐다.

"미안해, 놀라. 원고를 읽느라 부르는 소리를 못 들었어."

해리가 침대에서 일어나 앉더니 손에 들고 있던 원고를 가지런히 포갠 다음 서랍장을 열고 안에 집어넣었다.

놀라가 방긋 웃었다.

"원고를 너무 열심히 읽느라 내가 온 집 안을 돌아다니면서 불러도 듣지 못했군요. 어떤 원고인데 그리 집중해 읽었어요?"

"별거 아냐."

"지금 쓰는 원고의 뒷부분이에요? 나도 보여줘요."

"별거 아니라니까 그러네. 나중에 때가 되면 보여줄게."

놀라는 장난기 어린 표정으로 해리를 바라보았다.

"지금 화난 거 아니죠, 해리?"

해리가 그제야 웃었다.

"화 안 났어. 다 좋아."

그들은 해변으로 나갔다. 놀라는 갈매기들이 보고 싶다면서 두 팔을 활짝 펴고 커다란 원을 그리며 해변을 달렸다.

"나도 갈매기처럼 날아다니고 싶어요. 이제 딱 열흘 남았네요. 열흘 후면 우리는 날아다닐 수 있어요. 이 도시를 영원히 떠나 자유롭게 날아다닐 거예요."

그들은 해변에 자기들밖에 없다고 생각했다. 루터가 바위 너머 숲에서 지켜보고 있으리라고는 꿈에도 생각하지 못했다.

루터는 두 사람이 집 안으로 들어가자 은신처에서 나와 구즈코브 길을 따라 걷다가 숲길에 세워둔 머스탱을 향해 갔다.

머스탱을 운전해 오로라로 간 루터는 〈클락스 식당〉 앞에 차를 세웠다. 제니에게 할 말이 있었던 그는 황급히 식당 안으로 들어갔다. 누군가는 반드시 알아야 했다. 그는 좋지 않은 예감이 들어 불안했다. 하지만 제니는 그의 말을 들어보려고도 하지 않았다.

"루터, 이제 여기 오면 안 돼." 루터가 식당 카운터 앞에 서자 제니가 단호하게 말했다.

"제니, 지난번 아침에는 미안했어. 당신 팔을 그렇게 세게 잡으면 안 되는데 내가 실수해서 미안해."

"당신이 그러는 바람에 내 팔에 시퍼렇게 멍이 들었잖아."

"정말 미안해."

"알았으니까 이제 얼른 돌아가."

"아니, 잠깐! 당신에게 할 말이 있어."

"난 당신을 고소한 사람이야. 트래비스가 만일 당신이 오로라에 또 나타나면 가만두지 않을 거라며 단단히 벼르고 있어. 그러니까 트래비스가 나타나기 전에 얼른 돌아가."

루터의 얼굴에 불쾌해하는 기색이 역력했다.

"당신이 나를 고소했어?"

"그날 아침에 당신이 나를 겁먹게 했잖아."

"당신에게 꼭 해야 할 말이 있어. 매우 중요한 일이야."

"당신과 나 사이에 중요한 일이 뭐 있어. 그러니까 얼른 돌아가."

"해리 쿼버트와 관련된 말이야."

"해리?"

"당신은 해리에 대해 어떻게 생각해?"

"해리에 대해 왜 갑자기 물어?"

"그 사람을 신뢰해?"

"그럼, 물론이지. 그건 왜 묻냐니까?"

"당신에게 꼭 해야 할 말이 있다니까."

"뭔데 그래?"

루터가 대답하려는 순간 경찰차 한 대가 〈클락스 식당〉 맞은 편에 나타났다.

"트래비스야!" 제니가 다급히 외쳤다. "어서 도망쳐! 도망치라니까. 난 당신이 트래비스에게 당하는 걸 보고 싶지 않으니까."

∞

"아주 간단한 일이었어. 내기 이제까지 읽은 원고들 가운데 단연 최고였으니까. 놀라운 사랑 이야기였지. 그 후 난 루터를 한 번도 만나보지 못했고, 원고를 돌려줄 기회가 없었어. 하필이면 그 후로 자네도 너무나 잘 아는 사건들이 줄줄이 이어졌지. 한 달 후에야 나는 루터가 교통사고로 숨졌다는 걸 알게 되었어. 루터의 원고가 여전히 내 수중에 있었고, 그가 죽었으니 내 작품을 만들기로 결심했지. 그 결과 내가 거짓 경력과 허위 인생을 쌓아가게 된 거야. 물론 나는 그 원고가 대단히 뛰어나다고 생각했지만 엄청난 센세이션을 불러일으키며 대성공을 거둘 줄은 미처 몰랐어. 그 빌어먹을 성공의 여파로 사람들은 나를 떠올릴 때 항상 그 책을 결부시켰지. 내 인생은 남의 옷을 걸친 듯 부자연스럽고 어색했어. 경찰은 33년이 지나서야 놀라와 그 원고를 구즈코브 정원에서 찾아냈지. 다른 곳도 아닌 내 집 정원에서. 그 순간 나는 모든 걸 잃게 될까봐 너무 두려운 나머지 내가 놀라를 위해 그 책을 썼다고 말해버렸어."

"모든 걸 잃게 될까봐 두려웠다고요? 그 원고에 대한 진실을 밝히기보다는 차라리 살인범으로 고소되는 편을 택했단 말이죠?"

"그래, 그랬지. 어차피 내 인생 자체가 위선과 거짓으로 점철되었으니까."

"결국 놀라가 아무런 언급도 없이 그 원고를 가져갔다는 말도 거짓이었네요. 그 책을 쓴 사람이 선생님이라는 사실을 아무도 의심하지 않도록 지어낸 말이었죠?"

"그래, 맞아. 자네 말 대로야. 하지만 난 놀라가 가지고 있던 그 원고가 도대체 어디에서 났는지 끝내 알 수 없었어."

"루터가 놀라의 집 우편함에 넣어두었겠죠." 내가 나름 추측해보았다.

"놀라의 집 우편함에?"

"루터는 선생님이 놀라와 함께 멀리 떠나리라는 걸 알고 있었습니다. 해변에서 두 사람이 하는 말을 들었으니까요. 루터는 놀라가 떠나리라는 걸 알았고, 그 책의 마지막도 여주인공이 떠나는 장면으로 되어 있습니다. 루터는 마지막으로 놀라에게 행복하게 잘 살기를 기원하는 편지를 썼습니다. 그 편지는 루터가 선생님에게 보여주려고 가져온 원본에도 포함되어 있습니다. 루터는 두 사람이 언제 떠날지도 다 알고 있었습니다. 막상 두 사람이 떠나기로 약속한 날인 8월 29일에서 30일로 넘어가는 밤에 루터는 자신의 사랑 이야기를 완성하고 싶어진 겁니다. 그는 자신이 쓴 원고 내용과 일치하도록 놀라와의 사랑 이야기를 마무리 짓고 싶어진 거예요. 그래서 마지막 편지를 썼고, 놀라의 집 우편함에 넣은 겁니다. 마지막 편지라기보다는 마지막 원고라고 해야 정확하겠네요. 루터는 자신이 놀라를 얼마나 사랑했는지 알아주길 바라면서 작별 인사로 원고를 준 겁니다. 루터는 다시는 놀라를 볼 수 없으리라는 걸 잘 알고 있었기에 원고 표지에 '*영원히 안녕, 내 사랑 놀라*'라는 말을 남겼고요. 그런 다음 다시 숨어서 아침까지 기다렸겠죠. 놀라가 그 우편물을 가져가는지 확인할 필요가 있었을 테니까요. 늘 그랬듯이. 하지만 정작 편지와 원고를 받아본 놀라는 당연히 선생님이 썼다고 생각할 수밖에 없었습니다. 놀라는 선생님이 약속 장소에 오지 않을 거라고 믿어버렸죠. 그 결과 심리적 안정감이 무너지면서 깊이 잠들어 있던 발작 증상이 다시 발현되기 시작한 것으로 보입니다."

그 말을 들은 해리는 두 손으로 가슴을 쥐어뜯었다.

"어서 계속 얘기해! 자네 입으로 그 이야기를 듣고 싶어. 자네는 항상 말을 잘 고를 줄 아니까. 1975년 8월 30일에 과연 무슨 일이 있었는지 자네의 입을 통해 들을 수 있게 해줘."

∞

1975년 8월 30일

8월 말 어느 날, 오로라에 열다섯 살 소녀가 살해되었다. 소녀의 이름은 놀라 켈러건, 언제나 생기발랄하고 꿈이 많았다.

놀라의 죽음을 1975년 8월 30일 하루에 일어난 사건 탓으로 돌리는 건 무리일 것이다. 엄밀히 따지자면 이미 여러 해 전에 시작된 이야기이다. 1960년대, 놀라의 부모가 아이의 내부에 들어서기 시작한 소아 조현병을 제대로 보려고 하지 않았던 그 어느 때부터일 수도 있고, 1964년 어느 날 밤 술에 취해 몰려다니던 패거리에게 짓밟힌 한 청년의 얼굴이 흉하게 망가졌을 때부터, 혹은 패거리들 가운데 한 명이 자책감에 못 이겨 피해를 당한 청년에게 은밀히 접근해 속죄를 위한 도움을 베풀어 삶의 짐을 덜어내려 했을 때부터일 수도 있다. 1969년의 어느 밤에 어느 아버지가 딸의 비밀을 감춰주기로 결심했을 때, 1975년 6월 어느 오후에 해리 쿼버트가 놀라를 만나 사랑에 빠졌을 때부터 모든 이야기가 시작되었을 수도 있다.

결국 이 책은 자기 아이와 관련된 진실을 보려 하지 않은 어느 부모 이야기다. 이 책은 젊은 시절에 불량배 기질이 있던 부자 상속자가 한 청년의 삶과 미래를 송두리째 짓밟아버리고, 그 후 자신이 저지른 한심하고 못난 행위를 반성하면서 평생 죄책감을 느끼면서 살아가는 이야기다.

이 책은 또 위대한 작가가 되길 열망했던 남자, 하지만 열망을 실현하기에는 부족한 자질에 절망해 서서히 소멸해간 한 남자 이야기이기도 하다.

∞

1975년 8월 30일 새벽, 자동차 한 대가 테라스 애비뉴 245번지 앞에 멈춰 섰다. 놀라에게 작별 인사를 하러 온 루터 칼렙이었다. 루터는 몹시 혼란스러웠다. 그는 두 사람이 정말로 서로 사랑했는지 아니면 자기 혼자 꿈을 꾼 건지 알 수 없었다. 두 사람이 실제로 그 편지들을 주고받았는지도 헛갈렸다. 하지만 그는 해리와 놀라가 오늘 오로라를 떠날 예정이라는 건 알고 있었다. 그도 엘리야 스턴이 있는 뉴햄프셔주를 벗어나 아주 먼 곳으로 도망가고 싶었다. 그의 머릿속에서 여러 가지 생각들이 제멋대로 뒤얽혔다.

그동안 나에게 살아갈 희망을 주기 위해 힘써준 유일한 사람이 알고 보니 지난날 포틀랜드에서 나를 발로 차고 짓밟은 패거리 가운데 한 사람이라니?

그야말로 지독한 악몽이었다. 이제 그에게 남은 중요한 일은 사랑 이야기를 마무리 짓는 것뿐이었다. 놀라에게 마지막 편지를 전달해야 했다. 그는 열흘 전, 해리와 놀라가 8월 30일에 오로라를 떠나기로 한 사실을 알게 되었고, 그날 편지를 썼다. 그는 원고를 마무리 짓기 위해 서둘렀고, 원본을 해리에게 건네 출판 문제를 알아봐달라고 부탁했다. 하지만 이제 책을 출판하고 싶다는 생각을 접었고, 해리를 만나 원고를 돌려받고 싶지도 않았다. 놀라에게 주려고 타자기로 쳐 말끔하게 제본해둔 원고가 하나 더 있으니까.

8월 30일 토요일은 그가 켈러건 집 우편함에 놀라와의 이야기를 마무리하는 마지막 편지와 원고를 넣어둔 날이었다. 놀라가 그를 기억해주길 바라면서.

책의 제목으로 무엇이 적당할지 알 수 없었다. 책이 출판되지도 않을 텐데 굳이 제목을 달 필요가 있을까?

루터는 그저 표지에 놀라에게 전하는 인사말을 적어두기로 했다.

영원히 안녕, 내 사랑 놀라.

루터는 거리에 차를 세워두고 날이 밝기를 기다렸다. 놀라가 나와 우편함에서 마지막 편지와 원고를 가져가는 걸 보기 위해서였다. 두 사람이 편지를 주고받기 시작한 이후 줄곧 우편물을 가지러 나온 사람은 놀라였다.

루터는 최대한 몸을 숨기고 놀라가 나오길 기다렸다. 아무도 보면 안 되니까. 특히 트래비스에게 들키는 순간 사정없이 두들겨 맞을 테니까.

∞

놀라는 11시가 되어서야 집에서 나왔다. 매번 그랬듯이 그 아이는 주변을 두리번거리며 살폈다. 빨간 원피스 차림이 오늘따라 유난히 예쁘고 사랑스러웠다.

우편함으로 달려간 놀라는 편지 봉투와 원고를 보면서 미소 지었다. 봉투에서 편지를 꺼내 읽던 놀라가 갑자기 몸을 비틀거리더니 울음을 터뜨리며 급히 집으로 들어갔다.

놀라는 슬픔이 밀려와 방에 들어가자마자 침대에 풀썩 주저앉았다.

왜 해리는 또다시 나를 거부하지? 우리 사랑이 영원할 것처럼 믿게 해놓고 왜 나를 떠나려고 하지?

놀라는 원고를 훑어보았다. 해리가 얼마 전에 무슨 원고인지 물었는데 대답해주지 않았던 바로 그 원고였다. 눈물이 원고 위로 뚝뚝 떨어지면서 잉크가 번졌다. 지금껏 두 사람이 주고받은 편지들이 원고에 빼곡하게 들어있었다. 책을 마무리하는 마지막 편지까지 모두.

그러니까 해리는 처음부터 거짓말을 한 거야. 결코 나와 함께 캐나다로 도망칠 마음이 없었던 거야.

놀라는 너무 많이 울어 머리가 지끈거렸고, 죽어버리고 싶을 만큼 마음이 아팠다.

방문이 천천히 열렸다. 켈러건 목사가 딸이 우는 소리를 듣고 놀라서 달려온 듯했다.

"무슨 일 있니?"

"아무 일도 없어요."

"안 좋은 일이 있지? 얼굴에 그렇게 써 있어."

"아빠, 난 너무 슬퍼요."

놀라는 켈러건 목사의 목에 매달렸다.

"그 아이를 떼어놓아요." 별안간 루이자 켈러건이 악을 써댔다. "그 아이는 사랑받을 자격이 없어요. 내 말대로 해요, 데이빗."

"놀라, 이제 그만! 한동안 잠잠하더니 또 시작이니? 이제 제발 그만해!"

"입 닥쳐요, 데이빗! 당신은 정말 한심하기 그지없는 사람이야. 왜 그까짓 거 하나 제대로 해내지 못해? 이제부터 내가 맡을 테니까 당신은 꺼져."

"놀라, 그만하라니까! 난 이제 더 이상 네가 자해하도록 내버려두지 않을 거야."

“당장 꺼지라니까, 데이빗.” 루이자가 남편을 거세게 밀쳤다.

켈러건 목사는 무기력하게 복도까지 밀려났다. 방문이 쾅 소리를 내며 닫혔고, 켈러건 목사는 두려움에 몸을 떨었다. 그는 방에서 들려오는 소리를 도저히 듣고 있기 힘들었다.

“제발, 그만해요.”

“자, 이걸 잡아! 엄마를 죽인 딸이 어떤 벌을 받게 되는지 너도 알아야 해.”

차고로 간 켈러건 목사는 전축을 틀고 볼륨을 최대한 올렸다.

∞

그날 켈러건 가족의 집 차고에서는 하루 종일 음악 소리가 흘러나왔다. 길 가던 행인들은 눈살을 찌푸리며 못마땅해했다. 더러는 이미 많이 겪어봐서 잘 안다는 듯이 서로 눈길을 주고받았다.

루터는 인도를 따라 늘어선 차들 가운데 섞여 있는 검은색 쉐보레 몬테카를로의 핸들을 잡은 상태로 켈러건 가족의 집에서 눈을 떼지 않았다.

놀라는 왜 울었을까? 내가 쓴 편지가 마음에 들지 않아서? 그렇다면 원고는? 원고는 마음에 들지 않았을까? 놀라는 도대체 왜 울었을까? 오로지 놀라를 위한 편지이고 책인데 그 아이를 울게 하다니?

루터는 저녁 6시까지 그 자리에서 기다렸다. 놀라가 다시 밖으로 나올 때까지 기다려야 할지 아니면 그 집 초인종을 눌러야 할지 판단이 서지 않았다. 놀라를 만나 울지 말라고 말해주고 싶었다. 마침 그때 놀라가 밖으로 나왔다. 정문이 아니라 창문을 뛰어넘은 게 이상했다. 놀라는 거리를 휘휘 둘러보더니 살금살금 인도로 나왔다. 가죽 가방을 몸에 두른 차림이었다. 인도로 나온 놀라는 곧 달리기 시작했다. 루터는 차의 시동을 걸었다.

∞

검은색 쉐보레가 놀라 앞에서 멈춰 섰다.

"루터, 무슨 일이에요?" 놀라가 물었다.

"난 그저 너에게 울지 말라고 말해주려고 왔어."

"나에게 몹시 슬픈 일이 생겼어요. 당신이 나를 데려다주면 안 될까요?"

"어디로 가겠다는 거야?"

"세상에서 아주 먼 곳으로 떠나고 싶어요."

루터의 대답을 기다리지도 않고 놀라는 조수석에 올랐다.

"난 지금 〈시사이드〉 모텔에 가야 해요. 그가 나를 사랑하지 않는다는 건 분명 거짓일 거예요. 우리는 그 누구보다 서로를 사랑하거든요."

루터는 놀라의 말을 고분고분 따랐다. 그 순간 루터도 놀라도 사거리 쪽에서 다가오는 순찰차를 보지 못했다.

트래비스 던은 몬트버리 호숫가에서 꺾어온 들장미 다발을 아무도 없을 때 제니에게 주려고 벌써 몇 번째인지 셀 수도 없을 만큼 여러 번 퀸 가족의 집 앞을 지나가고 있었다. 그는 놀라가 처음 보는 차에 오르는 모습을 보고 의아해했다. 핸들을 잡은 사람을 보니 다름 아닌 루터였다. 그는 잠시 지켜보다가 감은색 쉐보레 몬테카를로를 뒤쫓기 시작했다. 시야에서 차를 놓쳐서도 안 되지만 너무 가까이 따라붙었다가는 들킬 염려가 있었다. 트래비스는 루터가 왜 허구한 날 오로라에서 시간을 보내는지 알아내야겠다고 결심했다.

제니를 훔쳐보려고 오로라에 온 걸까? 루터가 놀라를 차에 태우고 어딜 가지? 혹시 성추행이라도 저지를 심산인가?

트래비스는 무전기를 집어 들었다. 그는 혹시라도 루터를 체포하려다가 실수로 놓칠 경우에 대비해 인력 충원을 요청하려다가 생각을 바꾸었다. 동료 경찰들이 함께 있으면 오히려 번거로울 수도 있겠다는 생각이 들었다.

내 방식대로 처리하는 거야.

오로라는 평화롭고 조용한 도시였고, 앞으로도 줄곧 그런 장점이 유지되길 바랐다. 루터가 평생 기억에 남을 만큼 따끔한 맛을 보여줘야 다시는 오로라에 발을 들여놓지 못할 것이다. 제니가 어쩌다가 저런 괴물 같은 녀석을 사랑하게 되었는지 의아했다.

∞

"이 편지들을 당신이 썼단 말이죠?" 차 안에서 루터의 설명을 듣던 놀라가 벌컥 화를 냈다.

"응."

놀라는 손등으로 흘러내리는 눈물을 닦았다.

"당신 정말 미쳤나봐요. 다른 사람의 편지를 훔치는 게 어디 있어요? 정말 나쁜 짓이에요."

루터가 부끄러운 마음에 고개를 떨구었다.

"미안해. 난 너무 외로워서 그만……."

놀라는 그의 단단한 어깨에 다정하게 손을 얹었다.

"아니, 괜찮아요. 그 말은 해리가 지금 나를 기다리고 있다는 뜻이잖아요. 난 해리와 함께 떠날 거예요."

그 생각만으로도 놀라의 얼굴이 몰라보게 환해졌다.

"놀라, 넌 참 운이 좋은 편이야. 해리와 넌 서로 사랑하잖아. 넌 사랑하는 사람이 있으니 외롭지 않을 거야."

그들은 이제 1번 도로로 접어들었고, 구즈코브로 들어가는 교차 지점 앞을 지났다.

"안녕, 구즈코브!" 놀라가 들뜬 목소리로 고함을 질렀다. "이 집은 내가 행복한 추억을 간직하고 있는 곳이에요."

놀라는 뭐 그리 신이 나는지 소리 내어 웃었다. 그러자 루터도 따라 웃었다. 그때 뒤에서 경찰차의 사이렌 소리가 들려왔다. 숲 근처까지 뒤따라온 트래비스는 오가는 차량이나 인적이 드문 숲에서 루터에게 본때를 보여줄 심산이었다.

"트래비스야." 루터가 소리쳤다. "트레비스에게 잡히면 우린 끝장이야."

놀라는 두려움에 사로잡혔다.

"경찰에게 걸리면 안 돼요. 루터, 제발 어떻게 좀 해봐요."

검은색 쉐보레 몬테카를로는 멈추는 대신 갑자기 속도를 올렸다. 트래비스는 확성기로 차를 갓길에 세우라고 소리쳤다.

"제발 멈추지 말아요." 놀라가 애원했다. "가속페달을 힘껏 밟아요."

루터는 가속페달을 밟고 있는 발에 더욱 힘을 실었다. 트래비스의 차와 거리가 조금 더 벌어졌다. 구즈코브를 지나자 구불구불한 1번 도로가 이어졌다. 루터는 길에 바짝 붙어 커브를 돌았고, 트래비스와 좀 더 거리를 벌릴 수 있었다. 점차 사이렌 소리가 멀어져갔다.

"트래비스가 지원 병력을 요청할 거야." 루터가 말했다.

"그에게 잡히면 난 해리와 떠날 수 없어요."

"그럼 우리 숲으로 들어가 숨을까? 이 주변 숲은 아주 넓어서 트래비스가 찾기 힘들 거야. 그가 추격을 포기하면 넌 〈시사이드〉 모텔로 가는 거야. 혹시 내가 트래비스에게 붙잡히더라도 아무 말도 하지 않을게. 네가 나랑 함께 있었다고 말하지 않을 거야. 넌 해리랑 도망가야 하니까."

"오, 루터 정말 고마워요."

"내 원고를 잘 간직하겠다고 약속해줘. 나를 추억하면서 원고를 읽겠다고 약속해줘."

"약속할게요!"

놀라가 말을 마치자마자 루터는 핸들을 꺾었고, 숲속 덤불 숲을 지나 가시덤불이 우거진 곳에서 멈춰 섰다. 그들은 서둘러 차에서 내렸다.

"뛰어." 루터가 다급히 소리쳤다. "놀라, 뛰라니까."

두 사람은 가시덤불을 헤치면서 달렸다. 놀라가 입고 있는 빨간색 원피스가 찢어졌고, 나뭇가지가 얼굴을 할퀴었다.

∞

트래비스는 잔뜩 화가 나서 계속 욕설을 해댔다. 이제 검은색 쉐보레 몬테카를로는 눈에 보이지도 않았다. 속도를 올려봤지만 숲으로 들어간 차는 전혀 눈에 띄지 않았다. 그는 계속 1번 도로를 따라 달렸다.

∞

루터와 놀라는 숲을 가로질러 달렸다. 놀라가 앞에서 달렸고, 루터가 뒤따랐다. 루터는 체구가 커서 가지를 낮게 드리운 나무들을 헤쳐 가며 달리기가 쉽지 않았다.

"놀라, 멈추지 말고 계속 달려!" 루터가 소리쳤다.

두 사람은 이제 사이드 크릭 레인 부근에 다다라 있었지만 거기가 어디쯤인지 전혀 알지 못했다. 그때 주방 창문 앞에 서서 숲을 내다보던 데보라 쿠퍼 부인은 별안간 움직이는 뭔가를 본 느낌이 들었다. 부인은 숲을 유심히 살피다가 전속력으로 달리는 여자아이를 보았다. 웬 남자에게 쫓기고 있는 듯했다. 데보라 쿠퍼 부인은 얼른 전화기가 있는 거실로 달려가 경찰에 신고했다.

∞

트래비스가 도로의 갓길에 차를 세웠을 때 본부에서 무전이 왔다. 여자아이 하나가 사이드 크릭 레인 근처에서 발견되었는데 웬 남자에게 쫓기고 있다는 내용이었다. 트래비스는 자신이 현장에 간다고 알리고 나서 회전 경보등을 켜고 요란스럽게 사이렌을 울리면서 사이드 크릭 레인 방향으로 달려갔다. 약 800미터쯤 갔을 때 덤불 숲에 세워놓은 차 앞 유리에서 반사되는 빛이 그의 눈에 들어왔다. 그는 차를 세운 다음 한 손에 무기를 들고 검은색 쉐보레 몬테카를로를 향해 다가갔다. 차 안에는 아무도 타고 있지 않았다. 그는 즉시 순찰차로 돌아가 데보라 쿠퍼의 집을 향해 달렸다.

∞

루터와 놀라는 해변 부근에서 잠시 뜀박질을 멈추고 숨을 돌렸다.

"이제 트래비스의 시야에서 벗어난 것 같아요?" 놀라가 루터에게 물었다.

루터가 귀를 기울여보니 아무런 소리도 들리지 않았다.

"여기서 잠시 기다려봐야겠어." 루터가 말했다. "숲의 나무들이 은신처 역할을 해주니까."

놀라의 심장이 빠르게 뛰었다. 놀라는 해리를 생각했다. 엄마도 생각했다. 엄마가 보고 싶었다.

∞

"빨간 원피스를 입은 여자아이." 데보라 쿠퍼 부인이 트래비스에게 이야기했다. "그 아이가 해변 쪽으로 달려갔어요. 그 뒤를 웬 남자가 쫓아가고 있더군요. 언뜻 보기로는 체격이 건장한 남자였어요."

"전화 좀 써도 되겠습니까?" 트래비스가 물었다.

"물론이죠."

트래비스는 프랫 서장 집으로 전화를 걸었다.

"쉬시는 데 번거롭게 해드려 죄송합니다만 이상한 사건이 하나 있어서요. 루터 칼렙이 오로라에 나타났습니다."

"그 녀석은 오로라에 왜 또 온 거야?"

"제가 멀찍이서 지켜보고 있자니 루터가 놀라 켈러건을 차에 태우기에 무슨 일인가 알아보려고 했는데 그 녀석이 정지 명령을 거부하고 도망쳤습니다. 그놈은 지금 놀라 켈러건과 함께 숲속에 숨어 있습니다. 모르긴 해도 루터가 놀라에게 반한 것 같습니다. 숲이 어찌나 넓은지 저 혼자서는 수색하기가 버겁네요."

"내가 곧 갈 테니까 기다려."

∞

"해리와 나는 캐나다로 떠날 거예요. 난 캐나다가 좋아요. 우리는 호숫가에 예쁜 집을 짓고 행복하게 살 거예요"

루터가 빙긋 웃었다. 그는 나뭇등걸에 걸터앉아 놀라가 들려주는 얘기를 들었다.

"아주 멋진 계획이야." 루터가 말했다.

"지금 몇 시쯤 되었어요?"

"6시 45분."

"그럼 나는 이제 해리를 만나러 가봐야겠어요. 7시에 8번 방에서 해리를 만나기로 약속했거든요. 이제는 그리 위험하지 않을 테니까요."

하지만 바로 그때 무슨 소리가 나는 것 같더니 사람 목소리가 들려왔다.

"경찰이야!" 놀라가 새파랗게 질렸다.

∞

프랫 서장과 트래비스는 숲을 샅샅이 훑었다. 해변과 가까운 숲도 따라가며 뒤졌다. 그들은 곤봉을 손에 들고 깊은 숲으로 들어갔다.

∞

"놀라, 빨리 달아나." 루터가 재촉했다. "난 여기에 남아 있을 테니까."

"제발 그러지 말아요. 당신을 내버려 두고 혼자 갈 수는 없어요."

"빌어먹을! 어서 도망치라니까. 〈시사이드〉 모텔까지 갈 시간은 충분해. 거기서 해리를 만나기로 했다며? 최대한 빨리 도망쳐서 행복하게 살아."

"루터, 난……."

"잘 가, 행복하게 살아. 나 대신 내가 쓴 책을 많이 사랑해주길 바랄게."

놀라는 계속 훌쩍거리면서 루터에게 손을 흔들어 작별 인사를 하고는, 이내 나무들 사이로 자취를 감추었다.

∞

트래비스와 프랫 서장은 숲으로 들어갔다. 수백 미터쯤 갔을 때 두 사람은 루터를 발견했다.

"루터입니다." 트래비스가 말했다. "그 녀석이 분명해요."

루터는 나뭇등걸에 앉아 그 자리에서 꼼짝도 하지 않았다. 트래비스가 재빨리 달려가 그의 멱살을 움켜쥐었다.

"놀라는 어디 있지?" 트래비스가 그의 멱살을 흔들어대며 물었다.

"놀라라니요?" 루터가 시치미를 떼고 되물었다.

루터는 머릿속으로 놀라가 〈시사이드〉 모텔까지 가는 데 걸리는 시간을 계산했다.

"놀라가 어디 있는지 물었잖아. 도대체 그 아이에게 무슨 짓을 한 거야?" 트래비스가 눈을 부라리며 같은 질문을 반복했다.

루터가 대답하지 않자 뒤에 있던 프랫 서장이 곤봉을 들어 올리더니 있는 힘껏 무릎을 내리쳤다. 루터의 양쪽 무릎뼈가 그 자리에서 부러졌다.

∞

놀라는 비명소리를 듣고 순간적으로 달리기를 멈추었다. 경찰이 루터를 찾아내 구타하고 있는 게 분명했다.

내가 되돌아가서 경찰이 루터를 때리지 못하도록 말려야 해.

루터가 잘못도 없이 고통받는 건 부당했다. 나뭇등걸이 있는 곳으로 돌아가려던 놀라는 누군가에게 어깨를 잡혔다. 놀라는 뒤를 돌아보았다가 소스라치게 놀랐다.

"엄마?"

∞

두 무릎이 부러진 루터는 신음을 발하면서 바닥에 나동그라졌다. 트래비스와 프랫 서장은 번갈아가며 그를 발로 차고 곤봉으로 때렸다.

"놀라에게 무슨 짓을 했는지 말해." 트래비스가 악을 썼다. "놀라에게 이상한 짓을 했지? 넌 추악한 정신병자야."

루터는 계속되는 구타에 비명을 지르면서 제발 그만하라고 애원했다.

∞

"엄마?"

루이자 켈러건은 딸에게 다정한 미소를 지어 보였다.

"놀라, 여기서 뭐해?" 엄마가 물었다.

"난 도망쳤어요."

"왜?"

"해리에게 가려고요. 난 그 사람을 좋아해요."

"넌 아빠를 혼자 내버려두면 안 돼. 네 아빠는 너 없으면 너무 불행해질 거야. 제발 아빠를 버려두고 도망치지 마."

"나는 늘 엄마에게 한 짓 때문에 슬퍼요."

"난 이미 너를 용서했어. 그러니까 이제 제발 자해를 그만둬."

"그럴게요."

"약속하지?"

"약속할게요."

"이제 아빠한테 돌아가. 아빠에게는 네가 필요해."

"난 해리를 잃고 싶지 않아요."

"넌 그를 잃지 않을 거야. 그는 너를 기다려줄 테니까."

"그 말, 믿을 수 있어요?"

"그래, 해리는 목숨이 다하는 날까지 너를 기다릴 거야."

놀라의 또다시 비명소리를 들었다.

"루터!"

놀라는 전속력으로 나뭇등걸이 있는 곳까지 달렸다. 경찰의 구타를 멈추게 하려고 소리를 지르며 뛰어갔다. 루터는 얼마나 맞았는지 바닥에 축 늘어져 있었다. 루터는 이미 숨이 끊어져 있었다. 프랫 서장과 트래비스는 얼빠진 얼굴로 루터의 시체를 바라보고 있었다. 주변은 온통 피투성이였다.

"무슨 짓을 한 거예요?" 놀라가 소리를 질렀다.

"놀라?" 프랫 서장이 말했다. "그게 말이지. 우리는……."

"당신들이 루터를 죽였어요."

놀라가 프랫 서장에게 달려들자 그는 거칠게 뿌리치면서 따귀를 갈겼다. 뺨을 세게 얻어맞은 놀라는 코피를 흘리면서 두려움에 떨었다.

"미안해, 놀라. 너를 다치게 할 마음은 없었어." 프랫 서장이 변명했다.

놀라는 뒷걸음질 쳤다.

"당신들이 루터를 죽였어요."

"잠깐만, 놀라!"

놀라는 전속력으로 질주했다. 트래비스가 놀라의 머리채를 잡는 바람에 머리카락이 한 움큼 뽑혔지만 놀라는 그대로 달렸다.

"빌어먹을! 저 아이를 잡으라니까." 프랫 서장이 고함을 질렀다.

가시덤불 사이를 헤치며 달리느라 놀라는 여러 번 뺨을 긁혔지만 아랑곳하지 않고 계속 뛰었다. 숲을 벗어날 무렵 집 한 채가 보였다. 놀라는 주방 문이 있는 쪽으로 달려갔다. 여전히 코피가 흘러내리고 있어 얼굴이 온통 피범벅이었다. 데보라 쿠퍼가 깜짝 놀라 어쩔 줄 몰라 하면서도 놀라를 집 안으로 이끌었다.

"도와주세요." 놀라가 소리쳤다. "구조대를 불러주세요."

데보라 쿠퍼는 경찰에 신고하기 위해 다시 거실로 달려갔다.

∞

놀라는 크고 강력한 손바닥이 뒤에서 입을 틀어막는 걸 느꼈다. 놀라는 벗어나려고 발버둥 쳤지만 트래비스는 더욱 힘을 가해 몸을 꽉 조였다. 거실에서 전화를 걸고 나서 주방으로 돌아오던 데보라 쿠퍼가 겁에 질려 비명을 질렀다.

"걱정 마십시오, 부인." 트래비스가 중얼거렸다. "저는 경찰입니다. 부인에게는 아무 일 없을 겁니다."

"도와주세요." 놀라가 그의 손아귀에서 빠져나오려고 몸을 버둥거리면서 악을 써댔다. "경찰이 사람을 죽였어요. 숲에 죽은 남자의 시체가 방치돼 있어요."

잠시 침묵이 흘렀다. 데보라 쿠퍼와 트래비스는 말없이 서로를 노려보았다. 데보라 쿠퍼는 감히 전화기가 있는 거실로 달려갈 엄두가 나지 않았다. 별안간 한 발의 총성이 울리면서 데보라 쿠퍼는 바닥에 쓰러졌다. 프랫 서장이 권총으로 부인을 쏜 것이다.

"미쳤어요?" 트래비스가 고함을 질렀다. "완전히 미쳤다고요. 왜 총을 쏜 겁니까?"

"우리에겐 선택의 여지가 없어. 이 노부인을 살려두면 우리가 어떻게 될지 자네도 잘 알잖아."

트래비스는 몸을 부르르 떨었다.

"이제부터 어떻게 하려고요?" 트래비스가 프랫 서장에게 물었다.

"나도 몰라."

경찰이 어찌할 바를 모르고 몹시 당황해하는 틈을 이용해 놀라는 남은 힘을 그러모아 이 집에서 벗어날 궁리를 했다. 프랫 서장이 미처 손을 쓸 겨를도 없이 놀라는 주방 문을 통해 밖으로 뛰쳐나왔다. 놀라는 층계에서 잠시 균형을 잃는 바람에 넘어졌다가 금세 벌떡 일어났지만 프랫 서장의 손에 머리채를 잡히고 말았다. 놀라는 비명을 지르면서 그의 팔을 깨물었다. 프랫 서장이 순간적으로 잡고 있던 팔을 놓았고, 놀라는 다시 도망치려고 했지만 불가능했다. 트래비스가 휘두른 곤봉이 놀라의 후

두부를 가격했기 때문이었다. 놀라가 바닥에 쓰러지자 트래비스는 공포에 사로잡혀 뒤로 물러섰다. 주변에 선혈이 낭자했고, 놀라는 그 자리에서 즉사했다.

트래비스와 프랫 서장은 몸을 떨어대면서 참혹한 현장을 힐끔 둘러보았다. 그때 숲에서 새들이 노래하는 소리가 들려왔다.

"우리가 무슨 짓을 한 겁니까?" 트래비스가 완전히 넋 나간 사람처럼 중얼거렸다.

"진정해. 진정하라고. 지금부터 정신을 바짝 차리고 살 궁리를 해야지."

"네, 서장님."

"우선 루터와 놀라의 시체를 치워야 해. 만약 발각되면 우린 전기의자에 앉아야 할 테니까."

"쿠퍼 부인의 시체는 어떻게 처리할까요?"

"살인사건이 발생한 것으로 믿게 해야지. 자넨 반드시 내가 시키는 대로 따라야 해."

"네, 뭐든지 서장님 결정에 따르겠습니다."

"루터의 차를 1번 도로 가까이에서 봤다고 했지?"

"네, 차에 열쇠가 꽂혀 있습니다."

"일단 루터와 놀라의 시체를 그 차에 옮겨 싣고 사고로 위장해 처리하는 거야. 내 말이 무슨 뜻인지 알겠지?"

"네."

"자네가 떠나고 나면 곧 병력 지원 요청을 할 거야. 그래야 아무도 우리를 의심하지 않을 테니까. 자네도 신속하게 일을 끝내야 해. 지원 병력이 도착하기까지 제법 시간이 걸릴 거야. 자네는 그 시간을 이용해 최대한 멀리 사라져야 해. 몹시 혼란스러운 상황인 만큼 아무도 자네가 없다는 사실을 눈치채지 못할 거야."

"네, 알겠습니다. 그런데 쿠퍼 부인이 긴급 신고를 한 번 더 한 것 같던데요?"

"제기랄! 그렇다면 더욱 서둘러야 해."

그들은 루터와 놀라의 사체를 검은색 쉐보레 몬트카를로에 옮겨 실었다. 그런 다음 프랫 서장은 숲을 가로질러 데보라 쿠퍼 부인의 집으로 돌아갔다. 그는 경찰차를 세워둔 곳으로 달려가 무전기로 방금 전 데보라 쿠퍼가 총에 맞아 숨져 있는 걸 발견했다고 보고했다.

트래비스는 검은색 쉐보레 몬테카를로에 올라 시동을 걸었다. 그는 덤불 숲을 빠져나오는 순간 보안관실 소속 순찰 차량과 마주쳤다.

∞

프랫 서장은 본부와 접촉을 시도하던 중 경찰차의 사이렌 소리를 들었다. 분명 가까이에서 들리는 소리였다. 무전기에서 보안관실 소속 순찰 차량이 사이드 크릭 레인 근처에서 검은색 쉐보레 몬테카를로를 발견해 추격하고 있다고 알려왔다. 프랫 서장은 자신이 즉시 지원을 나가겠다고 알리고 나서 차의 시동을 걸고 사이렌을 울리면서 숲길을 달렸다. 1번 도로로 들어서는 순간 그는 하마터면 트래비스가 운전하는 차와 충돌할 뻔했다. 그들은 잠시 두려움에 떨고 있는 서로를 바라보았다.

트래비스는 추격전 끝에 가까스로 보안관실 보좌관의 순찰 차량을 따돌리는 데 성공했다. 그는 1번 도로로 돌아와 구즈코브로 꺾어졌다. 프랫 서장은 그의 뒤에 바짝 붙어서서 마치 추격하는 것 같은 장면을 연출했다. 그는 무전기로 몬트버리로 가고 있다고 보고했다. 사이렌을 끈 그는 구즈코브 집 앞에서 트래비스와 합류했다. 차에서 내린 그들은 잔뜩 겁에 질려 식은땀을 쏟고 있었다.

"왜 여기로 왔나?" 프랫 서장이 물었다.

"해리 쿼버트는 집에 없어요." 트래비스가 말했다. "그가 잠시 오로라를 떠났다는 걸 알고 있거든요. 제니에게 그렇게 말했다고 들었어요."

"난 오로라로 진입하는 모든 도로를 봉쇄하라고 요청해두었어. 그렇게 해야 의심받지 않을 테니까."

"빌어먹을!" 트래비스가 신음했다. "난 이제 오도 가도 못하는 신세가 되었네요. 이제 어떻게 해야 합니까?"

주변을 살피던 프랫 서장이 차고가 비어있다는 걸 확인했다.

"자네는 일단 차를 차고에 넣어두고 해변을 따라 사이드 크릭 레인으로 가. 거기 가서 데보라 쿠퍼 부인의 집을 수색하는 시늉을 하고 있어. 난 계속 추격하는 척하고 있을 테니까. 그런 다음 오늘 밤에 여기로 다시 와서 시체를 묻는 거야. 자동차 안에 재킷을 하나 넣어두었나?"

"네."

"그럼 그 재킷으로 갈아입어. 온통 피투성이잖아."

15분 후, 프랫 서장은 몬트버리에서 지원 나온 순찰대를 만났고, 트래비스는 뉴햄프셔주 전체에서 몰려든 경찰들과 함께 교통 통제를 하느라 분주한 시간을 보냈다.

∞

한밤중에 트래비스와 프랫 서장은 구즈코브로 돌아왔다. 그들은 집에서 20미터 떨어진 정원에 놀라를 매장했다. 프랫 서장은 벌써 뉴햄프셔주 경찰청 소속 닐 로딕 팀장과 협의 끝에 수색 반경을 결정했다. 구즈코브 저택은 경찰의 수색 범위에 포함되지 않았다. 적어도 그 집으로 수색 나올 경찰은 없을 거라는 뜻이었다. 놀라는 가죽 가방을 둘러메고 있었는데 그들은 그 안에 무엇이 들어있는지 확인조차 하지 않고 시체와 함께 묻어버렸다.

뒤처리가 모두 끝나자 트래비스는 루터의 사체를 실은 검은색 쉐보레 몬테카를로를 몰고 1번 도로로 사라졌다. 그는 매사추세츠주로 접어들 때까지 도로를 봉쇄한 경찰의 검문을 두 번 받았다.

"차량 등록증을 보여줘요."

트래비스는 그럴 때마다 경찰신분증을 흔들어 보였다.

"오로라경찰서 소속 경찰인데 난 지금 놈을 추격하고 있습니다."

그를 검문한 경찰은 더 이상 묻지 않고 그를 보내주었다.

트래비스는 동부 해안의 작은 도시 사가모어로 갔다. 그는 엘레스빌 하버 부근에서 바닷가를 따라 달리는 도로로 접어들었다. 얼마간 달리자 오가는 인적이라고는 없는 텅 빈 주차장이 나타났다. 트래비스는 기회가 되면 제니와 사가모어에 와서 로맨틱한 드라이브를 즐기고 싶었다. 차를 세운 그는 루터를 운전석에 앉히고, 그의 입 안에 싸구려 술을 들이부었다. 그런 다음 자동차 기어를 중립으로 놓고 뒤에서 차를 밀었다. 차가 처음에는 웃자란 풀이 많아 천천히 굴러가다가 이내 절벽을 향해 빠른 속도로 미끄러지기 시작했다. 절벽으로 굴러떨어진 차는 순식간에 요란한 굉음을 내며 자취를 감추었다.

트래비스는 차를 타고 갔던 길을 걸어서 내려왔다. 자동차 한 대가 갓길에서 그를 기다리고 있었다. 조수석에 올라탄 그의 몸은 땀과 피로 범벅이 되어 있었다.

“처리했습니다.” 트래비스가 운전석에 앉아 있는 프랫 서장에게 보고했다.

프랫 서장은 차의 시동을 걸었다.

“우리는 오늘 일어난 일에 대해 평생 입을 다물어야 해. 경찰이 추락한 차를 찾아내더라도 우리는 절대로 모르는 일이어야 해. 범인이 없는 사건으로 만든 게 가장 좋은 방법이야. 내 말이 무슨 뜻인지 알겠나?”

트래비스는 대답 대신 어깨를 으쓱했다. 그는 주머니에 손을 넣고 놀라의 시신을 정원에 매장할 때 빼낸 목걸이를 손에 꽉 쥐고 있었다. NOLA라는 이름이 새겨진 예쁜 금목걸이였다.

∞

해리는 다시 소파에 앉았다.

“그러니까 그들이 놀라, 루터, 데보라 쿠퍼를 살해했군.”

“그들이 여태껏 수사를 방해했죠. 선생님은 놀라가 소아 조현병을 앓고 있었다는 사실을 알고 계셨죠? 켈러건 목사에게도 이야기를 했고요.”

“화재 사건은 몰랐어. 하지만 놀라가 학대당하는 문제를 담판지으려고 켈러건 목사를 찾아갔을 때, 그 아이에게 정신적인 문제가 있다는 걸 알게 되었지. 난 놀라에게 절대로 부모님을 만나러 가지 않겠다고 약속했지만 도저히 가만있을 수 없었어. 그때 놀라에게 엄마는 없고 아빠만 있다는 걸 알게 되었지. 켈러건 목사는 6년 전에 부인을 잃었고, 정신적으로 문제가 있는 딸과 살면서 상황을 전혀 통제하지 못했어. 그는 진실을 마주하길 회피했지. 나는 놀라의 병을 치료하려면 먼 곳으로 떠날 수밖에 없다고 생각했어."

"캐나다로 도망치려던 계획은 놀라의 소아 조현병 치료를 위해서였군요."

"놀라는 좋은 의사들을 만나보게 될 테고 소아 조현병을 치유할 수 있을 거라고 생각했어. 놀라는 나를 위대한 작가로 만들어 주었고, 나는 소아 조현병을 몰아내 주었을 텐데 정말이지 아쉬워. 놀라가 나에게는 영감의 원천이었고, 내가 글을 쓸 수 있도록 이끌어주었어."

"선생님은 왜 저에게 진실을 말하지 않았죠?"

"자네가 쓴 원고의 일부가 미리 유출되지만 않았어도 난 자네에게 진실을 털어놓았을 거야. 그때 난 자네가 나를 배반했다고 생각했지. 자네에 대해 무척 화가 났었어. 난 자네 책이 실패하기를 바랐어."

우리는 한동안 말이 없었다.

"지금은 몹시 후회하고 있어. 모두 후회막급이야. 자네는 나에 대해 크게 실망했을 거야."

"아니, 그렇지 않아요."

"자네가 나에게 얼마나 큰 기대를 가졌었는지 잘 알고 있어. 내 삶이 거짓을 토대로 세워진 걸 모르고."

"저는 늘 선생님의 모습 그대로를 좋아했습니다. 선생님이 그 책을 썼는지 안 썼는지는 저에게 중요하지 않아요. 저는 누가 뭐래도 선생님에게 글과 인생을 배웠습니다. 그 사실은 부인할 수 없습니다."

"자네는 결코 이전처럼 나를 대할 수 없을 거야. 자네는 내가 엄청난 협잡꾼에 지나지 않는다는 걸 잘 알게 되었으니까. 난 사기꾼이야. 나는 이제 자네와 더는 친구가 될 수 없어. 이제 다 끝났어. 자네는 아주 멋진 작가가 되었지만 나는 아무것도 아니야. 자네는 진정한 작가이지만 나는 한 번도 그랬던 적이 없어. 자네는 자네 책을 최선을 다해 써왔고, 영감을 되찾기 위해 치열하게 싸웠고, 마침내 어려움을 극복하고 목표를 이루었지. 그 반면 나는 자네처럼 힘든 상황이었을 때 꼼수로 위기를 넘겼어."

"선생님, 저는……."

"인생이 원래 그래. 자네도 내 말이 맞는다는 걸 잘 알고 있을 거야. 자네는 이제 나를 정면으로 바라볼 수 없을 거야. 나는 자네를 볼 때마다 질투심에 시달리겠지. 비슷한 상황에서 자네는 성공했고, 나는 실패했으니까."

해리가 나를 안았고, 나는 속삭였다.

"저는 선생님을 잃고 싶지 않아요."

"자네는 나 없이도 얼마든지 잘 해낼 수 있어. 자네는 이미 멋진 사람이 되었지. 굉장한 작가이기도 하고. 자네는 앞으로 더욱 크게 성공할 거야. 이제 우리가 가는 길은 많이 달라졌어. 흔히 그런 걸 운명이라고 하지. 위대한 작가가 되는 건 나의 운명이 아니었던 거야. 그럼에도 나는 운명을 바꿔보려고 아등바등하며 살아왔지. 다른 사람이 쓴 원고를 훔쳤고, 33년 동안 자네와 세상을 속였지. 하지만 운명은 절대로 바뀌지 않아. 결국 운명은 마지막에 큰 위력을 발휘하게 되어 있지."

"선생님……."

"자네의 운명은 작가가 되는 것이었어. 난 그걸 처음부터 알아보았지. 게다가 나는 지금 우리가 맞이한 이 순간이 오리라는 걸 처음부터 알고 있었어."

"선생님은 언제까지나 저와 가장 가까운 친구일 겁니다."

"자네가 나에 대한 책을 쓰고 있다고 했지?"

"네."

"그 책을 꼭 완성해. 이제 자네는 모든 걸 알게 되었으니, 이 세상 모두에게 진실을 밝혀. 진실이 우리 모두를 자유롭게 해줄 테니까. 해리 쿼버트 사건에 관한 진실을 써. 33년 전부터 내 영혼을 갉아먹은 악으로부터 나를 자유롭게 해줘. 내 마지막 부탁이야."

"아니, 어떻게요? 난 과거를 지울 수는 없어요."

"그야 물론이지만 현재를 바꿀 수 있어. 그게 바로 작가들에게 부여된 막강한 힘이지. 작가들의 파라다이스를 기억하나? 난 자네가 어떻게 해야 하는지 잘 알고 있을 거라 믿어."

"선생님이 옆에 있어 주었기 때문에 내가 있었다고 봐요."

"난 아무것도 한 게 없어. 자네는 스스로 성장한 거야."

"난 선생님 조언을 따랐어요. 선생님이 준 서른한 가지 조언을 항상 마음속에 심어두고 있었다고요. 그 결과 내 첫 번째 책이 나오게 되었죠. 그다음 책도 그렇게 나왔어요. 선생님이 저에게 가르친 서른한 가지 조언 덕분이었습니다. 선생님도 기억하시잖아요?"

해리는 서글픈 미소를 지었다.

"물론 기억하지."

∞

1999년 크리스마스

버로스

"메리 크리스마스!"

"선물인가요? 고맙습니다, 선생님. 근데 이게 뭐죠?"

"미니디스크 녹음기야. 최신 기술의 집합체라고 할 수 있지. 자네는 내가 말하는 걸 전부 필기하느라 고생하던데, 혹시라도 필기한 노트를 잃어버리면 내가 다시 말해줘야 하지 않을까? 이 녹음기만 있으면 이제 그런 걱정을 할 필요가 없지."

"정말 그러네요. 자, 그럼 이제 말씀해보세요."

"뭘?"

"첫 번째 조언을 해주셔야죠. 선생님의 조언을 제가 전부 녹음기에 담아둘 겁니다."

"어떤 조언이 좋겠나?"

"작가들을 위한 조언도 좋고, 복싱을 위한 조언도 괜찮겠네요. 인간을 위한 조언도 좋습니다."

"전부 다? 좋아. 조언을 몇 개쯤 원하나?"

"적어도 백 개는 되어야죠."

"백 개? 그래도 몇 개쯤 남겨두어야 자네들을 가르칠 수 있지."

"선생님은 언제든지 저에게 가르칠 조언이 남아 있을 거예요. 위대한 해리 쿼버트니까요."

"난 앞으로 자네에게 서른한 가지 조언을 말해줄 거야. 앞으로 몇 해 동안 꾸준히. 한꺼번에 말해주진 않을 거야."

"왜 하필 서른한 가지입니까?"

"왜냐하면 서른한 살은 아주 중요한 나이거든. 십 대 때는 어린아이에 불과하고, 이십 대 때는 애송이 청년에 불과하지만 삼십 대 때가 되면 자네는 비로소 한 인간이 되는 거야. 서른한 살은 자네가 경계를 넘어섰다는 뜻이 되겠지. 자네는 서른한 살이 되었을 때 어떤 모습이 되어 있을 거라고 상상하나?"

"해리 쿼버트 같은 사람."

"자, 멍청한 소리는 그만하고, 녹음이나 해봐. 큰 숫자에서 시작해서 작은 숫자로 갈 거야. 31번 조언은 책에 관한 내용이야. 제일 첫 장이 아주 중요하지. 책에서 첫 번째 장이 마음에 들지 않으면 독자들은 나머지를 읽지도 않고 던져버리지. 자네는 첫 장을 어떤 식으로 쓸 계획인가?"

"아직 모르겠어요. 선생님이 보기에 제가 언젠가는 글을 잘 쓸 수 있을 것 같아요?"

"물론이지."

∞

해리가 나를 뚫어지게 쳐다보다가 빙긋 웃었다.

"자네 나이는 중요하지 않아. 나이와 상관없이 자네는 큰일을 해냈으니까. 자네는 멋진 사람이 되었어. *괴짜*가 되는 건 아무것도 아니었지만, 멋진 사람이 되는 건 자기 자신을 상대로 기나긴 싸움 끝에 쓰게 되는 왕관이지."

해리는 벗어두었던 재킷을 챙겨 입고 머플러를 둘렀다.

"어딜 가려고요?"

"이제 가봐야지."

"가지 말고 그냥 여기에 계세요."

"그럴 수는 없어."

"그냥 계세요. 조금만 더."

"그럴 수 없다니까."

"난 선생님을 잃고 싶지 않아요."

"잘 있어. 내 평생을 통틀어 자네와의 만남이 가장 아름다웠어."

"어디로 갈 건데요?"

"난 어디에선가 놀라를 기다려야지."

해리가 나를 안아주며 말했다.

"자네는 사랑하는 사람을 만나야 해. 사랑은 우리 인생에 살아갈 의미를 부여하지. 사랑하면 사람은 더 강해져. 더 커지고, 더 멀리 갈 수도 있지."

"나를 혼자 두고 떠나지 말아요."

"아니, 난 가야 해."

해리는 그렇게 떠났다. 문을 열어 놓은 상태로 떠나는 그를 나는 아주 오랫동안 바라보았다. 내가 나의 스승이자 친구인 해리 쿼버트를 마지막으로 본 모습이었다.

∞

2002년 5월
대학 복싱 챔피언십 결승전

"마커스, 준비됐나? 3분 후에 링에 올라가야 해."

"겁이 나서 죽을 지경입니다."

"당연히 그렇겠지. 차라리 겁이 나는 게 좋아. 겁나지 않으면 이길 수가 없으니까. 한 권의 책을 쓰듯이 복싱을 해. 기억하지? 1장, 2장……."

"네, 1장 다가가서 맞붙는다. 2장 때려눕힌다."

"자, 준비됐지? 대학 챔피언십 결승이야. 얼마 전만 해도 샌드백만 두드리던 자네가 챔피언십 결승전에 진출했어. 링 아나운서가 하는 말이 들리지? '버로스 대학의 마커스 골드먼과 그의 코치 해리 쿼버트.' 우리네, 자 나가자고."

"잠깐만요."

"왜 그래?"

"선물을 드리려고요."

"지금이 선물을 줄 때라고 생각하나?"

"시합 전에 선물을 드리길 원해요. 제 가방 안에 들어있으니까 꺼내세요. 글러브를 끼고 있어 제가 직접 드릴 수가 없어서 그래요."

"디스크네?"

“네, 그 디스크에 선생님의 서른한 가지 조언, 복싱에 대한 조언, 인생과 책에 대한 조언까지 전부 담았어요.”

“완전 감동적인 선물이야. 이제 싸울 준비가 됐나?”

“네, 그 어느 때보다도 완벽합니다.”

“자, 나가서 제대로 실력 발휘를 해봐.”

“물어볼 게 한 가지 있어요.”

“시합 시작 시간이 다 되었다니까.”

“아주 중요한 문제입니다. 녹음한 걸 다시 다 들어봤는데, 선생님은 끝까지 답을 안 해주셨더군요.”

“자, 뭔지 얼른 말해봐. 들을 테니까.”

“책이 끝났는지는 어떻게 알 수 있죠?”

“책은 우리네 인생과 같아. 그 어느 순간에도 정말로 끝나는 경우는 없으니까.”

에필로그

2009년 10월, 책 출간 후 1년

"책의 마지막 몇 단어로만 좋은 책인지 아닌지 결정할 수 있는 건 아니야. 그 앞에 나온 단어들과 서로 유기적으로 결합해 어떤 효과를 창출해내는지가 무엇보다 중요해. 책을 읽은 독자는, 그러니까 책의 마지막 단어를 읽고 나서 2분의 1초가 흐른 다음 아주 강렬한 느낌이 내 안으로 밀려드는 걸 느낄 거야. 아주 짧은 순간이나마 독자는 지금까지 읽은 책의 내용 말고는 아무것도 생각나지 않는 상태로 한동안 책의 표지를 바라보며 흐뭇한 미소를 짓게 되지. 그 미소에는 약간의 서글픔도 배어있을 거야. 이제 책의 등장인물들과 헤어져야만 하니까. 좋은 책은 다 읽어버린 걸 후회하게 만드는 책이야."

2009년 10월 17일

구즈코브 해변

“이제 곧 다음 책을 만들 준비가 끝났다는 소문이 자자하던데요.”

“어떻게 알았어요?”

나는 페리와 함께 바다를 마주 보고 앉아 맥주를 마시고 있었다.

“베스트셀러 작가 마커스 골드먼의 신작이라?” 페리가 물었다. “이번에는 무슨 이야기를 들려줄 건가요?”

“책이 나오면 사서 읽어보세요. 경사님도 등장하니까요.”

“내가 미리 좀 볼 수 없을까요?”

“꿈도 꾸지 마세요.”

“어쨌거나 책이 재미없으면 책값을 환불받을 겁니다.”

“저는 환불해주지 않습니다.”

페리가 웃었다.

“이 집을 새로 지어 신인 작가를 위한 집으로 사용하자는 아이디어는 어떻게 나오게 된 거예요?”

"그냥 어쩌다 보니 나온 생각이에요."

"*'작가들을 위한 해리 쿼버트 하우스.'* 아주 근사해요. 내가 볼 때 작가들은 팔자가 늘어진 분들 같아요. 여기 와서 바다를 바라보면서 원고를 쓴다? 내 마음에 딱 드는 직업이네요. 혹시 오늘 자 《뉴욕타임스》 기사 봤어요?"

"아뇨."

페리가 주머니에서 신문지 한 장을 꺼내서 펼치더니 소리 내어 읽었다.

특집 : 반드시 읽어야 할 소설 《오로라의 갈매기》. 놀라 켈러건을 살해한 누명을 썼던 루터 칼렙은 알고 보니 뛰어난 재능을 인정받지 못한 천재 작가였다. 〈슈미드 앤드 핸슨〉 출판사는 루터 칼렙이 놀라 켈러건과 해리 쿼버트와의 관계를 적어 내려간 이 황홀한 소설을 유고작으로 출간했다. 이 책은 해리 쿼버트가 놀라 켈러건과의 관계에서 어떤 영감을 얻어 《악의 기원》을 썼는지 자세히 다루고 있다.

페리가 기사를 읽다 말고 웃음을 터뜨렸다.

"왜 웃으세요, 경사님?" 내가 물었다.

"당신은 정말 천재입니다. 천재라고요."

"경찰만 정의를 구현하는 게 아니랍니다."

우리는 맥주를 다 마시고 나서 자리에서 일어났다.

"저는 내일 뉴욕으로 돌아갑니다." 내가 말했다.

페리가 잠자코 고개를 끄덕였다.

"가끔 우리 집에 들러서 회포를 풀고 가요. 작가님이 그래 주면 헬레나가 아주 좋아할 겁니다."

"기꺼이 그러겠습니다."

"그러고 보니 작가님의 신간 제목을 아직 말해주지 않았는데요?"

"《해리 쿼버트 사건의 진실》."

페리는 잠시 생각에 잠긴 표정이었다. 차를 세워둔 곳으로 걸어갈 때 갈매기들이 하늘을 가르며 날아올랐다. 우리는 잠시 갈매기들을 바라보았다. 페리가 내게 물었다.

"이제부터 무얼 할 겁니까?"

"언젠가 해리가 이런 말을 했어요. '인생에 의미를 부여하는 두 가지가 있는데 바로 책과 사랑이지.' 난 벌써 책을 찾았어요. 해리 덕분이죠. 그러니 이제부터는 사랑을 찾으러 떠나렵니다."

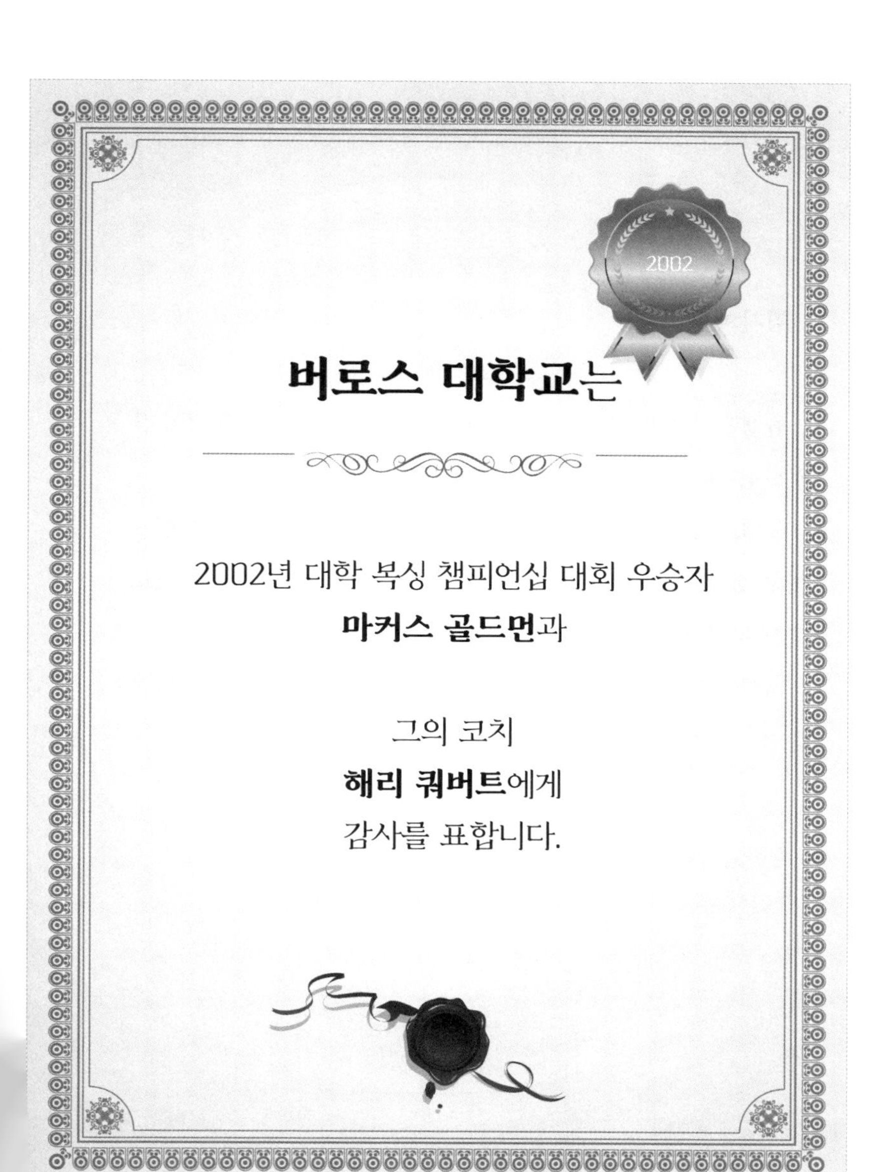

2002

버로스 대학교는

2002년 대학 복싱 챔피언십 대회 우승자

마커스 골드먼과

그의 코치

해리 쿼버트에게

감사를 표합니다.

감사의 말

뉴햄프셔주 오로라에 거주하는 어니 핑커스에게 마음을 담아 감사드립니다.

뉴햄프셔와 앨라배마주 경찰청의 페리 게할로우드 경사(뉴햄프셔주 경찰청 강력계)와 필립 토마스 경찰관(앨라배마주 고속도로 순찰대)에게도 고마운 마음을 전합니다.

나의 조력자 드니즈에게도 특별히 감사드립니다. 드니즈가 없었다면 이 책은 세상의 빛을 볼 수 없었을 겁니다.

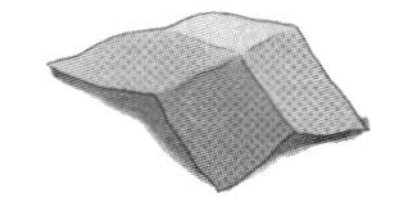

옮긴이의 말

시간을 두고 곰곰이 생각해볼 필요도 없이 우리들 대다수는 '진실'을, '사실'을 좋아한다. 사전에 따르면 '진실'은 거짓이 없이 바르고 참됨을, '사실'은 실제로 발생했던 일이나 현재에 있는 일을 뜻한다니 두 단어의 의미며 쓰임새가 완전히 일치한다고는 할 수 없겠다. 그럼에도 우리는 별다른 거리낌 없이 '진실을 밝혀내기길' 원하며, 우리에게는 '진실을 알 권리'가 있다고, '사실관계를 확실히 해둘 필요가 있다'고, '무엇보다도 팩트 체크가 우선'이라고 주장하곤 한다. 혹시 그런 이유 때문에 진실이나 사실이 거의 힘을 쓰지 못하는 허구 영역을 다루는 소설까지도 '∽의 진실'이라는 제목을 달고 나오는 건 아닐까?

다른 한편으로 우리는 '너무 많은 사실을 알려고 하지 말라', '알면 다친다'는 말도 스스럼없이 입에 올리곤 한다. '상처뿐인 진실'은 굳이 알 필요가 없다는 듯이 말이다.

해리 쿼버트는 누구이며, 그가 무슨 짓을 했기에 그 전말을 들려주기 위해 작가는 이토록 두꺼운 책을 써야 했을까?

2012년 9월 출간되기 무섭게 8주 연속 프랑스 아마존 1위 자리를 지키며 6개월 만에 70만 부가 넘게 가뿐히 팔린 이 초대박

베스트셀러는 수십 개국 언어로 번역되어 총 600만 부 판매를 기록하면서 1985년 스위스 제네바 태생의 젊은 작가 조엘 디케르를 단숨에 세계적인 스타작가 반열에 올려놓았다.

일단 이 소설에서 '해리 쿼버트 사건'이라고 불리는 사건은 2008년 6월 12일, 미국을 대표하는 지성이자 존경받는 문학 교수이며 국민 작가로 칭송받는 해리 쿼버트의 자택 정원에서 33년 전 실종된 한 소녀의 유해가 발견되면서 시작된다. 유해 옆에는 해리 쿼버트의 대표작으로 손꼽히는 《악의 기원》의 원고 뭉치가 놓여 있었으므로 해리는 즉시 빼도 박도 못하는 가장 유력한 살인 용의자로 몰려 구치소에 수감되는 신세로 전락하고, 미국 문단에 혜성처럼 등장한 샛별이자 그의 제자인 마커스 골드먼은 스승의 추락을 도저히 믿을 수 없어 직접 진상 조사에 나서게 되는데…….

미국 뉴햄프셔주의 소도시 오로라를 무대로 전개되는 마커스의 조사와 그 조사 내용을 기록해 내려가는 과정, 즉 책으로 만들어 시장에 내놓는 과정은 한마디로 반전의 연속이다. 등장인물 각각이 저마다 자기가 아는 부분적인 '진실'만을 말하고, 출판업자들은 그들대로 자기들에게 이익이 되는 방향으로 '진실'을 날조해 - 그야말로 소설을 쓴다 - 언론 플레이를 벌이는가 하면 살인 혐의를 받고 있는 해리조차 진실을 전부 털어놓으려고 하지 않는다. 누락되고 묻히고 망각되었던 사실들이 감질나게 하나씩 수면으로 떠오르면서 – 영리한 작가는 그때마다 적절하게 가진 자들의 갑질, 해리성 정체 장애, 미성년자 성매매 같은 민감한 사회 문제들을 슬며시 끌어온다 – 우리는 그럴 때마다 속절없이 뒤통수를 얻어맞는 수밖에 없다. 그러면서도 독자들은 그 지난한 여정에서 중도 하차하기는커녕 오히려 한층 빠른 속도로 책장을 넘기게 되니, 이게 바로 진실을 향한 목마름이 빚어내는 마술일까? 아니면 여러 층, 여러 겹으로 허구를, 그러니까 진실이니 사실과는 무관한 어떤 이야기를 잘 쌓아 올려 진실처럼 보이도록 포장하는 작가의 재능에 속수무책으로 빠져들 수밖에 없는 독자의 조엘 디케르 중독 증세일까?

양영란

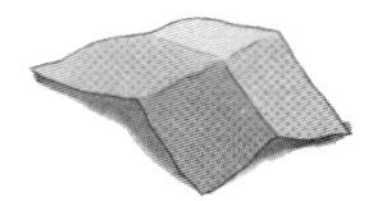